Delete, der neue Roman von Karl Olsberg, ist nicht nur ein packender Technikthriller, er dreht sich auch um eine zentrale philosophische Frage: Was ist Wirklichkeit? Können wir wissen, ob die Welt, in der wir leben, nicht bloß eine virtuelle Realität, eine Computersimulation ist? Ein faszinierender wie beunruhigender Gedanke, denn er ist plausibler, als er auf den ersten Blick erscheint ...

Karl Olsberg (geb. 1960) promovierte über Anwendungen Künstlicher Intelligenz und war Geschäftsführer und erfolgreicher Gründer zweier Unternehmen in der New Economy. Er wurde unter anderem mit dem »eConomy Award« der *WirtschaftsWoche* für das beste Start-up 2000 ausgezeichnet. Heute arbeitet er als Unternehmensberater und lebt mit seiner Familie in Hamburg. Von ihm erschienen u. a. die Technikthriller *Das System* und *Der Duft* sowie das Sachbuch *Schöpfung außer Kontrolle*.

Mehr unter: http://karlolsberg.twoday.net/

Karl Olsberg

DELETE

Thriller

Berlin Verlag Taschenbuch

4. Auflage Januar 2017
November 2013
© 2013 Berlin Verlag in der Piper Verlag GmbH, Berlin
Alle Rechte vorbehalten
Umschlaggestaltung: ZERO Werbeagentur, München,
unter Verwendung zweier Bilder von © WIN-Initiative /
Getty Images und © Andrew Querner / Getty Images
Typographie: Andrea Engel, Berlin
Gesetzt aus der Meta Serif und der Futura von Greiner & Reichel, Köln
Druck und Bindung: CPI books GmbH, Leck
Printed in Germany
ISBN 978-3-8333-0939-7

www.berlinverlag.de

Für Anke

Wieso sollte jemand verachtet werden, der sich im Gefängnis befindet und versucht, herauszukommen und heimzugehen? Oder, sofern das nicht geht: wenn er über andere Themen nachdenkt und spricht als über Wärter und Kerkermauern?

J. R. R. Tolkien

PROLOG

Du spürst ihre Blicke. Du kannst sie nicht sehen, aber du weißt, sie sind da. Es ist, als kitzele ihr Atem dein Ohr. Menschen liegen auf der Wiese, lesend, liebend, gelangweilt. Kinder kreischen, Hunde streiten. Pollen jucken in der Nase. Es ist viel zu hell. Die Alte auf der Parkbank füttert Tauben. Sie weiß nicht, dass es keine Tauben gibt. Du willst schreien, aber das ist sinnlos. Sie kennen dein Flehen, doch sie erhören es nicht. Ihr Experiment würde nicht funktionieren, wenn alle die Wahrheit wüssten.

Deine Hand tastet nach den Schläuchen in deinem Hals, den Drähten in deinem Hinterkopf. Doch natürlich spürst du nichts außer dem Schorf der Stellen, die du letzte Nacht blutig gekratzt hast.

Tief durchatmen.

Ein Ball rollt auf dich zu. Er trägt das verblichene Emblem der vorletzten Fußballweltmeisterschaft. Ein kleiner Junge rennt ihm hinterher. Du hebst den Ball auf, spürst sein Gewicht. Deine Finger ertasten seine aufgeplatzte Oberfläche. Du führst ihn zum Gesicht, riechst Leder, Gras, das bittere Aroma von Hundekot.

Dies ist kein Ball.

Der Junge bleibt ein paar Schritte vor dir stehen. Er ist höchstens acht. Er wirkt ängstlich. Wahrscheinlich sieht er den gehetzten Blick in deinen Augen. Du versuchst zu lächeln. Wirfst ihm den Ball zu. Er hebt ihn auf und rennt davon, als wärst du ein zähnefletschendes Monster.

Die Wahrheit isoliert dich. Die Wahrheit tut weh. Aber die Ungewissheit ist noch weitaus schlimmer. Was, wenn die Träumer doch recht haben? Was, wenn du dein ganzes Leben einer fixen Idee nachgejagt bist wie ein paranoider Irrer?

Es sind ihre Zweifel, nicht deine. Sie säen sie in deine Gedanken. Sie wollen nicht, dass du die Wahrheit siehst.

Manchmal wünschst du dir, die Zweifel wären so stark, dass du vergisst, was du weißt. Dass du an Tauben und Fußbälle glaubst. Dass du einfach nur durch den Park gehst, die Sonne auf der Stirn spürst, den Sommer riechst, lebst.

Doch Vergessen ist unmöglich. Die Wahrheit lässt sich nicht unterdrücken. Du spürst sie einfach, ihre Blicke, ob interessiert, ob mitleidig oder voll perverser Lust an deinem Leid, was ändert das? Wut keimt in dir auf, ziellose Wut. Ein Laut entfährt dir. Die Leute drehen sich um. Du fixierst den Blick auf den Kiesweg.

Sie werden dich nicht befreien. Du bist Teil des Experiments. Dein Leid ist kalkuliert. Dein Geist bäumt sich auf. Doch wie könntest du dich je dem Willen der Allmächtigen widersetzen?

1.

Hauptkommissar Adam Eisenberg justierte die Optik seines Fernglases. Die Sattelzugmaschine hatte etwa zweihundert Meter entfernt auf einem abgelegenen Freigelände südlich des Hamburger Hafens gehalten, an der erwarteten Stelle. Zwei Männer stiegen aus. Einer von ihnen öffnete den Container. Der zweite sicherte die Szene aus ein paar Schritten Entfernung, die Pistole im Anschlag.

»Lotsen, bereit?«, fragte Eisenberg in sein Headset. Er sprach gedämpft, obwohl die Straftäter viel zu weit entfernt waren, um ihn zu hören, noch dazu windwärts.

»Lotse 1, bereit.«

»Lotse 2, bereit.«

»Lotse 3, bereit. Verdächtige Fahrzeuge nähern sich von Westen. Geschätzte Ankunftszeit in etwa sieben Minuten.«

»Verstanden. Zugriff auf mein Kommando«, gab Eisenberg zurück, während er seine Augen an die Okulare presste. Das Innere des Containers war dunkel, sein Inhalt nicht erkennbar.

Einen Moment lang geschah nichts.

Obwohl die angespannte Haltung der beiden Männer das Gegenteil anzeigte, befürchtete Eisenberg, dass der Container leer war. Doch dann trat die erste bleiche Gestalt ins Licht. Es war ein Mädchen, dunkelhaarig, mit olivfarbener Haut, fünfzehn oder sechzehn Jahre alt. Sie trug ein schmutziges T-Shirt und eine Jogginghose, die an einer Stelle eingerissen war. Schützend hielt sie einen Arm über die Augen, als blende sie das Licht.

Eisenbergs Kehle schnürte sich zu. Er hörte seinen Puls in den Ohren. Seine Hand glitt unwillkürlich zur Dienstwaffe, die gesichert in ihrem Schulterhalfter hing. Er würde sie kaum brauchen – die Bewaffnung der beiden Gruppen des Spezialeinsatzkommandos, die rings um das Gelände bereitlagen, reichte aus, um einen mittleren Bandenkrieg zu entscheiden. Die beiden Mistkerle da vorne taten gerade ihre letzten Atemzüge in Freiheit für einen hoffentlich langen, langen Zeitraum. Für ihre Opfer endete dagegen eine Zeit unvorstellbaren Grauens.

Nur noch wenige Minuten. Sie mussten warten, bis die Mädchen in die Fahrzeuge einstiegen, deren Halter Eisenbergs Ermittlungsgruppe bis zu den Drahtziehern dieses perfiden Geschäfts zurückverfolgt hatte. Erst dann besaßen sie genug Beweise, um auch die Hintermänner des Mädchenhändlerrings überführen zu können.

Es hatte Monate gedauert, diese Falle vorzubereiten. Ein V-Mann hatte Zeitpunkt und Ort der Übergabe in Erfahrung gebracht. Eisenbergs Leute hatten nicht viel Zeit gehabt, den Einsatzort vorzubereiten. Doch sie hatten ganze Arbeit geleistet. Er selbst und einige SEK-Männer lagen hinter einer mit unauffälligen Gucklöchern präparierten Werbetafel auf der Lauer.

»Verdächtige Fahrzeuge nähern sich mit reduzierter Geschwindigkeit. Ankunft in etwa vier Minuten«, teilte Lotse 3 mit. Eigentlich waren solche Bezeichnungen dank der neuen abhörsicheren Kommunikationsgeräte überflüssig, doch die Gewohnheit hatte wieder einmal über die Notwendigkeit triumphiert.

Eine nach der anderen kletterten die verängstigten Mädchen aus dem Container. Einige konnten sich kaum auf den Beinen halten. Vermutlich hatten sie tagelang nichts gegessen und kaum etwas getrunken. Es waren mehr als ein Dutzend. Keines der Opfer war älter als siebzehn. Sie stammten aus Mittelamerika, wo sie von professionellen Menschenjägern entführt und in schlecht belüfteten Containern wie Vieh nach Europa verfrachtet worden waren. Eisenberg konnte nur erahnen, welche Odyssee sie hinter sich hatten.

Doch was vor ihnen gelegen hatte, war womöglich noch schlimmer. Hier in Deutschland wären sie entweder in einem Bordell gelandet oder, schlimmer noch, als Haussklavinnen an wohlhabende alleinstehende Männer verkauft worden. Eisenberg hatte es nicht für möglich gehalten, dass es so etwas in Deutschland tatsächlich gab, bis er durch einen Hinweis des Sittendezernats auf den Mädchenhändlerring aufmerksam geworden war.

Das letzte Mädchen verließ den Container. Sie war die Kleinste von ihnen, vermutlich erst vierzehn oder fünfzehn Jahre alt. Selbst auf die Entfernung konnte Eisenberg ihre angstgeweiteten Augen erkennen.

Der eine der beiden Wächter rief etwas. Die Mädchen stellten sich in einer Reihe auf. Nur die Kleine schien sich zu weigern. Sie versuchte, wieder in den Container zu klettern, als hoffe sie, damit auf magische Weise in ihre Heimat zurückzukehren. Der Wächter packte sie am Arm und zog sie zurück. Sie wehrte sich. Eisenberg konnte ihre verzweifelten Schreie trotz der Entfernung deutlich hören. Er schluckte. Nur noch ein paar Minuten, flehte er in Gedanken. Verhalt dich nur noch ein paar Minuten ruhig, dann beenden wir dein Leid!

Das Mädchen schien sich endlich zu fügen. Doch als Eisenberg schon erleichtert aufatmete, biss sie plötzlich ihren Peiniger in die Hand. Er schrie auf und ließ sie los. Ein Tumult entstand. Das Mädchen löste sich aus der Menge und rannte den Weg entlang, genau in Eisenbergs Richtung. Die Wächter wollten ihr nachstellen, wurden jedoch durch die anderen Gefangenen daran gehindert, die aufgeregt durcheinander liefen – ob vor Panik oder weil sie der Flüchtenden helfen wollten, war nicht zu erkennen. Der Vorsprung des Mädchens wuchs. Die Mädchenhändler brüllten. Dann hob einer der beiden seine Pistole und legte auf das flüchtende Mädchen an.

Eisenberg dachte nicht nach. »Zugriff!«, brüllte er und sprang hinter dem Plakat hervor. Anders als die SEK-Kräfte trug er keine Schutzkleidung – seine Rolle war es eigentlich, im Hintergrund zu bleiben und den Einsatz zu koordinieren. Doch er setzte auf das Überraschungsmoment und darauf, dass die Täter von der Übermacht der Polizei eingeschüchtert sein würden.

Die SEK-Männer sprangen aus ihren Verstecken hinter Containern und Büschen. Befehle wurden gebrüllt. Die geschockten Mädchenhändler ließen ihre Waffen fallen und hoben die Hände.

Das Mädchen blieb stehen. Erschrocken blickte sie zwischen den auf sie zustürmenden Polizisten und ihren Peinigern hin und her. Dann sank sie auf die Knie und barg das Gesicht in den Händen.

Eisenberg lief zu ihr. Er hörte die Stimme von Lotse 3 in seinem Headset: »Die verdächtigen Fahrzeuge verlangsamen ihre Fahrt. Erbitte Anweisungen!«

»Fahrzeuge anhalten, Insassen festnehmen wegen Verdachts auf Menschenhandel«, befahl Eisenberg. Er beugte sich über das schluchzende Mädchen. Sie hielt die Hände über den Kopf und neigte ihren Oberkörper nach vorn, wie um sich vor Schlägen zu schützen.

»Es bien!«, sagte Eisenberg in bruchstückhaftem Spanisch. »Soy policía! Todo es bien!«

Vorsichtig hob sie den Kopf. Ihre großen, dunklen Augen zeigten Verwirrung und Hoffnung. »Policía?«

Eisenberg nickte. Er hielt ihr seinen Dienstausweis hin. Vermutlich konnte sie nicht lesen, was darauf stand, aber das Wappen der Hamburger Polizei und das offizielle Dokument schienen sie zu beruhigen. Sie sah sich um, dann stieß sie einen Wortschwall aus, von dem Eisenberg nichts verstand.

»Cómo te llamas?«, fragte er, als eine Pause entstand.

»Maria«, sagte sie. »Maria Costado Lopez.«

Eisenberg reichte ihr die Hand und half ihr auf. »Adam Eisenberg.«

Sie lächelte schüchtern. Dann presste sie sich an ihn und umklammerte ihn. Genau wie Emilia, vor vielen Jahren, als er sie zum letzten Mal umarmt hatte.

Behutsam löste er sich aus ihrer Umarmung und führte sie zu einem der Mannschaftswagen, die inzwischen bereitstanden, um die Mädchen, die Einsatzkräfte und die Festgenommenen abzutransportieren.

Der Gruppenführer des SEK kam auf ihn zu. Er blickte ernst.

»Nur noch zwei oder drei Minuten, dann hätten wir sie drangekriegt.«

Eisenberg nickte.

»Ich weiß. Danke, Ralf. Das war hochprofessionell.«

»Viel Glück bei dem Versuch, das deinem Chef zu erklären.«

Eisenberg seufzte. Ihm war klar, dass der Einsatz ein Reinfall war. Die Fahrer, die die Mädchen abholen sollten, würden einfach leugnen, etwas mit der Sache zu tun zu haben. Die Beweislage war viel zu dünn, um allein ihre Anwesenheit in der Nähe des Übergabeortes als hinreichenden Schuldbeweis für ihre Auftraggeber zu werten. Monatelange Ermittlungsarbeit war zunichte gemacht worden. Sie hatten das Leid dieser Mädchen beendet, doch wie viele andere würden noch verschleppt werden, weil es ihnen nicht gelungen war, die Hintermänner zu überführen?

Eisenberg wusste, er hatte richtig gehandelt. Niemals hätte er tatenlos zusehen können, wie das Mädchen verletzt oder gar getötet worden wäre. Außerdem war er dazu verpflichtet, Schaden von möglichen Opfern abzuwenden. Doch er wusste auch, dass die Umstände des Einsatzes nur allzu leicht anders interpretiert werden konnten. Niemand konnte wissen, was passiert wäre, wenn er nicht den Zugriff befohlen hätte. Vielleicht hätte der Wächter gar nicht geschossen oder das Mädchen verfehlt.

Wie so oft wäre es sicherer gewesen, nichts zu tun, einfach abzuwarten und dem vorher ausgearbeiteten Plan zu folgen. Man hätte ihm bestenfalls milde Vorwürfe gemacht, wenn das Mädchen tatsächlich zu Schaden gekommen wäre.

Doch Eisenberg hatte gehandelt, hatte den Plan über den Haufen geworfen. Er würde die Konsequenzen dafür tragen müssen. Aber er würde damit klarkommen. Es war ja nicht das erste Mal, dass er mit seinem Chef aneinandergeriet.

2.

Tristanleaf: Ready, group?
Aufmischmaschine: Ready
ShirKhan: OK
Gothicflower: Ready
Dernik92: Let's go
Leobrine: Rdy
Tristanleaf: Alright, then. No AFK until battle is over. For the White Tree! ATTACK!

Mina Hinrichsen alias Gothicflower ließ ihre Halbork-Kriegerin aus dem Gebüsch springen, in dessen Sichtschutz sie sich angeschlichen hatte. Zusammen mit den anderen stürmte sie auf die Mitglieder der feindlichen Feuergilde zu. Die Gegner waren zu neunt und somit klar in der Überzahl, doch sie hatten gerade einen Kampf mit einem Smaragddrachen hinter sich und waren noch geschwächt. Die ideale Gelegenheit für einen Raid!

Minas Gruppe hatte die Feuergildner seit Stunden verfolgt. Ein Elf namens Tristanleaf, der sich unsichtbar machen konnte, war ihnen dicht auf der Spur geblieben und hatte die anderen informiert, wo sich die feindliche Truppe befand. Der Weg durch das Nebelgebirge war nicht ungefährlich, doch die Feuergruppe hatte einen Level-42-Magier dabei, der mit einem Mausklick alles aus dem Weg räumte, was kleiner als ein Eisriese war. Ohne es zu wollen, hatten sie damit Minas Gruppe den Weg frei gemacht.

Die Feuergildner bemerkten den Angriff. »Fuck off!«, schrieb der feindliche Anführer, ein Level-28-Berserker namens Killbilly. »No ganking, you gimps!«, erboste sich ein gegnerischer Halbelf darüber, dass Minas Gruppe die Schwäche der Gegner hinterhältig ausnutzte. Dies galt in Rollenspielerkreisen als unfein. Allerdings hatte die Feuergilde Ähnliches bereits mehrfach mit Angehörigen von Minas eigener Gilde des Weißen Baums getan. Somit hatten die Feinde wenig Anlass, sich zu beschweren.

Xeredor, der feindliche Magier, machte ein paar verdächtige Bewegungen mit den Armen. Mina sah, wie sich magische Energie in einem immer schnelleren Wirbel um ihn herum verdichtete. Offenbar hatte er sein Mana noch längst nicht verbraucht.

Nicht gut.

Minas Halbork stürmte los und versuchte, den Magier zu erreichen, bevor er einen Feuersturm entfachen konnte, der ihre halbe Gruppe hätte umbringen können. Doch ShirKhan der Dieb war schneller. Er traf den feindlichen Magier mit einem Bogenschuss, bevor dieser seinen Zauberspruch vollendet hatte.

Nun brach die Schlacht richtig los. Ihre Gegner waren geschwächt, doch sie leisteten erbitterten Widerstand. Obwohl es Mina gelang, Killbilly zu töten, waren sie immer noch in der Überzahl und hatten die bessere Ausrüstung. Der Kampf stand auf Messers Schneide.

ShirKhan: O mein Gott, es ist wahr!

Mina warf einen kurzen Blick auf das Textfenster. Was sollte das jetzt? Hatte ShirKhan nichts Besseres zu tun, als mitten im Kampf zu chatten?

Sie suchte den Dieb im Kampfgetümmel, während sie gleichzeitig die Angriffe eines feindlichen Mönchs abzuwehren versuchte. Sie entdeckte ihn am Rand der Lichtung, auf der die Schlacht tobte. Statt sich am Kampf zu beteiligen oder sich wenigstens nach Diebesart von hinten an einen Gegner heranzuschleichen, wanderte er offenbar ziellos umher.

ShirKhan: Es ist alles wahr!

Mina erledigte den Mönch mit einem Hieb ihrer Zweihandaxt. Dann nahm sie sich die Zeit, den Dieb zur Räson zu rufen.

Gothicflower: Was soll das jetzt, ShirKhan? Hilf uns, verdammt, oder die wipen uns!

ShirKhan: Welt am Draht! Alles ist wahr!

Tristanleaf: Stop talking and fight, stupid Germans!

Mina blieb nichts anderes übrig, als der Anweisung des Engländers, dem Anführer des Raids, zu folgen. Denn nun ging ein mächtiger Erzdämon auf sie los, den der feindliche Magier beschworen hatte.

Tristanleaf: RETREAT!

Ihr Anführer hatte recht: Der Kampf war verloren. Und das alles nur, weil Thomas, dieser Dummkopf, im entscheidenden Moment die Nerven verloren hatte. Rückzug war allerdings leichter gesagt als getan. Der Dämon dachte nicht daran, mit dem Kämpfen aufzuhören, nur weil Mina keine Lust mehr hatte. Da er sich wesentlich schneller bewegen konnte als sie selbst, hatte sie keine Chance zu entkommen, ohne ihn zu zerstören.

Gothicflower: Can't! Need help!

Doch die anderen suchten ihr Heil in der Flucht, statt sich in einem aussichtslosen Rettungsversuch aufzureiben. Mina konnte es ihnen nicht verübeln. Sie hätte sich wahrscheinlich genauso verhalten. Dennoch war sie stinksauer, als ihr Halbork von den Feinden umzingelt wurde und bald darauf tödlich getroffen zu Boden sank. All die kostbare Ausrüstung, für die sie so viele Stunden in

World of Wizardry verbracht hatte, war verloren. Höchstwahrscheinlich würden die Feuergildner aus Rache für den Angriff auch noch Corpse Camping betreiben und bei der Leiche von Gothicflower warten, bis Mina versuchte, den Character wieder zum Leben zu erwecken, nur um ihn dann gleich noch einmal zu töten.

Und das alles nur wegen Thomas, der sich feige aus dem Kampf herausgehalten hatte, statt seine Gruppe zu unterstützen! Dabei war sie es gewesen, die dafür gesorgt hatte, dass er in die Gilde aufgenommen wurde und bei dem Raid mitmachen durfte. Der würde was zu hören bekommen!

Über den Gruppenchat konnte sie ihn jetzt, wo ihr Halbork im Jenseits weilte, nicht erreichen. Also versuchte sie es über Skype. Obwohl sein Status zeigte, dass er online war, meldete er sich nicht. Das war eigentlich nicht seine Art – selbst wenn er nur mal aufs Klo ging, änderte er normalerweise den Status. Was war los mit ihm? Warum hatte er sich während des Kampfes so merkwürdig verhalten? Und was hatten diese Sätze zu bedeuten, die immer noch in ihrem Chatfenster zu lesen waren? Was zum Kuckuck war »wahr«? Und was sollte das mit der »Welt am Draht«?

Thomas war offensichtlich AFK – away from keyboard –, also nicht mehr am Computer. Aber es gab ja immer noch Handys.

Sie wählte seine Nummer und erhielt ein Freizeichen, aber keine Antwort. Nach ein paarmal Klingeln schaltete sich die Mailbox ein.

»Hallo Thomas, hier ist Mina. Was sollte das gerade? Ist dir klar, dass du Gothicflower auf dem Gewissen hast? Meine ganze Ausrüstung ist weg. Ruf mich bitte so schnell wie möglich zurück!«

Sie legte auf und machte sich erst mal einen Tee, um

wieder runterzukommen. Doch es gelang ihr nicht, die Wut in ihrem Bauch zu bändigen. Immer wieder musste sie an die zahllosen Stunden denken, die sie in *World of Wizardry* verbracht hatte, um ihre Spielfigur zu entwickeln. Wie viele Abenteuer hatte sie erlebt, wie viele gefährliche Situationen überstanden, um ihren Halbork auf Level 35 zu bringen? Immerhin war die Figur nicht endgültig verloren, doch allein die Doppelaxt mit dem magischen Beschleunigungseffekt hatte fast 200 000 Goldflorin gekostet – der Ertrag Dutzender Spielstunden, in denen sie gut bezahlte Aufträge erledigt oder die Schätze von Monstern geplündert hatte.

Noch schlimmer: Die Feuergilde würde sich über den misslungenen Raid lustig machen. Eine andere Gruppe in einem Moment der Schwäche anzugreifen, war per se schon nicht besonders gut fürs Image. Aber diesen Angriff dann auch noch zu vermasseln, das ging gar nicht. Ihr Ruf innerhalb und außerhalb der Gilde des Weißen Baums war ruiniert.

Sie holte tief Luft. Es ist nur ein Spiel, versuchte sie sich einzureden. Du nimmst das viel zu ernst. Es ist nicht die Wirklichkeit. Aber warum ärgerte sie sich dann ebenso sehr, als hätte jemand ihr das Portemonnaie gestohlen? War das noch verständlicher Frust über ein unbefriedigendes Freizeiterlebnis oder schon echte Spielsucht? Bisher hatten weder ihr Informatikstudium noch ihr Nebenjob bei einer Softwarefirma ernsthaft unter ihrem Engagement in *World of Wizardry* gelitten. Aber hatte sie in letzter Zeit nicht immer weniger Kontakt zu anderen Menschen gehabt – Menschen aus Fleisch und Blut, nicht bloß Onlinespielgefährten? Wann war sie zuletzt auf einer Party gewesen? Sie erschrak, als sie merkte, wie lange sie darüber nachdenken musste.

Mit einem unguten Gefühl im Bauch leerte sie die Teetasse und versuchte erneut, Thomas über Skype zu erreichen.

3.

Kriminaldirektor Joachim Greifswald lehnte sich in seinem Schreibtischsessel zurück, die Arme vor der Brust verschränkt.

»Ich mache Ihnen keinen Vorwurf, Herr Eisenberg«, sagte er in verständnisvollem Tonfall. »In so einer Situation ist es ganz normal, dass einem mal die Nerven durchgehen.«

Eisenberg musterte seinen zehn Jahre jüngeren Vorgesetzten, der die Hauptabteilung Organisierte Kriminalität im Hamburger Landeskriminalamt seit einem halben Jahr leitete. Sein früherer Chef hätte Eisenberg wahrscheinlich angebrüllt, ihm Vorwürfe gemacht, dass er den Einsatz vermasselt hatte. Damit hätte er umgehen können. Doch diese herablassende Milde in Greifswalds Stimme war kaum zu ertragen. Er führte sich auf, als seien sämtliche Hamburger Polizisten und insbesondere die Mitarbeiter seiner eigenen Hauptabteilung Vollidioten. Er hielt sich offensichtlich für etwas Besseres, weil er im Rahmen eines internationalen Partnerschaftsabkommens eine Zeit lang bei der New Yorker Polizei gearbeitet hatte – der härtesten Polizei der Welt, wie er nicht müde wurde zu betonen.

Eisenberg bemühte sich, in neutralem, sachlichem Ton zu antworten.

»Mir sind nicht die Nerven durchgegangen. Ich habe

den Befehl zum Zugriff gegeben, um das Leben des Mädchens zu schützen.«

»Aus Ihrem Einsatzbericht geht nicht hervor, dass das Leben des Mädchens akut bedroht war«, sagte Greifswald mit seinem idiotischen pseudoamerikanischen Akzent, als hätte er in gerade mal vier Jahren USA-Aufenthalt verlernt, richtig Deutsch zu sprechen. Man erzählte sich, dass er großen Wert darauf legte, von seinen Vertrauten »Joe« genannt zu werden.

»Einer der beiden Täter hatte eine Pistole auf sie gerichtet.«

»Hat er abgedrückt?«

»Nein. Genau um das zu verhindern, habe ich ja den Befehl zum Zugriff gegeben.«

»Und Sie waren sich sicher, dass er abgedrückt hätte.«

»Ich hielt diese Möglichkeit angesichts der Flucht des Mädchens und der allgemeinen Umstände für sehr wahrscheinlich.«

»Was hätten Sie anstelle des Täters getan?«

»Ich verstehe Ihre Frage nicht.«

»Was ist daran so schwer zu verstehen? Ich würde gern wissen, wie Sie sich verhalten hätten, wenn Sie der Mädchenhändler gewesen wären. Eines ihrer Mädchen flieht. Hätten Sie auf sie geschossen und damit die Ware, die Sie verkaufen wollen, beschädigt?«

Eisenberg antwortete nicht.

Greifswald seufzte theatralisch. »Wie oft habe ich schon gesagt: ›Denkt wie der Gegner‹? Wenn Sie meine Anweisung befolgt hätten, wäre Ihnen klar gewesen, dass der Täter niemals auf das Mädchen geschossen hätte. Wie alt war die Kleine? Vierzehn? Welche Chance hätte sie gehabt, einem durchtrainierten Kerl wie ihm zu entkommen, ausgehungert wie sie war? Er hatte eine Waffe in der Hand, also war es ganz natürlich, dass er sie auf die Flüchtende richtete. Wahrscheinlich hat er sie angebrüllt, stehen zu bleiben. Möglicherweise hätte er in die Luft geschossen oder in ihre Nähe. Aber er hatte wohl kaum einen Grund, sie zu verletzen oder gar zu töten. Das Leben des Mädchens war zu keiner Zeit ernsthaft in Gefahr.«

Eisenberg schwieg. Er wusste, dass ihm Argumente nicht helfen würden. Greifswald war nicht mit dabei gewesen. Er hatte nicht die Wut gesehen, die das Gesicht des Mannes verzerrt hatte. Und trotzdem glaubte er, die Situation im Nachhinein beurteilen zu können. Nichts, was Eisenberg sagte, konnte daran etwas ändern.

Greifswald beugte sich vor.

»Ihr eigenmächtiges Handeln hat Monate mühevoller Polizeiarbeit zunichtegemacht«, sagte er mit einer Stimme, die jetzt nicht mehr verständnisvoll, sondern schneidend war. »Indem Sie verhindert haben, dass wir die Hintermänner schnappen und damit den Mädchenhandel in Hamburg wirksam stoppen, haben Sie eine unbekannte Zahl junger Mädchen einem schrecklichen Schicksal ausgeliefert. Aber damit müssen zum Glück Sie leben, nicht ich.«

Eisenberg erwiderte nichts.

»Disziplinarisch habe ich keine Handhabe gegen Sie«, fuhr Greifswald fort. »Sie waren der Einsatzleiter. Es war Ihre Entscheidung. Aber ich kann Ihnen sagen, dass ich sehr enttäuscht bin. Ich will offen zu Ihnen sein: Sie werden unter meiner Führung keinen weiteren Außeneinsatz leiten. Sie können es sich aussuchen, ob Sie in meiner Hauptabteilung einen Schreibtischjob machen oder sich woandershin versetzen lassen wollen. Aber glauben Sie nicht, dass das hier ein ruhiger Job wird. Ich erwarte von allen meinen Mitarbeitern höchsten Einsatz – im Rahmen ihrer Fähigkeiten.«

Eisenberg erhob sich von seinem Besucherstuhl.

»Ist das alles, Herr Kriminaldirektor?«

»Noch nicht ganz. Ich möchte, dass Sie mir einen detaillierten Bericht über die Verbindungen der Hintermänner erstellen. Ich will alle Details: Firmenbeteiligungen, Geschäftskontakte, Wohnungen, Telefonanschlüsse, was immer Sie in Erfahrung bringen können. Rufen Sie die Kollegen in Honduras und Guatemala an. Recherchieren Sie im Internet. Sie kennen sich doch mit dem Internet aus, oder? Und, Eisenberg, ich weiß, dass Sie mich nicht leiden können. Das macht mir nichts aus. Die Cops in New York konnten mich auch nicht leiden. Auch mit denen bin ich fertiggeworden, und das sind die härtesten Cops der Welt. Also bilden Sie sich nicht ein, mich mit Ihren vorwurfsvollen Blicken und Ihrem bedeutungsvollen Schweigen einschüchtern zu können. Und denken Sie darüber nach, ob Sie wirklich die restlichen Jahre bis zu Ihrer Pensionierung in der Hauptabteilung 6 bleiben wollen.«

»Ist das alles, Herr Kriminaldirektor?«

»Das ist alles, Herr Eisenberg. Ich erwarte den Bericht nächsten Donnerstag. Die elektronische Form genügt – in dieser Behörde wird ohnehin viel zu viel Papier verschwendet.«

Udo Pape, mit dem Eisenberg sich ein kleines Büro teilte, sah von seinem Computer auf.

»Wie ist es gelaufen? Nicht gut, oder?«

Eisenberg setzte sich. Pape wartete geduldig auf eine Antwort. Er kannte seinen Kollegen gut genug.

»Er hat mir nahegelegt, mich versetzen zu lassen.«

»Das kann doch nicht wahr sein! Dieses arrogante ...«

Pape verschluckte die Bezeichnung, die er ihrem Chef zugedacht hatte. Die Wände des Büros waren nicht dick genug für Wutausbrüche. »Du ziehst das doch nicht ernsthaft in Erwägung, oder?«

»Die Vorstellung, die nächsten Jahre nur hier in diesem Büro zu verbringen, ist nicht gerade ein Anlass zur Freude.«

»Was meinst du damit?«

»Er hat mir deutlich zu verstehen gegeben, dass ich keine Außeneinsätze mehr leiten werde.«

»Du? Das kann er doch nicht ernst meinen! Du bist der beste Einsatzleiter, den er hat.«

»Das sieht er anders.«

»Eins sage ich dir: Wenn du gehst, dann bleibe ich auch nicht. Dann soll er mal sehen, wie er das organisierte Verbrechen ohne Mitarbeiter bekämpft.«

Eisenberg antwortete nicht. Papes Solidaritätsbekundungen taten gut, aber er wusste, dass sie am Ende nicht viel wert waren. Wenn es hart auf hart kam, würde kaum jemand seine Aufstiegschancen opfern, nur um gegen eine Ungerechtigkeit zu protestieren. Er hätte das auch nicht gewollt.

Er machte sich wieder an die Arbeit. Der Bericht, den Greifswald haben wollte, war natürlich längst fertig – selbstverständlich hatte Eisenbergs Team sämtliche Hintergründe sorgfältig analysiert und aufbereitet. Doch das nützte wenig. Die Drahtzieher des Menschenhändlerrings waren viel zu geschickt, um nachweisbare Straftaten zu begehen. Die einzige Chance, sie zu überführen, bestand darin, sie beziehungsweise ihre Handlanger in flagranti zu erwischen. Genau das war nun schiefgegangen, und es würde lange dauern, bis sie wieder eine ähnliche Gelegenheit bekamen, wenn überhaupt jemals.

Er nahm sich die Vernehmungsprotokolle der Fahrer vor, die die verdächtigen Fahrzeuge gesteuert hatten. Wie er vermutet hatte, leugneten sie übereinstimmend, zu dem Treffpunkt unterwegs gewesen zu sein. Sie konnten sogar Papiere vorweisen, denen zufolge sie als Kuriere beauftragt worden waren, Ladepapiere im Hafen abzuholen. Dass jemand gleich fünf Kuriere gleichzeitig losschickte, war zwar ungewöhnlich, aber natürlich keine Straftat. Die Aussagen waren absolut wasserdicht. Dass drei der fünf Fahrer vorbestraft waren, half genauso wenig weiter.

Also blieben nur die beiden Mädchenhändler. Sie würden wegen Menschenhandels angeklagt und für viele Jahre hinter Gittern verschwinden. Doch natürlich verweigerten sie auf Anraten ihrer Anwälte jede Aussage. Sie wussten, dass ihr Leben nichts mehr wert war, falls sie ihre Auftraggeber verrieten.

Eisenberg seufzte. Er sah auf die Uhr. Halb sechs. Normalerweise achtete er nicht auf Dienstzeiten, doch heute würde er nichts Sinnvolles mehr ausrichten. Also fuhr er den Computer herunter und machte Feierabend.

Seine kleine Zweizimmerwohnung in Altona kam ihm noch leerer vor als sonst. Vielleicht, weil er ungewöhnlich früh zu Hause war. Er sah sich um und erkannte, dass sein Apartment mit Ausnahme einiger Fotos seiner beiden Kinder auf dem Regal und ein paar Büchern nicht von einer anonymen Ferienwohnung zu unterscheiden war. Dieser Eindruck wurde durch den antiseptischen Duft übertriebener Hygiene verstärkt, den Consuela, die portugiesische Reinigungskraft, jeden Donnerstag hinterließ.

Er ging ins Bad und betrachtete sich im Spiegel. Sein dunkles, graumeliertes Haar war noch immer dicht. Doch sein Gesicht kam ihm auf einmal müde und alt vor. Waren die Falten über seinen Augenbrauen sonst auch so tief? Waren seine Wangen schon immer so schlaff gewesen? Nur die schiefe, leicht platt gedrückte Nase erschien ihm vertraut – wie ein asymmetrischer Fels, der der Brandung der Zeit trotzte.

Er machte sich eine Fertigsuppe. Gewöhnlich aß er abends nicht zu Hause, sondern begnügte sich mit einem Sandwich im Büro oder einem Döner unterwegs. Es fühlte sich fremd an, allein am Esstisch zu sitzen, der viel zu groß für ihn war.

Eisenberg hatte praktisch kein Privatleben. Er hatte sich immer eingebildet, keines zu brauchen. Nach einem harten Arbeitstag ein bisschen Fitnesstraining, vielleicht noch etwas Fernsehen, dann früh schlafen gehen, früh aufstehen, joggen, bevor er sich wieder zum Dienst aufmachte. Er war immer irgendwie stolz auf diese Lebensweise gewesen, die ihm asketisch vorgekommen war.

Nun hatte er plötzlich das Gefühl, etwas Wesentliches verpasst zu haben.

Er überlegte, ob er seine Kinder anrufen sollte. Michael war inzwischen vierundzwanzig und studierte Maschinenbau in Karlsruhe. Die drei Jahre jüngere Emilia machte eine Ausbildung als Krankenpflegerin. Sie lebte noch bei ihrer Mutter in München. Diese Nummer wollte Eisenberg ganz sicher nicht wählen. Und was hätte er mit Michael besprechen sollen? Ihm von seinem vermasselten Einsatz und der Zurechtweisung durch den neuen Chef vorjammern?

Er schaltete den Fernseher ein und starrte eine Weile auf die flackernden Bilder, bis er merkte, dass er eine Vorabendserie sah, die ihn nicht im Geringsten interessierte. Er schaltete das Gerät wieder ab und ging zum Bücherregal. Polizeifachliteratur, ein paar Biografien und Bücher über Geschichte und Philosophie, die er vor langer Zeit von Iris geschenkt bekommen hatte. Sie hatte immer viel gelesen, aber alle ihre Bücher mitgenommen, als sie ausgezogen war. Das war schon verdammt lange her. Trotzdem sah er ihr Gesicht immer noch überdeutlich vor sich: ihre vollen Lippen, die hohen Wangen, die leicht schrägen braunen Augen, das lange dunkle Haar.

Er nahm ein Buch heraus, stellte es wieder zurück, schlug ein anderes auf, doch nichts konnte seine Aufmerksamkeit fesseln. Seine Wohnung kam ihm plötzlich eng vor. Vielleicht sollte er irgendwo ein Bier trinken. Aber so ganz allein? Er könnte sich mit einem Kollegen verabreden, Udo Pape vielleicht, aber das hätte auch nur so gewirkt, als wolle er sich ausheulen. Verdammt, andere Leute lebten auch allein. So schwer konnte es doch nicht sein, etwas Sinnvolles mit seiner Freizeit anzufangen!

Schließlich sah er ein, dass er mit irgendwem reden musste, der mit der ganzen Sache nichts zu tun hatte, jemand, der ihm neutralen Rat geben konnte. Er überlegte einen Moment, dann wählte er eine Handynummer.

»Erik Häger?«

»Hallo Erik, hier ist Adam.«

»Hey, das ist ja 'ne Überraschung! Ich hab ja ewig nichts von dir gehört!«

Eisenberg hatte mit Erik Häger auf der Polizeihochschule in Münster studiert. Sie hatten nach dem Studium Kontakt gehalten, auch wenn ihre Karrieren sehr unterschiedlich verlaufen waren. Während Eisenberg bei der Kripo in Hamburg die traditionelle Laufbahn des gehobenen Polizeidienstes eingeschlagen hatte, war Häger direkt zum Bundeskriminalamt nach Wiesbaden gegangen. Inzwischen war er Leiter der Sicherungsgruppe des BKA in Berlin, die für den Schutz der Verfassungsorgane zuständig war. Eisenberg erzählte seinem alten Freund von dem missglückten Einsatz.

»Tut mir leid, wenn ich dir hier was vorheule, aber ich brauche einfach mal jemanden, der mir unabhängig seine Meinung sagt. Was, denkst du, soll ich tun?«

»Die Frage ist weniger, was du tun sollst, sondern was du tun willst. Wenn ich dich richtig verstanden habe, ist dein Chef ein Idiot. Selbst wenn es ein Fehler gewesen sein sollte, den Zugriffsbefehl zu geben ...«

»Du glaubst also auch, dass es falsch war?«

»Ich glaube, dass diese Frage müßig ist. Ich habe selbst genug Entscheidungen getroffen, über die ich mir hinterher nicht mehr sicher war. Man kann nie wissen, was gewesen wäre, wenn man anders gehandelt hätte. Wenn das Mädchen gestorben wäre, hättest du dir dein Leben lang Vorwürfe gemacht. So machst du dir Vorwürfe wegen der Hintermänner. Das gehört einfach zum Job. Entscheidend ist, dass dieser Greifswald dir nicht vertraut. So, wie du ihn beschreibst, ist der völlig untauglich für eine verantwortungsvolle Führungsposition. Wenn du willst, kann ich mal versuchen, rauszukriegen, was er selbst schon für Mist gebaut hat.«

»Nein, lass mal. Ich werde ihm sicher nicht ans Bein pinkeln.«

»Wie du meinst. Aber du musst dich zwischen Konfrontation und Flucht entscheiden.«

»Konfrontation kann es nicht sein«, sagte Eisenberg nach kurzem Überlegen. »Erstens hat Greifswald einen sehr guten direkten Draht zum Innensenator, der ihn persönlich in seine jetzige Position gehievt hat. Zweitens halte ich nichts davon, meine Zeit und Energie mit internen Machtspielchen zu vergeuden. Dafür habe ich weder Ehrgeiz noch Talent. Ich will Straftäter überführen. Das ist mein Job, und damit werde ich erst aufhören, wenn ich pensioniert bin.«

Häger lachte.

»So, wie ich dich kenne, wirst du auch danach noch weitermachen. Aber bis dahin bleibt dir dann wohl nur die Versetzung.«

»Wenn du mich kennst, weißt du, dass ich nicht so schnell klein beigebe. Außerdem ist die Sache mit dem Mädchenhändlerring noch nicht vorbei. Sie fängt gerade erst wieder an.«

»Du wolltest meinen Rat. Hier ist er: Wenn Greifswald nicht doch noch seine Meinung ändert, wirst du wenig bis gar nichts dazu beitragen, diesen Mädchenhändlerring auffliegen zu lassen. Das wird dich zermürben. Also lass dich versetzen. Du bist ein viel zu guter Polizist, um unter einem unfähigen Chef zu versauern. Ich würde dich sofort in die Sicherungsgruppe holen, aber wir haben gerade eine Stellenkürzungsrunde hinter uns und stehen ohnehin unter Druck, weil ein Teil unserer Aufgaben an die Bundespolizei übertragen werden soll. Aber wenn du willst, höre ich mich mal um.«

»Ich weiß nicht. Mir kommt es immer noch feige vor, wenn ich das Handtuch werfe.«

»Gib's ruhig zu: Dich wurmt, dass Greifswald selber dir das nahegelegt hat. Du hättest gern hingeworfen, aber jetzt seinem Willen zu entsprechen passt nicht in deine Vorstellung eines angemessenen Verhaltens gegenüber einem Arschloch.«

Eisenberg zögerte einen Moment.

»Na schön, du hast recht. Es stinkt mir, zu tun, was er will.«

»Vielleicht will er es ja gar nicht wirklich.«

»Wie meinst du das?«

»Überleg doch mal. Er kennt dich vermutlich gut genug, um zu wissen, dass du ein Dickkopf bist. Nehmen wir mal an, er wollte dich nur zurechtstutzen, aber auf keinen Fall verlieren. Dann war seine Versetzungsaufforderung vielleicht nur ein Psychotrick, um dich zum Bleiben zu bewegen. Immerhin kann es sich kein Chef leisten, alle Mitarbeiter zu vergraulen. Eine ungewöhnlich hohe Quote von Versetzungsanträgen wäre schlecht für sein Image. Jeder soll wissen, dass er der Boss ist, aber keiner soll freiwillig gehen. Wahrscheinlich wird er dir irgendwann wieder kleinere Einsätze übertragen und es wie eine große Gnade aussehen lassen. So versucht er, dich gefügig zu machen.«

»Hm. So habe ich das noch nicht betrachtet. Zugegeben, das würde zu ihm passen. Aber dummerweise habe ich jetzt noch weniger Lust, für ihn zu arbeiten.«

»Dann lass dich eben versetzen. Wie alt bist du jetzt? Zweiundfünfzig? Auf keinen Fall zu alt, um woanders neu anzufangen. Mit deiner Erfahrung wirst du in so ziemlich jeder Dienststelle wertvolle Arbeit leisten können. Vielleicht wird irgendwo der Leiter eines Kriminalkommissariats gesucht. Wär das nicht was für dich?«

»Ich will aber nicht irgendwo in die Provinz. Und die Hamburger Kommissariate sind alle gut besetzt.«

»Auch noch anspruchsvoll, was?« Häger lachte trocken. »Na schön, ich höre mich mal um. Sollte ich was Passendes finden, melde ich mich.«

»Danke, Erik. Auch für deinen Rat.«

»Gern geschehen. Wer weiß, vielleicht verschlägt es dich ja nach Berlin. Dann gehen wir auf jeden Fall mal wieder ein Bier trinken.«

»Da bin ich dabei.«

Nach dem Gespräch fühlte Eisenberg sich besser. Gerade, dass sein alter Freund nicht so getan hatte, als sei die Zugriffsentscheidung auf jeden Fall richtig gewesen, hatte ihm seltsamerweise geholfen. Er sah sich die Nachrichten und einen alten Film mit Humphrey Bogart an und ging dann ins Bett. Vor dem Einschlafen dachte er daran, dass das Mädchen, das ihm den Einsatz vermasselt hatte, jetzt irgendwo in einem ähnlich bequemen Bett lag, mit der Aussicht, bald wieder bei seiner Familie sein zu können.

Immerhin etwas.

4.

Am nächsten Nachmittag stand Mina vor der Tür zu Thomas' Apartment in einem Studentenwohnheim. Ihr Zorn war inzwischen durch Sorge verdrängt worden. Etwas stimmte nicht. Sie hatte gestern bis spät in die Nacht versucht, ihn zu erreichen. Er reagierte weder auf ihre Anrufe noch auf E-Mails und Chatversuche, obwohl sein Skype-Account immer noch den Status »online« anzeigte. Auch heute Morgen hatte sie es zwischen den Vorlesungen mehrfach versucht. Vielleicht hatte er sich gestern zugedröhnt und lag einfach nur mit dickem Schädel im Bett. Aber so richtig passte diese Vorstellung nicht zu ihm.

Sie klingelte, doch niemand öffnete. Auch ihr Klopfen bewirkte keinerlei Reaktion. Die Tür hatte außen einen Knauf, sodass man sie ohne Schlüssel nicht öffnen konnte. Schließlich gab sie auf.

In einem Aufenthaltsraum des Wohnheims fragte sie zwei Tischkickerspieler nach Thomas, doch die beiden konnten ihr nicht weiterhelfen. Nicht weniger beunruhigt kehrte sie nach Hause zurück. Doch warum machte sie sich solche Sorgen? Vielleicht gab es einen ganz einfachen Grund für sein Verschwinden, und schließlich war sie nicht sein Kindermädchen.

Sie loggte sich in ihren *World of Wizardry*-Account ein und war darauf vorbereitet, als Rache für den Überfall sofort von einem Mitglied der Feuergilde attackiert zu werden. Ohne Waffen und Rüstung hätte ihr Halbork selbst gegen einen wesentlich schwächeren Gegner keine Chance gehabt. Doch das Schlachtfeld war verlassen. Neben ihrer nur mit einer erdfarbenen Tunika bekleideten Spielfigur lag ein Beutel mit fünfzig Goldflorin als Geste der Verachtung durch die Feuergildner.

Mina nahm den Beutel trotzdem an sich und machte sich auf den Weg in die Stadt Felsheim, in der ihre Gilde einen Außenposten hatte. Dort würde man sie mit der nötigsten Ausrüstung versorgen, sodass sie wieder Aufträge annehmen und sich bessere Waffen und Rüstungen erarbeiten konnte.

Der Weg dahin war alles andere als einfach. Sie befand sich in monsterverseuchtem Territorium, das für Anfänger und Figuren ohne geeignete Ausrüstung lebensgefährlich war. Zum Glück verfügte ihr Halbork über einige Körperkraft und die Fähigkeit des waffenlosen Kampfes, sodass sie zumindest mit den allgegenwärtigen Werwölfen, Waldschraten und Kobolden fertigwurde. Nur zweimal wurde es wirklich brenzlig, als sie von einem Höhlentroll und einem Schneetiger angegriffen wurde. Beide Male kam sie nur durch Flucht knapp mit dem Leben davon.

Schließlich erreichte sie das Gildenhaus. Dort traf sie Tristanleaf, der sich bitterlich über das »unprofessionelle« Verhalten der Deutschen beschwerte, das die Ehre des Weißen Baums befleckt habe. Auf Minas Nachfrage sagte er, Thomas alias ShirKhan nicht gesehen zu haben, mit ihm aber noch ein ernstes Wort reden zu wollen. Derartiges Verhalten könne die Gilde nicht dulden. Er müsse zumindest mit einer Verwarnung rechnen, vielleicht auch mit einer Strafzahlung von mindestens 10 000 Goldflorin an die Gilde. Und bei Wiederholung sei ein Ausschluss aus der Gemeinschaft des Weißen Baums so gut wie sicher.

Mina fragte auch andere Gildenmitglieder, doch niemand hatte ShirKhan gesehen. Man bot ihr an, an einem Raid gegen eine Gruppe von Eisriesen teilzunehmen, die angeblich einen riesigen Schatz gehortet hatten. Doch obwohl Mina ihren Anteil daran gut hätte gebrauchen können, lehnte sie ab. Ihr war nicht nach einer Spielsession, die bis in die frühen Morgenstunden dauern würde. Sie loggte sich aus und versuchte abermals, Thomas über Handy und Skype zu erreichen, ohne Ergebnis.

Warum war sie nur so nervös? Dass jemand bei einem Raid aus der Reihe tanzte, konnte vorkommen. Vielleicht war ihm sein Verhalten einfach nur peinlich, und er mied deshalb den Kontakt zu ihr und den anderen Spielern. Im Grunde kannte sie Thomas nicht besonders gut. Er studierte Informatik wie sie. Sie hatte ihn in einem Tutorium kennengelernt und sich ein paarmal mit ihm und ein paar Kommilitonen zu Klausurvorbereitungen getroffen. Hin und wieder waren sie sich in der Mensa begegnet. Als er ihr erzählt hatte, dass er gern *World of Wizardry* spielte, hatten sie sich dort verabredet. Seitdem hatten sie online wesentlich mehr Kontakt gehabt als in der Realität, obwohl Minas Wohnung nur ein paar Hundert Meter von seiner entfernt lag. Sie war noch nie bei ihm zu Hause gewesen.

Sein Skype-Status stand weiterhin auf »online«.

»Verdammt, Thomas, was ist los mit dir? Melde dich endlich!«, tippte sie. Doch es kam keine Reaktion.

Schließlich ging sie frustriert zu Bett.

Gegen fünf Uhr morgens wachte sie auf. Im Traum war sie von allerlei Ungeheuern verfolgt worden. Thomas hatte tatenlos dagestanden und dümmlich gegrinst, während die Monster sie bei lebendigem Leibe zerrissen. »Tut mir leid«, hatte er immer wieder gesagt.

Sie versuchte, wieder einzuschlafen, was ihr jedoch misslang. Schließlich stand sie auf und fuhr den Laptop hoch. Thomas war angeblich noch immer online. Da sie sich nicht vorstellen konnte, dass er die Nacht durchgemacht hatte, musste das bedeuten, dass er seinen Computer seit Tagen nicht heruntergefahren, vermutlich nicht einmal angerührt hatte.

Das ungute Gefühl übernahm jetzt wieder die Oberhand. Thomas' seltsame Worte während des Raids fielen ihr wieder ein. »Alles ist wahr.« Was sollte das bloß bedeuten?

Sie gab »Welt am Draht« bei Google ein und fand einen Wikipedia-Artikel über einen Science-Fiction-Film aus den Siebzigerjahren. Die Story schien der Filmtrilogie *Die Matrix* zu ähneln, die Mina vor ein paar Jahren gesehen hatte. Damals war sie in der Gothic-Szene aktiv gewesen, und ihr hatten an dem Film vor allem die düsteren Outfits der Hauptdarsteller gefallen. Die Handlung war ihr zwar interessant, aber doch auch ziemlich weit hergeholt und unlogisch vorgekommen. Warum sollten sich intelligente Computer die Mühe machen, Menschen in einer Art Legebatterie zu halten und ihnen realistische virtuelle Welten vorzugaukeln? Für die Energiegewinnung gab es sicher effizientere Methoden. Hielt Thomas die Welt etwa für eine solche Simulation? War es das, was er mit »alles ist wahr« gemeint hatte? Aber was hatte das mit seinem seltsamen Verhalten zu tun? Möglicherweise hatte er unter Drogen gestanden. Aber Thomas war eigentlich nicht der Typ dafür, zumindest hätte sie ihn nicht so eingeschätzt.

Sie duschte, frühstückte und machte sich gegen halb acht auf den Weg. Ihre Vorlesung begann erst um Viertel nach neun. Die Zeit bis dahin wollte sie nutzen, um herauszufinden, was mit Thomas los war.

Immer noch öffnete er nicht. Keiner der Mitbewohner hatte ihn seit vorgestern gesehen. Eine Studentin mutmaßte, er sei vielleicht für ein paar Tage zu seinen Eltern nach Darmstadt gefahren. Mina fand die Telefonnummer in einem Onlineverzeichnis und erreichte Thomas' Mutter. Um sie nicht unnötig zu beunruhigen, erzählte sie nur, dass er zu einem Arbeitsgruppentreffen nicht gekommen sei und sie wissen wolle, ob er überhaupt gerade in Berlin sei. Nein, er sei schon länger nicht mehr zu Hause gewesen, erzählte die Mutter, und überhaupt sei es doch traurig, dass ihr Sohn sich so selten bei ihr melde, gerade jetzt, wo der Vater für einige Monate im Ausland sei und sie ganz allein zu Hause. Sie begann einen längeren Monolog über die Leiden einer Mutter, deren einziges Kind sich nicht mehr für sie interessierte. Nach einer Viertelstunde schaffte es Mina, das Gespräch mit dem Hinweis auf eine Vorlesung zu beenden. Nun wusste sie, dass Thomas vielleicht nicht so zuverlässig war, wie sie geglaubt hatte. Dennoch wuchs ihre Unruhe.

Von einem Mitbewohner bekam sie die Nummer der Hausverwaltung. Sie rief dort an und behauptete, Thomas habe ihr gegenüber über starke Kopfschmerzen und Übelkeit geklagt und öffne nun nicht mehr. Sie mache sich Sorgen und wolle sichergehen, dass er nicht vielleicht ärztliche Hilfe brauche.

Fast eine ganze Stunde musste sie warten, bis ein mürrischer Hausmeister erschien und die Tür mit einem Zweitschlüssel öffnete. Durch einen kleinen Eingangsbereich und eine zweite Tür betraten sie einen kombinierten Wohn- und Schlafraum. Die Vorhänge waren zugezogen, das Bett ungemacht. Das Licht brannte. Thomas' Laptop stand eingeschaltet auf dem Schreibtisch. Sein Handy lag daneben.

Der Hausmeister zog eine Augenbraue hoch. Mina öffnete die Tür zum Bad. Es war leer.

»Es ... es tut mir leid«, sagte sie. »Ich dachte wirklich, er wäre vielleicht krank oder so.«

»Schon gut. Kann ja mal passieren«, erwiderte der Hausmeister in einem Tonfall, der deutlich machte, dass daran gar nichts gut war. »Ich muss Sie dann jetzt bitten, zu gehen, damit ich wieder abschließen kann.«

»War denn vorher abgeschlossen?«

Der Hausmeister runzelte die Stirn.

»Nein, ich glaube nicht. Die Tür war bloß zugezogen.«

Mina sah sich um. Auf einem Bord neben der Eingangstür lag ein Schlüsselbund. Sie probierte die Schlüssel aus. Einer passte ins Schloss der Wohnungstür.

»Seltsam«, sagte sie mehr zu sich selbst als zu dem Mann, als sie die Schlüssel zurücklegte. »Wenn er weggegangen ist, wieso hat er den Schlüssel nicht mitgenommen?«

»Was glauben Sie, wie oft ich Wohnungen aufschließen muss, weil die Leute ihre Schlüssel vergessen haben«, erwiderte der Hausmeister. »Wenn ich dafür jedes Mal zehn Euro bekäme, könnte ich mich jetzt zur Ruhe setzen. Ihr Akademiker denkt ja immer, unsereins hätte nichts Besseres zu tun.«

Mina ignorierte ihn. Sie kehrte noch einmal in den Wohnraum zurück. Sie wollte nachsehen, was Thomas zuletzt am Laptop getan hatte, doch der Hausmeister hielt sie zurück.

»Ich muss Sie wirklich bitten, jetzt zu gehen.«

Dabei fiel ihr Blick auf den Nachtschrank. Dort lag ein Buch, dessen Titel ihr vage bekannt vorkam: *Simulacron-3* von Daniel F. Galouye. Sie nahm es an sich.

»Das hab ich ihm geliehen«, erklärte sie dem Mann.

Der grunzte missfällig, ließ sie jedoch gewähren und schloss hinter ihr die Wohnungstür ab.

»Bestellen Sie Ihrem Kommilitonen einen schönen Gruß. Er soll bloß nicht glauben, dass ich alles stehen und liegen lasse, um ihm das Apartment aufzuschließen, wenn es dem Herrn Studenten genehm ist.«

»Tut mir leid, dass ich Sie umsonst herbemüht habe«, sagte Mina. »Aber ich habe mir wirklich Sorgen gemacht.«

»Ja, ja«, brummte der Mann nur und ging, ohne sich zu verabschieden.

Mina sah auf die Uhr. Ihre Vorlesung war bereits halb im Gange. Also setzte sie sich in ein Café, bestellte einen Cappuccino und blätterte in dem Buch. Die Seiten waren stark vergilbt und abgegriffen. Einige Passagen waren mit Bleistift unterstrichen, an zwei Seiten klebten gelbe Post-its. Aus dem Klappentext erfuhr sie, warum ihr der Titel bekannt vorgekommen war. Sie hatte ihn in dem Wikipedia-Artikel gelesen: Er war die Romanvorlage für Rainer Werner Fassbinders Film *Welt am Draht*.

Sie las die hervorgehobenen Stellen. Auf einer der markierten Seiten wurde beschrieben, wie ein Mitarbeiter einer Marktforschungsfirma spurlos auf einer Party verschwand. An einer anderen Stelle unterhielten sich zwei Mitarbeiter der Firma darüber, ob ihre Welt möglicherweise nur eine Simulation sei. Schlau wurde Mina daraus nicht. Die Markierungen bestätigten aber ihren Verdacht, dass Thomas sich da in eine fixe Idee hineingesteigert haben könnte. Doch wo war er dann? Hatte er so etwas wie einen Nervenzusammenbruch gehabt? Litt er vielleicht unter Paranoia und irrte jetzt irgendwo verwirrt herum?

Vielleicht hatte er aber auch nur die letzten Nächte bei einer neuen Freundin verbracht. Der Gedanke erschreckte

Mina. Sie bereute auf einmal, das Buch mitgenommen zu haben. Welches Recht hatte sie eigentlich, sich derart in Thomas' Leben einzumischen? Was würde er von ihr denken, wenn er erfuhr, dass sie mithilfe des Hausmeisters in seine Privatsphäre eingedrungen war?

Sie schrieb ihm einen langen Brief, in dem sie sich für ihr Verhalten entschuldigte, erklärte, warum sie sich Sorgen gemacht hatte, und ihn bat, sich bei ihr zu melden, sobald er zurückkehre. Im P.S. erwähnte sie, dass sie sich das Buch auf seinem Nachtschrank geliehen hatte. Dann kehrte sie noch einmal zu seiner Wohnung zurück und schob den Zettel unter der Tür durch, bevor sie sich auf den Weg zur Uni machte.

5.

Du sitzt auf der alten, nach Schimmel riechenden Matratze. Es ist still und kühl hier unten. Die Luft schmeckt abgestanden und bitter. Eine einzelne Glühbirne im Drahtkäfig beleuchtet den fensterlosen Raum. Rostige Stahlregale tragen Trockenvorräte, deren Haltbarkeitsdatum längst abgelaufen ist, einen Verbandskasten, Gasmasken, ein altmodisches Strahlungsdosimeter, Pappkartons mit alten Unterlagen. An der Wand ein vergilbtes Plakat mit Anweisungen für das Verhalten nach einem Atomangriff. Druckdatum April 1966.

Von allen Orten, an denen du sein musst, weil du nicht dort sein kannst, wo du wirklich bist, ist dir dieser der liebste. Er fühlt sich sicher an. Aber natürlich ist auch das nur eine Illusion.

Deine Hand gleitet über den porösen Beton der Wand. Deine Fingerkuppen spüren den Widerstand. Warum hat sich noch niemand gefragt, wie es sein kann, dass einem die Dinge um einen herum so massiv vorkommen? Es ist doch angeblich erwiesen, dass sie fast nur aus leerem Raum bestehen. Der Abstand zwischen Elektronen und ihrem Atomkern entspricht demnach dem eines Stecknadelkopfs, der in zehn Kilometern Entfernung um einen Apfel kreist. Ist es nicht offensichtlich, dass da etwas nicht stimmt? Diese Frage hast du damals in der Schule gestellt. Sie haben dich ausgelacht.

Inzwischen weißt du, es ist nicht Arroganz oder Dummheit, die sie davon abhält, die richtigen Fragen zu stellen. Es ist ihre Angst. Das Wissen, dass die Welt nicht so ist, wie sie erscheint, dass man in einer Lüge lebt, dass alles ein Fake ist, kann niemand aushalten. Sie verdrängen die Wahrheit, wollen sie nicht hören. Und wenn du sie trotzdem aussprichst, machen sie dich lächerlich und erklären dich für verrückt. Sie würden dich sogar in eine Anstalt sperren. Das weißt du längst, deshalb sagst du nichts mehr, hast den Versuch, die Wahrheit zu offenbaren, schon lange aufgegeben.

Und doch weißt du, es gibt noch mehr Wissende da draußen. Es muss sie geben. Du bist zwar intelligenter als die meisten, aber doch längst kein Genie. Wenn du es weißt, müssen es auch andere wissen. Mit einem von ihnen zu reden wäre so befreiend. Dann könntest du es vielleicht sogar ertragen, jedenfalls eine Zeit lang.

Doch die Admins wollen das nicht. Sie unterbinden den Kontakt. Ein paar auf sich allein gestellte Zweifler sind zu verkraften, doch wenn sich eine Zelle bildete, könnte eine kritische Masse entstehen, die die ganze Blase zum Platzen brächte. Was würde dann wohl passieren? Wär es das Ende oder ein Anfang? Tod oder Wiedergeburt? Wie auch immer, sie dürfen das nicht zulassen. Du weißt es, und sie wissen, dass du es weißt.

Du kannst nichts *tun*.

Du kannst *nichts* tun.

Du kannst nichts tun.

Doch du *hast* etwas getan.

Was werden sie nun mit dir machen?

6.

Eisenberg schob den Rollstuhl auf dem gewohnten Weg an der Außenalster entlang.

»Wie ist er denn so, dein neuer Chef?«, fragte sein Vater.

Eisenberg schwieg einen Moment, mehr aus Gewohnheit als aus Überraschung. Es war sein Vater gewesen, der ihm beigebracht hatte, erst zu denken, bevor er etwas sagte. Und er kannte längst dessen unheimliches Gespür dafür, was seinen Sohn bewegte.

Rolf Eisenberg war bis zu seiner Pensionierung Richter am Hamburger Oberlandesgericht gewesen. Seinen Gerechtigkeitssinn hatte er auf seinen Sohn vererbt, doch die Fähigkeit des Gedankenlesens – jedenfalls kam es Eisenberg manchmal so vor – nicht.

»Er ist arrogant. Er denkt, weil er ein paar Jahre in New York war, ist er ein besserer Polizist als alle anderen.«

»Und ist er das?«

»Ich weiß es nicht. Ich habe ihn bisher noch nicht bei Ermittlungsarbeiten erlebt.«

»Aber er dich.«

»Na ja, nicht direkt. Es gab da einen Einsatz, der schiefgegangen ist.« Eisenberg schilderte den Ablauf.

»Wenn du den Zugriff nicht befohlen hättest und das Mädchen wäre zu Schaden gekommen, hätte ich dich wegen Verletzung deiner Dienstpflichten und unterlassener Hilfeleistung verurteilt«, sagte sein Vater.

Eisenberg hatte mit einer solchen Aussage gerechnet. Sein Vater mochte ein guter Richter gewesen sein, aber in Bezug auf ihn war er nicht objektiv. Dennoch tat es gut, seine Bestätigung zu hören.

»Greifswald sieht das anders. Er ist davon überzeugt, dass der Täter nicht geschossen hätte. Er sagt, der Mann hätte keinen Grund gehabt, seine wertvolle Ware zu beschädigen.«

»Also ist er ein schlechter Polizist.«

»Warum?«

»Einem guten Polizisten wäre klar gewesen, dass er nicht wissen kann, was im Kopf eines Mädchenhändlers vorgeht und wie er reagieren wird. Er hätte nicht wissen können, ob der Mann bei klarem Verstand ist, ob er übermüdet ist oder unter Drogen steht oder einfach nur schlechte Laune hat.«

»Vielleicht hast du recht.«

»Natürlich habe ich das. Du hast richtig gehandelt, mein Junge.«

»Danke, Vater.«

»Für die Wahrheit musst du dich nicht bedanken. Sag mir lieber, was du jetzt tun wirst.«

»Wie meinst du das?«

Sein Vater wandte sich im Rollstuhl zu ihm um und warf ihm einen kritischen Blick zu. Die gelähmte Hälfte seines Gesichts hing schief herab, aber seine Augen waren klar. Der Körper mochte die Verfallserscheinungen seiner mehr als achtzig Jahre zeigen, aber der Verstand war noch immer hellwach. »Stell dich nicht dumm. Das hat bei mir noch nie funktioniert.«

»Ich habe am Donnerstagabend mit Erik Häger telefoniert.«

»Deinem Freund beim BKA? Was hat er gesagt?«

»Er meinte, ich solle mich versetzen lassen.«

»Und wirst du seinen Rat befolgen?«

»Ich bin mir nicht sicher. Greifswald hat mir dasselbe nahegelegt.«

»Und es widerstrebt dir, zu tun, was er sagt. Das verstehe ich. Aber möglicherweise hat er es nur gesagt, weil er wusste, dass du es nicht tun wirst, dickköpfig wie du nun mal bist. Möglicherweise will er dich behalten, dich aber zurechtstutzen und unter seine Kontrolle bringen.«

War das wirklich so offensichtlich? Eisenberg hatte sich selbst immer eine gute Menschenkenntnis zugestanden. Aber die funktionierte offenbar nur, wenn er nicht persönlich betroffen war.

»Das hat Erik auch gesagt.«

»Also wirst du dir eine neue Stelle suchen?«

»Das wird nicht so einfach werden.«

»Das kommt auf deine Ansprüche an. Ich wäre lieber Schutzpolizist in Pinneberg, als von einem unfähigen Chef an der kurzen Leine gehalten zu werden.«

Eisenberg musste schmunzeln, als er sich seinen Vater in Polizeiuniform vorstellte. »Ich muss mal sehen. Vielleicht wird irgendwo der Leiter eines Kriminalkommissariats gesucht.«

»Ich könnte meinen alten Freund Ministerialrat Degenhart anrufen. Der kennt immer noch eine Menge Leute.«

»Danke, Vater. Aber heutzutage gibt es Stellenausschreibungen im Intranet. Ich werde schon was finden.«

»Und du denkst, das Internet kann persönliche Beziehungen ersetzen?«

»Das nicht. Aber persönliche Beziehungen können auch keine neuen Stellen schaffen.«

»Wie du meinst. Allerdings ist dieser Greifswald wohl eher durch persönliche Beziehungen dein Chef geworden als aufgrund seiner besonderen Eignung.«

»Da hast du auch wieder recht.«

»Wie auch immer. Denk mal ein paar Tage drüber nach. Sag mir Bescheid, wenn ich Degenhart anrufen soll.«

»Mach ich, Vater. Vielen Dank.«

Sie setzten den Weg schweigend fort. Sie mussten nicht viel reden – die Nähe zueinander gab beiden ein gutes Gefühl. Wie immer, wenn er seinem Vater sein Herz geöffnet hatte, fühlte Eisenberg sich besser.

Sie tranken wie üblich im Literaturhaus Kaffee, bevor er seinen Vater zurück in die Wohnung in Uhlenhorst brachte, wo er von einer Pflegerin betreut wurde.

Drei Tage später klingelte Eisenbergs Diensttelefon. Polizeidirektor Armin Kayser vom LKA Berlin war am Apparat: »Unser gemeinsamer Bekannter Erik Häger hat mir erzählt, Sie hätten möglicherweise Interesse an einem neuen Aufgabenfeld? Ich habe eine Stelle zu besetzen, für die Ihre Erfahrung relevant sein könnte. Wenn Sie möchten, könnte ich Ihnen gern mehr darüber erzählen.«

»Danke für Ihren Anruf«, erwiderte Eisenberg. »Ich weiß nicht genau, was Erik Häger Ihnen erzählt hat, aber es ist nicht so, dass ich unbedingt die Dienststelle wechseln will. Außerdem bin ich mit einem konkreten Fall beschäftigt, der noch lange nicht abgeschlossen ist.«

»Sie meinen die Sache mit dem Mädchenhändlerring. Davon habe ich gehört.«

Dass es bei der Polizei, wie in jeder anderen Organisation, eine Menge Klatsch und Tratsch gab, war für Eisenberg nichts Neues. Aber dass sich der Reinfall letzte Woche bis nach Berlin herumgesprochen hatte …

»Nachdem mir Erik Häger von Ihnen erzählt hat, habe ich ein bisschen recherchiert«, erklärte Kayser. »Ich habe den Einsatzbericht angefordert. Ehrlich gesagt suche ich jemanden, der genau so denkt und handelt, wie sie es getan haben. Der nicht einfach einen vorbereiteten Plan umsetzt, sondern sich auf Erfahrung und Intuition verlässt, wenn es darauf ankommt. Der handelt, statt zu diskutieren. Mir ist durchaus bewusst, dass Sie etwas riskiert haben, als Sie den Befehl zum Zugriff gaben. Ich bin nicht sicher, ob ich genauso reagiert hätte wie Sie. Aber ich habe großen Respekt vor Ihrer Entscheidung, das Leben dieses Mädchens über einen potenziellen Fahndungserfolg zu stellen.«

Schmierte ihm dieser Kayser bloß Honig um den Bart?

»Um was für eine Aufgabe geht es denn?« Eisenberg hatte sich die internen Stellenausschreibungen angesehen, aber bisher nichts gefunden, was ihn spontan interessiert hätte.

»Nun ja, das ist ein wenig speziell. Ich leite die Abteilung 7 für Phänomenzentrierte Kriminalitätsbekämpfung und Ermittlungsunterstützung. Wir haben hier eine Sonderermittlungsgruppe, die sich mit der Vorfeldermittlung und Verhinderung von Straftaten beschäftigt.«

»Prävention? Das ist nicht gerade mein Spezialgebiet.«

»Es geht nicht um Prävention im üblichen Sinn. Sie erinnern sich an den Fall Anders Breivik?«

»Natürlich.«

»Wie Sie wissen, hat er seine Taten im Internet angekündigt, bevor er das Jugendcamp auf der Insel Utøya überfiel und siebenundsiebzig Menschen tötete. Wir haben daraufhin eine Gruppe von Spezialisten zusammengestellt. Sie wurde gegründet, um potenzielle Amokläufer zu identifizieren, bevor diese zuschlagen. Damit sollen ähnliche Taten bei uns in Deutschland verhindert werden.«

»Bei allem Respekt, Herr Kayser, aber das erscheint mir absurd. Wie wollen Sie einen potenziellen Massenmörder von all den Spinnern, die im Internet dumme Sprüche klopfen, unterscheiden? Und selbst, wenn Sie es könnten – was wollen Sie tun? Jemanden verhaften, weil er eine Straftat begehen *könnte*? Ich fürchte, dafür gibt es in unserem Rechtssystem keine Grundlage.«

»Sie legen den Finger in die Wunde, Herr Eisenberg. Natürlich ist uns klar, dass es so nicht funktioniert. Wie das eben so ist, wenn der öffentliche Druck groß genug ist, um Politiker zum Handeln zu zwingen, kommen dabei nicht immer praktikable Maßnahmen heraus. Die ursprüngliche Idee war es, entsprechende Präventionsmaßnahmen zu ergreifen, um wenigstens schnell eingreifen zu können, wenn ein Amokläufer losschlägt. Aber das hat sich als undurchführbar erwiesen.«

»Warum überrascht mich das nicht?«

»Nun, jedenfalls gibt es jetzt diese Ermittlungsgruppe, und ehrlich gesagt bin ich mir nicht ganz sicher, wie ich sie sinnvoll einsetzen kann. Das sind alles junge Leute, hoch talentierte Spezialisten. Aber ihnen fehlt zum Teil das polizeiliche Handwerkszeug und vor allem Erfahrung.«

»Warum lösen Sie die Gruppe nicht einfach wieder auf, wenn Sie erkannt haben, dass der Ansatz nicht funktioniert?«

»Herr Eisenberg, ich muss Ihnen wohl nicht erklären, wie Polizeipolitik funktioniert. Sie erleben ja in Hamburg selber die Auswirkungen. Wenn ich die Gruppe einfach auflösen würde, würde man mir und dem Berliner LKA Versagen vorwerfen. Ich persönlich kann mit so etwas leben, aber trotzdem wäre eine solche Entscheidung momentan, sagen wir mal, nicht opportun.«

»Ich fasse also zusammen: Sie haben eine Ermittlungsgruppe, die keine echte Aufgabe hat, aber auch nicht einfach aufgelöst werden kann. Und jetzt suchen Sie jemanden, der Ihnen dabei hilft, diese Leute irgendwie sinnvoll einzusetzen.«

»Exakt.«

»Nun, das klingt für mich ehrlich gesagt nicht wie eine besonders vielversprechende Perspektive.«

Kayser seufzte.

»Da haben Sie wohl recht. Offen gestanden bin ich ein wenig verzweifelt. Es ist mir bisher nicht gelungen, einen kompetenten und erfahrenen Polizisten zu finden, der bereit wäre, die Aufgabe zu übernehmen. Hinzu kommt, dass die Mitglieder der Gruppe ein wenig … speziell sind. Man braucht schon eine Menge Einfühlungsvermögen und natürliche Autorität, um daraus ein funktionierendes Team zu machen. So wie Erik Häger Sie beschrieben hat, wären Sie genau der Richtige dafür. Aber ich kann natürlich verstehen, dass das für Sie nicht unbedingt reizvoll klingt. Alles, was ich Ihnen anbieten kann, sind große Handlungsfreiheit und die Zusage, dass ich alles in meiner Macht Stehende tun würde, um Sie zu unterstützen. Natürlich ist auch denkbar, dass sich aus dieser Aufgabe weitere Perspektiven im Berliner LKA ergeben, aber ich kann Ihnen da nichts Konkretes versprechen.«

Nein, diese Aufgabe klang wirklich nicht besonders attraktiv. Sie war nicht offiziell im Polizei-Intranet ausgeschrieben, aber wenn Eisenberg das, was Kayser ihm erzählt hatte, in einer Stellenbeschreibung gelesen hätte, hätte er keine Sekunde an den Gedanken einer Bewerbung verschwendet. Dennoch: Kaysers Offenheit gefiel ihm.

»Sie sprachen von Spezialisten«, sagte Eisenberg. »Worin genau besteht ihre Expertise?«

»Es sind überwiegend Fachleute ohne spezifische Polizeiausbildung. Sie kennen sich vor allem mit Technik aus, mit dem Internet und so.«

»Ich fürchte, da bin ich der Falsche. Ich kann zwar mit INPOL umgehen, aber was das Internet angeht, bin ich eher Laie. Wenn ich mich bei Facebook anmelden müsste, würde ich die IT-Abteilung anrufen.«

Kayser lachte.

»Ist bei mir ähnlich. Aber darum geht es auch nicht. IT-Know-how ist im Team mehr als genug vorhanden. Was fehlt, ist das polizeiliche Handwerkszeug und, wie gesagt, Erfahrung.«

»Wie soll ich eine Gruppe zusammenhalten, wenn ich nicht mal im Ansatz verstehe, was ihre Mitglieder tun?«

»Ohne Sie persönlich zu kennen, Herr Eisenberg, bin ich sicher, dass Sie eine rasche Auffassungsgabe haben. Das, was Sie lernen müssen, lernen Sie schnell. Aber es wird bei dieser Aufgabe vor allem auf Ihr menschliches Einfühlungsvermögen ankommen.«

»Was meinen Sie damit?«

»Nun, ich mache Ihnen einen Vorschlag. Kommen Sie nach Berlin und lernen Sie das Team kennen. Dann können Sie sich ein eigenes Bild von der Aufgabe machen. Und wenn Sie dann das Gefühl haben, mit diesen jungen Leuten klarzukommen, könnte ich Ihnen eine Interimsleitung anbieten, vielleicht für ein halbes Jahr. Wenn Sie danach bleiben wollen, können wir das jederzeit in ein unbefristetes Dienstverhältnis umwandeln. Wenn nicht, kehren Sie einfach an Ihre jetzige Dienststelle zurück.«

»Ich bezweifle, dass mich Kriminaldirektor Greifswald für ein halbes Jahr freistellen würde.«

»Das überlassen Sie mir. Ich kenne Joe Greifswald und

weiß, wie er arbeitet. Und glauben Sie mir, ich habe auch ein paar politische Verbindungen.«

Das klang nicht so, als wenn Greifswald Kayser besonders sympathisch wäre. Dieser Umstand wiederum nahm Eisenberg umso mehr für den Berliner ein.

»Was meinen Sie, Herr Eisenberg? Wollen Sie nicht in den nächsten Tagen eine Dienstreise nach Berlin machen? Schauen Sie sich die Gruppe einfach mal an. Ich möchte auf jeden Fall Ihre Meinung hören, bevor ich das Team unwiderruflich auflöse.«

»Ich würde gern noch einmal darüber nachdenken. Ich melde mich wieder.«

»Einverstanden. Vielen Dank, Herr Eisenberg! Auf hoffentlich bald!«

»Wer war das denn?«, fragte Udo Pape, der während des Gesprächs angestrengt versucht hatte, den Eindruck zu erwecken, als lausche er nicht.

»Polizeidirektor Kayser vom LKA Berlin. Er hat mir eine Stelle angeboten. Aber sonderlich attraktiv klang das ehrlich gesagt nicht.«

Pape zog ein langes Gesicht.

»Dafür hast du aber verdächtig interessiert geklungen. Lass mich bloß nicht allein mit diesem Ekel!«

»Noch ist nichts entschieden. Wenn überhaupt, fahre ich erst mal nach Berlin und sehe mir die Sache an.«

»Das würde Greifswald ziemlich ärgern, vermute ich.«

Eisenberg musste schmunzeln.

»Eben.«

Am selben Abend rief Eisenberg noch einmal Erik Häger an und bedankte sich für die Vermittlung. Häger empfahl Kayser als einen kompetenten und fairen Vorgesetzten, der im Berliner LKA und darüber hinaus einen hervorragenden Ruf genoss. »Ihr werdet euch sicher gut verstehen«, behauptete er.

Eisenberg war noch nicht überzeugt, doch die Aussicht, Greifswald eins auszuwischen, indem er nach Berlin fuhr, reizte ihn. Also rief er am nächsten Tag im Berliner LKA an. Kayser war in einer Besprechung. Eisenberg teilte der Assistentin mit, dass er grundsätzlich bereit sei, nach Berlin zu kommen, jedoch dafür noch einen Tag Urlaub beantragen müsse. Er werde sich melden, sobald dieser Tag genehmigt sei.

Während er noch überlegte, wie er Greifswald gegenüber den Urlaubstag begründen sollte, wurde er in dessen Büro zitiert.

»Ich habe eben einen Anruf vom LKA Berlin erhalten«, sagte sein Chef mit säuerlicher Miene. »Man benötigt dort angeblich dringend Ihre Expertise. Die wollten mir nicht mal sagen, worum es geht. Sie sollen Donnerstagvormittag bei Polizeidirektor Kayser erscheinen.« Greifswald beugte sich an seinem Schreibtisch vor. »Eisenberg, was geht hier vor?«, fragte er mit schneidender Stimme. »Wenn Sie sich mit mir anlegen oder irgendwelche Spielchen mit mir treiben wollen, dann ziehen Sie den Kürzeren, glauben Sie mir!«

Eisenberg entschied sich für Offenheit.

»Polizeidirektor Kayser hat mir die Leitung einer Ermittlungsgruppe angeboten. Da Sie mir die Versetzung nahegelegt haben, habe ich gedacht, es kann nicht schaden, mir die Sache anzusehen. Ich bin gern bereit, dafür einen Urlaubstag zu opfern. Ich habe nicht erwartet, dass das LKA meine dienstliche Expertise anfordern würde.«

Greifswald lachte gekünstelt.

»Vergessen Sie mal, was ich letzte Woche gesagt habe!« Seine Stimme war plötzlich auffallend freundlich. »Ich war sauer wegen des Einsatzes, da sagt man eben Dinge, die nicht so gemeint sind. Ich weiß Ihre Erfahrung und Ihre Einsatzbereitschaft durchaus zu schätzen. Sie wollen doch nicht alles aufgeben, was Sie hier erreicht haben, um irgendeine zweitklassige Aufgabe im Berliner LKA zu übernehmen?«

»Wenn Sie keine Einwände haben, würde ich der Einladung von Polizeidirektor Kayser gern Folge leisten. Er hat mich um meine Einschätzung zu der betreffenden Gruppe gebeten.«

Greifswalds Augen wurden schmal.

»Ich kann Sie wohl nicht daran hindern. Aber eins sage ich Ihnen, Eisenberg: Wenn Sie raus sind aus meinem Team, sind Sie raus! Bei mir gibt es nur zwei Seiten: Entweder man ist für oder gegen mich!«

»Ich habe immer gedacht, alle Polizisten stehen auf derselben Seite«, erwiderte Eisenberg. »Auf der des Rechts.«

Greifswald warf ihm einen finsteren Blick zu.

»Also, fahren Sie in Gottes Namen nach Berlin! Aber ich dulde nicht, dass Ihre Ermittlungsarbeit darunter leidet! Das wäre alles.«

Eisenberg verließ das Büro mit gemischten Gefühlen. Falls sich die Stelle in Berlin nicht als ein gutes Angebot herausstellte, hatte er ein Problem.

7.

»Ich möchte eine Vermisstenanzeige aufgeben«, sagte Mina.

Die Polizistin blickte sie aufmerksam an.

»Name?«

»Thomas Gehlert.«

»Ich brauche zunächst Ihren Namen.«

»Ach so. Mina Hinrichsen.« Sie nannte ihre Adresse.

Die Beamtin tippte die Angaben in den Computer.

»Und die vermisste Person ist ...«

»Thomas Gehlert.« Sie nannte auch Thomas' Anschrift.

»Können Sie mir das Geburtsdatum des Vermissten nennen?«

»Das weiß ich nicht.«

»Wie alt ist er? Ungefähr?«

»Ich bin nicht sicher. Fünfundzwanzig oder sechsundzwanzig vermutlich.«

»Seit wann wird die Person vermisst?«

»Seit einer Woche. Er war seitdem nicht in seinem Apartment. Niemand hat ihn gesehen. Ich habe überall herumgefragt. Keiner, der ihn kannte, weiß, wo er ist. Auch seine Eltern haben nichts von ihm gehört.«

»In welcher Beziehung stehen Sie zu dem Vermissten?«

»Er ist ein Kommilitone. Wir haben uns ein paarmal zum Lernen getroffen. Und wir spielen hin und wieder gemeinsam im Internet.«

Die Polizisten sah sie forschend an.

»Sie haben und hatten kein ... intimes Verhältnis zu Thomas Gehlert?«

»Nein. Ich mache mir bloß Sorgen. Es passt nicht zu Thomas, dass er einfach so verschwindet, ohne irgendwem Bescheid zu geben.«

»Hatte Herr Gehlert, soweit Ihnen bekannt ist, irgendwelche Krankheiten? Benötigt er Medikamente?«

»Nein, nicht dass ich wüsste.«

»War er depressiv? Hat er eine Selbsttötungsabsicht ausgesprochen oder angedeutet?«

»Nein.«

»Hat er irgendwelche Anzeichen von geistiger Verwirrung gezeigt? War er vielleicht betrunken oder stand unter Drogen?«

»Ich glaube nicht.« Mina verschwieg das seltsames Verhalten von Thomas während des Raids. Davon zu erzählen, hätte bedeutet, über Dinge sprechen zu müssen, über die sie nicht sprechen wollte. Nicht mit der Polizei.

»Ich fürchte, dann sind die Voraussetzungen für eine Vermisstenanzeige nicht erfüllt«, sagte die Beamtin. »Jeder Erwachsene hat das Recht auf freie Wahl seines Aufenthaltsorts und muss auch niemand anderem erzählen, wo er sich befindet. Wir können leider nichts tun, solange es keinen Hinweis auf eine Straftat gibt und keine Gefahr für Leib und Leben der vermissten Person besteht.« Sie lächelte professionell. »Ich verstehe Ihre Sorge. Aber in den meisten Fällen erweist sie sich als unbegründet. Es kommt häufiger vor, als man glaubt, dass Menschen etwas Unerwartetes tun.«

»Aber er hat weder sein Handy noch seine Wohnungsschlüssel mitgenommen. Er hat den Computer und das Licht angelassen.«

»Woher wissen Sie das?«

Mina erzählte, wie sie mithilfe des Hausmeisters in Thomas' Wohnung eingedrungen war.

»Seitdem war ich praktisch jeden Tag in dem Wohnheim und habe immer wieder nachgefragt, aber niemand hat Thomas gesehen. Es ... es ist, als habe er sich in Luft aufgelöst.«

Die Beamtin setzte wieder ihr unechtes Lächeln auf.

»Keine Sorge, in Luft aufgelöst hat sich bisher noch niemand. Wenn Ihnen so sehr daran gelegen ist, seinen Aufenthaltsort zu ermitteln, kann ich Ihnen lediglich raten, sich an eine Detektei zu wenden.«

»Aber was ist, wenn ihn jemand ... beseitigt hat?«

»Haben Sie dafür einen konkreten Verdacht?«

»Nein, aber ...«

»Wie gesagt, solange es keinen Hinweis auf eine Straftat gibt, können wir nicht tätig werden. Machen Sie sich nicht zu viele Sorgen. Jedes Jahr verschwinden Tausende Personen auf unerklärliche Weise – und tauchen irgendwann wieder auf.«

»Ja, vermutlich haben Sie recht. Danke.«

Als Mina das Polizeirevier verließ, schlug ihr original Berliner Nieselregen entgegen. Er fühlte sich angenehm kühl auf der Haut an.

Was, wenn er recht hat?

Sie blickte sich um. Das Revier lag unweit ihrer Wohnung in der Wedekindstraße, einer auf einer Seite baumbestandenen Nebenstraße in Friedrichshain. Eine Mutter mit Kopftuch und Kinderwagen schob sich an ihr vorbei. Auf der anderen Straßenseite stritt sich ein junges Paar. Die Welt war vertraut und kam ihr doch auf einmal fremd vor.

Was, wenn das alles nicht real ist?

Mina hatte nicht wirklich damit gerechnet, dass die Polizei viel tun würde. Wahrscheinlich war das auch nicht nötig. Thomas würde irgendwie wieder auftauchen. Alles würde sich als großes Missverständnis herausstellen.

Sie klammerte sich an diesen Gedanken wie ein Schiffbrüchiger an einen Rettungsring. Denn die Alternative war unerträglich.

Was, wenn sie ihn einfach gelöscht haben?

Mina hatte sich nie viel aus Science-Fiction gemacht, obwohl das Genre unter Informatikstudenten sehr populär war ... Wenn sie etwas las, dann meistens Fachbücher, hin und wieder vielleicht mal eine Biografie. Früher, als Teenager, hatte sie Vampirgeschichten geliebt, doch aus dem Alter war sie längst raus.

Das Buch von Thomas hatte sie jedoch in seinen Bann gezogen. Eigentlich hatte sie beim Lesen nur irgendeinen Hinweis auf Thomas' Verbleiben erhofft, doch bald hatte sie eine eigentümliche Faszination ergriffen. Inzwischen hatte sie es zweimal von vorne bis hinten durchgelesen.

Das Buch war bereits in den Sechzigerjahren erschienen. Die Computer des Jahres 2034, die man sich damals vorgestellt hatte, waren so groß wie dreistöckige Häuser, die Städte voller Laufbänder und fliegender Autos. Die Menschen lebten in einem quasi-totalitären Staat, der mit einem Heer von Interviewern fanatisch die Meinung seiner Bürger ausforschte. Das allgegenwärtige Internet, die Tatsache, dass Firmen wie Google, Facebook und Amazon durch simple Beobachtung mehr über die eigenen Vorlieben wussten als man selbst, waren damals noch unvorstellbar gewesen. Doch es waren weniger der Retrocharme und die satirischen Untertöne, die sie an Galouyes Roman faszinierten. Es war diese bedrückende Atmosphäre, das Gefühl des Protagonisten, dass ihm die Welt zwischen den Fingern zerrann wie Sand im Sommerwind. Ein Gefühl, das Mina auf einmal seltsam vertraut vorkam.

Nach längeren Spielsessions in *World of Wizardry* hatte sie manchmal den Eindruck gehabt, als sei die Welt um sie herum weniger real als die Fantasiewelt *Goraya*, in der das Spiel angesiedelt war. Sie hatte dies auf einen Gewöhnungseffekt des Gehirns zurückgeführt, so wie es einem nach einem Segeltörn auf der Ostsee manchmal so vorkam, als schwanke der Boden, wenn man an Land zurück war.

Nun war sie sich nicht mehr so sicher, ob es nicht doch mehr war als das.

Trotz seiner antiquierten technischen Vorstellungen nahm der Roman die Entwicklung der virtuellen Realität in vielerlei Hinsicht bemerkenswert exakt vorweg. Und das, obwohl er in einer Zeit verfasst worden war, als Computer bestenfalls einfarbige Liniengrafiken auf dem Bildschirm projizieren konnten. Das Buch musste viele Science-Fiction-Autoren stark beeinflusst haben, darunter die Wachowski-Geschwister, die Galouyes Idee einer vorgegaukelten Realität in ihrem Kultfilm *Die Matrix* aufgegriffen und zeitgemäß umgesetzt hatten.

Offensichtlich hatte es auch Thomas' Denken verändert. Wie sonst war sein Ausfall während des Raids zu erklären? »Welt am Draht! Alles ist wahr!« Das bezog sich eindeutig auf den Roman.

Er hatte ihnen zu verstehen geben wollen, dass die reale Welt nur eine Simulation war. Und kurz darauf war er spurlos verschwunden. Die Parallele zum Buch war unübersehbar: In einer Schlüsselszene befand sich der Protagonist, Douglas Hall, auf der Party seines Chefs. Dort traf er den Sicherheitsverantwortlichen der Firma, die ein System für simulierte Realitäten entwickelt hatte. Dieser berichtete ihm von einer unglaublichen Entdeckung, die der wissenschaftliche Leiter des Projekts angeblich gemacht habe, bevor er durch einen Unfall starb. Im nächsten Moment verschwand der Sicherheitschef von einer Sekunde auf die andere spurlos. Mehr noch: Alle Erinnerungen an ihn, alle Spuren seiner Existenz waren plötzlich ausgelöscht. Nur der Protagonist wusste noch, dass es ihn gegeben hatte. Mina hatte die Szene mindestens zehnmal gelesen. Und jedes Mal war sie ihr beängstigender erschienen.

Immerhin: Thomas war bloß verschwunden. Seine Wohnung war noch da, seine Mitbewohner wussten immer noch, dass es ihn gab. Es musste eine andere Erklärung für sein Verschwinden geben.

Es musste einfach!

8.

Berlin wirkte wie ausgebleicht. Ein klebriger Nieselregen widersetzte sich hartnäckig allen Bemühungen der Scheibenwischer, die wohl seit der Erstzulassung des uralten Mercedes Diesel nicht ausgewechselt worden waren. Eisenberg ärgerte sich, dass er nicht die U-Bahn genommen hatte. Selbst bei dem miesen Wetter wäre er lieber zu Fuß unterwegs gewesen als in einem klapprigen Taxi im Berufsverkehr der Hauptstadt festzustecken und sich auch noch das Geschimpfe des Fahrers anhören zu müssen.

Endlich hielt der Wagen vor einem schmucklosen Betonbau in Tempelhof. Eisenberg stieg aus und sah sich um. Wollte er hier wirklich arbeiten? Berlin war ihm im Vergleich zu Hamburg immer irgendwie schmuddelig vorgekommen, und das Wetter trug wenig dazu bei, diesen Eindruck zu ändern.

Armin Kayser war in etwa so alt wie er selbst. Er hatte kurzes, graues Haar und ein kantiges Gesicht, das ihm eine Aura militärischer Disziplin verlieh. Doch sein Lächeln war warmherzig, und seine Augen lächelten mit.

»Schön, dass Sie kommen konnten, Herr Eisenberg. Setzen Sie sich doch.« Er deutete auf einen Platz an einem kleinen Besprechungstisch in seinem nicht allzu großzügig ausgestatteten Büro. »Möchten Sie einen Kaffee oder einen Cappuccino?«

»Ein stilles Wasser würde mir reichen.«

»Gern.« Kayser stellte eine Plastikflasche und zwei Gläser auf den Tisch und schenkte ein. »Kommen wir gleich zur Sache, wenn es Ihnen recht ist. Ich habe in einer halben Stunde einen Anschlusstermin. Ich schlage vor, dass Sie den Tag heute nutzen, um das Team kennenzulernen. Vorher möchte ich Ihnen nur noch ein paar Hintergründe mit auf den Weg geben. Es ist nämlich so ...«

Eine halbe Stunde später führte Kayser persönlich Eisenberg in das Büro, in dem die Sonderermittlungsgruppe Internet, abgekürzt SEGI, untergebracht war.

Ein ausgedruckter Zettel mit der Aufschrift »iForce« in einer SciFi-Schrifttype und dem retuschierten Foto eines Polizeibeamten, der ein Laserschwert hielt, war mit Tesa an der Tür befestigt – ein Vorgeschmack auf das, was Eisenberg erwartete.

Eine Ecke des annähernd quadratischen Raums war durch Glaswände abgetrennt. In dem so entstandenen Glaswürfel stand ein Schreibtisch mit drei großen Monitoren darauf. Dahinter saß ein junger Mann mit Lockenkopf. Er trug Kopfhörer. Sein Blick war starr auf die Bildschirme gerichtet. Er schien die beiden Neuankömmlinge nicht zu bemerken. Die übrigen drei Personen im Raum drehten sich dagegen neugierig um.

»Ich möchte Ihnen Hauptkommissar Eisenberg vom Hamburger LKA vorstellen«, sagte Kayser. »Das hier ist Benjamin Varnholt.« Er deutete auf einen stark übergewichtigen Mann Anfang dreißig mit Dreitagebart, dunkler Brille und einem fettigen Haarzopf. Er trug Jeans, abgewetzte Turnschuhe und ein fleckiges T-Shirt mit dem Emblem einer Rockband. Sein Schreibtisch, überhäuft mit Monitoren, Laptops, einer leeren Pizzaverpackung und einem Stapel aus Unterlagen, Pappschachteln, DVD-Hüllen und Computerplatinen, hatte für die Gesetze der

Schwerkraft offenbar eine Ausnahmegenehmigung erhalten.

»Tach«, sagte Varnholt und wandte sich wieder den Monitoren zu.

»Hier drüben sitzt Kriminalkommissar Jaap Klausen. Er leitet die Abteilung kommissarisch.«

Ein junger, schlanker Mann mit dunklem, kurz geschnittenem Haar erhob sich von seinem Schreibtisch, der ebenfalls zwei Monitore trug, jedoch wesentlich aufgeräumter wirkte als der von Varnholt. Er gab Eisenberg die Hand.

»Freut mich, Sie kennenzulernen, Herr Hauptkommissar!«

Eisenberg erwiderte den Händedruck, der angenehm fest war.

»Freut mich ebenfalls.«

»Und hier ist unsere Kriminalpsychologin, Dr. Claudia Morani.« Kayser wies auf eine attraktive junge Frau mit Brille und langen schwarz glänzenden Haaren. Sie blickte Eisenberg mit gerunzelter Stirn an, als könne sie sich nicht erklären, was er hier wollte. Der einzelne Laptop auf ihrem Schreibtisch wirkte geradezu erfrischend normal.

»Dort drüben im Eckbüro sitzt Simon Wissmann, ein Computerspezialist. Sein Schreibtisch ist eigentlich dort.« Er wies auf einen Tisch, auf dem sich neben einem Laserdrucker Computerverpackungen und Ausdrucke stapelten. »Das Eckbüro stünde selbstverständlich Ihnen zu.«

Eisenberg spürte, wie die drei Gruppenmitglieder sich bei diesem Satz versteiften. Offenbar hatte ihnen bisher noch niemand mitgeteilt, dass ein neuer Leiter für ihr Team gesucht wurde.

»Hauptkommissar Eisenberg wird mit Ihnen allen Gespräche führen«, sagte Kayser. »Ich möchte Sie bitten, alle seine Fragen offen und ehrlich zu beantworten. Danach werde ich mit ihm gemeinsam über das weitere Vorgehen bezüglich dieser Gruppe entscheiden.«

Jaap Klausen nickte mit stoischer Miene. Claudia Moranis Stirnrunzeln vertiefte sich und ihre Augen verengten sich leicht.

»Schon klar«, gab Varnholt von sich, ohne sich auch nur umzudrehen.

»Dann stelle ich Ihnen jetzt Herrn Wissmann vor«, sagte Kayser in einem Tonfall, als hätte er sagen wollen: Dann öffne ich jetzt mal den Löwenkäfig. Er öffnete die Tür des abgeteilten Büros.

»Herr Wissmann?«

Der Angesprochene starrte ungerührt auf seinen Monitor. Seine Finger glitten über die Tastatur, als streichele er sie zärtlich. In beeindruckender Geschwindigkeit erschienen Programmzeilen auf einem der drei Bildschirme vor ihm.

»Herr Wissmann!«, sagte Kayser lauter.

»Moment«, murmelte der und setzte seine Arbeit fort.

Kayser und Eisenberg warteten. Der »Moment« zog sich in die Länge.

Kayser seufzte.

»Herr Wissmann! Ich muss in einen Termin.«

Wissmann tippte weiter. Zehn Sekunden später unterbrach er sich endlich und nahm die Hände von der Tastatur. Immer noch sah er Eisenberg und Kayser nicht an.

»Würden Sie bitte die Kopfhörer abnehmen, Herr Wissmann«, sagte Kayser sichtlich genervt. »Ich möchte Ihnen jemanden vorstellen.«

Wissmann nahm endlich die Kopfhörer ab und legte sie behutsam neben die Tastatur. Dann drehte er den Kopf in ihre Richtung und sah Eisenberg für den Bruchteil einer

Sekunde an, bevor er den Blick senkte, als seien die Knie des Hauptkommissars wesentlich bedeutender als sein Gesicht. Eisenberg nahm unterschwellig wahr, dass die Augen der drei übrigen Teammitglieder aufmerksam auf ihn gerichtet waren.

»Das ist Hauptkommissar Eisenberg vom LKA Hamburg. Er möchte sich gern mit Ihnen unterhalten.«

»Keine Zeit jetzt«, sagte Wissmann und griff wieder nach den Kopfhörern.

Kayser legte eine Hand auf Wissmanns Schulter. Es war nur eine sanfte Berührung, dennoch zuckte der junge Mann sichtbar zusammen.

»Es ist wichtig, Herr Wissmann.«

Wissmann drehte sich um. Wieder warf er einen kurzen Blick zu Eisenberg, wandte die Augen jedoch rasch wieder ab.

»Na gut.«

Eisenberg begann zu ahnen, auf was er sich eingelassen hatte. Er wandte sich an Kayser.

»Gibt es hier einen Besprechungsraum, in dem wir eine Weile ungestört sind?«

»Ja. Kommen Sie, ich führe Sie hin. Mit wem möchten Sie zuerst sprechen?«

»Mit Herrn Wissmann.«

»Kommen Sie bitte mit, Herr Wissmann«, sagte Kayser in scharfem Tonfall. »Jetzt!«

Wissmann stand von seinem Stuhl auf und folgte ihnen. Die Stille war greifbar, als sie an den Schreibtischen der übrigen Teammitglieder vorbeigingen. Kayser führte sie in einen kleinen Besprechungsraum, in dem ein rechteckiger Konferenztisch für acht Personen stand. Wissmann setzte sich. Er legte die Hände in den Schoß und starrte sie an. Eisenberg setzte sich ihm gegenüber.

»Ich lasse Sie dann allein«, sagte Kayser. »Bitte kommen Sie gegen sechzehn Uhr in mein Büro, wenn Sie bis dahin fertig sind.«

»Mache ich. Bis später.«

Nachdem Kayser gegangen war, wartete Eisenberg einen Moment. Wissmann hob den Blick nicht.

»Wie ist Ihr Name?«, fragte Eisenberg nach einer Minute.

»Simon Wissmann. Das wissen Sie doch.«

»Ja, das weiß ich. Aber ich wollte Ihnen den Einstieg erleichtern.«

Wissmann sagte nichts.

»Sehen Sie mich bitte an, Herr Wissmann.«

Er hob den Kopf für den Bruchteil einer Sekunde. Dann senkte er den Blick wieder auf seine Hände.

»Sie sind Autist, nicht wahr?«

»Asperger«, antwortete Wissmann.

»Was ist das?«

»Der Begriff *Asperger-Syndrom* bezeichnet eine sogenannte Entwicklungsstörung innerhalb des Autismusspektrums«, sagte Wissmann in einer monotonen Stimme, als lese er etwas aus einem Lexikon vor. »Sie äußerst sich durch Schwächen in den Bereichen soziale Interaktion und Kommunikation. Personen mit Asperger-Syndrom haben Schwierigkeiten, nonverbale und parasprachliche Signale bei anderen Personen zu erkennen und selbst auszusenden. Sogenannten normalen Menschen erscheint ihr Kontakt- und Kommunikationsverhalten merkwürdig und ungeschickt. Jedoch unterliegen sie nicht nur Beeinträchtigungen, sondern verfügen oft auch über Stärken in den Bereichen der Wahrnehmung, Konzentrationsfähigkeit oder Gedächtnisleistung, gelegentlich sogar über Hoch- oder Inselbegabungen. Das Syndrom ist angeboren und nicht heilbar. Die Frage, ob es überhaupt als Krankheit oder als eine Normvariante der menschlichen Informationsverarbeitung eingestuft werden sollte, ist umstritten.«

»War das aus Wikipedia?«

»Ja.«

»Warum sind Sie hier, Herr Wissmann?«

»Polizeidirektor Kayser hat mir die dienstliche Anweisung erteilt, mit Ihnen ein Gespräch zu führen.«

»Ich habe mich unpräzise ausgedrückt. Warum sind Sie Mitglied der SEGI? Was war Ihr Motiv, sich dafür zu bewerben?«

»Die Aufgabe erschien mir reizvoll. Man hat mir versprochen, dass ich unbegrenzte technische Mittel zur Verfügung haben würde. Man hat mir versprochen, dass ich im Rahmen der Gesetze vollkommene Handlungsfreiheit haben würde.«

»Und diese Versprechen sind nicht eingehalten worden?«

»Nein. Mein letzter Investitionsantrag für die Anschaffung eines Parallelrechner-Clusters wurde abgelehnt.«

Eisenberg nahm sich vor, später nachzuforschen, was das für ein Investitionsantrag gewesen war. Er konnte sich allerdings vorstellen, dass Wissmann nicht das geringste Gefühl dafür besaß, was in einer Polizeibehörde als sinnvoller Rahmen für eine IT-Investition angesehen wurde. Vermutlich hatte er vorgehabt, ein Rechenzentrum einzurichten, um das ihn die Humboldt-Universität beneidet hätte.

»Sie sprachen davon, dass Ihnen die Aufgabe reizvoll erschien. Welche Aufgabe war das?«

»Verbrechen zu verhindern.«

»Sie glauben, Sie können Verbrechen erkennen, bevor Sie geschehen?«

»Ja.«

»Wie?«

»Mustererkennung.«

»Können Sie das bitte genauer erklären?«

»Mustererkennung bedeutet, in einer großen Menge von Daten bestimmte Regelmäßigkeiten und Gesetzmäßigkeiten zu erkennen. Daraus kann man dann auf Zusammenhänge schließen, die sich nicht direkt aus den Daten ergeben. Amazon nutzt Mustererkennung, um herauszufinden, welche Musik Sie mögen und welche Bücher Sie gern lesen. Haben Sie das mal ausprobiert? Es funktioniert erstaunlich gut. Wenn Sie dort ein paarmal eingekauft haben, dann weiß der Computer besser als Sie selbst, was Sie als Nächstes kaufen wollen. Nach dem gleichen Muster erkennen Google und Facebook, welche Werbung Sie interessieren wird. Maschinelles Gedankenlesen basiert übrigens auf demselben Prinzip.«

»Sie behaupten, Sie können Gedanken lesen?«

»Ich habe nichts dergleichen behauptet. Ich habe lediglich darauf hingewiesen, dass es möglich ist, durch Auswertung der Gehirnströme und Mustererkennung Rückschlüsse auf die Gedanken einer Versuchsperson zu schließen. Wissenschaftler waren bereits in der Lage, Bilder, an die eine Person denkt, sichtbar zu machen, indem sie in einer Datenbank Bilder mit ähnlichen Gehirnstrommustern identifizierten.« Er blickte Eisenberg eine Sekunde lang an und verzog den Mund zu einem dünnen Lächeln. »Wenn Sie das Thema interessiert, stelle ich Ihnen gerne entsprechende Fachliteratur zusammen.«

»Äh, vielen Dank, aber das würde ich wahrscheinlich nicht verstehen. Sie denken also, man kann vorhersagen, ob ein Mensch ein Verbrechen begehen wird?«

»Nein. Aber man kann vorhersagen, ob ein Mensch dazu neigt, Verbrechen zu begehen.«

»Und Sie würden einen Menschen mit einer solchen Neigung verhaften, bevor er eine Tat begeht?«

»Hauptkommissar Eisenberg, ich kenne das Strafgesetzbuch und die Strafprozessordnung auswendig. Selbstverständlich gibt es dafür keine Rechtsgrundlage.«

»Aber Sie sagten, Sie wollen durch Mustererkennung Verbrechen verhindern. Oder habe ich Sie falsch verstanden?«

»Ja, das habe ich gesagt. Man kann Verbrechen auf verschiedene Weise verhindern. Eine Möglichkeit ist es, den potenziellen Täter vor der Tat zu verhaften. Das scheidet jedoch aus rechtlichen Gründen aus. Weitere Möglichkeiten beinhalten den Schutz des Opfers oder die materielle Erschwernis der Tat, zum Beispiel durch Verhinderung des Zugriffs des Täters auf Tatmittel oder durch Beschränkung seiner Bewegungsfreiheit beziehungsweise des Zugangs zum Tatort sowie das Bereitstellen von Einsatzkräften am potenziellen Tatort zum schnellen Zugriff. Dieser muss, sofern erkennbar Gefahr im Verzug ist, unmittelbar vor der Tatausführung, spätestens jedoch während der Tat vor Erreichen der maximalen Schadensfolgen, durchgeführt werden. Ich bin überrascht, dass ich Ihnen das erklären muss.«

»Ist Ihnen bewusst, dass Sie wesentlich mehr Ressourcen benötigen würden, als der Polizei zur Verfügung stehen, wenn Sie jedes potenzielle Verbrechen im Vorfeld verhindern wollten?«

»Mir ist bewusst, dass unser Land dem Schutz von Leib und Leben seiner Bürger weit weniger Mittel zukommen lässt als einer weitgehend sinnfreien Armee und der Förderung umweltschädlicher Industrien, wie etwa der Automobilindustrie und dem Kohlebergbau.«

Eisenberg musterte Wissmann eine Weile. War es wirklich möglich, dass irgendjemand geglaubt hatte, auf diese Weise den Amoklauf eines Psychopathen zu verhindern? Dass Wissmann daran glaubte, konnte er verstehen – der lebte in seiner eigenen Welt. Aber irgendjemand musste die Entscheidung getroffen haben, dass dieser offensichtlich für den Polizeidienst völlig untaugliche junge Mann einen Dienstvertrag bekam. Eisenberg kam der Verdacht, dass, wer immer das veranlasst hatte, Wissmann in erster Linie hatte loswerden wollen.

»Was haben Sie gemacht, bevor Sie die Stelle in der SEGI antraten?«

Wissmann überlegte einen Moment. »Ich bin aufgestanden, habe mich rasiert und bin mit der U-Bahn hierher gefahren wie sonst auch.«

Eisenberg runzelte die Stirn.

Wissmann grinste und blickte kurz auf, bevor er wieder auf die Tischkante starrte.

»Kleiner Scherz, Herr Hauptkommissar. Ich weiß natürlich, was Sie mit Ihrer Frage gemeint haben. Ich habe vielleicht Asperger, aber ich bin nicht blöd. Ich war in der Abteilung Zentrale Informationstechnik als Programmierer beschäftigt. Aufgrund meiner herausragenden Leistungen wurde ich bei der Gründung in die Sonderermittlungsgruppe Internet berufen.«

»Warum sind Sie überhaupt zur Polizei gegangen? Wäre jemand mit Ihren ... Talenten nicht in der Wirtschaft besser aufgehoben?«

»Warum stellt mir jeder diese Frage? Es stimmt, ich hätte bei SAP oder IBM mehr verdienen können als hier. Wesentlich mehr. Aber mir geht es nicht ums Geld. Ich will etwas erreichen, die Welt sicherer machen. Ich habe mich beim Bundesnachrichtendienst beworben, aber man hat mich trotz meiner hervorragenden Zeugnisse nicht genommen. Sind damit Ihre Fragen beantwortet? Ich arbeite nämlich gerade an einem wichtigen Projekt und habe jetzt eigentlich keine Zeit.«

»Woran genau arbeiten Sie?«

»Wie ich bereits sagte: Mustererkennung.«

»Was genau tun Sie da?«

»Ich programmiere Auswertungsalgorithmen.«

»Wofür? Was wollen Sie auswerten?«

»Chatprotokolle. Facebook-Profile. Twitternachrichten. Blogs.«

»Wie bitte? Habe ich Sie gerade richtig verstanden – Sie überwachen die private Kommunikation im Internet? Gibt es dafür eine richterliche Anordnung?«

»Hauptkommissar Eisenberg, auch wenn man mich nicht zum Studium an der Deutschen Hochschule für Polizei zugelassen hat, wäre ich jederzeit in der Lage, das Examen mit dem Notendurchschnitt 1,0 abzuschließen. Ich kenne sämtliche relevanten Rechtsvorschriften auswendig. Eine richterliche Anordnung ist erforderlich, wenn das Brief- oder Fernmeldegeheimnis gebrochen werden soll. Sie ist nicht notwendig etwa zum Zeitunglesen oder zur Auswertung anderer in der Öffentlichkeit zugänglicher Informationen.«

»Das bedeutet, Sie analysieren nur Daten, die im Internet frei zugänglich sind?«

»So ist es.«

»Sie sprachen von Facebook. Muss man da nicht angemeldet sein, um Nachrichten anderer Nutzer lesen zu können?«

»Ja. Doch da es keine Zugangsbeschränkungen gibt und die Anmeldung anonym erfolgt, ist dies gleichbedeutend mit einem öffentlichen Zugang. Selbstverständlich werten meine Bots nur solche Informationen aus, die von den

Nutzern nicht als vertraulich oder nur für bestimmte Personen zugänglich gekennzeichnet wurden.«

»Warum beruhigt mich das jetzt nicht?«

»Herr Hauptkommissar, machen Sie sich keine Sorgen. Es ist ganz normal, dass jemand Ihres Alters die moderne Kommunikationstechnik nicht versteht. Ich mache nichts anderes als das, was Google auch macht. Vielen Menschen ist vielleicht nicht bewusst, wie viele Spuren sie im öffentlichen Raum des Internets hinterlassen. Aber das ändert nichts daran, dass es öffentlich ist, was sie tun, und jeder es lesen und auswerten kann.«

»Haben Sie denn schon interessante Muster gefunden?«

»Noch befindet sich meine Arbeit im frühen Entwicklungsstadium. Die Mustererkennungsalgorithmen sind längst nicht ausgereift. Außerdem benötigt diese Art der Auswertung sehr viel Rechenleistung, und wie ich schon sagte, wurde mein diesbezüglicher Investitionsantrag leider abgelehnt.«

»Also haben Sie noch nichts erreicht.«

»Das habe ich nicht gesagt. Ich konnte Verhaltensmuster identifizieren, die mit hoher Signifikanz auf eine pädophile Neigung schließen lassen. Die Überprüfung einer Stichprobe hat gezeigt, dass mehr als dreißig Prozent der Personen, die dieses Muster zeigten, bereits wegen einschlägiger Delikte verurteilt wurden.«

»Das heißt, Sie können mit einer Trefferquote von dreißig Prozent herausfinden, ob jemand ein Pädophiler ist, indem Sie ihn im Internet belauschen?«

»Die Trefferquote liegt weit höher. Der Anteil der verurteilten Pädophilen an der Bevölkerung ist verschwindend gering. 0,00041 Prozent, um genau zu sein. Dass der Anteil in meiner identifizierten Stichprobe so hoch ist, weist darauf hin, dass die übrigen noch nicht Verurteilten mit einer Wahrscheinlichkeit von mehr als siebenundneunzig Prozent ebenfalls Pädophile sind.«

»Und trotzdem ist diese Erkenntnis nutzlos. Wir können schließlich nicht zu einem Richter gehen und die Identitätsfeststellung eines Mannes beantragen, nur weil dieser mit hoher Wahrscheinlichkeit eine Straftat begehen *könnte*.«

Wissmann versteifte sich.

»Diese Erkenntnis mag nicht zu direkten Verhaftungen führen. Aber sie ist nicht *nutzlos*! Wenn unsere Gesetze nicht ausreichen, um einen wirksamen Schutz vor solchen Leuten zu bewirken, dann müssen sie eben geändert werden.«

Eisenberg war froh, dass Wissmann mit seinen Kommunikationsproblemen nie Politiker werden würde.

»Nun gut. Vielen Dank, Herr Wissmann.«

Wissmann stand auf, ohne etwas zu erwidern, und verließ den Raum.

Eisenberg seufzte. Das konnte ja heiter werden.

9.

Nichts geschieht. Gar nichts. Du hast das Äußerste gewagt. Hast alle Tabus gebrochen. Doch es interessiert niemanden. Die Leute gucken lieber auf YouTube niedliche Kätzchen an oder sehen in Let's play-Videos anderen beim Computerspielen zu, statt sich mit dem zu beschäftigen, was sie Wirklichkeit nennen – geschweige denn mit dem, was dahinter liegt.

Du presst die Hände gegen den Kopf. Du kannst sie lachen hören. Oder ist es nur dein Atem, der von den Betonwänden widerhallt? Wie lange bist du jetzt schon hier unten? Du musst etwas essen. Du weißt, dass dein Körper – dein wahrer Körper – versorgt wird, doch das Hungergefühl, das dir ihre Magnetfelder einimpfen, ist übermächtig. Nein, so leicht wirst du es ihnen nicht machen. Du wirst dich nicht selbst aus dem Verkehr ziehen. Du erhebst dich. Deine Beine sind wackelig. Du schaffst es kaum, die Treppe hinaufzusteigen. Du hältst deinen Mund unter den Wasserhahn und trinkst. Warum tut es so gut?

Es ist nichts mehr zu essen da außer einer Packung mit verschimmeltem Toast. Du gehst ins Bad. Deine Haare sind fettig. Du hast einen Dreitagebart, der dir möglicherweise stehen würde, wenn dein Gesicht nicht so eingefallen wäre, die Ränder unter den Augen nicht so tief. Du siehst aus wie ein Zombie. *Bist* ein Zombie. Ein Wesen, das nicht wirklich lebendig ist, aber doch von Hunger und niederen Instinkten getrieben. Du lachst humorlos. Zombiefilme fandest du immer albern.

Du musst dich zusammenreißen. Sie wollen bloß, dass du aufgibst. Sie versuchen, dich zu zermürben, bis du irgendwann in eine Nervenklinik eingeliefert wirst, wo du nicht mehr störst. Dann wäre alles umsonst gewesen.

Du duschst. Das warme Wasser tut gut. Es wäscht Schuld von deinen Schultern und Zweifel aus deinen Augen. Was du getan hast, war notwendig. Es ist die einzige Chance. Du musst nur Geduld haben. Irgendwann werden sie es begreifen. Dann werden sie etwas tun müssen.

Du fühlst dich besser, als du aus dem Haus gehst. Der Himmel blendet. Ein feiner Nieselregen erfrischt dich. Die Zweifel zerrinnen.

»Hallo!«, sagt die Kassiererin im Supermarkt. Sie lächelt immer, wenn sie dich sieht. Obwohl etwas in dir gern auf ihr kleines Spiel eingehen würde, lächelst du nicht zurück. Du weißt, das Lächeln ist nur ein Fake. Du antwortest nicht, nimmst nur das Kleingeld aus dem Rückgabeautomaten. Schleppst die Tüten zum Auto. Obwohl sie nichts enthalten, wiegen sie schwer.

10.

»Was kann ich für Sie tun, Herr Hauptkommissar?« Jaap Klausen wirkte distanziert und misstrauisch.

»Herr Kayser hat mich gebeten, mir ein Bild von Ihrer Gruppe zu machen und ihm zu empfehlen, wie ich Ihre Effektivität erhöhen kann«, erwiderte Eisenberg.

Klausen lachte trocken.

»Die Effektivität erhöhen? Das ist einfach. Schmeißen Sie Wissmann und Varnholt raus und holen Sie dafür echte Polizisten ins Team. Die Einzige, die in dieser Gruppe was taugt, ist Claudia Morani.«

Eisenberg überging die Bemerkung.

»Erzählen Sie mir bitte von sich. Seit wann leiten Sie das Team kommissarisch?«

»Seit der letzte offizielle Gruppenleiter das Handtuch geworfen hat – vor drei Monaten. Seitdem führe ich die SEGI nicht nur, ich *bin* quasi die SEGI. Nachdem klar war, dass unser ursprünglicher Auftrag nicht funktionieren würde, hat Polizeidirektor Kayser entschieden, dass wir für andere Einheiten Aufklärungsunterstützung im Internet leisten sollen. Wir haben bisher nicht viele Anfragen bekommen, aber wenn, dann habe ich die entsprechenden Internetrecherchen gemacht. Okay, Claudia – Dr. Morani, meine ich – hat mir geholfen. Sie ist wirklich sehr gut, wenn es darum geht, psychologische Täterprofile zu erstellen. Aber die anderen? Sim Wissmann lebt sowieso auf einem anderen Stern. Ben Varnholt spielt den ganzen Tag auf Staatskosten Computerspiele und ignoriert meine dienstlichen Anweisungen. Wenn Sie mich fragen, dann wird es höchste Zeit, dass die Dienstverhältnisse der beiden beendet werden.«

»Wie sind Sie zur SEGI gekommen?«

»Ich habe an der Hochschule für Wirtschaft und Recht studiert und meinen Bachelor im Polizeivollzugsdienst gemacht. Dann habe ich zwei Jahre im Kriminalkommissariat 52 gearbeitet. Als die Ausschreibung für die SEGI kam, habe ich gedacht, das ist meine Chance, aus dem Trott rauszukommen.«

Er lachte wieder humorlos.

»Wie lange sind Sie jetzt schon dabei?«

»Seit die SEGI gegründet wurde. Anderthalb Jahre also.«

»Warum haben Sie sich nicht woandershin versetzen lassen?«

»Ich habe oft genug mit dem Gedanken gespielt. Aber ich bin nicht der Typ, der so schnell klein beigibt. Außerdem wird die Gruppe ja ohnehin bald aufgelöst.«

»Wieso glauben Sie das?«

»Polizeidirektor Kayser sucht schon seit Monaten einen neuen Gruppenleiter. Niemand ist dumm genug, diese Aufgabe anzunehmen. Es ist eine Sackgasse, fürchte ich.«

Es war offensichtlich, dass Klausen seine Rolle als kommissarischer Teamleiter gefiel und er kein Interesse daran hatte, mit Eisenberg einen neuen Chef vor die Nase gesetzt zu bekommen. Trotzdem war seine Einschätzung wohl realistisch.

Sie unterhielten sich noch eine Weile. Klausen erzählte, dass er nebenher viel Sport trieb und früher einmal Berliner Jugendmeister im Zehnkampf gewesen war. Er sei der

Einzige im Team, der notfalls mit einer Schusswaffe umgehen könne.

Nach einer Stunde bedankte sich Eisenberg. Er holte sich einen Kaffee am Automaten in der kleinen Pantry. Dann bat er Benjamin Varnholt in den Konferenzraum.

Der Stuhl ächzte, als sich Varnholt setzte.

»Vergessen Sie's«, sagte er, bevor Eisenberg auch nur ein Wort herausgebracht hatte.

»Was soll ich vergessen?«

»Den Job. Kayser hat Sie gebeten, die Führung der SEGI zu übernehmen, oder? Er weiß, dass er den Laden längst hätte dichtmachen sollen. Aber er traut sich nicht. Sähe politisch nicht so toll aus. Also sucht er einen Dummen, der für ihn so tut, als sei das damals eine gute Idee gewesen. Glauben Sie mir, Sie werden damit keinen Spaß haben. Da haben sich schon andere die Zähne dran ausgebissen. Sie wären der Vierte, der es versucht. Der Letzte hat gerade drei Monate ausgehalten. Auch wenn Sie sicher einen guten Grund haben, sich aus Hamburg wegbefördern zu lassen – suchen Sie sich was anderes!«

Eisenberg schwieg einen Moment. Nachdem er seinen Ärger wieder einigermaßen unter Kontrolle hatte, beschloss er, sich auf die Fakten zu konzentrieren und sich von Varnholts unverschämter Art nicht irritieren zu lassen.

»Was genau ist Ihre Aufgabe in der SEGI?«

»Aufgabe? Als wenn wir eine Aufgabe hätten! Die ganze Idee der präventiven Aufklärung war von vornherein Unfug. Kayser hat das gewusst, er ist ja nicht blöd. Aber er hat natürlich trotzdem mitgespielt. Seitdem bietet er uns bei den anderen Abteilungen wie Sauerbier an. Ermittlungsunterstützung im Internet. Aber natürlich will keiner was mit uns zu tun haben. Wenn dann doch mal was kommt, drängt sich Klausen auf. Ich lass ihn machen. Bringt ja nichts, wenn ich ihm permanent seine eigene Unfähigkeit vor Augen führe.«

»Das heißt, Sie haben praktisch keine Aufgabe?«

»Das haben Sie messerscharf kombiniert, Herr Hauptkommissar.«

»Und deshalb spielen Sie den ganzen Tag Computerspiele?«

»Deshalb tue ich das, was ich am besten kann: Ich ermittle verdeckt.«

»Das müssen Sie mir genauer erklären.«

»Schon mal was von *World of Wizardry* gehört?«

»Ist das ein Computerspiel?«

»Das ist ein MMORPG. Massive Multiplayer Online Roleplaying Game. Weltweit über fünfzig Millionen Spieler, in Deutschland gut sieben Millionen. Umsatz mehr als 1,5 Milliarden Euro pro Jahr. Die Firma hat übrigens ihren Sitz hier in Berlin.«

»Aha.«

»Ich kläre dort Verbrechen auf.«

»Wie bitte? Sie klären Verbrechen in einem Computerspiel auf?«

»Wissen Sie, wie die Firma Snowdrift Games, die das Spiel entwickelt hat, ihr Geld verdient?«

»Nein.«

»Das Spiel an sich ist kostenlos. Aber man kann in speziellen Shops Waffen und Ausrüstung kaufen, Zauberschwerter zum Beispiel. Und zwar für Goldflorin, die Währung des Spiels. Diese Währung wiederum kann man bei Snowdrift kaufen – für echte Euros, versteht sich. Das heißt, jeder Gegenstand im Spiel hat auch einen Wert in Echtgeld. Meist nur ein paar Cent, aber das können auch schnell mal hundert Euro und mehr sein.«

»Sie wollen mir ernsthaft erzählen, dass Computerspieler nicht existierende Schwerter für echtes Geld kaufen?«

»Ich will Ihnen gar nichts erzählen. Sie haben mich danach gefragt, was ich tue. Ich berichte bloß Fakten. Im Übrigen ist das, wie gesagt, ein Milliardenmarkt.«

»Und wie klären Sie dabei Verbrechen auf?«

»Es gibt in diesem Spiel Kriminalität, Herr Hauptkommissar. Und zwar organisierte. Banden überfallen gezielt unerfahrene Spieler und rauben sie aus. Die erbeuteten Gegenstände verkaufen sie auf dem Schwarzmarkt.«

Eisenberg sah Varnholt an. Er wusste einen Moment lang nicht, ob er laut lachen sollte.

»Sie klären Verbrechen *in einem Computerspiel* auf?«

»Ja, genau. Vergessen Sie nicht, dass es dabei um Beute geht, die gegen echtes Geld eingetauscht werden kann. Es handelt sich also um realen Diebstahl.«

»Sie wollen mich auf den Arm nehmen!«

Varnholts Miene blieb unbewegt.

»Ich beantworte nur Ihre Frage.«

»Und was machen Sie mit den Räubern, wenn Sie sie aufgespürt haben? Verhaften Sie sie?«

»Ich töte sie. Virtuell natürlich.«

»Ohne Gerichtsverhandlung? Ohne Recht auf Verteidigung?«

»Die Diebe erwische ich in der Regel in flagranti. Die Beute gebe ich den rechtmäßigen Besitzern zurück, sofern die sich ermitteln lassen. Ansonsten spende ich sie einer Organisation, die sich speziell um unerfahrene Spieler kümmert und ihnen hilft. Und der Tod ist in *World of Wizardry* nur eine vorübergehende Beeinträchtigung. Die Strafe ist also eher zu milde als zu hart.«

»Haben Sie von irgendjemandem offiziell den Auftrag erhalten, so etwas zu tun?«

»Nein. Ich versuche lediglich, für das Geld, das mir das Land Berlin monatlich bezahlt, irgendetwas Sinnvolles zu tun, um die Sicherheit unserer Bürger zu schützen. Sollte jemand einen anderen Auftrag für mich haben, erledige ich den mit Vergnügen.«

»Ich hoffe, Sie führen diese Selbstjustiz nicht im Namen der Polizei durch?«

»Nein. Mein Name im Spiel ist Don Tufuck Withme. Die meisten nennen mich einfach Don.«

»Und das finden Sie witzig.«

»Ich reagiere auf die Absurdität des Lebens und insbesondere auf die Absurdität dieser Behörde, indem ich absurde Dinge tue. Lesen Sie Kafka?«

»Nein.« Ehe Eisenberg sich selbst bremsen konnte, ergänzte er: »Meine Frau mochte ihn.«

»Warum hat sie Sie verlassen?«

Eisenberg blieb reglos.

»Ist Ihnen die Frage unangenehm, Herr Hauptkommissar?«, fragte Varnholt ungerührt.

»Was fällt Ihnen ein, in meinem Privatleben herumzuschnüffeln?«

»Ich schnüffele nicht. Ich habe lediglich ein bisschen über Sie gegoogelt. Nichts, was nicht auch jeder andere mit ein paar Grundkenntnissen des Internets hätte finden können.«

»Und bei Google steht, dass meine Frau mich verlassen hat? Das bezweifle ich!«

»Nein. Aber bei Google habe ich ein altes Hochzeitsfoto von Ihnen gefunden. Ich glaube, Ihre Schwägerin hat es hochgeladen und ihre Fotosammlung, möglicherweise versehentlich, öffentlich einsehbar gemacht. Und beim Jahresempfang des Hamburger Polizeipräsidenten 2012, wo Sie wegen Ihres Beitrags zur Aufdeckung eines Geldwäscherings eingeladen waren, kamen Sie ohne Begleitung, wie ich den offiziell im Polizei-Intranet zugänglichen Fotos der Veranstaltung entnehmen konnte.«

»Und wenn sie gestorben wäre?«

»Dann hätte ich das vermutlich anhand der Todesanzeigen herausgefunden. Außerdem ist eine Trennung um ein Vielfaches wahrscheinlicher.«

»Ich fange an, zu glauben, dass es besser ist, Sie hier für Steuergelder mit sinnlosem Zeug zu beschäftigen, als Sie unkontrolliert in der Stadt herumlaufen zu lassen«, sagte Eisenberg.

Varnholt grinste.

»Sie glauben doch nicht etwa, dass Sie mich hier drin kontrollieren können, oder?«

Eisenberg ließ sich nicht provozieren.

»Was haben Sie gemacht, bevor Sie zur SEGI kamen?«

»Dies und das. Ich habe als Freelancer für verschiedene IT-Firmen gearbeitet. Ich war Mitglied des Chaos Computer Clubs und noch ein paar anderer, weniger bekannter Organisationen.«

»Sie waren V-Mann, nicht wahr?«

»Sieh mal an, ich bin nicht der Einzige, der seine Hausaufgaben gemacht hat.«

»Mal im Ernst, was wollen Sie hier, Varnholt? Mit Ihren Kenntnissen könnten Sie in der Privatwirtschaft das Dreifache verdienen.«

»Könnte ich, das stimmt. Da gibt es nur ein kleines Problem. Ich bin ein paar Typen ein bisschen zu nah gekommen. Ich fürchte, die haben noch eine Rechnung mit mir offen. Einen Bullen legen die nicht so einfach um, weil sie wissen, dass sie damit in ein Hornissennest stechen. Aber wenn ich draußen frei herumlaufen würde ... Ich würde mir jedenfalls keine Lebensversicherung verkaufen wollen.«

»Das heißt, Sie haben sich unter die Rockschöße des Landeskriminalamts geflüchtet, weil Sie hoffen, dass man Sie hier beschützt?«

»Sagen wir lieber, ich bin ein vorsichtiger Mensch und arbeite am liebsten aus einer sicheren Basis. Wenn es jemandem gelingt, einen Angriff von meinem Rechner aus zurückzuverfolgen, und er stellt fest, dass der im LKA Berlin steht, dann bin ich erst mal aus dem Schneider.«

»Angriff? Was für ein Angriff?«

»Sagte ich gerade Angriff? Sie müssen sich verhört haben. Ich meinte natürlich ›Zugriff‹, wie in ›Internet-Zugriff‹. Aber das Wort hören Sie wohl nicht mehr so gern, oder?«

Eisenberg beugte sich vor.

»Jetzt reicht's, Herr Varnholt!«, sagte er mit eisiger Stimme. »Ihre Provokationen lasse ich mir nicht länger bieten. Noch eine solche Unterstellung oder irgendeine Art von persönlichem Angriff, und Sie bekommen eine Dienstaufsichtsbeschwerde an den Hals. Dann können wir ja mal sehen, was das LKA zu Ihrem persönlichen Schutz noch tut.«

Varnholt hob abwehrend die Hände.

»Entschuldigen Sie, wenn ich Ihnen zu nahe getreten bin, Herr Hauptkommissar. Ich wollte Ihnen lediglich ein Gefühl dafür geben, was Sie erwartet, wenn Sie tatsächlich Kaysers Angebot annehmen.«

»Danke, das ist sehr umsichtig von Ihnen.«

»Haben Sie noch Fragen, oder soll ich Ihnen die Hexe zur Vernehmung schicken? Ich meine natürlich Frau Dr. Morani, und mein Kommentar war in keiner Weise sexistisch oder diskriminierend gemeint.«

»Frau Dr. Morani ist also in Ihren Augen eine Hexe. Was sind denn dann die anderen?«

»Klausen? Ein aufgeblasener Wichtigtuer, der permanent mit der Dienstvorschrift herumfuchtelt, aber eine URL nicht von einem Serverpfad unterscheiden kann. Ein typischer Polizist eben, womit ich natürlich nichts Nachteiliges über andere typische Polizisten aussagen möchte.«

»Natürlich nicht. Und Wissmann?«

»Sim? Ein hochbegabter Freak mit der Reife eines Zehnjährigen. Er wird von allen maßlos überschätzt, weil keiner versteht, was er tut. Was nützt es dem LKA, wenn er die dritte Wurzel aus einer zwölfstelligen Zahl im Kopf ziehen und nach dem Durchblättern eines Buchs hinterher sagen kann, auf welchen Seiten Rechtschreibfehler waren? Was hilft es, wenn er fehlerfreien C#-Code schreibt wie Sie und ich einen Brief an Mutti, aber das Programm, das er schreibt, nur Unsinn produziert? Sim gehört eher in ein Varieté als in eine Polizeibehörde.«

»Er behauptet, er kann mit seinen Algorithmen Verhaltensmuster im Internet erkennen und daraus auf potenzielle Straftäter schließen.«

»So viel haben Sie also verstanden. Immerhin. Aber das ist natürlich Quatsch. Er erkennt gar nichts. Die Tests, die er gemacht hat, um seine Behauptung zu überprüfen, sind methodisch fehlerhaft. Das habe ich ihm auch zu erklären versucht, aber er will es nicht hören.«

»Gibt es eigentlich überhaupt jemanden auf der Welt, vor dem Sie Respekt haben?«

»Linus Torvalds. Ein Programmierer. Entwickler des Betriebssystems Linux und einer der Begründer der Open-Source-Bewegung. Der hat nicht nur was drauf, er hat auch was verändert. Es gibt noch ein paar andere, aber deren Namen würden Ihnen nichts sagen.«

»Und das Gesetz, das Sie vertreten? Haben Sie davor Respekt?«

»Selbstverständlich, Herr Hauptkommissar! Wäre ich sonst Polizist?«

Eisenberg verzog das Gesicht angesichts des beißenden Sarkasmus. Varnholt hielt sich offenbar für so überlegen, dass er andere Menschen nur mit Herablassung behandelte. Andererseits schien er tatsächlich hochintelligent zu sein, und wahrscheinlich verfügte er über außergewöhnliche Fähigkeiten im Hinblick auf die Gewinnung von Informationen im Internet. Eisenberg hatte gelernt, dem ersten Anschein zu misstrauen. Vielleicht steckte in Varnholt mehr, als auf Anhieb zu erkennen war.

»Wenn Sie in der Position von Herrn Kayser wären, was würden Sie dann mit der SEGI tun?«

»Ich würde sie dichtmachen.«

»Wollen Sie das? Wollen Sie, dass die SEGI aufgelöst wird?«

»Nein. Aber Sie haben mich gefragt, was ich tun würde, wenn ich Kayser wäre – was ich zum Glück nicht bin.«

»Dann formuliere ich meine Frage noch mal um. Wie könnte man die Talente, die es in Ihrer Gruppe zweifellos gibt, so einsetzen, dass sie der Öffentlichkeit einen dem Auftrag des Berliner Landeskriminalamts entsprechenden Nutzen bieten?«

Varnholt schwieg einen Moment. Zum ersten Mal schien er wirklich über etwas nachzudenken, das Eisenberg gesagt hatte. Schließlich schüttelte er den Kopf. »Ich glaube nicht, dass das möglich ist.«

»Vielen Dank. Das wäre erst mal alles. Wenn Sie mir dann bitte Frau Dr. Morani schicken würden.«

»Selbstverständlich, Herr Hauptkommissar.« Er setzte ein süßliches Lächeln auf. »Nette Plauderei übrigens. Man sieht sich. Oder auch nicht. Jedenfalls viel Erfolg weiterhin in Hamburg!«

Als er die Tür schloss, wusste Eisenberg nicht recht, ob er lachen oder ihm den halb vollen Becher kalten Kaffees hinterherschleudern sollte.

11.

Es klopfte. Dr. Claudia Morani trat unaufgefordert ein, setzte sich und legte Schreibblock und Stift vor sich auf den Tisch.

»Es ist gut, dass Sie kommen«, sagte sie.

Ihre kritische Miene schien die Worte Lügen zu strafen. Eisenberg sah sie verblüfft an.

»Wie meinen Sie das?«

»Unser letzter Leiter war ziemlich unerfahren, und Jaap Klausen ist dafür ehrlich gesagt nicht ausreichend qualifiziert. Also ist es gut, dass Sie kommen.«

»Sie meinen, falls ich komme.«

»Wie Sie wollen.«

»Frau Dr. Morani, was genau ist Ihre Aufgabe in der SEGI?«

»Ich dachte, Polizeidirektor Kayser hätte Sie bereits über unsere Aufgaben informiert.«

»Herr Kayser hat mir erzählt, dass Sie Kriminalpsychologin sind und als Profilerin ins Team geholt wurden. Aber ich frage Sie nach ihrer ganz konkreten Aufgabe. Was machen Sie den ganzen Tag?«

»Ich unterstütze Kommissar Klausen bei seinen Recherchen. Wenn es keine gibt, bilde ich mich weiter.«

»Weiterbildung? Wie meinen Sie das?«

»Ich habe vor drei Jahren promoviert. In der Zwischenzeit haben sich viele neue Erkenntnisse ergeben, besonders in meinem Spezialgebiet, der Psychopathologie. Es ist ziemlich schwer, auf der Höhe der aktuellen Forschung zu bleiben. Ich bin froh, dass mir mein Job dafür Zeit gibt.«

Eisenberg schwieg.

»Mir ist allerdings durchaus klar, dass es nicht so weitergehen kann«, fuhr sie fort. »Wir haben bisher noch keinen einzigen Täter überführt, geschweige denn eine Straftat verhindert. Polizeidirektor Kayser hat bisher seine schützende Hand über uns gehalten, aber immerhin werden wir von Steuergeldern bezahlt. Deshalb ist es gut, wenn Sie kommen und aus der SEGI eine effektive Einheit formen.«

»Halten Sie das denn für möglich?«

»Natürlich. Möglich ist das. Aber sicher nicht einfach. Unser letzter Leiter hat es gerade mal drei Monate ausgehalten.«

»Ehrlich gesagt kann ich ihm das nicht verdenken, nach dem, was ich bisher erlebt habe.«

»Ja, hier ist echte Führungsqualität gefordert. Wenn Sie die haben, können Sie es schaffen.«

»Das klingt, als wüssten Sie, wie es geht. Warum leiten Sie nicht das Team, oder tun wenigstens etwas dafür, dass die Autorität von Jaap Klausen anerkannt wird?«

Sie sah ihn direkt an.

»Ich bin kein Teil der Lösung. Ich bin ein Teil des Problems.«

Eisenberg wusste nicht, was er darauf erwidern sollte.

»Um es klar zu sagen: Ich habe keine Lust, Ben Varnholt und Sim Wissmann zu therapieren. Und Jaap Klausen kommt ohnehin nicht damit klar, dass ich intelligenter bin als er. Ich bin als Profilerin eingestellt worden, nicht als Psychiaterin.«

»Warum sind Sie dann noch hier? Warum haben Sie nicht längst eine Praxis eröffnet, um Manager von ihren Neurosen zu befreien?«

»Wie ich schon sagte: Weil ich dazu keine Lust habe.«

»Und wozu haben Sie Lust?«

Sie schwieg einen Moment.

»Ich will Psychopathen überführen.«

»Warum ist Ihnen das so wichtig?«

»Weil diese kranken Menschen einen enormen Schaden anrichten. Einen viel größeren, als die meisten glauben. Die Dunkelziffer ist enorm hoch.«

»Klingt beinahe, als hätten Sie persönliche Erfahrungen damit.«

Sie lächelte dünn.

»Versuchen Sie jetzt bitte nicht, mich zu therapieren. Das habe ich bereits hinter mir. Kommen wir lieber zur entscheidenden Frage: Warum sind Sie hier?«

»Herr Kayser hat mich gebeten, mit Ihnen allen zu sprechen und ihm dann zu raten, was er mit der SEGI machen soll.«

»Das meinte ich nicht. Was bringt Sie dazu, ernsthaft darüber nachzudenken, ob Sie diese Aufgabe übernehmen wollen? Einen Karrieresprung haben Sie damit wohl nicht im Auge.«

»Sagen wir, ich suche eine neue berufliche Herausforderung und prüfe verschiedene Optionen. Die Gründe dafür spielen keine Rolle.«

»Dann sind Sie hier genau richtig. Übernehmen Sie die Leitung! Sie haben das Zeug dazu.«

»Warum sollte ich das tun? Jeder hier, außer Ihnen vielleicht, scheint der Meinung zu sein, dass die SEGI keine Zukunft hat. Und Sie sagen doch auch, sie sei eine Karrieresackgasse.«

Morani zog die Stirn kraus.

»Das mag sein. Aber solche Überlegungen interessieren Sie nicht, oder? Wenn Sie ein Karrieretyp wären, dann säßen Sie jetzt nicht hier, sondern würden vor Ihrem Hamburger Chef buckeln. Sie werden von Herausforderungen angezogen. Je schwieriger, desto besser. Außerdem ist es doch eine lohnende Aufgabe.«

»Lohnend? Inwiefern?«

»Sim Wissmann und Ben Varnholt sind außergewöhnlich begabte Menschen, die das LKA dringend braucht. Die Kriminellen hätten jedenfalls keine Probleme damit, solche Talente für ihre Zwecke einzusetzen.«

»Sie glauben, Wissmann und Varnholt wären kriminell, wenn sie nicht für die Polizei arbeiten würden?«

»Das habe ich nicht gemeint. Die beiden sind nicht mit Geld zu kaufen. Aber ähnlich talentierte Leute schon.«

»Ich habe nicht den Eindruck, Benjamin Varnholt ist wirklich bereit, den Kampf gegen das Verbrechen aufzunehmen. Von Sim Wissmann ganz zu schweigen.«

»Sie täuschen sich. Benjamin Varnholt ist ein verletzter Mensch. Er reagiert auf die Ablehnung, die er aus seiner Umgebung erfahren hat, indem er seinerseits andere Menschen ablehnt. Aber im Inneren wünscht er sich nichts mehr als soziale Anerkennung. Glauben Sie, er wäre sonst hier?«

»Mir hat er erzählt, dass er hier ist, weil er sich vor ein paar Kriminellen schützen muss, die ihn bedrohen.«

»Das mag sein. Aber warum bedrohen die ihn? Warum hat er als V-Mann sein Leben riskiert? Warum spielt er in diesem albernen Computerspiel den Samariter? Er möchte gern ein Held sein. Aber man lässt ihn nicht.«

»Das sehe ich ein bisschen anders. Wenn er wirklich Gutes tun wollte, könnte er damit anfangen, die Dienstvorschriften zu beachten. Dann würden ihn die Kollegen respektieren, und er hätte genug Gelegenheit, seine zweifellos vorhandene Intelligenz in den Dienst der Allgemeinheit zu stellen.«

»Benjamin Varnholt wurde als Kind von seinen Eltern getrennt, weil sein Vater ihn im Alkoholrausch schwer misshandelt hat. Er kam zu Pflegeeltern, ist mehrfach ausgerissen und dann schließlich in einem Heim gelandet. Die Ablehnung, die er nach außen zeigt, ist nichts anderes als der Spiegel dessen, was er als Kind für Liebe gehalten hat.«

»Klingt, als mögen Sie ihn.«

»Ich respektiere ihn.«

»Er wiederum scheint nicht viel von Ihnen zu halten. Er hat sie eine Hexe genannt.«

Ihre Miene blieb unbewegt.

»Wenn er so etwas sagt, ist es ein Kompliment.«

»Also schön, nehmen wir an, es gelänge mir, aus Wissmann, Varnholt, Klausen und Ihnen ein funktionierendes Team zu formen. Was wäre denn dann unsere Aufgabe?«

»Straftäter überführen.«

»Das ist mir ein bisschen zu allgemein. Schließlich ist das die Aufgabe jedes Polizisten, jedenfalls im Kriminaldienst.«

»Die größte Stärke der SEGI und gleichzeitig die größte Schwäche ist ihre Vielseitigkeit. Sim Wissmann erkennt Details, die anderen entgehen. Er vergisst nichts. Ben Varnholt findet kreative Wege, um an Informationen zu kommen.«

»Das habe ich gemerkt.«

»Gemeinsam können sie so ziemlich alles herausbekommen, was überhaupt herauszubekommen ist.«

»Jedenfalls im Internet«, bemerkte Eisenberg. »In einem Verhör wären die beiden hoffnungslos überfordert.«

»Dafür bin ich da.«

»Sie sind Profilerin, keine Verhörspezialistin, oder?«

»Ich habe ein gutes Gespür für Menschen.«

»Also schön, probieren wir das mal aus. Was sehen Sie in mir?«

»Sie haben Angst«, sagte sie rundheraus.

Eisenberg musste sich zusammennehmen, um nicht laut loszulachen.

»Angst? Ich? Es tut mir leid, wenn ich Ihre Erwartungen enttäusche, Frau Dr. Morani. Man kann mir sicher vieles nachsagen, aber dass ich ängstlich sei, hat bisher noch niemand behauptet.«

Sie blieb ungerührt.

»Sie haben Angst davor, nicht gut genug zu sein«, sagte sie. »Irgendjemand – vielleicht Sie selbst – hat sehr hohe Erwartungen an Sie, und Sie befürchten, ihnen nicht gerecht zu werden. Deshalb arbeiten Sie härter als andere, gehen persönliche Risiken ein, halten Ihren Kopf hin. Sie haben viele Opfer gebracht. Möglicherweise ist Ihre Ehe darüber in die Brüche gegangen. Doch Sie werden nie hart genug arbeiten können, um mit sich zufrieden zu sein.«

Eisenberg brauchte einen Moment, bis er sich gefasst hatte. Um ein Lächeln bemüht sagte er: »Danke für Ihre Einschätzung, Frau Dr. Morani.«

Ein paar Stunden später saß er wieder in Kaysers Büro.

»Also, was denken Sie?«, fragte der Polizeidirektor ohne Umschweife. »Hat die SEGI überhaupt noch eine Chance?«

Eisenberg hatte lange darüber nachgedacht, was er auf diese Frage antworten würde und war zu keinem wirklich überzeugenden Ergebnis gekommen.

»Ich bin mir nicht sicher. Das sind schon ziemlich ungewöhnliche Menschen, die Sie dort zusammengeführt haben. Aber genau darin liegt das Problem.«

»Verzeihen Sie mir die etwas schnippische Bemerkung, aber so schlau war ich heute Morgen auch schon«, gab Kayser zurück.

»Es tut mir leid. Wenn Sie eine Patentlösung erwartet haben, dann haben Sie den Falschen hergerufen.«

Kayser lächelte.

»Das habe ich ganz sicher nicht. Eine Patentlösung ist das Letzte, was ich hören will. Aber etwas genauer als ›ziemlich ungewöhnliche Menschen‹ darf es schon sein.«

»Dann will ich Dr. Morani zitieren, die das Problem sehr schön auf den Punkt gebracht hat. Sie sagte, es sei schade, wenn die Polizei die außergewöhnlichen Fähigkeiten dieser Mitarbeiter nicht nutzen würde. Und sie hat noch hinzugefügt, Verbrecher würden ihrer Ansicht nach einen Weg finden, solche Leute einzusetzen.«

»Das ist schon immer das Problem der Polizei gewesen, dass ihr nicht dieselben Mittel zur Verfügung stehen wie den Tätern – weder finanziell, noch organisatorisch und erst recht nicht moralisch. Die Kriminellen kümmern sich nicht um Recht und Gesetz. Dadurch sind sie uns immer einen Schritt voraus.«

»Ja. Aber in diesem konkreten Fall geht es weder um Geld noch um Organisation oder Moral. Im Grunde auch nicht darum, ob Benjamin Varnholt sich an die Dienstvorschriften hält oder nicht.«

»Worum dann?«

»Es geht darum, Dinge zusammenzuführen, die nicht dafür gemacht sind, zusammengeführt zu werden. Den Autisten Sim Wissmann in einer Behörde arbeiten zu lassen, die im Wesentlichen aufgrund von guter innerer Kommunikation erfolgreich ist. Den alle Regeln ablehnenden Hacker Varnholt in ein System zu integrieren, das das Gesetz nur schützen kann, wenn es selbst es respektiert. Eine unnahbare Psychologin in ein Team von Männern einzugliedern, die sie eher als Studienobjekte zu betrachten scheint.«

»Was ist mit Klausen? Sie haben ihn nicht erwähnt.«

»Er ist wahrscheinlich ein guter Polizist. Aber er passt erst recht nicht in diese Gruppe.«

»Ich entnehme Ihren Worten, dass Sie glauben, es gibt eine Lösung für mein Problem.«

»Dr. Morani ist jedenfalls dieser Ansicht«, sagte Eisenberg. »Vermutlich hat sie recht.«

»Heißt das, Sie nehmen mein Angebot an?« In Kaysers Stimme lag Hoffnung.

»Ich bin ehrlich gesagt nicht sicher, ob ich der Richtige dafür bin. Was hier gefordert wäre, ist ein psychologisch ausgebildeter, sehr erfahrener und vor allem geduldiger Teamleiter, der noch dazu etwas von IT versteht, damit Varnholt und Wissmann überhaupt mit ihm reden.«

»So jemanden habe ich aber nicht. Sie erscheinen mir ehrlich gesagt als der mit Abstand geeignetste Kandidat, der bisher überhaupt bereit gewesen ist, mit dem Team zu sprechen. Sie müssen sich nun entscheiden, ob Sie es versuchen wollen, Herr Eisenberg.«

»Sie werden hoffentlich Verständnis dafür haben, dass ich darüber nachdenken muss.«

»Selbstverständlich. Reicht Ihnen die Zeit bis nächsten Dienstag? Mittwoch haben wir wieder eine Führungsgruppensitzung, das Thema SEGI steht dort auf der Tagesordnung.«

»Ja, das reicht.«

»Eines noch: Wenn Sie es versuchen sollten, dann können Sie jederzeit zu mir kommen und den Versuch beenden, von einem Tag auf den anderen. Ich werde dann die Dienstverhältnisse von Wissmann und Varnholt auflösen. Klausen und Dr. Morani werde ich in anderen Dienststellen unterbringen. Sie selbst können in meiner Abteilung bleiben, so lange Sie möchten – wir werden mit Sicherheit eine Aufgabe für Sie finden. Sie gehen also kein Risiko ein.«

»So würde ich das auch nicht formulieren«, erwiderte Eisenberg. »Aber danke für das Angebot. Ich werde es bei meiner Entscheidung berücksichtigen.«

Als Eisenberg drei Stunden später am Hamburger Hauptbahnhof aus dem ICE stieg, wusste er immer noch nicht, ob dieser Tag ein Schritt in eine neue berufliche Zukunft gewesen war oder reine Zeitverschwendung.

12.

Die Taverne *Zum Freundlichen Oger* war wie immer gut besucht. Eine bunte Mischung aus Elfen, Menschen, Zwergen, Drachenmenschen und Halborks drängte sich an den Tischen und rund um den Tresen. Die meisten davon waren öfter hier. Der *Freundliche Oger* war ein Treffpunkt vor allem für deutsche Spieler, und er war neutrales Terrain, also nicht unter der Kontrolle einer bestimmten Gilde, Rasse oder Kaste. Man traf hier Zwergenbarbaren ebenso wie Elfendruiden, Neulinge ebenso wie Level-50-Helden.

Mina alias Gothicflower wandte sich an Grob, den Wirt. Er war Halbork wie sie, erzählte aber überall herum, sein Vater sei ein Oger gewesen. Grob spielte schon seit Jahren *World of Wizardry* und hatte sich in seiner Rolle als Wirt der bekanntesten Kneipe im Norden eingerichtet. Er ging nur noch selten auf Raids und hatte einfach seinen Spaß daran, die neuesten Gerüchte und Geschichten der anderen Spieler zu hören und weiterzuerzählen. Man munkelte, dass er die Einnahmen, die er aus dieser Kneipe erzielte, in reales Geld umtauschte und gut davon leben konnte. Allerdings hielt dieses Gerücht einer objektiven Betrachtung nicht stand – um auch nur ein Einkommen auf Hartz-IV-Niveau zu erzielen, hätte er jeden Tag Tausende Liter seines angeblich selbstgebrauten Starkbiers verkaufen müssen.

Wer auch immer er in Wirklichkeit war, Grob schien den weitaus größten Teil seiner Zeit in der Spielwelt zu verbringen, denn er stand fast immer selbst hinter dem Tresen.

»Hallo Goth«, begrüßte er seine Stammkundin. »Wieder auf den Beinen?« Er wusste natürlich von dem Desaster am Nebelpass.

»Ja, kein Problem. Einen Halbork wirft so schnell nichts um.«

»Na, dann warte mal ab, bis du meinen neuen Schnaps probiert hast. Mein Geheimrezept. Mit echter Drachenpisse gebrannt. Willste mal probieren?«

»Bin grad knapp bei Kasse.«

»Okay, schon klar. Ich geb dir einen aus.«

Die 3-D-animierte Figur des Wirts stellte ein winziges Glas auf den Tresen. Mina ließ Gothicflower danach greifen. Ihr Halbork stürzte den Inhalt herab und schüttelte danach in einer stilechten Animation den Kopf.

»Schmeckt wirklich wie Drachenpisse«, tippte Mina ins Chatfenster. »Sag mal, Grob, hast du in letzter Zeit Shir-Khan gesehen?«

»Nein. Warum? Ist er nicht dein Gildenbruder?«

»Schon, aber keiner weiß, wo er steckt. Er ist wie vom Erdboden verschluckt.«

»Soll vorkommen.«

»Nein, ich meine im RL.« Die Abkürzung stand für *Real Life*, das reale Leben. »Er ist nach dem Raid am Nebelpass spurlos aus seinem Wohnheim verschwunden. Ich hatte gehofft, dass er sich vielleicht von irgendwo anders eingeloggt hat. Ich muss unbedingt mit ihm sprechen.«

»Hmm. Seltsam. Du bist nicht die Erste, die heute nach ihm fragt.«

»Wer denn noch?«

»Da war vorhin so ein Halblingdieb, der wollte auch wissen, wo ShirKhan ist. Er ist noch hier, da hinten, der mit dem schwarzen Überwurf.«

Mina bedankte sich und steuerte ihren Halbork in eine Ecke der Kneipe. Der Dieb, auf den Grob sie hingewiesen hatte, saß allein an einem Tisch, was in dieser Kneipe ungewöhnlich war. Da er zu der niedrig gewachsenen Rasse der Halblinge gehörte, ragte sein Kopf kaum über die Tischkante. Gothicflower trat zu ihm.

»Du suchst ShirKhan?«

»Wer will das wissen?«, gab der Dieb zurück, obwohl er natürlich lesen konnte, wer ihn angesprochen hatte. Sein Spielername war Schattenhand.

»Ich bin Gothicflower vom Weißen Baum. Ich kenne ShirKhan im RL. Grob hat mir erzählt, du hättest nach ihm gefragt.«

»Kann schon sein.«

»Warum suchst du ihn?«

»Er schuldet mir was.«

»Geld?«

»Nein, Tomaten! Hör mal, was soll die Fragerei?«

»Ich muss mit ihm sprechen. Wann hast du zuletzt Kontakt mit ihm gehabt?«

»Ist schon 'ne Weile her. Zwei Wochen vielleicht. Sag mal, wenn er dir auch Gold schuldet, ich bin zuerst dran, klar?«

»Ich will kein Gold von ihm. Ich will ihn finden. Im RL. Er war seit Tagen nicht in seiner Wohnung.«

»Dann bist du hier wohl falsch.«

»Ich hatte gehofft, dass er sich vielleicht von irgendwo anders eingeloggt hat. Also, falls du ihn triffst, sag ihm, dass ich ihn unbedingt sprechen muss. Ich mache mir echt Sorgen.«

»Dazu hast du auch allen Grund. Wenn ich den Mistkerl nämlich finde, kann er was erleben.«

»Ich meinte das anders. Ich will bloß wissen, dass es ihm gut geht.«

»Das wird es garantiert nicht, Orklady. Nicht, wenn ich mit ihm fertig bin.«

»Ich meinte, im RL.«

»Hat er dich sitzen lassen oder was?«

»Nein. Wir sind bloß Freunde. Er ist vor zwei Wochen spurlos verschwunden.«

»Hm. Das ist seltsam. Hier scheinen in letzter Zeit häufiger Spieler zu verschwinden.«

Mina erschauderte.

»Wie meinst du das?«

»Ich hab mich vor einiger Zeit mit einem von der Eisengilde unterhalten. Eines von deren Gildenmitgliedern ist ebenfalls spurlos verschwunden. Hat sich merkwürdig benommen und war dann plötzlich weg. Ich meine, richtig weg. Auch im RL und so.«

»Merkwürdig benommen? Was heißt das?«

»Ich kann dir die Details nicht mehr sagen. Frag bei der Eisengilde nach.«

»Das mache ich. Danke, Schattenhand.«

»Kein Problem, Gothicflower. Übrigens, wenn du an ein paar echt guten Schwertern interessiert bist – kaum gebraucht, 1-A-Zustand ...«

»Danke. Ich kämpfe lieber mit der Axt.«

»War nur 'ne Frage. Man sieht sich, Ork.«

»Man sieht sich, Halbling.«

Minas Finger zitterten, als sie Gothicflower aus dem *Freundlichen Oger* steuerte.

13.

»Du willst es also wirklich machen«, sagte sein Vater, als Eisenberg ihn wie gewohnt um die Alster schob. Der Nieselregen schien ihm aus Berlin gefolgt zu sein, doch sie störten sich beide nicht daran. Selbst bei Schneesturm hätten sie ihren gemeinsamen Sonntagsspaziergang kaum ausfallen lassen.

»Wie kommst du darauf?« Eisenberg hatte seinem Vater von dem Tag in Berlin erzählt, aber betont, er habe noch keine Entscheidung getroffen.

Greifswald hatte ihn am Freitag zu sich ins Büro bestellt und ihn ausgefragt. Als Eisenberg ihm von der Aufgabe und der Situation der SEGI erzählte, hatte sein Chef nur gelacht. »*Das* hat er Ihnen angeboten? Eine Gruppe von Losern zu leiten, die er sich aus politischen Gründen nicht traut, einfach aufzulösen? Ich kenne Kayser von früher. Hab ihn ehrlich gesagt immer für ein Weichei gehalten. Aber dass er einen meiner Leute wegen so was nach Berlin bestellt, ohne mich vorher anzurufen – da hätte ich ihm doch mehr kollegialen Stil zugetraut und Ihnen mehr Verstand, Eisenberg.«

In diesem Moment hatte Eisenberg zumindest eines entschieden: Er würde auf keinen Fall länger als nötig für Greifswald arbeiten.

»So, wie du über diese Leute in Berlin gesprochen hast. Ich kenne dich, mein Sohn. Du findest diese Aufgabe interessant, gerade weil sie unmöglich zu sein scheint. Und du magst Kayser.«

»Schon möglich. Und du? Was denkst du?«

»Ich rate dir davon ab.«

»Warum?«

»Aus zwei Gründen. Erstens würdest du diese Entscheidung in erster Linie treffen, um diesem Greifswald eins auszuwischen. Ich habe zwar selbst gesagt, dass du dir was anderes suchen sollst, aber deshalb musst du noch lange nicht das erstbeste Angebot annehmen. Und zweitens halte ich das ganze Experiment mit dieser Sonderermittlungsgruppe für einen Fehler. Mag sein, dass man heute im Internet alles Mögliche herauskriegen kann. Aber man kann auch alles Mögliche fälschen. Für mich als Richter hätte nichts von dem, was diese Superhirne austüfteln, irgendeine Beweiskraft gehabt. Ich rede hier nicht von Internetkriminalität – die ist real, das weiß ich. Aber all das Zeug mit den Erkennungsmustern, von dem du erzählt hast, das ist doch Unfug. Man kann Menschen nicht allein anhand von irgendwelchen Computerprofilen beurteilen. Das müsstest du ebenso gut wissen wie ich.«

»Wahrscheinlich hast du recht. Aber Ermittlungen im Internet spielen nun mal in der Polizeiarbeit eine immer wichtigere Rolle.«

»Mag sein. Aber ist es wirklich das, was du machen willst? Ist es das, was du kannst? Solltest du nicht lieber draußen in der wirklichen Welt sein, Verdächtige festnehmen, Vernehmungen durchführen, anstatt in einem miefigen Büro in Berlin zu hocken und irgendwelche Techniker zu beaufsichtigen?«

Eisenberg seufzte.

»Da hast du wohl ebenso recht.«

»Ja, hab ich, wie immer. Aber du wirst es trotzdem machen, oder?«

Bis zu diesem Moment hatte Eisenberg geglaubt, sich noch nicht entschieden zu haben. Doch jetzt, wo sein Vater es aussprach, wusste er, dass es stimmte: Er würde es machen. Er wusste nur selbst nicht genau, warum.

Später, als sie im Literaturhaus saßen, sagte Eisenbergs Vater:

»Erzähl mir von der Frau.«

»Welcher Frau?«

»Die Psychologin im Team. Über die anderen hast du mir Details erzählt, über sie nicht. Entweder kam sie dir völlig unwichtig vor, oder sie beschäftigt dich mehr, als du zugeben willst.«

Seine eisgrauen Augen musterten Eisenberg mit diesem Blick, bei dem er schon als kleiner Junge gewusst hatte, dass Lügen zwecklos ist.

»Sie ist Kriminalpsychologin und Profilerin. Viel mehr gibt es da nicht zu erzählen.«

»Wirklich nicht?«

Eisenberg seufzte. Er hatte wirklich versucht, diese Klippe zu umschiffen.

»Sie hat ein ziemlich gutes Gespür für Menschen, glaube ich.«

»Was hat sie dir gesagt?«

»Wir haben uns über ihren Job unterhalten und über die anderen.«

»Das meinte ich nicht. Raus mit der Sprache! Ihr habt über dich gesprochen, oder?«

»Ja, haben wir.«

»Und?«

»Ich weiß wirklich nicht, ob wir das jetzt hier besprechen müssen.«

»Also ging es um mich. Um dein Verhältnis zu deinem Vater. Was hat die Psychotante dir eingeredet? Dass du nur Polizist geworden bist, weil ich es so wollte?«

Eisenberg schüttelte den Kopf.

»Nein. Ganz und gar nicht.«

»Was dann?«

»Ich habe sie gefragt, was sie über mich denkt. Und sie hat gesagt, ich hätte Angst.«

»Angst? Du? Wovor?«

»Vor dir«, sagte Eisenberg, ohne nachzudenken.

Sein Vater blickte ihn stumm an. Plötzlich sah er so alt aus, wie er war.

»Vor mir? Du hast Angst vor mir?«

»Nein, natürlich nicht. Nicht so. Aber sie hat gesagt, dass ich Angst davor habe, den Erwartungen nicht gerecht zu werden, die jemand ... die ich selbst an mich stelle. Und dass ich deshalb so hart arbeite.«

Sein Vater schwieg. Seine Augen füllten sich mit Tränen.

Eisenberg war geschockt. Er hatte seinen Vater noch nie weinen sehen. »Bitte, Vater, es ist nicht so, dass ...«

»Ist schon gut, mein Sohn. Ich war wohl nicht so ein Vater wie in der Fernsehwerbung, oder?« Er lächelte schief.

»Nein, warst du nicht«, sagte Eisenberg. »Aber so schlimm war es auch wieder nicht, sonst würde ich hier nicht mit dir sitzen.«

Sein Vater schüttelte den Kopf.

»Du sitzt hier, weil du ein verdammt anständiger Junge bist, der weiß, dass man sich um seinen alten Vater kümmert. Wenn ich vielleicht auch sonst nicht viel richtig gemacht habe, Verantwortungsbewusstsein habe ich dir beigebracht.«

»Nein, Vater. Ich sitze hier, weil ich deine Meinung und deinen Rat schätze. Du warst immer ein Vorbild für mich.«

Oberlandesrichter a. D. Rolf Eisenberg schwieg einen Moment. Dann sagte er mit heiserer Stimme:

»Ich habe dir nie gesagt, wie stolz ich auf dich bin, mein Sohn, oder?«

»Nein, hast du nicht.«

»Aber ich bin es. Ich war es immer.« Er rührte in seinem Kaffee. »Ich war immer gut im Beurteilen, aber nie gut im Reden.«

»Ich weiß.«

Sein Vater sah auf. Sein Blick war klar, seine Stimme fest.

»Ich bin sehr stolz auf dich, mein Sohn!«

14.

Es geschieht. Deine Saat geht endlich auf.

Verbindungen werden hergestellt, Zusammenhänge erkannt. Noch ist es erst eine Person, die der Sache nachgeht, die nach und nach alle Fakten sammelt. Doch schon beginnen andere darüber zu reden. In den Tavernen *Gorayas* ebenso wie in der Welt, in der *Goraya* nur eine Fiktion ist.

Und in der Welt dahinter? Was tun die Admins dort? Sie tun, was sie immer tun: Sie beobachten. Doch nicht mehr lange. Bald wird aus dem Funken ein Feuer werden. Bald wird die Sache drohen, außer Kontrolle zu geraten. Dann werden sie eingreifen müssen.

Obwohl du es herbeisehnst, macht dir der Gedanke Angst. Was werden sie tun? Was können sie tun? Es hängt davon ab, was du bist. Wieder und wieder hast du darüber nachgedacht. Immer bist du zu dem Schluss gekommen, dass du mehr sein musst als nur eine Sammlung von Zuständen elektronischer Schaltungen. Wenn du nur ein Programm wärst, dein Gedächtnis nur in Speicherchips kondensiert, dann hätten sie dich längst umprogrammieren können. Dann würde es ihnen nichts bedeuten, dich zu löschen.

Doch das kann nicht sein. Cogito ergo sum, das reicht nicht. Es erklärt gar nichts. Es erklärt nicht, dass du tief in dir jene andere Wirklichkeit fühlen kannst, dass du manchmal die Schläuche in Mund und Nase spürst, die Drähte in deinem Rückenmark. Es erklärt nicht ihre flüsternden Stimmen.

Du musst aufwachen. Doch du kannst nicht. Du bist in ihrer Scheinwelt gefangen, gefesselt, gelähmt. Sie haben die Verbindung zwischen Geist und Körper gekappt. Doch es ist ihnen nicht gelungen, die Wahrheit vollständig zu verschleiern. Und die Wahrheit wird sich ausbreiten, wird die Illusion vertreiben wie Sonnenstrahlen den Nebel.

Es ist nur noch eine Frage der Zeit, bis sie reagieren. Was aber werden sie tun?

15.

»Sie haben Hauptkommissar Eisenberg ja bereits letzte Woche kennengelernt«, sagte Kayser. »Ich freue mich, Ihnen mitteilen zu können, dass er sich entschlossen hat, die Leitung der SEGI zu übernehmen. Das Hamburger LKA hat sich freundlicherweise bereit erklärt, ihn bereits kurzfristig freizustellen.«

Freundlicherweise war nicht unbedingt das Adjektiv, das Eisenberg dazu eingefallen wäre. Er wusste nicht genau, welche Fäden Kayser im Hintergrund gezogen hatte, aber Greifswald war stinksauer gewesen, als er Eisenberg zu sich ins Büro bestellt hatte. »Dann gehen Sie eben, Eisenberg! Am besten jetzt gleich. Sie sind ab sofort vom Dienst freigestellt. Räumen Sie noch heute Ihren Schreibtisch. Ich habe es Ihnen ja schon gesagt: Wer nicht für mich ist, ist gegen mich!«

Nun war er also hier und hoffte, dass er die richtige Entscheidung getroffen hatte. Die Reaktionen der vier anderen Personen in dem kleinen Konferenzraum waren jedenfalls wie erwartet: Morani zog die Stirn kraus. Klausen sagte emotionslos: »Das freut mich.« »Na toll«, war Varnholts Kommentar. Wissmann starrte auf die Tischkante und ließ keine Regung erkennen.

»Ich erwarte von Ihnen, dass Sie ihn voll und ganz unterstützen«, sagte Kayser. »Das gilt auch für Sie, Herr Wissmann. Und erst recht für Sie, Herr Varnholt. Ich weise noch einmal darauf hin, dass dies die letzte Chance für diese Ermittlungsgruppe ist. Ich lasse Sie dann jetzt mit Ihrem neuen Chef allein. Es sei denn, Sie haben noch Fragen an mich.«

Zur allgemeinen Überraschung hob Wissmann die Hand.

»Ja, Herr Wissmann?«

»Wird mein Investitionsantrag jetzt endlich genehmigt?«

»Sie meinen den Antrag über mehr als hunderttausend Euro für ... ein Computernetz?«

»121 654 Euro 78. Davon 72 431 Euro 19 für 128 Linux-Servermodule, 19 223 Euro 59 für die nötige Kühlraumausstattung und Verkabelung sowie geschätzte 30 000 Euro für Installation und externe Dienstleistungen. Falls Sie die Details der Kalkulation benötigen, nenne ich sie Ihnen gern.«

»Ich habe Ihnen schon gesagt, Herr Wissmann, dass das LKA momentan nicht über die Mittel für eine solche Investition verfügt«, sagte Kayser genervt.

»Das ist inkorrekt«, erwiderte Wissmann mit monotoner Stimme. »Das genehmigte Gesamtbudget für IT-Infrastruktur des Landeskriminalamts Berlin beträgt für das laufende Jahr eins Komma drei, zwei, sechs Millionen Euro. Es wäre lediglich eine geringfügige Verschiebung der Investitionsprioritäten erforderlich, um meinen Antrag zu genehmigen.«

»Eine solche Verschiebung der Prioritäten ist zurzeit nicht möglich.«

»Das ist inkorrekt. Der Präsident oder der Führungskreis können eine Verschiebung der Investitionsprioritäten jederzeit beschließen. Vom vorhandenen Gesamtbudget sind zurzeit erst zweiunddreißig Komma drei Prozent durch bereits geschlossene Verträge gebunden. Somit sind noch mehr als achthundertsiebenundneunzigtausend Euro verfügbar, die neu allokiert werden können.«

Kayser warf Eisenberg einen entschuldigenden Blick zu. »Ich werde Ihren Investitionsantrag weder genehmigen noch dem Führungskreis eine Verschiebung der Prioritäten für die IT-Investitionen vorschlagen. Es sei denn, Hauptkommissar Eisenberg überzeugt mich vom Gegenteil.«

Wissmann warf Eisenberg einen kurzen Blick zu, bevor er wieder die Tischkante anstarrte.

»Gut«, sagte er.

Kayser stand auf.

»Ich wünsche Ihnen allen viel Erfolg!« Damit verließ er den Raum.

Die Teammitglieder mit Ausnahme von Wissmann sahen Eisenberg erwartungsvoll an.

»Und was machen wir jetzt?«, fragte Klausen.

»Als Erstes räumen wir das Büro auf«, entschied Eisenberg.

Klausen wandte sich an Varnholt.

»Ich hatte dir doch schon mehrfach die Anweisung gegeben, deinen Schreibtisch aufzuräumen, Ben! Unordnung auf dem Schreibtisch ist nur das äußerlich sichtbare Zeichen von Unordnung im Kopf!«

»Und für was ist dann die Leere auf deinem Schreibtisch das äußerlich sichtbare Zeichen, Jaap?«, gab Varnholt zurück.

Klausen lief rot an.

»Herr Hauptkommissar, würden Sie Herrn Varnholt bitte klarmachen, dass er sich so einem Vorgesetzten gegenüber nicht verhalten darf?«

»Du warst nie mein Vorgesetzter und wirst es nie sein«, sagte Varnholt. »Bis gestern warst du gerade mal kommissarischer Gruppenleiter. Das ist wahrscheinlich schon die höchste Sprosse der Karriereleiter gewesen, die du je erklimmen wirst: nicht ganz Kommissar, aber immerhin kommissarisch.«

»Was fällt dir ein! Du hast ja nicht mal eine Polizeiausbildung, geschweige denn einen polizeilichen Dienstgrad!«

Eisenberg wollte gerade einschreiten, als sich Morani zu Wort meldete:

»Seid ihr jetzt fertig damit, eurem neuen Chef eure Unprofessionalität vorzuführen?«

Varnholt grinste.

»Gut gesprochen, Frau Psychopathologin! Hoffen wir mal, dass dein neuer Chef nicht so schnell rauskriegt, dass du eigentlich selber auf die Couch gehörst.«

»Jetzt reicht's!«, rief Klausen. »Du wirst sofort ...«

»Schluss damit!«, unterbrach ihn Eisenberg. »Ab sofort gelten für uns drei Regeln. Erstens: Keine Beleidigungen, keine Herabsetzungen, kein Sarkasmus im Umgang miteinander. Ich habe nichts gegen Scherze, aber wir behandeln uns gegenseitig mit Respekt. Zweitens: Ich dulde keinerlei Verstöße gegen die Dienstvorschriften. Drittens: Ab sofort herrschen im Büro Ordnung und Sauberkeit. Bis heute Abend achtzehn Uhr erwarte ich, dass sämtlicher Müll entfernt, nicht mehr benötigte Unterlagen vertraulich entsorgt und alle auf den Tischen herumliegenden, dort nicht benötigten Gegenstände in den Schränken verstaut sind. Noch Fragen?«

»Sonst was?«, fragte Varnholt. »Was wollen Sie tun, wenn wir Ihre Anweisungen nicht befolgen?«

»Wie kannst du es wagen ...«, begann Klausen, verstummte aber, als Eisenberg ihm einen warnenden Blick zuwarf.

»Herr Varnholt, ich möchte Sie unter vier Augen sprechen. Die anderen gehen bitte an die Arbeit.«

»Kommt jetzt der Showdown?«, fragte Varnholt, nachdem die anderen den Besprechungsraum verlassen hatten.

»Herr Varnholt, Sie sind intelligent. Sie wissen, dass ich aus dieser Gruppe nur ein Team machen kann, wenn ich Disziplin einfordere und dieses dauernde Hickhack zwischen Ihnen unterbinde. Und ich brauche dazu Ihre - Hilfe.«

»Sie bitten mich um meine Hilfe?«

»Ja.«

»Okay, ich helfe Ihnen. Unter einer Bedingung: Schmeißen Sie diesen aufgeblasenen Hilfssheriff Klausen aus dem Team.«

»Keine Bedingungen. Und entweder, wir schaffen es alle gemeinsam, oder keiner.«

»Mit dieser Ganz-oder-gar-nicht-Mentalität werden Sie genauso scheitern wie Ihre Vorgänger.«

»Nicht, wenn Sie mich unterstützen.«

»Ich habe Ihnen gerade gesagt, unter welcher Bedingung Sie mit meiner Unterstützung rechnen dürfen.«

»Und ich habe Ihnen gesagt, dass es keine Bedingungen gibt. Entweder, Sie akzeptieren das, oder die SEGI ist innerhalb einer Woche Geschichte.«

Varnholt lachte laut auf.

»Eine Woche? Sie glauben, dass Sie aus diesem Haufen ein Team machen können – in einer Woche?«

»Nein. Ich beobachte eine Woche lang, wie sich die Sache entwickelt. Vorher treffe ich keine Entscheidung. Sofern erkennbar ist, dass Sie und die anderen sich an meine drei Regeln halten, wird es danach weitergehen. Wenn nicht, werde ich Polizeidirektor Kayser nächste Woche empfehlen, die Gruppe aufzulösen. Ihr Dienstvertrag wird dann beendet.«

»Wollen Sie mir drohen?«

»Ich will Ihnen lediglich die Situation verdeutlichen. Wenn Sie glauben, sich nicht an die Spielregeln halten zu müssen, dann werden nicht nur Sie Ihren Job verlieren, sondern die anderen auch.«

»Die anderen interessieren mich nicht. Und wenn Sie sich einbilden, mich unter Druck setzen zu können, dann haben Sie sich geschnitten. Selbst wenn ich nicht mehr den Schutz der Polizei genieße und auf mich allein gestellt vielleicht in Gefahr bin, lasse ich mich noch lange nicht von Ihnen erpressen!«

»Hören Sie auf mit diesen blöden Spielchen, Herr Varnholt!«, sagte Eisenberg. »Die Geschichte mit der Russenmafia, die angeblich hinter Ihnen her ist, ist doch eine Ente. Wenn das wirklich so wäre, würden Sie es nicht überall rumerzählen.«

Varnholt wirkte für einen Moment überrascht, doch er verbarg es schnell hinter einem süffisanten Grinsen.

»Haben Sie mich also durchschaut. Sehr clever, Herr Hauptkommissar!«

»Ich hatte mal einen guten Freund. Wir waren zusammen auf der Polizeihochschule in Münster und sind danach beide nach Hamburg zur Kripo gegangen, allerdings in unterschiedliche Kommissariate. Er war sehr intelligent und ziemlich ehrgeizig. Er hatte eine hübsche Frau und ein kleines Kind. Er wollte seiner Familie mehr bieten, als er sich von seinem mageren Gehalt leisten konnte. Also hat er angefangen, mit Aktien zu spekulieren. Eine Zeit lang ging es gut, aber dann hat er die falschen Aktien gekauft und all sein Geld war weg. Er wollte nicht, dass seine Frau das merkt, also hat er sich Geld geliehen und damit weiterspekuliert. Als auch das weg war und die Bank ihm keins mehr geben wollte, hat er sich welches von den falschen Leuten geliehen. Natürlich ging auch das schief. Als diese Leute ihn in der Hand hatten, haben sie ihn gezwungen, ihnen vertrauliche Informationen zuzuspielen. Irgendwann hat er dann komplett die Seite gewechselt. Seine Ehe ist darüber in die Brüche gegangen. Er hat sein Leben zerstört.«

»Schöne Geschichte. Was hat das mit mir zu tun?«

»Es geht noch weiter. Wir hatten damals ziemlich wenig Kontakt. Ich wusste natürlich nichts von all diesen Dingen. Dann traf ich ihn auf einem Seminar wieder. Als wir allein waren, hat er sich mir geöffnet. Ich habe ihm gesagt, dass er sich selbst wegen seiner Dienstvergehen anzeigen muss. Das hat er auch getan. Mithilfe seiner Informationen haben wir ein paar der Leute, die ihn erpresst haben, überführen können. Er selbst wurde unehrenhaft aus dem Dienst entlassen und wegen diverser Dienstvergehen angeklagt. Doch es kam nie zu einer Gerichtsverhandlung. Die Hintermänner der Leute, die wir verhaftet hatten, haben ihn vorher erwischt. Sie haben ihn in einen großen transparenten Plastiksack gesteckt und mit einem Betongewicht an den Füßen in die Elbe geworfen. In dem Sack war so viel Sauerstoff, dass er noch fünfzehn Minuten auf dem Grund der Elbe gelebt hat. Ich habe acht Jahre gebraucht, um denjenigen, der die Anweisung zu seiner Ermordung gegeben hat, zu verhaften. Er hat zwei Jahre auf Bewährung gekriegt. Alles, was wir ihm nachweisen konnten, war Steuerhinterziehung.«

»Warum erzählen Sie mir das?«, fragte Varnholt. Der Sarkasmus war aus seiner Stimme verschwunden.

»Ich sage Ihnen, warum ich diese Aufgabe angenommen habe. Ich bin Polizist, weil ich Leute wie die, die meinen alten Freund umgebracht haben, zur Strecke bringen will. Aber die Straftäter haben Möglichkeiten, die wir nicht haben. Sie müssen sich nicht an Dienstvorschriften halten. Während unsere Gehälter gesetzlich geregelt sind, können sie beliebig viel Geld bezahlen, um die besten Talente zu kaufen – ob das nun Anwälte sind oder Hacker. Wir sind ihnen in dieser Hinsicht hoffnungslos unterlegen. Aber wir sind nicht völlig machtlos. Wir haben eine Menge engagierter und talentierter Ermittler. Und wir haben einen Simon Wissmann und einen Benjamin Varnholt. Wenn es uns gelingt, Ihre außergewöhnlichen Fähigkeiten sinnvoll einzusetzen, dann können wir vielleicht dazu beitragen, Leuten das Handwerk zu legen, die glauben, die Gesetze gelten nicht für sie. Aber dazu müssen wir aufhören, uns gegenseitig zu bekämpfen, und uns auf unsere Feinde konzentrieren.«

Varnholt nickte.

»Verstehe.«

»Ich gebe zu, Ihre herablassende Art gefällt mir nicht, Herr Varnholt. Aber ich bitte Sie noch einmal um Ihre Unterstützung.«

»Also schön. Ich versuche eine Woche lang, mich zusammenzunehmen. Danach sehen wir weiter.«

»Einverstanden. Am besten gehen wir jetzt ...«

Bevor er den Satz vollenden konnte, sprang die Tür auf. Wissmann kam herein. Sein Kopf war rot vor Aufregung, doch sein Blick war auf den Boden gerichtet, als schäme er sich, das Gespräch unterbrochen zu haben. »Das darf der nicht!«, rief er. »Das darf der nicht! Sagen Sie ihm, dass er das nicht darf!«

»Wer darf was nicht?«, fragte Eisenberg.

»Jaap Klausen.«

Wissmann drehte sich um und verließ den Raum. Eisenberg und Varnholt folgten ihm.

Im Büro herrschte Durcheinander. Die Stapel von Ausdrucken und Verpackungen, die zuvor einen der Schreibtische bedeckt hatten, türmten sich jetzt auf dem Boden. Ein Laptop und Monitor standen auf der freigeräumten Tischoberfläche. Klausen war dabei, in dem Glaskasten Kabel aus einem Rechner zu ziehen, während Wissmann daneben stand, sein Schuhe betrachtete und immer wieder »Das darfst du nicht!« rief.

»Was ist hier los?«, wollte Eisenberg wissen.

»Das darf der nicht!«, wiederholte Wissmann. »Sagen Sie ihm das! Er *darf* das nicht!«

»Herr Klausen, was machen Sie da?«

Klausen streckte seinen Kopf unter dem Schreibtisch hervor.

»Ich verlagere Herrn Wissmanns Arbeitsgeräte an seinen neuen Arbeitsplatz. Er selbst hat sich nach mehrfacher Aufforderung dazu nicht in der Lage gesehen. Also helfe ich ihm.«

»Warum soll denn Herr Wissmann einen neuen Arbeitsplatz bekommen?«

Klausen sah ihn verwirrt an.

»Aber ... das hier ist ein Einzelbüro, und Sie sind Hauptkommissar und Teamleiter. Außerdem ...«

»Herr Klausen, erstens habe ich nicht die geringste Lust, in diesem Glaskasten zu sitzen, als wäre ich ein Karpfen im Aquarium. Zweitens habe ich kein Problem damit, den Schreibtisch zwischen Ihnen und Frau Dr. Morani zu beziehen – das wird für die Kommunikation im Team sicher hilfreich sein. Und drittens ist doch wohl offensichtlich, dass Herr Wissmann am besten arbeiten kann, wenn er von der Außenwelt abgeschirmt ist. Er benötigt das Einzelbüro wesentlich dringender als ich.«

Klausen sagte nichts.

Wissmann schleppte seine Geräte wieder zurück an seinen Schreibtisch. Er murmelte etwas.

Morani sagte: »Ich glaube, ich habe Sim noch nie ›Danke‹ sagen hören.«

16.

»Ich möchte eine Vermisstenanzeige aufgeben«, sagte Mina.

»Moment mal, waren Sie nicht schon letzte Woche hier?« Die Polizistin beäugte sie kritisch.

Mina seufzte. Sie hatte gehofft, einen anderen Polizeibeamten anzutreffen, doch dummerweise hatte wieder die Frau mit den streng zurückgekämmten Haaren Dienst, die sie schon letztes Mal abgewiesen hatte.

»Ja. Aber es haben sich neue Fakten ergeben.«

»Haben Sie konkrete Hinweise auf eine Straftat?«

»Nicht direkt, aber ...«

»Ich habe Ihnen letzte Woche schon gesagt, dass wir Ihnen nicht helfen können, Ihren Freund wiederzufinden, solange es keine Hinweise gibt, dass er nicht freiwillig verschwunden ist.«

»Ich weiß. Aber er ist nicht der Einzige, der verschwunden ist.«

»Was meinen Sie damit?«

»Ich weiß, es klingt ein bisschen seltsam. Thomas und ich haben oft gemeinsam ein Computerspiel gespielt, *World of Wizardry*. Ein Onlinespiel, das von sehr vielen Leuten gespielt wird. Ich habe in diesem Spiel ein bisschen herumgefragt.«

»Sie haben ihn in einem Spiel gesucht?« Die Polizistin sah Mina an, als frage sie sich, ob sie den Bereitschaftsdienst rufen solle, um sie in eine Nervenklinik bringen zu lassen.

»Ja. Man kann dieses Spiel von überall auf der Welt spielen. Ich dachte, vielleicht hat er sich von irgendwo anders eingeloggt.«

»Verstehe.«

»Aber das hat er nicht. Ich habe jedoch herausgefunden, dass in den letzten sechs Monaten auch noch andere Spieler spurlos verschwunden sind. Insgesamt vier.«

»Wie viele Spieler nehmen denn an diesem Spiel teil?«

»Äh, ungefähr fünfzig Millionen. Weltweit.«

»Fünfzig Millionen? Und Sie glauben, es gibt einen Zusammenhang mit dem Verschwinden Ihres Freundes, wenn von fünfzig Millionen Spielern noch drei andere spurlos verschwunden sind?«

»Da ist noch mehr. Erstens haben alle Verschwundenen hier in Berlin gewohnt. Und zweitens haben sie sich alle auf dieselbe Weise merkwürdig verhalten, kurz bevor sie verschwanden.«

»Was meinen Sie damit?«

Mina erzählte, wie Thomas während des Raids plötzlich ausgeschert war und von einer »Welt am Draht« gesprochen hatte.

»Und bei den anderen war es genauso! Sie haben seltsame Dinge gesagt, die darauf schließen lassen, dass sie die Welt für künstlich hielten. Und dann waren sie plötzlich weg. Von einer Minute auf die andere.«

Die Beamtin musterte Mina stumm.

»Und was schließen Sie daraus?«

Mina kämpfte mit den Tränen. Sie würde jede Chance auf ein Eingreifen der Polizei zunichtemachen, wenn sie zugab, wovor sie Angst hatte. Sie schluckte. »Ich weiß nicht, was ich daraus schließen soll.«

Die Beamtin lächelte verständnisvoll.

»Ich verstehe, dass Sie Ihren Freund unbedingt wiederfinden wollen. Aber selbst wenn Sie sich eine noch so absurde Geschichte ausdenken, werden wir Ihnen nicht helfen können. Er wird schon irgendwann wieder auftauchen. Am besten, Sie versuchen, über die Trennung hinwegzukommen.«

Mina spürte Zorn in sich aufkeimen.

»Sie denken, ich habe mir das alles ausgedacht?«

»Jedenfalls haben Sie mir bisher noch immer keinen konkreten Anhaltspunkt für eine Straftat genannt«, sagte die Beamtin mit professioneller Stimme.

»Aber ... vier Menschen sind verschwunden. Einfach so. Ich habe eine ganze Woche gebraucht, um das herauszufinden. Ich habe mit Freunden und Eltern telefoniert. Eine der Verschwundenen war schwere Diabetikerin. Ihre Eltern haben damals eine Vermisstenanzeige aufgegeben. Überprüfen Sie das!«

»Wie ist der Name?«

»Angela Priem.«

Die Polizistin tippte den Namen in ihren Computer ein.

»Tatsächlich, hier ist eine Vermisstenanzeige«, sagte sie. »Die Kollegen sind bereits vor zwei Monaten aktiv geworden. Und Sie sagen, die beiden haben sich gekannt?«

»Welche beiden?«

»Ihr Freund und Frau Priem.«

»Nein, nicht dass ich wüsste. Aber sie sind unter den gleichen unerklärlichen Umständen verschwunden.«

Die Beamtin seufzte.

»Also schön. Ich nehme eine Vermisstenanzeige auf. Die Kollegen werden sich dann noch mal mit Ihnen in Verbindung setzen. Wie ist Ihr Name, bitte?«

Als Mina zehn Minuten später das Polizeirevier verließ, verspürte sie keine Erleichterung. Sie war sich bewusst, dass sie sich möglicherweise selbst in Gefahr gebracht hatte.

In der letzten Woche hatte sie einen inneren Konflikt durchlebt, der immer noch nicht ausgestanden war. Als sie dem Hinweis des Diebs Schattenhand gefolgt war und in der Eisengilde nachgefragt hatte, war sie auf den Namen Jan-Hendrik Kramer gestoßen, siebenundzwanzig Jahre alt, der als freiberuflicher Grafiker gearbeitet hatte. Sie hatte seine Adresse ausfindig gemacht und in seiner Nachbarschaft herumgefragt. Auch er war anscheinend von einer Minute auf die andere spurlos verschwunden. Auch er hatte nach Aussage eines befreundeten Mitglieds der Eisengilde »seltsame Sachen gesagt«. Dann hatte seine Spielfigur sich plötzlich nicht mehr gerührt, obwohl sein Status immer noch »online« gewesen war. Irgendwann war die Verbindung zum Spielserver automatisch getrennt worden. Danach hatte ihn niemand mehr gesehen, weder online noch offline. Das war jetzt drei Monate her.

Mina hatte daraufhin in diversen Foren, in denen sich Spieler austauschten, Mitteilungen eingestellt. Sie hatte die beiden Ereignisse beschrieben und darum gebeten, sie zu kontaktieren, falls jemand einen ähnlichen Fall kannte. Kurz darauf hatten sich zwei Spieler bei ihr gemeldet und von weiteren Vermissten berichtet. Lukas Koch, ein Germanistikstudent, war bereits vor sechs Monaten verschwunden. Auch er hatte sich seltsam verhalten, obwohl sich niemand mehr genau erinnern konnte, was damals geschehen war. Angela Priem, die Diabetikerin, hatte mit einer Freundin zusammengewohnt, die jedoch zum Zeitpunkt ihres Verschwindens verreist gewesen war. In ihrem Fall hatte man das seltsame Verhalten während des Spiels auf eine Unterzuckerung zurückgeführt. Die Eltern hatten die Polizei eingeschaltet, doch sie blieb verschwunden.

Während ihrer Recherchen war Mina immer wieder hin- und hergerissen zwischen ihrer natürlichen Bodenständigkeit und der Ungeheuerlichkeit des Zusammenhangs, der sich hier auftat wie ein schwarzer Abgrund. Oft wachte sie in der Nacht auf, von Albträumen geplagt, in denen sich die Welt um sie herum in Nichts auflöste.

Was, wenn es wirklich stimmte? Was, wenn diese vier Menschen von irgendwelchen höheren Wesen einfach gelöscht worden waren? Aus dem Spiel genommen, damit sie die Wahrheit nicht weiterverbreiten konnten und das Experiment, das diese auf der künstlichen Erde durchführten, nicht gestört wurde?

Aber hätten sie dann nicht auch Mina selbst schon längst löschen müssen?

Möglicherweise hing es davon ab, wie diese Wesen – wenn es sie wirklich gab – ihre künstliche Welt überwachten. Sie waren zwar in gewisser Hinsicht allmächtige Götter, aber sie waren höchstwahrscheinlich nicht allwissend. Auch die Betreiber von *World of Wizardry* konnten schließlich nicht wissen, was all die künstlichen Wesen in *Goraya* gerade taten. Aber es war denkbar, dass sie auf bestimmte Hinweise reagierten, etwa auf das Erwähnen einer virtuellen Realität in einem Computerspiel – oder das Melden einer vermissten Person bei der Polizei.

Inzwischen allerdings hatte sich in der *World of Wizardry*-Community eine breite Diskussion über das rätselhafte Verschwinden der vier Spieler entwickelt. Alle möglichen Verschwörungstheorien wurden diskutiert. Wenn die Weltenschöpfer sich nun entschlossen, Mina aus dem Verkehr zu ziehen, würden sie diese Diskussion eher anheizen als unterbinden.

Aber wollten sie das überhaupt? Hätten sie dann nicht auch Daniel F. Galouye und seinen Roman löschen müssen, Rainer Werner Fassbinder und seinen Film oder die Wachowskis? Hätten sie nicht schon Konrad Zuse daran hindern müssen, den Computer zu erfinden? Wenn es ihnen andererseits egal war, ob die Menschen merkten, dass sie nur in einer Simulation lebten – oder wenn das alles bloß ein Hirngespinst war – wieso waren dann die vier Spieler verschwunden?

Dass das Verschwinden der vier unter ähnlichen Umständen, innerhalb relativ kurzer Zeit und in derselben Stadt nur ein Zufall war, wollte Mina nicht glauben. Doch wenn es einen anderen Zusammenhang gab, konnte sie sich beim besten Willen nicht vorstellen, welcher das war.

17.

Klausen und Morani halfen Eisenberg, die Stapel von Ausdrucken und leeren Verpackungen von seinem Arbeitsplatz wegzuschaffen. Der Drucker erhielt einen neuen Platz auf einem halbhohen Regal. Eisenberg platzierte die paar persönlichen Dinge, die er mitgebracht hatte, auf seinem Arbeitsplatz: ein Bilderrahmen mit Fotos seiner Kinder, ein altmodischer, ledergebundener Tagesplaner, ein kleiner Spielzeug-Streifenwagen, den ihm Michael einmal als Glücksbringer geschenkt hatte, als er fünf Jahre alt gewesen war, und ein angelaufener Silberbecher für den zweiten Platz bei einem Sportwettbewerb der Polizeihochschule, den er für Stifte benutzte. Die Mappe mit Urkunden und Auszeichnungen für besondere Verdienste platzierte er in der untersten Schublade, wo sie auch in Hamburg gelegen hatte. Besonders aufwendig war es nicht gewesen, die Spuren seines bisherigen Berufslebens nach Berlin zu verlagern.

Gegen Mittag erschien ein Techniker der zentralen Informationstechnik. Er sah sich argwöhnisch um, als habe er Angst, Wissmann und Varnholt könnten jeden Moment über ihn herfallen. Er installierte einen Laptop für Eisenberg und erklärte ihm, wie er sich im internen Netzwerk anmelden konnte. Dann verschwand er.

Nach einem Mittagessen in der Kantine, deren Gerichte genauso fad waren wie in Hamburg, rief Eisenberg noch einmal das Team zusammen. Er erklärte seinen neuen Mitarbeitern die bisherigen Ermittlungsergebnisse zum Hamburger Mädchenhändlerring und bat um Vorschläge, wie die SEGI die Ermittlungen unterstützen könne.

»Fällt diese Sache nicht in die Zuständigkeit des LKA Hamburg?«, fragte Varnholt.

»Soweit es die dort ansässigen kriminellen Organisationen und die dort verübten Straftaten betrifft, schon«, erwiderte Eisenberg. »Aber erstens ist Menschenhandel ein globales Phänomen, das nur erfolgreich bekämpft werden kann, wenn unterschiedliche Behörden grenzübergreifend zusammenarbeiten. Zweitens ist unser Spezialgebiet, die Internetaufklärung, schon per Definition nicht auf die Zuständigkeit eines LKA oder einer einzelnen Behörde beschränkt. Und drittens hat Hauptkommissar Udo Pape aus dem Hamburger LKA mich um Amtshilfe ersucht.«

Pape war nicht begeistert gewesen, als Eisenberg ihm am Telefon von seiner Idee erzählte. »Dir ist schon klar, was Greifswald mit mir macht, wenn er das rauskriegt?« – »Erstens kümmert er sich ohnehin nicht um die Ermittlungsdetails«, war Eisenbergs Antwort gewesen. »Und zweitens ist ihm am Ende egal, wo der Erfolg herkommt, solange er ihn als seinen verkaufen kann.« – »Da hast du vermutlich recht. Vielleicht ist die Idee ja gar nicht so schlecht. Wenn deine Leute wirklich so gut sind, wie du sagst ...« – »Wenn nicht, sind wir genauso weit wie jetzt.« – »Und ich habe ein gewaltiges Problem.« Doch er hatte zugestimmt, vermutlich in erster Linie, um Eisenberg den Gefallen zu tun.

Der fühlte sich nicht wohl dabei, seinen alten Kollegen in Verlegenheit zu bringen. Doch die SEGI brauchte dringend eine Gelegenheit, ihre Fähigkeiten zu beweisen. Vor allem aber hatte Eisenberg auf diese Weise vielleicht eine

Chance, die Mädchenhändler doch noch hinter Gitter zu bringen. Das war das Risiko allemal wert.

»Mustererkennung«, sagte Wissmann unvermittelt.

»Wie genau meinen Sie das?«, wollte Eisenberg wissen.

Statt die Frage zu beantworten, sagte Wissmann:

»Ich brauche die Vernehmungsprotokolle der Täter und der Opfer. Und Fotos von allen.«

»Kannst du vielleicht mal die Frage des Hauptkommissars beantworten?«, sagte Klausen.

Eisenberg warf ihm einen mahnenden Blick zu.

»Ich hab doch geantwortet«, sagte Wissmann.

»Herr Varnholt, meinen Sie, Sie können mehr über die Hintermänner herausfinden?«, fragte Eisenberg.

»Ich kann's ja mal versuchen«, gab Varnholt zurück.

»Und Sie, Frau Dr. Morani, lesen bitte die Vernehmungsprotokolle! Vielleicht fällt Ihnen etwas auf, das mir und den Kollegen in Hamburg bisher entgangen ist.«

»Und ich? Was kann ich tun?«, fragte Klausen

»Du lernst die Dienstvorschriften auswendig«, ätzte Varnholt, bevor Eisenberg antworten konnte. »Ich glaube, bei §37a, Verhalten im Umgang mit intellektuell überlegenen Kollegen, hattest du letztes Mal einen Hänger.«

»Ich werde dir gleich …«, sagte Klausen, unterbrach sich jedoch sofort und warf Eisenberg einen Blick zu.

Der nickte anerkennend.

»Sie möchte ich bitten, in den internationalen Datenbanken zu recherchieren. Vielleicht finden Sie Fälle, die mit dem in Hamburg irgendwie in Verbindung stehen.«

Sie gingen an die Arbeit. Nach einer Viertelstunde war im Büro der SEGI nur noch das rhythmische Klicken von Tastaturen und Mäusen zu hören.

Eisenberg starrte auf seinen Laptop. Er hatte vergessen,

sich selbst eine Aufgabe zuzuteilen. Nachdem er die routinemäßigen E-Mails in seinem Posteingang gelesen hatte, von denen die meisten ihn gar nicht betrafen, beschloss er, seine neue Arbeitsumgebung zu erkunden und sich den Kollegen in den anderen Abteilungen vorzustellen. Kayser hatte entschieden, die offizielle Vorstellung auf der nächsten Führungskreissitzung in der kommenden Woche durchzuführen, aber ein bisschen informelle Kontaktaufnahme konnte nicht schaden.

Seine Runde dauerte bis nach siebzehn Uhr. Eisenbergs Kollegen begrüßten ihn freundlich, ließen aber keinen Zweifel daran, dass sie ihn bedauerten. Sie sprachen von der SEGI als den »Nerds«, den »Freaks« oder gar den »Aliens«, und das waren noch die freundlichen Bezeichnungen.

Eisenberg hatte nichts anderes erwartet. Dennoch war er etwas entmutigt, als er ins Büro zurückkehrte.

Schon auf dem Flur hörte er einen lautstarken Streit.

»... klar gesagt, bis achtzehn Uhr!«

»Wenn du irgendetwas auf meinem Schreibtisch anrührst ...«

»Ach ja, was machst du dann? Ich warte schon lange drauf, dir mal zu zeigen, wer hier ...«

Eisenberg öffnete die Tür. Klausen stand neben Varnholts Schreibtisch, einen blauen Müllsack in der Hand. Die beiden drehten sich um und starrten ihren neuen Chef an wie Diebe auf frischer Tat ertappt. Morani saß mit verschränkten Armen da und beobachtete die Streitenden, als seien es zwei seltsame Insekten. Wissmann saß in derselben kerzengeraden Haltung vor dem Computer wie Stunden zuvor.

»Entschuldigung, Herr Hauptkommissar«, sagte Klausen. Er hielt den Müllsack hoch. »Ich habe lediglich versucht, Ben zu helfen, seinen Schreibtisch aufzuräumen. Schließlich ist es bald achtzehn Uhr.«

»Verpiss dich in deine Ecke, du Schleimbeutel«, sagte Varnholt.

Klausen schluckte eine Bemerkung herunter und ging zurück an seinen Schreibtisch.

Eisenberg nickte unmerklich. Er wandte sich an Varnholt.

»Benötigen Sie all die Unterlagen auf Ihrem Tisch?«

»Natürlich«, gab Varnholt mürrisch zurück. »Sonst würden sie da ja nicht liegen.«

Eisenberg nahm eine Verpackung von einem der Stapel. »Wann werden Sie die Grafikkarte aus ihrem Computer ausbauen und zurückgeben?«, fragte er.

Varnholt starrte ihn an. »Was?«

»Ich bin kein Techniker, aber dies scheint mir die Verpackung für eine Hochleistungs-Grafikkarte zu sein. Sie ist leer. Da Sie gesagt haben, Sie benötigen die Verpackung noch, gehe ich davon aus, dass Sie die Grafikkarte wieder ausbauen und in die Verpackung legen werden, um sie zurückzuschicken.«

Varnholt warf die Hände in die Luft.

»Na gut, ich hab gelogen! Verhaften Sie mich jetzt?«

Eisenberg stopfte die Schachtel in den blauen Sack. Er nahm einen Stapel Ausdrucke mit Programmzeilen in die Hand. Die oberste Seite war zerknickt und mit Kaffeeflecken beschmiert. Das Druckdatum am unteren Seitenrand lag ein halbes Jahr zurück. »Was ist damit? Wann wollen Sie die lesen?«

Varnholt ignorierte ihn und beschäftigte sich mit seinem Monitor, auf dem ein Computerspiel zu sehen war.

»Herr Varnholt? Brauchen Sie diese Ausdrucke noch?«

Jetzt erst drehte der Angesprochene sich um.

»Was? Nein, verdammt!«

Eisenberg warf die Ausdrucke in die Tüte. Er nahm ein zerfleddertes Buch in die Hand, in dem mehrere Zettel steckten. »Dieses Buch, ich nehme an, das werden Sie noch brauchen. Wohin möchten Sie es stellen?«

Varnholt stand auf.

»Herrgott noch mal!«, sagte er, nahm Eisenberg das Buch aus der Hand und warf es demonstrativ in den Müll. »War sowieso veraltet.« Er betrachtete das Chaos auf seinem Tisch. »Ach, Scheiße!« Er nahm Eisenberg den Müllsack aus der Hand und beförderte sämtliche Unterlagen, Verpackungen und Bücher auf seinem Tisch in den Sack.

»Sind Sie jetzt zufrieden, Herr Hauptkommissar?«

»Danke«, sagte Eisenberg. »Herr Klausen, würden Sie diesen Müllsack bitte vertraulich entsorgen?«

»Ja, gern«, sagte Klausen. Er grinste breit, als er den schweren Sack aus dem Raum schleppte.

Varnholt wandte sich wortlos wieder seinem Rechner zu. Das Computerspiel verschwand, dafür erschien ein schwarzes Fenster mit weißen Programmzeilen. Varnholt tippte in beeindruckender Geschwindigkeit.

»Ich denke, für heute reicht es«, sagte Eisenberg, als Klausen zurückkam. »Ich danke Ihnen allen für Ihre Bereitschaft zu einem Neuanfang.«

Kaysers Assistentin hatte ihm ein Zimmer in einer Pension in Fußnähe besorgt. Dort wurde Eisenberg von einer mürrisch dreinblickenden Frau empfangen, die ihn behandelte, als sei er ein ungebetener Gast. Das Zimmer war klein und altmodisch eingerichtet, aber immerhin ruhig. Eisenberg nahm sich vor, hier so wenig Zeit wie möglich zu verbringen und sich bald eine bessere Unterkunft zu suchen.

18.

Mark rührte in seinem Latte macchiato. Er sah immer noch gut aus mit dem Dreitagebart, den zum Zopf gebundenen, dunklen Haaren und seinen tiefgründigen, fast schwarzen Augen.

»Es überrascht mich ein bisschen, dass ausgerechnet du diese Frage stellst«, sagte er und lächelte Mina an. »Früher hast du immer genervt zur Decke geschaut, wenn ich mit dir philosophische Themen diskutieren wollte.«

»Weil du mit deinen philosophischen Diskussionen immer angefangen hast, wenn wir uns gerade gestritten hatten«, gab Mina zurück, doch sie lächelte ebenfalls.

Mark und sie waren früher ein Paar gewesen. Er, fünf Jahre älter als Mina, hatte inzwischen eine neue Freundin, die er bestimmt eines Tages heiraten würde. Er stand kurz davor, seine Promotion in Philosophie abzuschließen und eine Stelle an der Uni anzunehmen. Tatsächlich hatte er Mina mit seinen tiefschürfenden Gedanken über das Universum früher oft genervt, zumal die Diskussionen darüber nie ein Ende gefunden hatten. Doch jetzt war er vielleicht genau der Richtige, um ihr zu helfen, wieder zu sich selbst zurückzufinden.

»Ist ja auch egal, ich freue mich, dass du dich offenbar in dieser Hinsicht weiterentwickelt hast«, sagte er. Eine gezielte Spitze, auf die sie jedoch nicht einging. »Um auf deine Frage zurückzukommen: Es ist nicht nur denkbar, dass die Welt künstlich ist, es ist im Grunde genommen sogar sehr wahrscheinlich.«

Mina zuckte innerlich zusammen. Sie hatte gehofft, dass er ihr erklären würde, warum genau das *nicht* der Fall sein konnte. Dass er nun noch Öl ins Feuer ihrer aufkeimenden Paranoia goss, konnte sie gar nicht gebrauchen.

»Wie meinst du das?«

»Ein Philosophieprofessor in Oxford namens Nick Bostrom hat einen Aufsatz darüber geschrieben. Seine Argumentation ist in etwa die Folgende: Aller Wahrscheinlichkeit nach entwickeln wir in naher Zukunft die Fähigkeit, virtuelle Welten zu bauen, in denen künstliche, denkende Lebewesen existieren, die sich der Tatsache, dass sie nur Simulationen sind, nicht bewusst sind. Wenn wir diesen Punkt erreichen, gibt es logischerweise nach kurzer Zeit viele künstliche Universen, aber nur ein echtes. Wählst du nun per Zufall eine dieser Welten aus, dann ist sie höchstwahrscheinlich künstlich. Da du als Individuum nicht wissen kannst, ob du in einem der vielen künstlichen oder dem einen echten Universum lebst, musst du nach dem Wahrscheinlichkeitsprinzip davon ausgehen, dass unser Universum künstlich ist.«

»Okay, wir schaffen tatsächlich künstliche Welten wie *World of Wizardry*. Und ja, es gibt darin wesentlich mehr künstliche Wesen als Spieler. Aber die Orks und Kobolde in dem Spiel haben doch kein Bewusstsein!«

»Noch nicht. Aber überleg mal, in welcher Geschwindigkeit sich die Technik entwickelt. Vor vierzig Jahren bestanden Computerspiele noch aus reinem Text. Der Spieler bekam eine Beschreibung des Ortes, an dem er war, und konnte simple Befehle eingeben wie ›gehe nach Norden‹, ›nimm das Schwert‹ und ›töte den Ork‹. Sieh dir dagegen heutige Computerspiele an, mit ihrer fotorealistischen Grafik und ihren autonom handelnden Gegnern, die eigene Ziele und Strategien haben. Die können natürlich noch nicht denken. Aber vierzig Jahre sind in kosmischen Maßstäben, und selbst bezogen auf die Geschichte der Menschheit, gar nichts. Immer noch verdoppelt sich die Computerleistung alle ein bis zwei Jahre. Ein Smartphone von heute hat die tausendfache Rechenleistung eines Uni-Rechencenters vor vierzig Jahren. Noch mal vierzig Jahre weiter, und die durchschnittliche Computerleistung hat sich um zwei hoch zwanzig gesteigert – das ist mehr als das Millionenfache. Bis dahin haben die Orks in *World of Wizardry* wahrscheinlich wirklich ein Bewusstsein. Und selbst, wenn es tausend Jahre dauert – irgendwann wird es zwangsläufig so weit kommen, wenn wir uns nicht vorher selbst in die Luft jagen.«

»Du glaubst also, dass wir in einer künstlichen Welt leben?«, fragte Mina zutiefst verunsichert.

Er lächelte.

»Ich habe aufgehört, irgendwas zu glauben. Und wenn es so wäre, was würde das ändern? Wir verstehen den Kosmos ohnehin nicht mal ansatzweise.«

»Aber diese Wesen, die das Universum gebaut haben ... Glaubst du, sie würden ... in den Lauf der Dinge eingreifen?«

»Kommt drauf an. Wenn wir virtuelle Welten schaffen, dann aus zwei Gründen: entweder zu wissenschaftlichen Zwecken oder zum Spaß. Wenn unsere Welt ein wissenschaftliches Experiment ist, dann werden die Schöpfer wahrscheinlich eher beobachten und nicht eingreifen. Wenn wir in einem Computerspiel leben, dann könnte es passieren, dass einige der Menschen um uns herum nur leere Hülle sind, gelenkt von höheren Mächten. Ehrlich gesagt komme ich mir manchmal so vor, als wäre ich nur der Avatar eines fremden Wesens – vor allem nach einer durchzechten Nacht.« Er grinste.

Mina bemühte sich, ihre Gefühle aus ihrer Stimme herauszuhalten.

»Wenn ... wenn wir annehmen, dass die Welt ... wirklich künstlich ist, ein Experiment vielleicht ... und die simulierten Menschen finden es heraus. Müssten dann die Erbauer des Universums nicht eingreifen, um zu verhindern, dass ihr Experiment schiefgeht?«

»Du meinst, so wie in *Welt am Draht*?«

Mina zuckte zusammen. »Du ... du kennst das Buch?«

»Den Film. Von Fassbinder. Ein Klassiker, zehnmal besser als *Die Matrix*. Für existentialistische Philosophen Pflicht.«

»Und ... könnte es so sein?«

»Ich glaube ehrlich gesagt nicht daran. Die Menschen machen sich schon seit der Antike Gedanken darüber, dass die Welt künstlich sein könnte. Nicht so, wie wir das heute beschreiben würden natürlich. Aber im Grunde ist doch der Glaube an einen göttlichen Schöpfer nichts anderes als der Glaube an den großen Operator, der die Welt in seinem Computer simuliert. Wenn das das Experiment stören würde, hätten die schon längst eingreifen müssen. Die Menschen glauben alles Mögliche, und es kommt eigentlich nicht darauf an, was davon stimmt und was nicht, weil es letztendlich nur Rechtfertigung für das ist, was sie sowieso tun wollen. Wenn ich also glaube, dass die Welt künstlich ist, dann werde ich mich wahrscheinlich nicht anders verhalten, als wenn ich an das Fliegende Spaghettimonster glaube. Es sei denn ...«

»Es sei denn was?«

»Es sei denn, jemand würde einen echten Beweis für die Künstlichkeit der Welt finden. Das könnte einiges ändern.«

»Inwiefern?«

»Ein wissenschaftlich überprüfbarer und nicht wegzudiskutierender Beweis würde die Art, wie wir Menschen über die Welt denken, revolutionieren. Es könnte zu tief greifenden Umwälzungen kommen. Ein solcher Beweis würde es den Weltreligionen verdammt schwer machen, ihren jeweiligen Schöpfergott oder Pantheon zu verkaufen. Also würden sie diese Erkenntnis bekämpfen, wie sie es schon immer mit wissenschaftlichen Entdeckungen getan haben, die nicht in ihr Weltbild passten.«

»Dann ist das doch im Grunde nichts Neues.«

»Doch, ich glaube schon. Das hier wäre eine Art Götterdämmerung. Die Religionen – alle auf einmal – wären in ihrer Existenz bedroht. Es gibt sicher genug Fanatiker da draußen, die das mit allen Mitteln verhindern wollen. Stell dir mal vor: Plötzlich geht es nicht mehr nur um die bösen Unterdrücker aus Amerika. Plötzlich muss ich als gläubiger Christ, Moslem, Jude oder Hindu die Existenz meines Gottes oder meiner Götter per se verteidigen! Wir hätten einen gewaltigen globalen Aufruhr mit unabsehbaren Folgen. Nur die Buddhisten wären wahrscheinlich relativ entspannt.«

»Und du glaubst, die Erbauer des Universums würden eingreifen, um das zu verhindern?«

»Was weiß ich, was die denken, falls es sie wirklich gibt? Wir wissen nicht mal, ob sie so aussehen wie wir, obwohl ich das für wahrscheinlich halte – schließlich simulieren wir in unseren Spielen auch in erster Linie Menschen oder zumindest menschenähnliche Wesen. Aber ob sie eine solche Entwicklung für problematisch halten würden, kann niemand sagen. Wer weiß, vielleicht ist genau das ja das wissenschaftliche Ziel ihres Experiments – herauszufinden, wie lange es dauert, bis wir merken, dass wir künstlich sind, oder zu beobachten, wie wir mit der Erkenntnis umgehen. Dann hätten wir allerdings ein Problem.«

»Warum das?«

»Wenn das wirklich ihr Ziel wäre, dann wäre ihr Experiment in dem Moment zu Ende, in dem wir den Beweis finden. Vielleicht würden sie die Weltsimulation noch ein paar Jahre weiterlaufen lassen, um zu sehen, wie es sich danach entwickelt. Aber irgendwann hätten sie genug Daten und würden das Experiment abbrechen. Das wäre dann das Ende unserer Existenz.«

»Und wenn das nicht ihr Ziel ist? Was könnten sie tun?«

»Wenn sie wirklich verhindern wollen, dass wir die Wahrheit herausfinden, dann müssten sie dafür sorgen, dass niemand den Beweis der Künstlichkeit entdeckt oder dass er diese Erkenntnis nicht weitergeben kann. Sie müssten den oder die Entdecker gegebenenfalls aus dem Verkehr ziehen.«

»Und wie?«

»Keine Ahnung. Das Einfachste wäre es wohl, ihn einfach an einem Herzschlag sterben zu lassen oder bei einem fingierten Unfall.«

»Oder ihn zu löschen und alle Spuren seiner Existenz zu beseitigen?«

»Na ja, das geht vielleicht im Film, aber in einer echten Simulation wäre es nicht so leicht, wie es klingt. Du bist die Informatikerin, aber ich denke mal, dass es verdammt schwer wäre, die Folgen eines zurückliegenden Ereignisses in einer künstlichen Welt durch Programmierung zu beseitigen, ohne logische Bruchstellen zu haben. Man müsste vermutlich die Simulation bis zu dem Moment, wo das unerwünschte Ereignis passiert, quasi ›zurückspulen‹, eingreifen und sie dann weiterlaufen lassen.

Aber das wäre schon eine ziemliche Verschwendung von Rechenleistung, falls es überhaupt technisch möglich ist. Stattdessen kann man natürlich auch einfach ein Simulationsobjekt löschen, ohne sich um die Beseitigung der Spuren zu kümmern.«

»Aber wäre das nicht gerade ein Beweis für die Künstlichkeit?«

»Solange sich nicht jemand vor den Augen Tausender Menschen einfach in Luft auflöst, wohl eher nicht. Täglich verschwinden Hunderte Menschen überall auf der Welt spurlos. Wenn sie nicht wieder auftauchen, basteln sich die Hinterbliebenen irgendwelche Erklärungen zurecht. Der Mensch ist gut darin, Dinge, die er eigentlich nicht erklären kann, in sein Weltbild zu integrieren. Solange das nicht im Übermaß geschieht, könnten die Weltenprogrammierer wahrscheinlich durchaus einzelne Menschen einfach löschen, ohne sich um die Spuren zu kümmern, die sie hinterlassen. Wer weiß, vielleicht sind ja die vielen ungeklärten Vermisstenfälle auf genau diese Art von Eingreifen zurückzuführen. Oder jedenfalls manche davon.« Er grinste.

Mina sagte nichts. Sie kämpfte mit den Tränen.

»Was ist eigentlich los mit dir?«, fragte Mark. »Du bist so ... ernst.«

»Es ... es ist schon okay. Ich hab ... Kopfschmerzen. Ich muss jetzt auch zur Uni. Danke, dass du gekommen bist.«

»Hat Spaß gemacht, mit dir zu plaudern! Wenn du möchtest, könnten wir vielleicht mal wieder Essen gehen. Ich meine natürlich ...«

Mina rang sich ein Lächeln ab.

»Mal sehen. Ich melde mich.« Sie verließ den Coffeeshop, bevor Mark merkte, wie erschüttert sie war.

19.

Du siehst ihr nach, wie sie den Coffeeshop verlässt. Du würdest ihr am liebsten folgen, doch der Mann, mit dem sie sich getroffen hat, sitzt noch dort und starrt auf sein Smartphone. Besser, du wartest noch etwas, bis auch er gegangen ist.

Sie ist hübsch, obwohl du Piercings nicht magst. Du hast beinahe so etwas wie Eifersucht verspürt, als sie mit dem Typen geredet hat. Da war ein Vertrauen zwischen den beiden, eine Nähe, wie sie nur zwischen Menschen entstehen kann, die sich sehr gut kennen.

In deinem Leben gibt es niemanden, der dir so nah ist.

Du lachst innerlich über dich selbst, als dir die Absurdität dieses Gedankens bewusst wird. *Sie* sind dir nah, viel näher, als es ein Mensch in dieser Welt sein kann. Sie sind auch ihr nah, nur weiß sie es nicht. Du beneidest sie darum. Dennoch möchtest du ihr die Augen öffnen.

Sie ahnt bereits die Wahrheit. Du hast über das Geschwätz an den anderen Tischen hinweg nicht viel von ihrer Unterhaltung mitbekommen, doch du weißt, worum es ging. Sie hat gehofft, ihr Bekannter würde sie beruhigen, ihr die Angst vor der Wahrheit nehmen, ihr sagen, dass sie sich das alles nur einbildet. Doch das hat er nicht getan. An ihren Augen konntest du sehen, wie ihre Verunsicherung wuchs. Für ihn dagegen schien die Diskussion über die Wirklichkeit ein abstraktes Gedankenspiel zu sein. Als sei es egal, welche Wahrheit hinter der Welt liegt.

Vielleicht ist das ihre Strategie: Den Menschen, die die Wahrheit erkennen, einzureden, es mache gar keinen Unterschied. Wenn es so ist, hat diese Strategie bei dir nicht funktioniert und bei ihr anscheinend auch nicht. Du würdest dich gern mit dem Mann unterhalten, ihn aufrütteln, ihm klarmachen, dass es ihm nicht einerlei sein darf, ob die Welt eine Lüge ist und die Menschen nur Marionetten in einem perfiden Spiel. Doch das geht nicht. Du musst unerkannt bleiben. Musst weiterhin in der Lage sein, zu tun, was getan werden muss. Sonst war alles vergebens.

Endlich hört er auf, an seinem Smartphone herumzuspielen, und geht. Du wartest einen Moment, bis auch du den Coffeeshop verlässt. Du hast keinen Grund zur Eile. Weißt längst, wo sie wohnt.

Bald ist es soweit. Bald wirst du dich ihr offenbaren. Kannst es kaum erwarten, das Erkennen in ihren Augen zu sehen, diese Gemeinsamkeit zu spüren. Endlich wirst du nicht mehr allein sein. Doch du musst geduldig sein. Darfst keinen Fehler machen. Darfst ihnen keine Gelegenheit geben, dich geräuschlos aus dem Verkehr zu ziehen. Sie warten bloß darauf.

20.

In den folgenden Tagen gab es immer wieder kleinere Reibereien zwischen Varnholt und Klausen und gelegentlich auch zwischen Varnholt und Wissmann, obwohl die beiden sich meist aus dem Weg gingen. Doch es gelang Eisenberg jedes Mal, den Konflikt zu beenden, bevor er eskalierte. Allmählich schöpfte er Hoffnung, dass ihm das Kunststück gelingen könnte, seine vier so unterschiedlichen Mitarbeiter zu einer produktiven Arbeit zu bewegen. Von Zusammenarbeit konnte allerdings nicht wirklich die Rede sein, denn die vier sprachen kaum miteinander, und verwertbare Ergebnisse waren erst recht nicht in Sicht.

Am Mittwoch der folgenden Woche fand die regelmäßige Führungsgruppensitzung statt, an der alle Abteilungsleiter und, je nach Tagesordnung, auch einige Gruppenleiter teilnahmen. Eisenberg war dabei, um sich und sein Konzept für die SEGI vorzustellen. Er stieß auf Skepsis und musste sich einige kritische Fragen gefallen lassen, doch die Führungsriege sicherte ihm schließlich ihre Unterstützung zu.

Als er nach dem zweistündigen Meeting ins Büro zurückkehrte, sprach ihn Varnholt an:

»Ich bin da auf etwas gestoßen. Wollen Sie sich das mal anschauen?«

Eisenberg schaute ihm über die Schulter. Auf dem größten der Monitore war eine fantastische 3-D-Welt von schräg oben zu sehen. Bunte Fabelwesen, die meisten bewaffnet und in Rüstungen, liefen herum. Über vielen schwebten Namen in der Luft wie Helium-Leuchtreklame.

»Was hat dieses Spiel mit dem Mädchenhändlerring zu tun?«

»Nichts«, sagte Varnholt. »Ich bin auf etwas anderes gestoßen.«

Eisenberg versuchte, seine Stimme neutral zu halten.

»Herr Varnholt, hatten wir uns nicht darauf verständigt, dass Sie Ihre Hilfssheriffrolle in diesem Spiel in die Freizeit verschieben und sich während der Dienstzeit mit den aktuell anstehenden Ermittlungsaufgaben beschäftigen?«

Varnholt warf ihm einen Blick zu, als halte er Eisenberg für begriffsstutzig. »Ja, ja. Aber das hier ist durchaus dienstlich. Hier geht es um Vermisste.«

»Sie wollen mir doch hoffentlich nicht erzählen, dass Sie in diesem Computerspiel jetzt auch noch nach Leuten suchen, die sich in irgendeiner Höhle verirrt haben?«

»Natürlich nicht.« Varnholt klang, als kränke es ihn, dass Eisenberg ihn nicht ernst nahm. »In letzter Zeit sind einige Spieler von *World of Wizardry* offenbar spurlos verschwunden. Da scheint mir ein Zusammenhang zu bestehen.«

»Für die Suche von Vermissten ist die Schutzpolizei zuständig, wenn überhaupt Anlass besteht, dass die Polizei eingreift«, schaltete sich Klausen ein.

»Ja, ja, Schlaumeier. Es sei denn, es besteht Verdacht auf eine Straftat.«

»Und der besteht?«, fragte Eisenberg.

»Es gibt durchaus Leute, die sich fragen, ob hier nicht ein Verbrechen vorliegt, ja. Die Community ist in ziemlicher Aufregung deswegen. In den Foren gibt es etliche

Diskussionsthreads zu dem Thema. Das meiste ist natürlich Blödsinn, aber ...«

»Haben die Angehörigen der Verschwundenen eine Vermisstenanzeige aufgegeben?«

»Das weiß ich nicht. Wenn Sie wollen, überprüfe ich das.«

»Nein, lassen Sie das. Kümmern Sie sich bitte wieder um den Hamburger Fall. Wir brauchen dringend neue Spuren. Haben Sie schon etwas über diese Firma herausbekommen, die ich Ihnen genannt hatte, an der zwei der Verdächtigen beteiligt sind?«

»Die gehört mehrheitlich einer internationalen Gruppe mit Sitz auf den Cayman Islands. Auf legalem Weg hab ich nur herausgefunden, dass die Firma international mit ›Waren aller Art‹ handelt.«

»Was soll das heißen, ›auf legalem Weg‹?«

»Möchten Sie, dass ich versuche, ohne richterliche Anordnung in die internen Systeme der Gruppe einzudringen?«

»Nein. Machen Sie erst mal weiter. Sehen Sie zu, ob Sie nicht noch mehr herauskriegen können.«

Varnholt seufzte.

»Ich habe Ihnen doch schon gesagt, dass das nichts bringt. Diese Leute sind viel zu clever, um ihre Firmenkonstrukte nicht gut genug abzusichern. Deren Hauptgegner sind die Steuerbehörden, und die haben ganz andere Zugriffsmöglichkeiten auf Informationen als wir.«

»Mag sein. Aber eine andere Möglichkeit sehe ich zurzeit nicht. Bitte machen Sie weiter wie besprochen.«

»Jawohl, Herr Hauptkommissar.«

Als Eisenberg zu seinem Platz zurückkehrte, sah er Klausen grinsen. Das gefiel ihm ganz und gar nicht.

Um zwölf gingen sie wie immer gemeinsam Mittagessen. Nur Wissmann blieb an seinem Rechner und aß Sandwiches – exakt quadratische Toastscheiben, deren Rand entfernt war und die mit gekochtem Schinken, Käse und Ei belegt waren. Wissmann esse nie etwas anderes, schon gar nicht etwas, das er nicht selbst zubereitet habe, hatte Klausen erklärt.

»Ich hab mir die Sache mit diesen angeblich Verschwundenen mal angesehen«, sagte Klausen, als sie ihre Tabletts auf einen Vierertisch stellten, der gerade frei geworden war. Eisenberg warf ihm einen warnenden Blick zu, doch es war bereits zu spät.

»Aha«, sagte Varnholt. »Und was hast du rausgefunden?«

»Da gibt es nichts rauszufinden. Das Ganze ist einfach bloß so ein alberner Hype, eine Verschwörungstheorie, genau wie die, dass die Amis angeblich nie auf dem Mond gelandet sind.«

»Soso«, sagte Varnholt wieder. »Und woraus schließt du das?«

»Hast du mal gelesen, was die in den Foren so schreiben? Die populärste Theorie ist, dass einer der Spieler einen Auftragskiller angeheuert hat, um seine Konkurrenten im Spiel in der Realität umlegen zu lassen.« Klausen lachte. »Das wäre ja ungefähr so, als würde ich jemanden erschießen, weil er beim Mensch-ärgere-dich-nicht meinen Pöppel rausgeworfen hat!«

»Es haben sich schon Leute aus nichtigerem Anlass umgebracht«, erwiderte Varnholt.

»Mag sein. Aber es gibt doch gar keinen Hinweis darauf, dass irgendjemand umgebracht wurde. Weder Leichen noch sonst was.«

»Vier Menschen sind innerhalb eines halben Jahres

verschwunden. Alle in Berlin. Alle haben das Spiel gespielt.«

»Weißt du, wie viele Menschen jährlich spurlos verschwinden? Das geht in die Hunderttausende! Die meisten tauchen kurze Zeit später wieder auf. Und dieses Spiel hat allein in Deutschland mehrere Millionen Spieler. Da ist es doch ganz normal, dass ein paar der Verschwundenen auch mitgespielt haben. Das ganze Problem ist, dass so viel darüber geredet wird, dass das wie ein außergewöhnliches Vorkommnis aussieht. In Wirklichkeit ist es bloß ein Hirngespinst.«

Varnholt warf Klausen einen verachtenden Blick zu.

»Weißt du, was das Größte ist?«, fuhr Klausen fort. »Einige von den Leuten im Forum glauben, die Verschwundenen wurden einfach gelöscht. So als sei die Realität auch bloß ein Computerspiel!« Er lachte wieder. »Ich hab ja schon immer gesagt, wenn man zu lange am Computer spielt, gibt's nen Hirnschaden!«

»Da besteht bei dir ja keine Gefahr«, sagte Varnholt.

»Ich glaube, das reicht jetzt«, schaltete sich Eisenberg ein. »Wir haben das Thema bereits erschöpfend diskutiert. Und Sie, Herr Klausen, sollten sich eigentlich mit den internationalen Behörden austauschen, anstatt sich um diese angeblich Verschwundenen zu kümmern.«

Klausen wurde rot.

»Ja, natürlich, Herr Eisenberg. Mache mich gleich wieder an die Arbeit.«

Am Nachmittag ging Eisenberg in das abgeteilte Büro. »Haben Sie schon etwas herausgefunden, Herr Wissmann?«

»Ja«, sagte der, ohne sich umzudrehen. Er tippte weiter, als wolle er einen Wettbewerb im Schnellschreiben gewinnen.

Als klar war, dass keine weitere Erläuterung folgen würde, fragte Eisenberg: »Und was?«

»Zusammenhänge«, sagte Wissmann.

»Was für Zusammenhänge?«

»Ich kann nicht gleichzeitig arbeiten und Ihnen das erklären«, erwiderte Wissmann in genervtem Ton.

»Dann hören Sie gefälligst auf zu arbeiten, während ich mit Ihnen rede!«

Wissmann tippte noch eine Zeile zu Ende, dann drehte er sich endlich zu Eisenberg um.

»Ja?«

»Sie haben gesagt, Sie haben Zusammenhänge gefunden. Was für Zusammenhänge sind das?«

»Das ist kompliziert zu erklären ...«

»Herr Wissmann, wir werden diese Leute nicht überführen, wenn Sie zwar Zusammenhänge finden, diese aber niemandem mitteilen. Also erklären Sie mir jetzt bitte, was Sie entdeckt haben.« Während er sprach, hatten sich die übrigen SEGI-Kollegen hinter Eisenberg versammelt, so als erwarteten sie eine spektakuläre Enthüllung.

Wie immer wich Wissmann allen Blicken aus.

»Die Opfer waren alle zwischen fünfzehn und achtzehn Jahre alt.«

»Wow, ist ja allerhand! Und das hast du ganz allein rausgefunden?«, kommentierte Varnholt, doch Wissmann ignorierte ihn.

»Sie stammten aus verschiedenen Regionen in Honduras und Guatemala. Auffällig ist, dass in allen Gegenden, aus denen die Opfer stammten, Kaffee angebaut wird. Zwar ist in beiden betroffenen Staaten Kaffee das Hauptexportprodukt, doch die Landfläche, auf der Kaffee angebaut wird, beträgt nur einen Bruchteil der Gesamtfläche. Trotzdem lebten alle Opfer in höchstens zehn Kilometern Entfernung von einer Kaffeeplantage.«

»Und was schließen Sie daraus?«, fragte Eisenberg.

»Nichts. Es ist vermutlich nur Zufall. Die Wahrscheinlichkeit dafür beträgt weniger als fünf Prozent, aber wenn man statistische Zusammenhänge untersucht, trifft man zwangsläufig irgendwann auf solche Ausreißer.«

Eisenberg seufzte.

»Haben Sie sonst noch etwas ermittelt?«

»Ja. Die Wohnortverteilung der Opfer ist höchstwahrscheinlich zufällig innerhalb eines Gebietes mit einem Radius von etwa zweihundert Kilometern rund um die Hafenstadt Puerto Cortez im Nordwesten von Honduras.«

»Der Aktionsradius der Täter. Also heißt das, dass sie ihre Zentrale in Puerto Cortez haben?«

»Oder in San Pedro Sula, oder Puerto Barrios auf der guatemaltekischen Seite, sofern sie sich nicht in einem kleineren Ort befindet. Insgesamt gibt es in dem Gebiet etwa eintausend infrage kommende Siedlungen.«

»Großartig!«, sagte Varnholt. »Dann können wir ja gleich eine Streife hinschicken, die einfach alle Einwohner vernimmt.«

»Herr Varnholt, bitte!«, sagte Eisenberg. Er wandte sich wieder an Wissmann. Inzwischen hatte er begriffen, dass man dem Autisten die Würmer einzeln aus der Nase ziehen musste. »Noch etwas?«

»Sie waren alle in einem sozialen Netzwerk angemeldet.«

»Da kommt der nächste Hammer!«, spottete Varnholt. »Mädchen im Alter zwischen fünfzehn und achtzehn, die bei Facebook angemeldet sind!«

»Du bist ein Blödmann, Varnholt«, sagte Wissmann mit unaufgeregter Stimme.

»Und du ein Versager, Wissmann. Du kannst vielleicht schnell rechnen und Programme schreiben, aber dabei kommt nur Müll raus.«

»Herr Varnholt, gehen Sie bitte wieder an Ihren Platz und kümmern Sie sich um Ihre Aufgaben«, sagte Eisenberg. »Das gilt auch für Sie, Herr Klausen und Frau Morani.« Dann wandte er sich wieder an Wissmann. »Haben Sie noch etwas herausgefunden?«

»Varnholt ist ein Idiot. Er kapiert gar nichts.«

»Ich meinte etwas, das mit dem Fall zu tun hat.«

»Ich habe nichts von Facebook gesagt.«

»Die Mädchen waren nicht bei Facebook angemeldet?«

»Doch, schon, aber das ist nicht statistisch auffällig. Facebook hat über 1,5 Milliarden Mitglieder weltweit.«

»Was meinten Sie dann?«

»Flechazo.«

»Wie bitte?«

»Flechazo.com. Eine Datingplattform. Alle Opfer waren dort angemeldet.«

»Seltsamer Name.«

»Flechazo ist Spanisch und bedeutet ›Liebe auf den ersten Blick‹. Man meldet sich dort an, um einen Freund kennenzulernen.«

»Wie viele Mitglieder hat diese Plattform?«

»2471, Stand heute, 13.12 Uhr.«

»Können Sie mir die Plattform bitte mal zeigen?«

Wissmann öffnete eine Website. Eisenbergs lückenhaftes Spanisch reichte aus, um zu erkennen, dass dort jungen Mädchen versprochen wurde, mühelos ihren Traummann zu finden. Eine perfekte Gelegenheit für potenzielle Entführer, ihre Opfer zu identifizieren und Kontakt mit ihnen aufzunehmen.

»Wie haben Sie das herausgefunden?«

»Ich habe alle infrage kommenden Plattformen durchsucht.«

»Sie haben sich dort angemeldet?«

»Ich? Nein, natürlich nicht. Das Problem ist, dass man immer nur einen kleinen Teil der Profile zu sehen bekommt, wenn man sich bei einer solchen Plattform anmeldet. Man muss sich also sehr oft anmelden, mit unterschiedlichen Profilen, bis man mit hinreichender Sicherheit sagen kann, dass eine bestimmte Person nicht auf einer solchen Plattform angemeldet ist. Das würde Jahre dauern, wenn man es manuell macht.«

»Und wie haben Sie es dann gemacht?«

»Mit Bots.«

»Was ist ein Bot?«

»Der Begriff Bot leitet sich von dem Wort Roboter ab, das Ihnen sicher bekannt ist. Ein Bot ist ein automatischer Prozess, der im Internet bestimmte Aufgaben erfüllt, die normalerweise Menschen ausführen sollen. Spambots beispielsweise registrieren sich automatisch in Netzwerken, um dort Werbebotschaften zu platzieren.«

»Und Sie haben auch einen solchen Bot eingesetzt?«

»Nicht einen.«

»Wie viele?«

»Das hängt von der verfügbaren Rechenleistung ab. In der Spitze waren es siebenhundertzwölftausenddreihundertacht.«

»Was macht ein solcher Bot?«, fragte Eisenberg, der zu seiner eigenen Überraschung von dem Thema fasziniert war und sich in diesem Moment vornahm, mehr über die neuen Internettechniken zu lernen.

»Zunächst einmal muss er sich in einem Netzwerk anmelden. Das ist nicht so einfach, wie es klingt, denn die meisten Netzwerke haben Schutzmechanismen, um Spambots abzuwehren. Sie tracken die IP-Adressen und blockieren Mehrfachanmeldungen von derselben Adresse innerhalb kurzer Zeit. Außerdem nutzen sie Captchas.«

»Was?«

»Captchas sind Bilder, auf denen Worte oder Ziffern zu sehen sind, meistens verzerrt und verfremdet. Der Mensch muss dann diesen Code in ein Feld eingeben. Die Idee ist, dass Menschen diese Captchas lesen können, Maschinen dagegen nicht. Das ist natürlich Blödsinn.« Er stieß ein Schnauben aus, das möglicherweise ein Ausdruck der Erheiterung war.

»Können Sie mir mal so ein Captcha zeigen?«

»Klar.« Er öffnete ein kleines Fenster, in dem ein merkwürdig verzerrtes und verdrehtes Wort zu lesen war. Einige der Buchstaben konnte Eisenberg nicht eindeutig erkennen. »Was steht da?«

»Klop5tZiy8«, sagte Wissmann. »Das ist ein Trainingscaptcha für meinen neuronalen Algorithmus.«

Eisenberg sparte sich die Frage, was ein neuronaler Algorithmus war. »Und Ihre Maschine kann das lesen?«

»Problemlos. Die Erkennungsquote schwieriger Captchas liegt heute in etwa bei achtundzwanzig Prozent. Für Menschen natürlich. Meine Bots entziffern solche Captchas in siebenundachtzig Komma drei Prozent der Fälle korrekt.« Wieder dieses Schnauben. »Ein weiterer Wettlauf, den die Maschinen gewonnen haben.«

»Also schön. Der Bot hat sich angemeldet. Was dann?«

»Er fordert Profile von Kontakten an. Die Regeln dieser Netzwerke sehen meistens vor, dass man nur wenige Profile zu sehen bekommt, wenn man nicht zahlendes Mitglied wird.«

»Und Sie vergleichen dann Namen und Adresse dieser Profile mit denen der Opfer?«

»Natürlich nicht. Die Profile sind anonym, die Kontaktpersonen verwenden Pseudonyme, Adressdaten bekommt man nicht zu sehen.«

»Was machen Sie dann?«

»Ich vergleiche die Fotos.«

»Moment. Wollen Sie mir sagen, dass Ihr ... Bot erkennen kann, ob jemand auf einem Foto eine bestimmte Person ist?«

»Selbstverständlich. Das ist doch nichts Besonderes. Google kann das, Facebook auch.«

»Google kann das?«

»Natürlich. Sie könnten ein Foto in die Google Bildersuche ziehen, und Google wäre dann in der Lage, alle Bilder herauszusuchen, auf denen die betreffende Person zu sehen ist. Die Funktion ist lediglich aus Datenschutzgründen momentan für die Öffentlichkeit deaktiviert. Aber das FBI setzt diese Technik schon lange ein, um Täter im Internet aufzuspüren.«

Eisenberg schwirrte der Kopf. Er hatte das Gefühl, kilometerweit hinter der aktuellen technischen Entwicklung hinterherzuhinken. »Ist das legal?«, fragte er.

»Es ist selbstverständlich legal, Bilder zu vergleichen, die öffentlich verfügbar sind. Jeder Mensch kann das. Es ist lediglich nicht erlaubt, dass eine Suchmaschine wie Google diese Funktion öffentlich verfügbar macht. Wobei es genau genommen umstritten ist, ob es legal wäre – je nachdem, welches Recht man zugrunde legt.«

»Also schön. Sie haben rausgefunden, dass alle Opfer bei dieser Partnersuchplattform registriert waren. Glauben Sie, dass ein Zusammenhang zu den Entführungen besteht, oder kann das auch bloß Zufall sein?«

»Nein, bei der geringen Mitgliederzahl des Netzwerks ist ein Zufall praktisch ausgeschlossen. Das wäre ungefähr so wahrscheinlich, als wenn Sie dreimal hintereinander den Lottojackpot knacken.«

»Danke, Herr Wissmann. Gute Arbeit!«

Wissmann wandte sich ohne Erwiderung wieder seinem Bildschirm zu.

Eisenberg rief Udo Pape an und erzählte ihm, was er erfahren hatte.

»Wow! Scheint so, als hätte deine Truppe tatsächlich nützliche Fähigkeiten. Ich gebe das gleich mal an die Behörden in Guatemala und Honduras weiter. Wenn du recht hast, müssten die Entführer ja auch auf dieser Plattform angemeldet sein.«

»Es würde mich nicht wundern, wenn sie die Plattform selbst betreiben«, sagte Eisenberg.

»Gut möglich. Ich prüfe das. Vielen Dank, Adam!«

Als Eisenberg auflegte, hatte er zum ersten Mal das Gefühl, in Bezug auf seine neue Aufgabe die richtige Entscheidung getroffen zu haben.

21.

»Du bist in letzter Zeit ziemlich oft hier, mein verwelktes Blümchen«, sagte Grob, der Tavernenwirt.

»Danke für das Kompliment, Gurkennase«, erwiderte Mina.

Grob hatte recht. Sie hatte in den letzten Tagen viel Zeit in *World of Wizardry* verbracht, die Grenzen der virtuellen Stadt aber nicht verlassen, sich an keinem Raid beteiligt, nicht mal kleinere Quests übernommen, mit denen sie ihren klammen Geldbeutel hätte füllen können. Irgendwie machte ihr das alles keinen Spaß mehr. Es war ihr auf einmal egal, ob ihr Halbork jemals den magischen 40. Level erreichte, ab dem man den Status »Lebende Legende« erhielt und auch die mächtigsten Waffen und Ausrüstungsgegenstände benutzen konnte. Hatte sie sich früher schon aus Prinzip in jeden Streit eingemischt und gern mal selbst eine Schlägerei angefangen, hielt sie sich nun abseits.

Sie hatte sich schon mehrfach gefragt, warum sie nicht einfach den Computer ausmachte und offline blieb, zumindest für einige Zeit. Irgendwann war ihr klar geworden, dass sie nicht wusste, was sie dann machen sollte. Fernsehen? Es gab absolut nichts, was sie daran gereizt hätte. Lesen? Auf die Dauer zu ermüdend. Mit Freunden treffen? Ihre Freunde waren alle hier in *Goraya*.

Sie hatte sich bei dem Gedanken ertappt, wie es wäre, vollständig nach *Goraya* überzusiedeln – ein Leben voller Magie und Abenteuer zu führen, ohne zu wissen, dass das alles nur eine Simulation in einer Maschine war. Ihr Halbork war keine Schönheit, aber er war stark und wurde von den meisten anderen Spielern bewundert. Selbst ihre schmähliche Niederlage hatte ihren Ruhm in der Community noch vermehrt. Statt sich über das Desaster lustig zu machen, lobten die meisten Forumsteilnehmer den Mut ihrer Gruppe, eine Übermacht anzugreifen, die noch dazu einen Level-42-Magier bei sich gehabt hatte. Dabei hatte sicher geholfen, dass die Feuergilde bei den übrigen Gilden und Clans nicht besonders beliebt war.

Thomas war immer noch nicht wieder aufgetaucht. Niemand hatte etwas von ihm gehört. Mina hatte noch zweimal mit seiner Mutter telefoniert, die sich nun doch große Sorgen machte, nachdem die Polizei sie befragt hatte. Sie hatte nichts tun können, um die verzweifelte Frau zu beruhigen. Die Polizei war bei Mina gewesen. Zwei Männer, ein älterer mit deutlich sichtbar schwarz gefärbten Haaren, der sich offenbar für gut aussehend gehalten hatte, und ein junger Blonder, der gerade frisch von der Polizeischule gekommen zu sein schien, mit monotoner Stimme von einem Formular Fragen vorlas und Minas Antworten mit der Hand daneben kritzelte.

Dass die beiden irgendetwas dazu beitragen würden, Thomas zu finden, bezweifelte sie. Dennoch war sie froh, dass ihr die Last abgenommen worden war. Was hätte sie auch tun können? Sie kannte Thomas ja kaum und wusste so gut wie nichts über seinen Freundeskreis oder Verwandte, bei denen er eine Weile untergetaucht sein konnte. Im Grunde ging es sie nach wie vor gar nichts an.

Seit dem Treffen mit Mark letzte Woche hatte sie fast jede Nacht Albträume, in denen sie in einem mit zäher

Flüssigkeit gefüllten Glaskasten eingesperrt war wie Neo in *Die Matrix*.

Sie hatte eine volle Viertelstunde damit zugebracht, ein vertrocknetes Blatt zu untersuchen, das von einer Zimmerpflanze abgefallen war. Sie hatte es aufgeschnitten, daran gerochen, es mit der Lupe untersucht, die feinen Strukturen bewundert. War es denkbar, dass eine Computersimulation jemals solch einen Detailgrad erreichen konnte? Es erschien ihr unvorstellbar. Doch hatte sich die Technik nicht allein in den letzten zwanzig Jahren atemberaubend schnell weiterentwickelt? Einem Menschen aus dem Mittelalter wären sämtliche Apparate, die sie heute wie selbstverständlich benutzte, unvorstellbar erschienen. Wenn es tatsächlich eine Welt außerhalb der Welt gab, konnte die Technik dort ohne Weiteres fünfhundert Jahre weiter fortgeschritten sein – oder auch fünftausend. Vielleicht war das, was sie als Realität ansah, für die Schöpfer dieser Welt vergleichbar mit der mittelalterlichen Welt *Goraya* – eine romantische Verklärung der historischen Wirklichkeit eines lange zurückliegenden 21. Jahrhunderts.

Doch was nützte all diese Spekulation? Wenn es wirklich so war, dann konnte sie absolut nichts tun. Dann war es am besten, einfach ihr Leben weiterzuleben wie bisher. Was machte es letztlich schon für einen Unterschied, ob die Welt eine Computersimulation war, das Werk eines Schöpfergottes oder einfach nur das Ergebnis zufälliger physikalischer Prozesse?

Doch so sehr sie sich auch bemühte, es fiel ihr schwer, in ihre gewohnte Routine zurückzufallen. Also streifte sie weiter rastlos durch die Welt der Zauberei, die ihre zweite Heimat geworden war, in der vagen Hoffnung, die ganze Sache irgendwann vergessen zu können – oder vielleicht doch noch jemanden zu treffen, der wusste, was mit Thomas geschehen war, und sie aus ihrem Albtraum befreite.

»Ist dein Freund wieder aufgetaucht?«, fragte Grob. Inzwischen wusste jeder hier, wen sie suchte. Ihr Name tauchte in Dutzenden Forenbeiträgen auf. Auch das hatte den Ruhm von Gothicflower gesteigert.

»Nein.«

»Frag doch mal Don. Wenn einer was weiß, dann er.«

»Don ist hier? *Der* Don?«

»Klar. Da hinten bei der Gruppe von Drachenmenschen.«

Don trug nicht nur den offiziellen Titel »Lebende Legende«, er war auch eine. Einer der ganz wenigen Spieler, die Level 50 erreicht hatten. Mina war ihm noch nie im Spiel begegnet, hatte aber schon viel von ihm gehört. Er galt als eine Art Robin Hood, der übermächtige Spieler, die sich gegenüber Schwächeren unfair verhielten, in ihre Schranken wies.

Sie fand ihn in einem hinteren Winkel der Kneipe. Wie Grob gesagt hatte, stand er bei einer Gruppe von Drachenmenschen.

»Wir haben mit der Sache nichts zu tun, Don«, sagte einer der Echsenköpfe. »Ehrlich!«

Don war ein Menschenkrieger, der auf den ersten Blick unscheinbar aussah. Keine schillernde magische Rüstung, keine auffälligen Körpermerkmale. Mit seinem Krummsäbel wirkte er ein wenig wie ein gestrandeter Pirat. Es gehörte zu seiner Masche, dass er seine Gegner dazu verleitete, ihn zu unterschätzen.

»Klar«, sagte er. »Warum sollte ich auch einem Mitglied des Clans der Lügner nicht glauben?«

»Glaub doch was du willst. Außerdem kannst du uns sowieso nichts nachweisen.«

»Nachweisen? Ist das hier etwa eine Gerichtsverhandlung? Du glaubst wohl, du hast ein Recht auf einen Anwalt, was? Wenn ich entscheide, ihr seid schuldig, dann seid ihr schuldig! So einfach ist das.«

»He, Mann, das kannst du nicht machen!«, sagte einer der Drachenmenschen. Obwohl die virtuellen Figuren viel zu winzig waren, um Gesichtsausdrücke zu zeigen, glaubte Mina, seine Nervosität zu spüren. »Das wäre ja Lynchjustiz!«

Wer immer Don spielte, drückte die Tastenkombination, die einen Lachanfall auslöste. »Lynchjustiz! Da hast du wohl recht, Froschauge!«

»Du, ich glaube, da will dich jemand sprechen«, sagte ein anderer aus der Gruppe.

»Lenk bloß nicht ab! Wenn ihr zugebt, dass ihr es wart, und den Newbies ihre Sachen und ihr Gold zurückgebt – mit Zinsen natürlich – lasse ich euch vielleicht noch ein paar Hitpoints übrig.«

»Also gut«, sagte der Wortführer. »Wir geben ihnen das Zeug zurück. War sowieso nur wertloser Kram.« Er machte eine Geste mit seinen grün beschuppten Armen und verschwand plötzlich. Im nächsten Moment ging Don in Flammen auf.

»Jetzt habt ihr ein Problem, ihr Kaulquappen!«, sagte Don. Dann führte er seinerseits einen Zauber aus, der die Drachenmenschen mit einer Eisschicht überzog. Der Wortführer, der sich zwischenzeitlich unsichtbar gemacht hatte, erschien als frostiger Umriss. Außerdem verlangsamte das Eis die Bewegungen der vier Drachenmenschen.

Mina brauchte keine Aufforderung. Sie attackierte die nächste Echse mit einem gewaltigen Axthieb, der dem Gegner fast die Hälfte seiner Lebensenergie entzog.

Es dauerte keine Minute, bis die Leichen der Drachenmenschen auf dem Kneipenboden lagen. Don sammelte ihre Waffen und Ausrüstung ein. Dann wandte er sich an Gothicflower.

»Danke, Halbork.«

»Immer gern.«

»Stimmt es, dass du mich sprechen wolltest?«

»Ja. Ich suche jemanden. Einen Dieb namens ShirKhan. Hast du zufällig von ihm gehört?«

»ShirKhan? Ist das nicht einer dieser Typen, die angeblich im RL spurlos verschwunden sind?«

»Ja, genau.«

»Jetzt weiß ich, wo ich deinen Namen schon mal gelesen habe. Du warst es, die diese Lawine losgetreten hat, stimmt's?«

»Kann schon sein. Ich mache mir einfach Sorgen.«

»Das ist doch nicht etwa ein Hoax, oder?« So bezeichnete man falsche Warnmeldungen im Internet, die in erster Linie dazu dienten, grundlose Panik zu verbreiten.

»Ich kenne ShirKhan im RL. Er ist tatsächlich verschwunden. Die Polizei hat sogar eine Vermisstenanzeige aufgenommen.«

»Die Polizei, ja?« Don machte eine Armbewegung. Ein violetter Wirbel entstand, und plötzlich verschwand die Kneipe. Gothicflower befand sich nun in einem Raum mit steinernen Wänden und einem großen Bett, das mit einem Eistigerfell belegt war.

Don stand neben ihr.

»Hier sind wir ungestört«, sagte er. »Erzähl mir einfach, was passiert ist.«

Mina tippte die ganze Geschichte in die Tastatur. Obwohl sie fließend mit zehn Fingern schreiben konnte, dauerte es mehr als eine halbe Stunde, bis sie alles erzählt hatte. Nur Galouyes Buch erwähnte sie nicht. Selbst gegenüber einem Zauberer in einer Fantasiewelt war es ihr peinlich, dass sie glaubte, Thomas könnte einfach gelöscht worden sein.

»Und du warst bei der Polizei? Was haben die gemacht?«

»Erst mal gar nichts. Haben gesagt, dass sie bei Vermisstenfällen nicht zuständig wären, solange es keinen Hinweis auf eine Straftat gibt oder der Verschwundene offensichtlich hilflos war.«

»Erst mal?«

»Nach einer Woche bin ich noch mal hin, als ich rausgefunden hatte, dass Thomas nicht der Einzige war, der verschwunden ist. Eine der anderen war Diabetikerin, und die Polizei hatte damals eine Vermisstenanzeige aufgenommen. Daraufhin haben mich zwei von denen noch mal vernommen. Seitdem hab ich nichts mehr gehört.«

»Klingt nach einer seltsamen Sache. Vielleicht kann ich dir helfen.«

»Ehrlich gesagt habe ich die Hoffnung aufgegeben, hier in *Goraya* etwas herauszufinden. Oder hast du ShirKhan in den letzten Tagen getroffen?«

»Nein, das nicht. Aber ich kenne jemanden bei den Bullen. Ich werde mal sehen, was ich tun kann. Gibst du mir mal deine RL-Daten?«

Es galt als unhöflich, einen anderen Spieler nach seinem realen Namen oder gar seiner Adresse zu fragen, doch Don hatte eine unzweifelhafte Reputation, und Mina konnte jede Hilfe gebrauchen. Also nannte sie ihm beides.

22.

Am nächsten Morgen kam Eisenberg gut gelaunt ins Büro. Udo Pape hatte ihn am Vorabend auf dem Handy angerufen und ihm mitgeteilt, dass die Polizei in Guatemala äußerst dankbar für seinen Hinweis gewesen war. Dort recherchiere man nun weiter und bereite eine Razzia beim Betreiber der Datingplattform vor.

Doch seine gute Stimmung hielt nicht lange an. Um kurz vor zehn klingelte sein Telefon.

»Joe Greifswald hier. Wie ich erfahren musste, haben Sie entgegen meiner ausdrücklichen Anweisung weiter an dem Mädchenhändlerring gearbeitet, Eisenberg.«

»Guten Morgen, Herr Kriminaldirektor.«

»Guten Morgen? Mehr fällt Ihnen dazu nicht ein?«

Eisenbergs Stimme blieb neutral.

»Hauptkommissar Pape hat mich um Amtshilfe ersucht. Ich habe daraufhin meine Mitarbeiter angewiesen, für ihn im Internet zu recherchieren. Sie haben eine offenbar vielversprechende Spur gefunden.«

»Hauptkommissar Pape habe ich von dem Fall entbunden. Ich kann einen solchen Vertrauensbruch meiner Mitarbeiter nicht dulden. Nur, damit das klar ist, Eisenberg: Sie haben Ihrem alten Kumpel keinen Gefallen getan. Ich glaube, ich habe es Ihnen schon mal gesagt: Man ist entweder für oder gegen mich. Und was Ihre vielversprechende Spur angeht: Die Behörden in Guatemala zu informieren war wohl das Dümmste, was man in dieser Situation tun konnte. Die sind doch alle korrupt. Man wird vielleicht eine Razzia bei diesem Internetportal durchführen, aber man wird nichts finden. Die Hintermänner haben doch längst alle Spuren verwischt und sind jetzt gewarnt. Und was das Schlimmste ist, Eisenberg: Durch dieses unabgestimmte Vorgehen haben Sie eine informationstechnische Aufklärung von Spezialisten des BKA vereitelt, die ich selbst in Auftrag gegeben hatte. Unabsichtlich oder nicht, Sie haben unsere Ermittlungen torpediert. Ich habe deswegen offiziell Beschwerde bei Ihrem neuen Chef eingereicht. Seien Sie froh, dass sie nicht mehr in meinem unmittelbaren Einflussbereich sind. Sonst hätten Sie jetzt ein Disziplinarverfahren am Hals. Auf Wiederhören!«

Greifswald hatte aufgelegt, ohne ihm die Gelegenheit zu einer Erwiderung zu geben. Eisenberg atmete tief durch. Er wusste, dass sein Exchef bluffte. Wenn er tatsächlich BKA-Spezialisten eingeschaltet hatte, dann erst, nachdem er vom Erfolg der SEGI erfahren hatte. Doch das würde niemand überprüfen. Wenn der Leiter einer LKA-Abteilung behauptete, seine Ermittlungen seien von einer anderen Behörde torpediert worden, würde man ihm glauben. So etwas kam schließlich oft genug vor.

Eigentlich konnte es Eisenberg egal sein. Kayser würde ihm in dieser Hinsicht den Rücken freihalten. Doch es tat ihm leid für seinen alten Freund Udo Pape.

»Ach was, du kennst doch Greifswald«, erwiderte Pape, als Eisenberg ihn anrief, um sich zu entschuldigen. »Der regt sich erst mal auf, aber wenn dann eine Erfolgsmeldung aus Guatemala kommt, ist er der Erste, der mir seine Anerkennung ausspricht. Natürlich nur, um selber den Ruhm einzuheimsen. Er hat den Fall an Möricke gegeben, kannst du dir das vorstellen? Keine Woche und ich hab die Sache wieder auf dem Tisch. Garantiert!«

Eisenberg bedankte sich. Er war sich allerdings nicht sicher, ob Papes Optimismus berechtigt war. So oder so war er den Mädchenhändlerfall erst mal los, und die SEGI stand wieder ohne konkrete Aufgabe da. Er las die internen Nachrichten und Fahndungsmitteilungen in der Hoffnung, auf einen Fall zu stoßen, bei dem Wissmanns besondere Fähigkeiten nützlich sein könnten.

»Herr Eisenberg? Kann ich Sie einen Moment sprechen?«

Varnholt stand vor seinem Schreibtisch. Die Tatsache, dass der Hacker sich von seinem Platz fortbewegt hatte, unterstrich, dass ihm etwas wichtig war.

»Worum geht es denn?«

»Die Sache mit den Vermissten.«

»Fängst du schon wieder mit diesem Blödsinn an«, ließ sich Klausen vernehmen.

Varnholt reagierte nicht auf die Provokation.

Eisenberg war drauf und dran gewesen, Varnholt klarzumachen, dass er endlich aufhören musste, während der Arbeitszeit Computerspiele zu spielen. Doch das wäre nach Klausens Einwurf einer Parteinahme gleichgekommen. Also nickte er nur.

»Am besten, wir gehen irgendwohin, wo wir ungestört sind«, sagte Varnholt mit Blick auf den Kollegen.

Da alle Konferenzräume belegt waren, gingen sie in die kleine Kaffeeküche, wo sich Eisenberg einen Espresso machte. Varnholt erzählte ihm, dass er mit der Spielerin gesprochen habe, die den Zusammenhang zwischen den Vermisstenfällen hergestellt und damit eine Diskussion über die Hintergründe ausgelöst hatte. Sie sei bereits von der Polizei vernommen worden.

»Wenn es bereits ein Ermittlungsverfahren gibt, können wir ohnehin nichts machen, solange wir nicht um Hilfe gebeten werden«, sagte Eisenberg.

»Das ist nicht ganz richtig«, widersprach Varnholt. »Das LKA kann jederzeit die Ermittlungen in einem Fall auf eigene Initiative übernehmen.«

»In der Theorie schon«, gab Eisenberg zu. »In der Praxis braucht es dafür aber einen guten Grund. Eine Gefahr für die Sicherheit des Landes Berlin oder ein höheres dienstliches Interesse. Die Tatsache, dass Sie sich für den Fall interessieren, weil er mit Ihrem Lieblingscomputerspiel verknüpft zu sein scheint, dürfte kaum ausreichen.«

Wenn dieser Seitenhieb Varnholt störte, ließ er es sich nicht anmerken.

»Wir – ich meine Sie – könnten dem zuständigen Kommissariat unsere Hilfe anbieten. Vielleicht sind die ja ganz froh, wenn sich jemand um die Sache kümmert. Wir leiden ja momentan nicht gerade unter Arbeitsüberlastung, nachdem uns der Mädchenhändlerfall wieder entzogen wurde.«

Eisenberg zog eine Augenbraue hoch.

»Oder möchten Sie, dass ich weiterhin die Spur auf den Cayman Islands verfolge?«, fragte Varnholt ungerührt.

»Nein, das können Sie sich sparen. Also schön, ich rufe die zuständigen Kollegen an. Aber normalerweise sind die nicht begeistert, wenn sich das LKA in laufende Ermittlungen einmischt.«

Es dauerte eine Viertelstunde, bis Eisenberg herausgefunden hatte, wer sich um den Fall kümmerte. Wie erwartet war der zuständige Sachbearbeiter, ein Kriminaloberkommissar Keller, misstrauisch, als sich das LKA bei ihm meldete. »Ja, das stimmt, ich bearbeite den Fall. Wie sind Sie überhaupt auf die Sache aufmerksam geworden?«

»In meinem Team ist ein Experte für Onlinespiele«, sagte Eisenberg. »In der Szene hat die Sache für einigen Wirbel gesorgt.«

Sein Gesprächspartner unterdrückte ein Lachen.

»Das LKA hat einen Experten für Computerspiele? Wie alt ist der? Zwölf?« Als er sich bewusst wurde, wen er am Apparat hatte, schob er schnell nach: »Entschuldigung, das sollte nicht respektlos klingen.«

»Auch Spiele können zu kriminellen Zwecken eingesetzt werden«, sagte Eisenberg. »Denken Sie an illegales Glücksspiel.«

»Aha. Und Sie denken, das hat etwas mit den Vermisstenfällen zu tun?«

»Nein. Aber Sie fragten mich, wie wir auf den Fall aufmerksam geworden sind.«

»Ehrlich gesagt glaube ich nicht, dass es überhaupt einen Fall gibt. Wir haben mit den Angehörigen der Vermissten gesprochen. Sie hatten offenbar keinerlei Kontakt miteinander, und auch sonst gibt es keine Gemeinsamkeiten. Höchstwahrscheinlich hatte jeder von denen seine eigenen Gründe, von der Bildfläche zu verschwinden.«

»Aber keiner ist bisher wieder aufgetaucht?«

»Nach unseren Erkenntnissen nicht. Aber es ist nicht auszuschließen, dass einer von denen längst wieder da ist und uns nur niemand informiert hat.«

»Die Vermissten haben alle dasselbe Computerspiel gespielt.«

»Ja, schon. Aber wie wir inzwischen wissen, tut das hier in Berlin fast jeder zwischen zwanzig und dreißig. Da könnten Sie auch sagen, die sind alle mit der U-Bahn gefahren.«

»Haben Sie mal mit dem Betreiber dieses Spiels gesprochen? Eine Firma mit Sitz hier in Berlin.«

»Nein. Warum hätten wir das tun sollen?«

»War nur so ein Gedanke. Herr Kollege, ich teile ehrlich gesagt Ihre Ansicht, dass die Vermisstenfälle wahrscheinlich nichts miteinander zu tun haben. Trotzdem würde ich mir die Sache gern mal genauer ansehen, Ihr Einverständnis vorausgesetzt.«

»Seit wann fragt das LKA einen Kriminaloberkommissar um Erlaubnis, wenn es sich in Ermittlungen einmischt?«

»Ich will mich nicht in Ihre Ermittlungen einmischen. Ich biete Ihnen lediglich meine Unterstützung an. Ich war selbst lange genug in einem Stadtteilkommissariat. Ich gehe davon aus, dass Sie genug um die Ohren haben, auch ohne dass sie irgendwelchen verschwundenen Studenten hinterherjagen müssen.«

»Da haben Sie allerdings recht. Also schön, wenn es Ihnen Spaß macht. Ich schicke Ihnen die Vernehmungsprotokolle. Der Rest liegt dann bei Ihnen. Aber bitte halten Sie mich auf dem Laufenden, falls Sie etwas herausfinden, das uns entgangen ist.«

»Das mache ich. Danke, Herr Keller.«

»Dafür nicht. Viel Erfolg, Herr Eisenberg.«

Keller hielt Wort und schickte umgehend die Vernehmungsprotokolle. Viel ging daraus nicht hervor. Es gab tatsächlich keinen erkennbaren Zusammenhang zwischen den vier Fällen, von dem gemeinsamen Onlinespiel abgesehen. Es war immerhin denkbar, dass sich die Verschwundenen dort kennengelernt hatten. Doch das bedeutete noch lange nicht, dass die Fälle miteinander zu tun hatten. Dagegen sprach einerseits der zeitliche Abstand von mehr als einem halben Jahr zwischen dem ersten und dem letzten Fall. Wenn die Vier sich irgendwie im Spiel abgesprochen hätten, von der Bildfläche zu verschwinden, hätte das nahezu gleichzeitig passieren müssen. Außerdem wusste man, wie Varnholt erklärte, in der Regel nicht, welcher Spieler hinter einer Figur steckte. Selbst wenn sich die Vier in *World of Wizardry* begegnet wären, hätte das kaum Auswirkungen auf ihr Leben außerhalb des Spiels gehabt. Sie hätten nicht einmal gewusst, dass sie in derselben Stadt lebten.

Die einzige weitere Gemeinsamkeit schien zu sein, dass sich die vier Vermissten unmittelbar vor ihrem Verschwinden angeblich »merkwürdig« verhalten hatten. Doch diese Aussage stammte nicht von den Angehörigen der Verschwundenen, sondern von dem Mädchen, das die Fälle miteinander in Verbindung gebracht hatte – derselben Zeugin, die Varnholt im Spiel kennengelernt hatte. Alles sprach dafür, dass sie sich in eine Verschwörungstheorie verrannt hatte.

Hätte Eisenberg irgendetwas Besseres zu tun gehabt, hätte er den Fall nicht weiterverfolgt – es gab viel zu wenig Verdachtsmomente. So jedoch erschien es ihm besser als nichts, auch wenn es wie eine Beschäftigungstherapie wirkte. Selbst wenn nichts dabei herauskam, würde es zumindest sein Verhältnis zu Varnholt verbessern. Tatsächlich schien der dicke Hacker umso mehr aufzutauen, je mehr er spürte, dass Eisenberg ihn ernst nahm. Außerdem ergab sich so die Gelegenheit, Moranis Fähigkeiten in einer Zeugenvernehmung zu testen.

Also bat Eisenberg Klausen, die Zeugin Mina Hinrichsen am nächsten Tag zur Vernehmung ins LKA zu bitten.

Sie war Anfang zwanzig, durchaus hübsch, wenn nicht das Lippenpiercing und die zu stark geschminkten Augen gewesen wären. Eisenberg wurde schmerzhaft bewusst, dass seine Tochter im selben Alter war und er keine Ahnung hatte, wie sie sich schminkte und ob sie inzwischen ebenfalls ein Piercing hatte. Das letzte Mal hatte er sie vor zwei Jahren gesehen, anlässlich des achtzigsten Geburtstags seines Vaters.

»Danke, dass Sie gekommen sind«, sagte Eisenberg. »Ich bin Hauptkommissar Eisenberg. Das hier sind Dr. Morani und Herr Varnholt. Sie kennen Ihn bereits aus *World of Wizardry*.«

»Ich bin Don«, sagte Varnholt.

Hinrichsen riss die Augen auf. »Du ... ich meine, Sie sind Don?«

Varnholt grinste.

»Lass uns bitte beim Du bleiben. Auch wenn ich Bulle bin, kann ich ja trotzdem so tun, als wäre ich ein normaler Mensch.«

Sie nickte verdattert.

»Haben ... habt ihr etwas herausgefunden wegen Thomas?«

»Nein, leider nicht«, sagte Eisenberg. »Ich will ehrlich sein, Frau Hinrichsen. Ich glaube nicht an einen Zusammenhang zwischen den Vermisstenfällen.«

»Warum bin ich dann hier?«

»Das haben Sie Ihrem Mitspieler zu verdanken.«

»Mein Chef mag denken, dass es keinen Zusammenhang gibt«, sagte Varnholt. »Aber das heißt nicht, dass er recht hat. Mir scheint es zumindest sinnvoll, die Hintergründe noch etwas genauer zu verstehen. Vielleicht können wir dann wenigstens die Aufregung in der Spielergemeinde etwas dämpfen.«

Hinrichsen zog die Augenbrauen zusammen. »Ich wusste nicht, dass das LKA die Aufgabe hat, Computerspieler zu beruhigen.«

»Nimm es einfach als persönliches Interesse, dass wir der Sache nachgehen«, sagte Varnholt. »Kannst du uns bitte noch einmal sagen, was du über das Verschwinden der vier Spieler weißt?«

Sie erzählte, wie sie ihren Kommilitonen kennengelernt hatte und was während des Spiels geschehen war.

»Was genau meinst du mit ›merkwürdig verhalten‹?«, hakte Varnholt nach.

»Na ja, wir waren mitten in diesem Raid gegen eine überlegene Gruppe. Da kam es wirklich auf jeden Einzelnen an. Und mitten in der Action schert ShirKhan plötzlich aus dem Kampf aus und gibt merkwürdiges Zeug von sich.«

»Wer ist ShirKhan?«, fragte Eisenberg.

»Das ist der Spielername von Thomas Gehlert.«

»Was genau hat er von sich gegeben?«, fragte Morani. Sie hatte die Ausführungen bisher nur stumm verfolgt.

»Das ... das weiß ich nicht mehr genau«, sagte Hinrichsen. Sie wirkte plötzlich nervös. »Irgendwelches Zeug, hatte jedenfalls nichts mit dem Spiel zu tun. Und dann hat er sich plötzlich nicht mehr gerührt. Stand nur noch blöd in der Gegend rum, während wir von unseren Gegnern gewiped wurden.«

»Ge*was*?«, fragte Eisenberg.

»Wipen bedeutet auslöschen, vernichten«, erklärte Varnholt.

»Was geschah danach?«

»Na ja, der Kampf war kurz darauf zu Ende. Ich war ziemlich sauer auf Thomas, ich hatte ja meine ganze Ausrüstung verloren. Also hab ich versucht, mit ihm zu skypen, doch er hat nicht reagiert. Später bin ich dann zu ihm, aber das habe ich ja schon erzählt.«

Eisenberg schwieg einen Moment. Er betrachtete die junge Frau, die sich unwohl zu fühlen schien. Vielleicht lag es nur daran, dass sie mit drei Polizisten in einem ungemütlichen Besprechungszimmer saß.

»Eines verstehe ich nicht, Frau Hinrichsen«, sagte er. »Sie haben angegeben, Thomas Gehlert gehöre nicht zu Ihrem engeren Freundeskreis. Dennoch haben Sie einen ziemlich großen Aufwand betrieben, um herauszufinden, was mit ihm passiert ist. Das finde ich ungewöhnlich.«

»Ich mache mir eben Sorgen«, erwiderte sie. »Ich habe mit Thomas nicht viel Zeit im RL verbracht, aber in *Goraya* waren wir so was wie Freunde. Sie können das wahrscheinlich nicht verstehen, aber uns Spielern bedeutet das eine Menge.«

Eisenberg warf einen Blick zu Varnholt, der nickte.

»Nun gut, vielen Dank, dass Sie hier waren, Frau Hinrichsen. Wenn wir etwas erfahren, werde ich Sie umgehend informieren. Umgekehrt würde ich mir wünschen, dass Sie Kontakt mit uns aufnehmen, sollte Ihnen noch was einfallen.«

»Ja, natürlich, das mache ich.«

Während Varnholt die Zeugin zum Ausgang begleitete, wandte sich Eisenberg an Morani.

»Was ist Ihre Meinung?«

»Sie hat uns etwas verschwiegen.«

Eisenberg nickte.

»Ja, das denke ich auch. Aber was?«

Sie runzelte die Stirn.

»Sie weiß etwas. Oder ahnt es zumindest. Sie hat eine Theorie, was mit den Verschwundenen passiert ist.«

»Aber warum sagt sie uns nichts davon?«

Morani zuckte mit den Schultern.

»Vielleicht kennt sie jemanden, der etwas mit der Sache zu tun hat, und will ihn nicht belasten«, spekulierte Eisenberg.

Morani schüttelte den Kopf.

»Nein, das war es nicht.«

»Woher wissen Sie das?«

»Keine Ahnung. Ist nur ein Gefühl. Nennen Sie es Intuition.«

Eisenberg nickte.

»Seltsame Sache«, sagte Varnholt, als er in den Besprechungsraum zurückkehrte.

»Was denken Sie?«, fragte Eisenberg.

»Ich weiß nicht. Irgendwas war merkwürdig. Ich habe fast das Gefühl, sie hat uns nicht alles erzählt. Keinen Schimmer, warum nicht. Vielleicht hat sie etwas zu verbergen, dass mit der Sache gar nichts zu tun hat, und war deshalb so nervös.«

»Was könnte das Ihrer Meinung nach sein?«

»Weiß nicht, vielleicht nimmt sie Drogen oder hat mal was geklaut. Viele Menschen werden nervös, wenn sie von der Polizei vernommen werden, selbst wenn es gar keinen Grund dafür gibt.«

Morani nickte.

»Da hast du recht. Aber eins wissen wir jetzt jedenfalls.«

»Was denn?«

»Sie glaubt wirklich, dass es zwischen den Vermisstenfällen einen Zusammenhang gibt. Auch, wenn sie uns nicht gesagt hat, warum.«

»Also schön«, sagte Eisenberg. »Dann müssen wir es eben selbst rausfinden.«

»Heißt das, wir bleiben an der Sache dran?«, fragte Varnholt.

»Bis auf Weiteres, ja.«

»Und was machen wir als Nächstes?«, fragte Morani.

»Wir sprechen noch mal mit den Angehörigen. Und

dann würde ich auch gern mal mit den Betreibern des Spiels reden. Vielleicht hilft uns das irgendwie weiter.«

»Au ja«, sagte Varnholt. »Ich wollte schon immer mal die Serverfarm sehen, in der mein Don seine virtuelle Existenz fristet.«

Wenn das lustig gemeint war, verstand Eisenberg den Witz nicht.

23.

Warum zögerst du?

Die Vollendung deiner Taten steht bevor. Wenn du es vollbracht hast, wird eine Welle durchs Netz gehen. Ein Aufruhr der Erkenntnis. Dann hast du dein Ziel erreicht. Dann müssen sie handeln.

Nur noch einmal.

Alle Vorbereitungen sind getroffen. Auch, wenn man nie sicher sein kann, dass nicht etwas Unerwartetes geschieht. Aber du hast vorgesorgt. Dennoch bist du nervös. Ist es dein Gewissen, das dich verunsichert? Dazu ist es längst zu spät. Ist es die Tatsache, dass sie deine Fantasie anregt? Sie ist nur eine Illusion.

Vermutlich sind sie es, die dich verunsichern. Du hast oft darüber nachgedacht, auf welche Weise sie dich beeinflussen. Vielleicht benutzen sie Magnetfelder, um dein Gehirn durcheinanderzubringen. Vielleicht spritzen sie dir Drogen, die deine Stimmung verändern.

Vielleicht ist es eine Falle.

Der Gedanke springt dich an wie ein Monster, das die ganze Zeit in den Schatten deines Bewusstseins gelauert hat. Was, wenn sie ein Avatar ist? Eine leere Hülle, beseelt von einem Admin, auf der Jagd nach Leuten wie dir, die ihr Experiment stören könnten? Was, wenn sie nur darauf wartet, dass du dich ihr offenbarst?

Du machst dir einen Beruhigungstee. Der fünfte heute.

24.

Tristanleaf: Hey, Gothicflower! Good to see you again! Where have you been?
Gothicflower: Had to deal with some RL stuff.
Tristanleaf: I see. So you're done now?
Gothicflower: Let's say there's not much I can do about it anymore.
Tristanleaf: Anyway, none of my biz. Ready for another raid, I guess? Nothing helps forgetting RL probs like beating the shit out of a group of Darkmonks.
Gothicflower: Yeah, okay. When do we leave?
Tristanleaf: Let's go right now. The others are already waiting outside the ruins of Thal'Adur.

Minas Halbork folgte dem Elf durch ein magisches Portal zu dem Treffpunkt, wo die anderen bereits warteten: eine Gruppe schwer bewaffneter Krieger unterschiedlicher Rassen. Keine Zauberer, was nicht verwunderlich war, da die Dunkelmönche, die das Ziel des Angriffs waren, gegen fast alle Formen der Magie immun waren. Hier half nur rohe Gewalt. Es fühlte sich gut an, wieder im Spiel zu sein.

Nach dem Gespräch im LKA am letzten Freitag war Mina erleichtert gewesen. Sie wusste selbst nicht genau, warum. Vielleicht war es die Tatsache, dass Don sich als Bulle entpuppt hatte – noch dazu als einer, der nicht wie der Durchschnittspolizist aus dem Fernsehen aussah. Er gab ihr das Gefühl, die Polizei bisher unterschätzt zu haben. Vielleicht war es auch die ruhige Art gewesen, mit der dieser ältere Kommissar ihr Fragen gestellt hatte: kompetent, professionell, erfahren.

Diese Leute wussten, was sie taten. Was auch immer die Erklärung für Thomas' Verschwinden war, sie würden es herausfinden.

Mina war froh, dass sie das Buch nicht erwähnt hatte. Inzwischen kam ihr die Vorstellung, Thomas könne sich buchstäblich in Luft aufgelöst haben, lächerlich vor. Die Polizisten hatten sie auf den Boden der Tatsachen zurückgeholt und ihren eigenen Realitätssinn wieder aktiviert. Wie hatte sie sich nur von einem SciFi-Roman und Marks philosophischen Hirngespinsten so ins Bockshorn jagen lassen können?

Sie hatte das Wochenende ausgespannt, viel geschlafen und sich wieder mit ihrem Halbork Gothicflower beschäftigt. Heute war sie zur Uni gegangen wie sonst auch, und sie hatte die meiste Zeit nicht an Thomas oder künstliche Welten gedacht. Für heute Abend hatte sie sich endlich wieder zu einem Raid verabredet und freute sich auf die Action.

»Everyone ready?«, fragte Tristanleaf.

Mina wollte gerade »Let's go« eingeben, als es an der Tür klingelte. Sie blickte verdutzt auf. Es war halb sechs. Wer konnte um diese Zeit etwas von ihr wollen? Vielleicht die Polizei, die doch noch ein paar Fragen hatte? Aber warum hatten sie nicht angerufen?

»Just a minute, got to answer the door«, tippte Mina schnell.

Sie sah durch den Türspion. Draußen saß ein junger Mann im Rollstuhl. Sie hatte ihn nie zuvor gesehen. Er beugte sich vor, um erneut die Türklingel zu betätigen.

Mina öffnete. »Ja?«

»Hallo Mina«, sagte der Unbekannte. »Oder vielleicht sollte ich lieber sagen: hallo Gothicflower.«

Sie runzelte die Stirn.

»Wir kennen uns aus WoWiz?«

»Ja. Ich bin Schattenhand, der Dieb. Wir haben uns mal im *Freundlichen Oger* getroffen, erinnerst du dich?«

»Äh, ja, ich glaube schon. Woher weißt du …«

»Darf ich vielleicht reinkommen? Ich habe etwas über das Verschwinden deines Freundes Thomas herausgefunden. Aber das möchte ich nicht gern hier draußen besprechen.«

Mina öffnete die Tür und machte ihm Platz. Er rollte durch den engen Flur in ihr Arbeitszimmer. »Sorry, wenn ich störe. Du bist gerade im Spiel?«

Sie warf einen kurzen Blick auf den Bildschirm. Dort waren eine ganze Reihe wütender Kommentare der anderen Spieler zu lesen, die keine Lust hatten, noch länger mit dem Angriff zu warten. Sie unterdrückte den Drang, sich per Chat zu entschuldigen. Das hier war wichtiger.

»Schon gut. Was weißt du über Thomas?«

Er blickte sie an. Seine dunklen Augen wirkten irgendwie gehetzt.

»Du warst bei der Polizei, oder?«

»Ja. Woher weißt du das?«

Er ging nicht auf die Frage ein.

»Was haben sie gesagt?«

»Nicht viel. Sie glauben nicht, dass Thomas … dass die Vermisstenfälle etwas miteinander zu tun haben.«

»Nicht? Aber wieso haben sie dich dann zu sich bestellt?«

Irgendwie wurde das Gespräch Mina ein wenig unheimlich. Wer war dieser seltsame Mensch im Rollstuhl? Wieso wusste er so viel über sie?

Sie musste an Galouyes Roman denken. Dort gab es in der simulierten Welt spezielle Figuren, die ihren Schöpfern als eine Art Spione dienten.

Ein ungeheuerlicher Verdacht schoss ihr durch den Kopf. Ehe sie sich selbst daran hindern konnte, fragte sie: »Bist du ... eine Kontakteinheit?«

Der Fremde riss die Augen auf. »Was? Wieso ... du ... du weißt es?«

Mina konnte nicht sprechen. Es war, als drücke ihr jemand mit beiden Daumen die Kehle zu. Tränen traten in ihre Augen.

Es war wahr! Alles, was in dem Buch gestanden hatte, war wahr!

Die Wucht der Erkenntnis ließ ihre Knie weich werden. Sie taumelte, musste sich an der Schreibtischkante festhalten. Sie schaffte es, sich auf ihren Stuhl zu setzen.

Sie atmete ein paarmal tief durch. Allmählich beruhigte sie sich wieder. Sie sah den Mann im Rollstuhl an.

Er hatte ein seltsames Lächeln auf den Lippen.

»Ich bin so froh, dass ich dich gefunden habe, Mina!«

»Was ... was passiert jetzt mit mir?«, fragte sie. Ihre Stimme zitterte. »Werde ... ich auch gelöscht?«

Der Unbekannte griff in eine Tasche seiner Jacke und holte ein Tuch hervor.

»Mach dir keine Sorgen!«, sagte er. »Alles wird gut!«

Er tränkte das Tuch mit Flüssigkeit aus einer Plastikflasche. Ein beißender, alkoholischer Geruch ging davon aus.

»Was ... machst du da?«

Der Fremde lächelte nur und erhob sich mühelos aus seinem Rollstuhl. Ehe Mina begriff, was geschah, war er hinter ihr und presste das Tuch vor ihr Gesicht.

Sie wehrte sich, doch der angeblich Behinderte hielt sie in einem Klammergriff, aus dem sie sich nicht lösen konnte. Sie versuchte, zu schreien, doch er stopfte ihr das Tuch in den Mund. Ein bitterer, ätzender Geschmack erfüllte ihre Kehle. Ihr wurde schwindelig, und die Welt versank in Dunkelheit.

25.

Eisenberg und Varnholt folgten der jungen Frau mit dem Nasenpiercing durch eine alte Fabrikhalle mit ölfleckigen Ziegelsteinwänden. Von der Decke hing zwischen modernen Leuchten noch ein eiserner Lastkran herab. Mindestens hundert Arbeitsplätze füllten den Raum, besetzt mit Leuten, die aussahen, als kämen sie gerade aus der Schule. Es herrschte konzentrierte Stille. Viele der Mitarbeiter trugen Kopfhörer und starrten auf ihre Bildschirme wie Sim Wissmann.

»Das hier ist ein Teil unserer Entwicklungsabteilung«, sagte die Empfangsdame in gedämpftem Ton. »Insgesamt beschäftigen wir hier am Standort etwa dreihundert Programmierer, Grafiker und Gamedesigner.«

Varnholt wirkte unbeeindruckt.

»Und in Bangalore?«, fragte er.

»Da sind es etwa zehnmal so viele.«

Sie erreichten das Ende der Halle. Eine eiserne Wendeltreppe führte hinauf in einen Raum, der früher einmal dem Produktionsleiter als Leitstand gedient haben mochte. Die High Heels ihrer Führerin gaben bei jedem Schritt ein metallisches Ping von sich.

Sie betraten einen etwa zwanzig Quadratmeter großen, karg möblierten Raum, dessen einziges Fenster den Blick auf die Werkshalle freigab. Ein abstraktes Ölgemälde in düsteren Farben war die einzige Dekoration.

»Hallo John. Das hier sind die Herren von der Polizei.«

Ein schlanker, hochgewachsener Mann Anfang dreißig erhob sich von einem Schreibtisch, der aus zwei Böcken und einer großen Holzplatte bestand. Er hatte einen kahlen Schädel, dafür aber einen buschigen Vollbart und wache, braune Augen. Er trug Jeans und ein Holzfällerhemd.

»Danke, Lisa. Kommen Sie bitte herein, meine Herren. Ich bin John McFarren, Gründer und CEO von Snowdrift Games.« Er hatte einen starken englischen Akzent, sprach aber fehlerfrei. Sein Händedruck war angenehm fest.

»Möchten Sie etwas trinken?«, fragte er, nachdem seine Besucher sich vorgestellt und sich auf die beiden Stühle vor seinem Schreibtisch gesetzt hatten.

Eisenberg bat um ein stilles Wasser, während Varnholt einen Espresso bekam.

»Ich muss sagen, das ist das erste Mal, dass wir Besuch von der Polizei bekommen, noch dazu von der Kripo«, sagte er. »Was kann ich für Sie tun? Hat einer unserer Mitarbeiter etwas angestellt?«

»Vier Menschen werden vermisst«, erklärte Eisenberg. »Die einzige Gemeinsamkeit zwischen ihnen ist, dass sie *World of Wizardry* gespielt haben.«

McFarren sah ihn aufmerksam an.

»Ich hoffe, das klingt jetzt nicht überheblich. Aber wir haben in Deutschland inzwischen mehr als sieben Millionen Spieler. Allein hier in Berlin sind es über zweihunderttausend. Ich weiß nicht, wie viele Menschen jedes Jahr in Deutschland verschwinden, aber wenn Ihre einzige Spur ist, dass sie unsere Kunden waren, dann könnten Sie ebenso gut McDonald's befragen.«

Eisenberg nickte. McFarren hatte vollkommen recht. Der Termin war Zeitverschwendung. Klausen, Morani und er hatten gestern noch einmal sämtliche Angehörigen telefonisch befragt. Dabei war nichts Neues herausgekommen, abgesehen von der Tatsache, dass keiner der Vermissten bisher wieder aufgetaucht war. Die Eltern der Diabetikerin waren überzeugt, dass ihrer Tochter etwas zugestoßen sein musste. Sie hatten sogar einen Privatdetektiv beauftragt, der jedoch ebenso wenig in Erfahrung gebracht hatte wie die Polizei. In den anderen Fällen gab es zwar keine Anhaltspunkte dafür, warum die jungen Männer verschwunden waren, aber auch keinen Hinweis auf irgendwelche ungewöhnlichen Umstände oder gar eine Straftat.

Eisenberg war inzwischen zu dem Schluss gekommen, dass es keinen Zusammenhang zwischen den Fällen gab. Die Diabetikerin hatte möglicherweise einen Schock erlitten und war durch einen Unfall umgekommen oder lag irgendwo unerkannt in einem Krankenhaus im Koma. Die anderen hatten einfach einen Schlussstrich unter ihr bisheriges Leben gezogen, wie es Tausende Male im Jahr passierte. Mina Hinrichsen hatte sich in eine Verschwörungstheorie hineingesteigert, für die es keine reale Grundlage gab.

Er war drauf und dran gewesen, den heutigen Termin mit McFarren abzusagen, doch Varnholt zuliebe hatte er darauf verzichtet. Es gab ja leider auch immer noch nichts Besseres zu tun.

»Ich gehe davon aus, Sie protokollieren sämtliche Aktionen und Dialoge Ihrer Spieler?«, sagte Varnholt.

McFarren zog eine Augenbraue hoch.

»Wie kommen Sie darauf?«

»Wenn Sie es nicht tun, wieso steht dann in Ihren Nutzungsbedingungen folgender Satz?«, fragte Varnholt. Er zog einen zerknitterten Zettel aus der Tasche und las vor: »Der Nutzer willigt ein, dass alle Daten, die während der

Nutzung generiert werden, in anonymisierter Form und zu Zwecken der statistischen Analyse für unbegrenzte Zeit gespeichert und ausgewertet werden können. Eine Verknüpfung dieser Daten mit seinem Benutzerkonto findet nicht statt.«

McFarren lächelte kühl. »Ich bin kein Anwalt. Ich habe diese Nutzungsbedingungen nicht geschrieben. Möchten Sie einen Termin mit unserem Justiziar machen? Der kann Ihnen vielleicht erklären, warum dieser Satz da drin steht.« Eisenberg entging nicht, dass jede Entspanntheit und Freundlichkeit aus dem Gesicht des Firmengründers verschwunden waren.

Varnholt beugte sich vor. »Mr McFarren, ist es korrekt, dass Ihr Geschäftsmodell darin besteht, das Spiel kostenlos anzubieten, ihren Spielern jedoch Upgrademöglichkeiten und spezielle Ausrüstung gegen Geld anzubieten?«

McFarren nickte. »Das ist richtig. Viele Spielefirmen finanzieren sich inzwischen so.«

»Und ist es ebenfalls richtig, dass Sie den Spielern im Spiel Angebote machen, die auf ihre jeweiligen Bedürfnisse und Spielweisen zugeschnitten sind?«

»Wir verkaufen die Ausrüstung in speziellen Geschäften in unserer virtuellen Spielwelt. Dort kann sich jeder aussuchen, was er benötigt.«

»Sie haben vergessen, die computergesteuerten fahrenden Händler zu erwähnen, die Spieler gezielt ansprechen und ihnen Gegenstände anbieten, die genau ihrem Bedarf entsprechen.«

McFarren zog eine Augenbraue hoch. »Sie kennen sich ja gut mit unserem Spiel aus. Darf ich vermuten, dass Sie ebenfalls zu unseren Kunden gehören?«

Varnholt lächelte nicht.

»Sie vermuten richtig. Ich habe gerade gestern von einem solchen Händler einen extrem seltenen Thurianischen Seelendolch aus Schwarzdiamant gekauft. Der Preis für diesen Dolch entsprach exakt fünfundsiebzig Prozent der Goldflorin-Summe, die ich bei mir hatte. Er passte außerdem perfekt zu meinem bevorzugten Kampfstil und der Waffensammlung meiner Figur. Wollen Sie mir erzählen, dass das Zufall war?«

McFarren zog die Stirn kraus.

»Einen Seelendolch aus Schwarzdiamant? Dann spielen Sie wohl schon eine ganze Weile.«

Eisenberg fühlte sich wie im falschen Film. Er hatte keine Ahnung, worauf Varnholt hinauswollte. Ihm blieb nichts anderes übrig, als den Dialog stumm zu verfolgen.

»Ich wollte Ihnen lediglich verdeutlichen, dass ich mich in Ihrem Spiel recht gut auskenne. Und ich verstehe genug von Programmierung, um zu wissen, mit welchen Techniken Sie arbeiten. Sie optimieren Ihren Umsatz, indem das Spiel auf jeden Spieler individuell reagiert. Das betrifft sowohl die Monster, denen man begegnet, als auch die Ausrüstung und Upgrades, die einem im Spiel angeboten werden. *Goraya* ist eine Welt, die sich dem Spieler anschmiegt wie ein Handschuh.«

McFarren hob die Hände.

»Also schön. Sie haben unser Prinzip durchschaut. Wir versuchen, jedem Spieler ein optimales Spielerlebnis zu bieten, das individuell auf seine Bedürfnisse zugeschnitten ist. Das ist doch wohl hoffentlich nicht illegal.«

»Natürlich nicht. Aber um das tun zu können, brauchen Sie Daten. Sehr viele Daten. Ich frage noch einmal: Ist es korrekt, dass Sie sämtliche Bewegungen und Dialoge Ihrer Spieler aufzeichnen, um sie mithilfe eines neuronalen Netzes zu analysieren?«

»Ich glaube nicht, dass ich Ihnen die Funktionsweise unserer Systeme offenlegen kann«, erwiderte McFarren. »Dabei geht es um streng vertrauliche Techniken. Unsere Firma ist börsennotiert, wie Sie wissen. Ich kann nicht zulassen, dass unser wichtigstes Kapital, unser Know-how, offengelegt wird.«

»Beantworten Sie bitte einfach nur die Frage«, sagte Eisenberg.

»Also schön. Ja, wir zeichnen sämtliche Bewegungsdaten auf. Vollkommen anonym natürlich und im Einklang mit den Datenschutzbestimmungen. Aber das ist eine vertrauliche Information. Ich sage Ihnen das nur im Interesse einer Unterstützung Ihrer Ermittlungsarbeiten. Auch wenn ich keine Ahnung habe, wie Ihnen das helfen kann.«

»Wir möchten, dass Sie uns Zugriff auf diese Daten geben«, sagte Varnholt. »Genau gesagt möchten wir ganz bestimmte Spielsituationen nachvollziehen.«

»Wie bitte?«, fragte McFarren.

»Wir möchten, dass Sie uns zeigen, was zu einer bestimmten Zeit an einem bestimmten Ort in *Goraya* geschah.«

»Ich ... ich weiß nicht, ob das möglich ist«, sagte McFarren. Er wirkte misstrauisch. »Ich kann gerne nach unserem Gespräch unsere Programmierer konsultieren ...«

»Mr McFarren, Ihre Masterarbeit über Künstliche Intelligenz an der Universität Edinburgh dürfte Sie durchaus in die Lage versetzen, die technische Machbarkeit zu beurteilen. Sie und ich wissen ganz genau, dass das möglich ist. Wir sind nicht hier, um Ihren Umgang mit Spielerdaten zu hinterfragen. Wir sind hier, um ein mögliches Verbrechen aufzuklären. Sie würden uns dabei sehr helfen, wenn Sie meine Bitte erfüllen.«

McFarren grinste und hob die Hände, wie um sich zu ergeben.

»Also schön. Sie haben Ihre Hausaufgaben wirklich gemacht, Herr Varnholt. Und Sie haben eine Menge technisches Wissen. Falls es Ihnen irgendwann beim LKA zu langweilig werden sollte oder man Ihnen dort zu wenig zahlt ...«

»Danke, aber ich komme schon zurecht.«

McFarren öffnete die Tür.

»Lisa, kannst du bitte mal Olaf herbitten? Die Herren von der Polizei brauchen seine Hilfe.«

Kurz darauf erschien ein drahtiger, knapp zwei Meter großer Mann Anfang vierzig. Er stellte sich als Olaf Hagen vor und war der Technikvorstand der Firma, auch wenn er mit seinen zerschlissenen Jeans, dem fleckigen T-Shirt und den abgelaufenen Turnschuhen nicht wie der Vorstand einer börsennotierten Aktiengesellschaft gekleidet war. McFarren erklärte ihm, was Varnholt verlangte. Hagen runzelte die Stirn.

»Haben sie eine Vertraulichkeitserklärung unterschrieben?«

McFarren schüttelte den Kopf.

»Die Herren sind von der Kripo. Ich denke, da können wir uns auf ihre Vertraulichkeit verlassen.«

»Sofern eine Veröffentlichung nicht aus dienstlichen Gründen angezeigt ist«, bestätigte Eisenberg.

»Wie du meinst. Kommen Sie bitte mit!«

Hagens Büro wirkte noch spartanischer als das von McFarren. Sein mindestens zweieinhalb Meter breiter Schreibtisch war bis auf einen riesigen Monitor und eine Tastatur leer. Er setzte sich und klickte mit der Maus auf ein Icon. Eisenberg und Varnholt zogen zwei Stühle heran und sahen ihm über die Schulter.

»Wir haben hier ein experimentelles Programm, das wir zum Bugfixing benutzen.« Er sah Eisenberg an. »Zur Identifikation und Behebung von Softwarefehlern. Damit kann man im Prinzip jedes beliebige Spielereignis aus der Perspektive eines Spielers ansehen. Möchten Sie etwas Bestimmtes sehen?«

Varnholt sah auf seinen Zettel. »Nebelpass, 12. Dragh im Jahr 3227.«

Hagen tippte ein paar Daten in eine Eingabemaske. Es dauere eine Weile, bis das System die entsprechenden Daten aus dem robotergesteuerten Speichersystem geholt hatte, erklärte er, während sie warteten. Schließlich erschien eine Art Landkarte auf dem Bildschirm.

»Können Sie eine bestimmte Spielfigur lokalisieren?«, fragte Varnholt.

Hagen nickte.

»Haben Sie den Screennamen?«

»ShirKhan.«

Er tippte es ein. Der Monitor zeigte nun eine Szene von schräg oben. Eine Gruppe Fantasiegestalten wanderte durch eine bewaldete Landschaft. Über den Spielern waren die Namen angezeigt. ShirKhan befand sich in der Mitte des Bildschirms. Gothicflower, die Spielfigur von Mina Hinrichsen, war in seiner Nähe.

Sie beobachteten eine Weile, wie die Gruppe durch die Wildnis stapfte. Die Kamera folgte ihnen träge.

»Können Sie etwas vorspulen?«, fragte Varnholt.

»Ich kann die Zeit schneller laufen lassen, wenn Sie wollen«, bestätigte Hagen. Er klickte mit der Maus, und die Szene lief nun im Zeitraffer ab. Plötzlich entstand eine Art Tumult, als die Gruppe auf eine andere Gruppe traf. Blitze und Explosionen zuckten.

»Stopp!«, sagte Varnholt.

Hagen drückte eine Taste. Das Bild fror ein.

»Etwas zurück, bitte.«

Die Figuren liefen rückwärts, bis die feindliche Gruppe aus dem Blickfeld verschwand.

»So, jetzt noch mal in Normalgeschwindigkeit, bitte. Ach ja, können Sie das Chatfenster einblenden?«

»Ist das wirklich nötig?«, fragte Hagen. »Normalerweise ist das Chatfenster deaktiviert, wenn wir dieses Tool nutzen. Wir wollen unsere Spieler schließlich nicht belauschen.«

»Ja, es ist nötig«, sagte Eisenberg, dem dieses Vertraulichkeitsgetue auf die Nerven ging. Es war offensichtlich, dass sich die Firma kein bisschen um Datenschutz scherte, sobald niemand mehr zusah.

»Also schön.« Ein Fenster erschien am Bildschirmrand, in dem die Dialoge der Spielfiguren angezeigt wurden.

Tristanleaf: Ready, group?
Aufmischmaschine: Ready
ShirKhan: OK
Gothicflower: Ready
Dernik92: Let's go
Leobrine: Rdy
Tristanleaf: Alright, then. No AFK until battle is over. For the White Tree! ATTACK!

Die Gruppe stürmte auf die Lichtung, wo sie auf ihren Gegner traf. Eine Weile tobte die Schlacht. Dann scherte die Figur namens ShirKhan plötzlich aus dem Kampfgeschehen aus. Im Chatfenster erschien ein neuer Text:

ShirKhan: O mein Gott, es ist wahr!

Die Figur lief am Rand des Schlachtfelds herum, als suche sie etwas.

ShirKhan: Es ist alles wahr!

Die grünliche Figur namens Gothicflower tötete ihren

Gegner mit einem Axthieb und hielt inne. Weitere Zeilen erschienen im Chatfenster:

Gothicflower: Was soll das jetzt, ShirKhan? Hilf uns, verdammt, oder die wipen uns!

ShirKhan: Welt am Draht! Alles ist wahr!

Tristanleaf: Stop talking and fight, stupid Germans!

Eine gegnerische Figur mit einem schillernden Mantel, vermutlich eine Art Zauberer, fuchtelte mit den Armen. Es gab eine Explosion mit einer Menge Qualm. Ein furchterregendes, orangerot glühendes Wesen trat aus dem Rauch hervor und stürzte sich auf Gothicflower, die sich verzweifelt wehrte.

Tristanleaf: RETREAT!

Gothicflower: Can't! Need help!

Die übrigen Mitglieder aus Gothicflowers Gruppe flohen. Es dauerte nicht lange, bis die grüne Figur zu Boden sank. ShirKhan stand einfach nur reglos daneben.

»Können Sie den Onlinestatus des Spielers der Figur ShirKhan sehen?«

»Sie meinen, damals in der Spielszene oder jetzt in diesem Moment?«

»Ich meine damals, vor allem in der Zeit nach dieser Szene.«

»Warten Sie.« Die Spielszene verschwand, stattdessen erschienen Tabellen und Zahlenkolonnen auf dem Bildschirm. »Der Spieler war nach dieser Szene noch vierundzwanzig Stunden lang online. Dann hat das Spiel automatisch die Verbindung gekappt, weil keine Spielerinteraktion erfolgte.«

»Vierundzwanzig Stunden?«, fragte Eisenberg. »Ist das nicht ein bisschen lang für ein Computerspiel?«

»Wenn ein Spieler online ist, heißt das nicht unbedingt, dass er die ganze Zeit vor dem Bildschirm sitzen muss«, sagte Hagen. »Manche Spieler lassen ihre Figuren zum Beispiel längere Strecken wandern und greifen nur ein, wenn die Figur auf einen Gegner trifft oder so.«

»Und nach der Szene, die wir gerade gesehen haben, erfolgte keine Spielerinteraktion mehr?«

»Nein. Danach hat er sich auch nicht mehr eingeloggt.«

»Können Sie bitte für jemanden, der nicht den ganzen Tag solche Spiele spielt, erklären, was da gerade passiert ist?«, bat Eisenberg.

Varnholt antwortete anstelle des Technikchefs.

»Das war ein sogenannter Raid, ein Überfall auf eine andere Spielergruppe. So was ist ganz normal. Die Angreifer gehörten zur Gilde des Weißen Baums, die anderen zur Feuergilde, die mit dem Weißen Baum verfeindet ist.«

Hagen zog eine Augenbraue hoch, offensichtlich verwundert, dass ein Polizist so viel über sein Spiel wusste.

»Ich meinte speziell Gehlerts Verhalten, der diesen ShirKhan spielte. Ist so was wirklich so ungewöhnlich?«

»Es kommt durchaus vor, dass ein Spieler aus einem Kampf ausschert«, sagte Hagen. »Manchmal fallen einem sogar die eigenen Mitspieler in den Rücken, weil sie vom Gegner bestochen wurden. Wie im richtigen Leben.« Er grinste, wurde jedoch wieder ernst, als er merkte, dass die Polizisten nicht lachten.

Eisenberg zeigte auf das Chatfenster. »Und was bedeutet das hier? ›Welt am Draht! Alles ist wahr!‹ Ist das eine Art Code oder so?«

Hagen zuckte mit den Schultern.

»Weiß nicht. Aus unserem Spiel stammt es nicht.«

»›Welt am Draht‹ ... irgendwas klingelt da bei mir«, sagte Varnholt. Er verzog nachdenklich das Gesicht. Nach einem Augenblick wandte er sich an Hagen. »Können Sie das bitte mal googeln?«

Der Technikchef öffnete ein Browserfenster auf einem der anderen Monitore. Er tippte die Worte in die Suchmaschine ein. Als oberster Treffer erschien ein Wikipedia-Artikel.

»*Die Matrix!*«, rief Varnholt aus.

Eisenberg sah ihn verständnislos an.

»Wie bitte?«

»Jetzt weiß ich wieder, woher ich den Begriff kannte. ›*Welt am Draht*‹ ist ein Film aus den Siebzigerjahren, der die Wachowskis inspiriert haben soll. Oder vielleicht die Romanvorlage, nach der er gedreht wurde.«

»Wen?«

»Die Macher des Kultfilms *Die Matrix*. Nie davon gehört?«

»Ich gehe nicht so oft ins Kino«, sagte Eisenberg.

»Darin geht es darum, dass die Welt, in der wir leben, nur eine Computersimulation ist«, erklärte Varnholt.

»Genau wie in *Welt am Draht*«, sagte Hagen und zeigte auf den Wikipedia-Artikel.

»Und was soll das bedeuten?«

»Es ist vielleicht ein Insidergag«, meinte Hagen.

»Inwiefern?«

»Der Spieler wollte vielleicht andeuten, dass seine Spielfigur herausgefunden hat, dass *Goraya* nur eine Computersimulation ist.«

»Sie meinen, das war eine Art Witz?«

»Schon möglich. Die Leute in unserem Spiel kommen auf alle möglichen schrägen Ideen. Als wir ein paar Spielregeln geändert haben, hatten wir mal eine große Demonstration, bei der sich die teilnehmenden Spieler nackt ausgezogen haben. Ihre Spielfiguren meine ich natürlich.«

»Und dann ist er plötzlich spurlos verschwunden?«,

fragte Eisenberg. »Könnte das auch Teil dieses Scherzes sein?«

»Spurlos verschwunden?«, fragte Hagen. »Dann ist er einer der Spieler, um die es in den Foren so viel Aufregung gibt?«

»Ja.«

»Da ist also wirklich was dran? Ich hab gedacht, dass sei nur so ein typisches Foren-Mem.«

»Ein was?«

»Ein Mem nennt man eine Geschichte oder Idee, die sich im Internet rasend schnell verbreitet und dabei mutiert, ähnlich wie ein Virus in der Realität. Verschwörungstheorien zum Beispiel. Die meisten Meme haben mit der Realität nichts zu tun.«

Eisenberg wandte sich zu Varnholt um. Der Hacker war bleich. Er starrte mit großen Augen auf den Monitor.

»Was ist? Haben Sie etwas herausgefunden?«

Varnholt sah ihn einen Moment lang verständnislos an, als wisse er nicht genau, warum er hier war.

»Nein.«

»Was denken Sie? Glauben Sie auch, dass das mit der ›Welt am Draht‹ ein Scherz war?«

Varnholt schüttelte den Kopf.

»Ich ... weiß nicht«, sagte er nur.

»Was ist mit den anderen? Können wir die auch lokalisieren?«

»Nicht so leicht. Wir wissen weder die Screennamen, noch wo die Spielfigur war, als der Spieler sich zuletzt eingeloggt hatte.«

»Können Sie das rausfinden, wenn wir Ihnen Namen und Anschrift geben, Herr Hagen?«

»Eigentlich darf ich das nicht. Die Verknüpfung der Screennamen mit den Klarnamen der Spieler unterliegt bei uns besonderen Datenschutzvorschriften. Aber in diesem Fall scheint mir eine Ausnahme angebracht.«

Eisenberg nannte ihm den Namen der vermissten Diabetikerin und das Datum, an dem sie verschwunden war.

Hagen gab die Daten in eine Suchmaske ein.

»Ja, tatsächlich, das war der Tag, an dem sie sich zuletzt eingeloggt hat«, sagte er.

»Können Sie bitte bis zum Moment ihrer letzten Spieleraktivität vorspulen?«, fragte Varnholt.

Hagen klickte ein paarmal mit der Maus, und erneut erschien eine Spielansicht. Der Bildschirm zeigte einen Gebäudekomplex, der Eisenberg an die Akropolis erinnerte. In der Bildschirmmitte befand sich eine Figur namens Filippaxa, eine Art Teufelin mit schwarzer, eng anliegender Kleidung und einem üppigen Körperbau. Sie stand reglos da, während hin und wieder Fabelwesen über den Bildschirm liefen, ohne sie zu beachten.

»Etwas weiter zurück, bitte«, sagte Varnholt.

Hagen ließ die Spielzeit zurücklaufen. Die anderen Figuren bewegten sich im Zeitraffer rückwärts. Plötzlich kam Leben in Filippaxa. Sie wurde von zwei weiteren Figuren begleitet – einem Ritter in silberner Rüstung und einem winzigen grünhäutigen Männchen.

»Stop!«, bat Varnholt.

Die Zeit lief wieder vorwärts. Die drei Figuren gingen schweigend über das Tempelgelände. Plötzlich blieb die Teufelin stehen und rührte sich nicht mehr.

SirCorpserot: Was ist los?
SirCorpserot: Flip, bist du noch da?
BreentheGreen: Shit.
SirCorpserot: Was machen wir jetzt? Gehen wir allein rein?

BreentheGreen: Nein, wir brauchen ihre Kräfte. Gib ihr noch einen Moment. Vielleicht ist sie nur mal aufs Klo.
SirCorpserot: Sie hätte sich ruhig abmelden können.
SirCorpserot: FLIP! FLIIIP!!!!
BreentheGreen: Sie kann dich nicht hören.
SirCorpserot: Witzbold.
Filippaxa: O Gott!
SirCorpserot: Na endlich. Toll, dass du einfach AFK gehst, ohne was zu sagen. Wir wollten schon ohne dich los.
Filippaxa: Das glaubt ihr nicht.
SirCorpserot: Was?
Filippaxa: Ich weiß nicht, wie ich es sagen soll.
SirCorpserot: Was denn?
Filippaxa: Es ist nicht real.
SirCorpserot: Was ist nicht real?
Filippaxa: Alles. Die Welt. Wir.
BreentheGreen: Was, Goraya soll nicht real sein? So ein Quatsch!
Filippaxa: Nicht Goraya. Die wirkliche Welt. Ich
SirCorpserot: Flip? Noch da?
SirCorpserot: Nicht schon wieder!

»Das war es«, sagte Hagen. »Danach hat sie nichts mehr gemacht. Im Spiel, meine ich.«

»Verstehe ich das richtig?«, fragte Eisenberg. »Beide Vermissten haben darüber gesprochen, dass die Welt nicht real ist, und haben danach aufgehört, zu spielen?«

»Offensichtlich«, sagte Hagen. Er wirkte nachdenklich. »Haben Sie auch die Namen der anderen beiden?«

Varnholt gab sie ihm.

Stumm betrachteten sie die Spielszenen.

Die erste Situation fand im Inneren einer Art Ritterburg statt, die Hagen als Hauptquartier einer Gilde identifizierte. Die Figur des verschwundenen Spielers attackierte plötzlich und offenbar grundlos befreundete Mitspieler. Dann hörte sie abrupt auf, zu kämpfen. »Ihr begreift es nicht! Lest *Simulacron-3*!«, waren ihre letzten Worte.

Es dauerte nur ein paar Sekunden, um herauszufinden, dass *Simulacron-3* der Titel der Romanvorlage zu Rainer Werner Fassbinders *Welt am Draht* war.

Auch der vierte Vermisste sprach kurz vor seinem Verschwinden darüber, dass die reale Welt nur eine Illusion sein könnte. Diesmal handelte es sich um einen Dialog zwischen zwei Figuren in einem mittelalterlichen Wirtshaus. Sie unterhielten sich über einen gemeinsamen Überfall auf eine Monstergruppe, bei dem sie eine gehörige Menge Gold erhalten hatten. Dann wechselte die Figur des Vermissten, ein hässliches Wesen, Mina Hinrichsens Gothicflower nicht unähnlich, abrupt das Thema:

Eisenzahn: Mal angenommen, die Welt wäre nicht real.
Howdrouph: Was?
Eisenzahn: Hast du das mal überlegt? Was wäre, wenn die Welt nicht wirklich wäre?
Howdrouph: Spinnst du jetzt, Mann? Natürlich ist die Welt nicht real. Wir sind in einem Computerspiel.
Eisenzahn: Ich meine nicht Goraya. Ich meine die wirkliche Welt. Außerhalb des Computers.
Howdrouph: So wie in der Matrix*?*
Eisenzahn: Ja. Stell dir ...
Howdrouph: Hallo?
Howdrouph: Christoph? Bist du noch da?

»Haben Sie eine Idee, was das bedeuten könnte?«, fragte Eisenberg.

Varnholt schüttelte den Kopf, obwohl ihm Eisenberg ansah, dass er sehr wohl eine Theorie hatte. Aber vielleicht war dies nicht der geeignete Ort, um darüber zu sprechen.

»Wie oft kommt es vor, dass Spieler darüber sprechen, dass die Welt nicht real ist?«, fragte Eisenberg. »Können Sie das herausfinden?«

Hagen schüttelte den Kopf.

»Nein, nicht so einfach. Aber ich kann ihnen aus meiner eigenen Erfahrung sagen, dass es kein besonders häufiges Gesprächsthema ist. Es kommt sicher hin und wieder vor, aber dass alle vier Vermissten nur zufällig darüber gesprochen haben, genau in dem Moment, bevor sie aufgehört haben, zu spielen, scheint mir ausgeschlossen.«

»Dann wissen wir jetzt jedenfalls, dass es tatsächlich einen Zusammenhang zwischen den Fällen gibt«, meinte Eisenberg.

26.

Du bist in Schwierigkeiten.

Warum hast du sie hergebracht? Ein absolut unnötiges Risiko. Es könnte alles zerstören. Es könnte dich zerstören. Aber die alberne Hoffnung hat dich von deinem Plan abweichen lassen. Endlich eine Gleichgesinnte zu finden. Jemanden, der dich versteht, der nicht lacht, wenn du über die Wahrheit sprichst.

Du weißt, ihr Körper ist nur eine Illusion, aber du kannst nicht verhindern, dass ihr Anblick dich berührt. Sie sieht so sanft aus, so verletzlich, wie sie daliegt, die Augen in friedlichem Schlummer geschlossen. Du fragst dich, wie es wäre, ihr Gesicht zu streicheln. Ihre Lippen zu spüren ... Eine Illusion, verdammt!

Plötzlich wird dir heiß und kalt. Dein Herz rast. Vielleicht macht dir bloß die permanente Anspannung zu schaffen. Aber was, wenn nicht? Wenn sie dir gerade irgendetwas injizieren? Ein unsichtbares Gift? Schweiß bricht dir aus allen Poren. Wenn das hier eine Falle war? Wenn sie der Köder war und du der Fisch?

Nur mühsam gelingt es dir, dich zu beruhigen. Es ist zu spät. Du kannst es nicht mehr ungeschehen machen. Nicht einmal sie könnten das. Wenn es eine Falle war, dann ist es vorbei. Dann haben sie dich jetzt. Dann bist du ihnen ausgeliefert. Dann war alles umsonst. Wenn nicht ...

So oder so bist du in Schwierigkeiten.

27.

Klausen und Morani blickten neugierig auf, als Eisenberg und Varnholt ins Büro zurückkehrten. Nur Wissmann tippte ungerührt weiter. In seine unbegreifliche Arbeit versunken, abgeschirmt durch Glas und Kopfhörermusik, hatte er vermutlich nicht einmal mitbekommen, dass sie den Raum betreten hatten.

»Haben Sie etwas herausgefunden?«, fragte Klausen.

»Was ist denn los, Ben?«, fragte Morani gleichzeitig.

Der Hacker setzte sich an seinen Arbeitsplatz, ohne zu antworten. Während der Fahrt hierher hatte er alle Fragen Eisenbergs nur einsilbig beantwortet. Ihn beschäftigte etwas, aber er wollte offensichtlich nicht damit rausrücken. Eisenberg konnte das verstehen. Er selbst redete auch nicht gern über unausgegorene Theorien. Also hatte er beschlossen, nicht weiter in Varnholt zu dringen und ihm Zeit zu geben. Er würde seine Gedanken schon irgendwann von sich aus offenbaren.

»Herr Klausen, bitte bestellen Sie Frau Hinrichsen noch einmal zur Vernehmung ein«, sagte Eisenberg.

»Warum? Was ist denn los?«

»Wir wissen jetzt, dass es einen Zusammenhang zwischen den vier Vermissten gibt.«

»Und welchen?«

»Sie haben alle vier über dasselbe Thema gesprochen. In dem Computerspiel.« Eisenberg erzählte, was sie beobachtet hatten. Er hielt die Ausdrucke der Gespräche hoch, die er von Hagen bekommen hatte.

»Und was schließen Sie daraus?«, wollte Klausen wissen.

»Ich schließe daraus, dass es tatsächlich einen Zusammenhang gibt. Dass das nur Zufall ist, halte ich für sehr unwahrscheinlich.«

»Aber was hat dieses Gerede über eine künstliche Welt mit dem Verschwinden von vier Menschen zu tun?«

»Das weiß ich nicht. Vielleicht ist das alles eine Art Scherz.«

»Ein Scherz?«, fragte Klausen. »Ich habe vorhin mit der Schwester der Diabetikerin telefoniert, die wissen wollte, ob wir etwas herausgefunden haben. Wenn das ein Scherz ist, dann ein ziemlich grausamer.«

Eisenberg zuckte nur mit den Schultern.

»Rufen Sie, wie gesagt, bitte Frau Hinrichsen an! Sie soll so schnell es geht herkommen.«

Doch Klausen erreichte die Zeugin nicht. Er hinterließ ihr eine Nachricht auf dem Anrufbeantworter.

Inzwischen telefonierte Eisenberg mit den Angehörigen der Vermissten und fragte sie, ob sie mit den Begriffen »Simulacron-3« und »Welt am Draht« etwas anfangen könnten. Keinem sagten sie etwas. Auf die besorgten Nachfragen antwortete Eisenberg nur, dass es sich höchstwahrscheinlich nicht um eine konkrete Spur handele, man aber allen Hinweisen nachgehe.

Als er den Hörer auflegte, bemerkte er auf Varnholts Monitor einen Videofilm. Er lief zu ihm herüber und sah ihm über die Schulter. Er erkannte den Schauspieler Klaus Löwitsch, der in Eisenbergs Jugend ein deutscher Kinostar gewesen war.

»Was ist das?«

Varnholt setzte die Kopfhörer ab.

»*Welt am Draht.*«

Eisenberg zog seinen Schreibtischstuhl heran und setzte sich neben Varnholt. Kurz darauf gesellten sich auch Klausen und Morani hinzu.

Die langen Kameraeinstellungen wirkten für Eisenbergs von heutigen Fernsehbildern geprägte Sehgewohnheiten seltsam träge. Computer mit Magnetbändern und blinkenden Lichtern wie aus der Frühzeit von *Raumschiff Enterprise* und die pseudofuturistische Dekoration im knalligen Siebzigerjahre-Stil gaben den Szenen etwas Anachronistisches. Die Dialoge wirkten oft hölzern. Dennoch übte der Film eine eigentümliche Faszination aus.

Offenbar ging es um eine Marktforschungsfirma, die eine künstliche Welt im Computer erschaffen hatte. Der Protagonist arbeitete in dieser Firma. Sein Chef, der technische Leiter, war durch einen angeblichen Unfall ums Leben gekommen. Nach und nach kristallisierte sich heraus, dass auch die Welt, in der die Hauptfigur lebte, nur eine Simulation war.

Die Handlung zog sich in die Länge. Sie unterbrachen den Film für eine kurze Mittagspause in der Kantine.

»Glauben Sie, dass jemand versucht haben könnte, die Handlung des Films nachzustellen?«, fragte Eisenberg während des Essens.

»Warum sollte jemand das tun?«, wollte Klausen wissen.

»Keine Ahnung. Aber die Parallelen zu den Verschwundenen sind offensichtlich. Erinnern Sie sich an die Szene auf der Party, wo der Sicherheitschef plötzlich spurlos verschwindet!«

»In den Dialogprotokollen aus dem Spiel stand etwas von ›Simulacron‹«, warf Morani ein. »Hat das auch was damit zu tun?«

»*Simulacron-3* ist die Romanvorlage des Films«, erklärte Varnholt, der immer noch schweigsam wirkte, so als sei ihm etwas auf den Magen geschlagen. »Ich hab es noch nicht gelesen, aber laut Wikipedia hat sich der Regisseur ziemlich eng daran orientiert. Es ist also relativ egal, ob die Vermissten das Buch gelesen oder den Film gesehen haben.«

»Ich verstehe das immer noch nicht«, sagte Klausen. »Wieso verschwinden vier Menschen, nachdem sie denselben Film gesehen beziehungsweise das dazugehörige Buch gelesen haben?«

»Sie sind nicht verschwunden, nachdem sie den Film gesehen haben«, korrigierte Varnholt. »Sie sind verschwunden, nachdem sie darüber *gesprochen* haben.«

»Du meinst gechattet.«

»Ja, gechattet, Schlaumeier.«

»Und was soll das nun bedeuten?«

»Wenn ich dir das sagen würde, müsste ich mir bloß wieder einen bescheuerten Spruch anhören, und da hab ich jetzt echt keinen Bock drauf.«

»Das sagst du bloß, weil du selber keine Ahnung hast.«

»Ja, genau.«

Varnholt wandte sich demonstrativ seinem Essen zu – Kassler mit Sauerkraut und Kartoffelpüree.

»Du glaubst, sie sind gelöscht worden«, sagte Morani unvermittelt.

Varnholt, der gerade die Gabel zum Mund führte, hielt mitten in der Bewegung inne und starrte sie an.

»Gelöscht? Wie, gelöscht?«, fragte Klausen. Dann schien er zu begreifen. »Du denkst echt, die Welt ist nicht real? Irgendwer hat auf einen Knopf gedrückt, und, schwups, weg waren sie?« Er nahm eine Gabel voll Kartoffelpüree und hielt sie in die Luft. »Das würde ja bedeuten, ich esse etwas, das es gar nicht gibt.« Er schob das Püree in den Mund. »Mensch, Varnholt, ich glaube, du hast recht! Das schmeckt wirklich nach gar nichts!«

»Mir ist der Appetit vergangen«, sagte Varnholt, stand auf und brachte sein Tablett zur Rückgabe.

Eisenberg folgte ihm.

»Halten Sie das wirklich für denkbar?«

»Natürlich nicht«, antwortete Varnholt. Es war offensichtlich, dass er nicht darüber reden wollte.

Sie setzten die Videovorführung nicht fort. Das war auch nicht nötig. Der Zusammenhang war eindeutig. Doch Eisenberg hatte immer noch keine Ahnung, welchen Reim er sich darauf machen sollte.

»Bitte versuchen Sie noch einmal, Frau Hinrichsen zu erreichen«, wies er Klausen an.

Doch die junge Zeugin blieb unerreichbar.

Eisenberg bekam ein mulmiges Gefühl. Zum ersten Mal in seiner Polizeilaufbahn hatte er den Eindruck, es mit etwas völlig Neuem, Unbegreiflichem zu tun zu haben. Es gab weder einen Täter noch ein Motiv, nicht einmal konkrete Hinweise auf eine Tat. Und doch hatte er das starke Gefühl, dass etwas Übles geschehen war – und vielleicht immer noch geschah.

»Wir fahren zu ihr«, entschied er am späten Nachmittag, nachdem sie mehrfach versucht hatten, Mina Hinrichsen zu erreichen. »Herr Klausen und Frau Morani, Sie kommen bitte mit.«

Kurz darauf standen sie vor ihrer Wohnung im dritten Stock eines schmucklosen Altbaus in Friedrichshain. Niemand öffnete. Eine Nachbarin beantwortete ihre Fragen mit einer gehörigen Portion Misstrauen. Nein, sie habe die Gesuchte heute nicht gesehen, auch gestern nicht.

Die junge Frau sei sehr ruhig und freundlich, man habe nicht viel Kontakt. Einen Zweitschlüssel hatte sie auch nicht.

»Soll ich einen Schlüsseldienst kommen lassen?«, fragte Klausen.

Eisenberg runzelte die Stirn. Das Eindringen in eine Wohnung ohne Zustimmung des Besitzers war nur bei Gefahr im Verzug gestattet. Da Hinrichsen weder eine Tatverdächtige war noch ein konkreter Hinweis darauf bestand, dass ihr etwas zugestoßen sein könnte, waren die Voraussetzungen dafür nicht gegeben.

»Nein. Versuchen Sie bitte noch einmal, sie auf dem Handy zu erreichen!«

Klausen wählte die Nummer. Im selben Moment hörten sie durch die Wohnungstür einige Takte düsterer Rockmusik, die sich mehrmals wiederholten.

»Sie hat ihr Handy in der Wohnung gelassen«, stellte Klausen fest. »Sie kann es natürlich einfach vergessen haben, aber ...«

Eisenberg klingelte noch einmal. Als niemand öffnete, klopfte er fest an die Tür. »Frau Hinrichsen, hier ist Hauptkommissar Eisenberg. Öffnen Sie bitte!«

Wie erwartet gab es keine Reaktion.

»Rufen Sie jetzt bitte doch den Schlüsseldienst«, entschied Eisenberg.

Es dauerte nur eine Viertelstunde, bis ein Handwerker mit wenigen Handgriffen die Tür öffnete. Eisenberg betrat die Wohnung, gefolgt von seinen Mitarbeitern. Die Wohnung war für eine allein lebende Studentin relativ großzügig, aber schlicht dekoriert. Dunkle Farben überwogen. Eisenberg fragte sich, ob Hinrichsen möglicherweise an Depressionen litt.

In einem kombinierten Wohn- und Arbeitsraum stand ein Laptop auf einem schlichten Schreibtisch. Er war eingeschaltet. Die Landschaft von Goraya war zu sehen. Gothicflower stand reglos in der Mitte. Soweit Eisenberg es erkennen konnte, war Mina Hinrichsen als aktive Spielerin angemeldet.

Im Chatfenster stand der letzte Dialog, den sie geführt hatte:

Tristanleaf: Everyone ready?
Hellcat: Yeah, letz beet em up
Frogster: Go
Trinitykiller: Ready
Jannis84: Ready
FrodosEvilTwin: Okay
Gothicflower: Just a minute, got to answer the door
Jannis84: Oh no, not now!
Frogster: Goth, come on! We're waiting for 20 mins already!
Tristanleaf: Gothicflower?
Frogster: Let's go on. We don't need a stupid orc anyway.
Jannis84: It's a level 35 orc warrior!
Tristanleaf: Gothicflower, you got 30 seconds, or we're going to leave without you.
Trinitykiller: Over two minutes! Let's go now, or I'll be afk for the next hour.
Tristanleaf: All right. Let's go.

Auch ohne Varnholts Expertise bezüglich des Spiels konnte Eisenberg erkennen, dass die Umstände hier ganz anders lagen als bei den Vermisstenfällen. Er hatte insgeheim befürchtet, dass auch Hinrichsen im Spiel etwas über die »Welt am Draht« gesagt haben könnte, um kurz darauf spurlos zu verschwinden. Doch das war eindeutig nicht der Fall. Sie hatte offenbar unerwarteten Besuch bekommen und sich einfach nicht mehr um ihr Spiel gekümmert. Vielleicht hatten ihre Eltern sie spontan zum Essen eingeladen, oder eine Freundin hatte sie abgeholt. Auch wenn heutzutage kaum jemand mehr ohne Smartphone aus dem Haus ging, musste das nichts bedeuten. Sie hatte es vermutlich einfach liegen lassen, vergessen.

Eisenberg kam sich albern vor. Er hatte keine Ahnung, wie er Hinrichsen erklären sollte, dass sie unerlaubt in ihre Wohnung eingedrungen waren, ohne wie ein Idiot dazustehen. Doch dann sagte Klausen:

»Sehen Sie mal, Herr Eisenberg.« Er hielt ein abgenutztes Buch mit vergilbten Seiten hoch: *Simulacron-3* von Daniel F. Galouye.

28.

Es roch muffig. Minas Kopf pochte vor Schmerzen. Ihr Mund war trocken wie Sandpapier, während sie gleichzeitig vor Kälte zitterte. Sie stöhnte und schlug die Augen auf.

Ein fensterloser Kellerraum, der von einer einzelnen Leuchte an der Decke erhellt wurde. Hellgraue Farbe blätterte von den Wänden ab. Darunter nackter Beton. Sie lag auf einer alten Matratze unter einer grauen Wolldecke mit dem Aufdruck *Nationale Volksarmee*. An einer Wand stand ein olivgrünes Regal voller alter Kisten und Pappkartons, daneben ein Tisch und zwei Stühle sowie eine mit einem Plastikvorhang abgeteilte gekachelte Nische. Ein Plakat, das offenbar noch aus dem Kalten Krieg stammte, klärte über das Verhalten bei einem Atomangriff auf.

Einen Moment lang war sie eher verwundert als besorgt. Sie konnte sich nicht erklären, wie sie hierhergekommen war.

Dann fiel ihr der junge Mann im Rollstuhl wieder ein. Der Schock der Erkenntnis ließ sie einen Laut ausstoßen, als hätte ihr jemand in den Magen geschlagen. Sie war entführt worden. Aber warum? Das Gespräch mit ihm fiel ihr wieder ein, kurz bevor er sie überwältigt hatte:

Bist du eine Kontakteinheit?
Du weißt es? Ich bin froh, dass ich dich gefunden habe!
Werde ich auch gelöscht?

Mach dir keine Sorgen! Alles wird gut!

Wenn er wirklich eine Kontakteinheit war, wenn all das hier nur eine Simulation war, wieso hatte er sie dann hergebracht? War Thomas auch hier? Sie stand auf. Übelkeit befiel sie. Ihre Knie waren weich. Sie stützte sich an der Wand ab und wankte zur schweren Metalltür, die den einzigen Zugang zu diesem Raum bildete.

Verschlossen. Sie schlug mit der Faust dagegen. Ihre Kraft reichte nicht aus, um mehr als ein schwaches Pochen zu erzeugen.

»He!«, rief sie, so laut sie konnte. »Lass mich raus! Hilfe!« Ihre Stimme klang erbärmlich.

Zu ihrer Überraschung hörte sie auf der anderen Seite der Tür Schritte. Ein Schlüssel wurde gedreht und die Tür öffnete sich nach innen. Mina taumelte zurück, erfüllt von einer Mischung aus Hoffnung und Angst. Der junge Mann erschien, eine Thermoskanne und einen Teller mit zwei belegten Brötchen in der Hand. Sie erinnerte sich nur an seinen Screennamen: Schattenhand.

Er wirkte erschöpft. Seine Augen waren gerötet und glasig, als sei er krank. Sein Gesicht war eingefallen, seine Wangen von Bartstoppeln beschattet. Doch er lächelte.

»Hallo Mina. Entschuldige, dass ich dich so grob behandeln musste. Ich bin Julius.«

Sie überlegte, ob sie versuchen sollte, ihn beiseite zu stoßen und zu fliehen. Für ein Mädchen war sie recht kräftig. Doch in ihrem jetzigen Zustand hätte sie ein Armdrücken gegen einen Sechsjährigen verloren. Also beobachtete sie ihn nur misstrauisch.

»Hab keine Angst«, sagte Julius. Er stellte den Teller und die Thermoskanne auf den Tisch.

»Was ... was soll das?«, brachte Mina heraus. »Wo sind die anderen? Wo ist Thomas?«

»Eins nach dem anderen«, sagte Julius. »Setz dich erst mal und iss etwas!«

Sie blieb stehen. »Wo bin ich?«

»In Sicherheit. Relativ jedenfalls.«

»Was heißt das?«

Er zuckte mit den Schultern, eine Geste der Hilflosigkeit.

»Wirklich sicher ist man in dieser Welt nirgends.«

»Also ist es wahr? Die Welt ist nicht real?«

Er zog eine Augenbraue hoch.

»Ich dachte, das wüsstest du schon.«

Mina sah sich um. Sie war sich nicht mehr sicher, was sie glauben sollte. Das alles ergab überhaupt keinen Sinn.

»Wieso bin ich hier?«

Er wich ihrem Blick aus.

»Ich ... ich wollte nicht ... dass dir etwas passiert.«

»Dass mir *was* passiert?«

Er starrte auf seine Füße.

»Was mit den anderen passiert ist.«

»Wo sind sie?«

Er blickte sie an. In seinen Augen lag etwas Dunkles. Furcht? Scham?

»Sie sind weg.«

Mina schluckte.

»Bist du ... eine Kontakteinheit?«

Er lächelte schwach.

»Nein.«

»Lässt du mich dann bitte gehen?«

»Das kann ich leider nicht, Mina.«

»Warum nicht?«

»Sie würden mich eliminieren. Sie warten bloß auf eine Gelegenheit.«

»Wer, sie?«

»Die Admins.«

»Du meinst diejenigen, die diese Welt erschaffen haben?«

»Nicht die Programmierer. Ehrlich gesagt vermute ich, dass diese Simulation von Computern erzeugt wurde. Kein Mensch könnte etwas in diesem Detailgrad programmieren. Aber irgendwer kontrolliert, was hier passiert. Ich weiß nicht genau, warum sie das tun. Wahrscheinlich ist es ein Experiment. Aber ich weiß, dass sie da sind. Manchmal kann ich die Schläuche in meinem Hals spüren. Manchmal höre ich sogar ihre Stimmen.«

Mina starrte ihn an. Plötzlich war ihr seltsam leicht zumute. Sie unterdrückte den irren Impuls, laut loszulachen.

»Du bist verrückt!«, stieß sie hervor.

Es war, als hätte sie einen unsichtbaren Schalter umgelegt und aus ihm einen anderen Menschen gemacht. Seine eben noch entspannte Haltung wurde steif. Sein Gesicht gefror zu einer Maske. Seine Augen verengten sich.

»Was hast du gesagt?«

Mina schüttelte den Kopf. Wie hatte sie nur so dumm sein können, auf diesen Blödsinn hereinzufallen! Sie wusste nicht, was dieser Julius getan hatte und warum, aber es war offensichtlich, dass er schwer gestört war. Er hatte sich anscheinend eine Verschwörungstheorie konstruiert, in der sie selbst aus unerfindlichen Gründen eine Rolle spielte. Vielleicht hatte er Thomas irgendwie infiziert. Wenn der in dieser Sache mit drin hing, konnte er was erleben.

Sie hob die Hände, um Julius zu beschwichtigen.

»Ich glaube, ihr habt euch da in etwas hineingesteigert. Lass uns in Ruhe darüber reden, ja?«

Er sah sich um, als erwarte er, jeden Moment aufspringende Geheimtüren und Horden von daraus hervorquellenden Monstern zu sehen. Er griff in seine Hosentasche und hatte plötzlich ein Klappmesser in der Hand. Sein Gesicht war zornverzerrt.

»Ich hätte es wissen müssen«, stieß er hervor. »Du ... du bist eine von ihnen!«

Er machte einen Satz auf Mina zu, die sich gerade noch zur Seite werfen konnte. Das Messer schlitzte ihre Schulter auf. Sie schrie vor Schmerz, stolperte und stürzte zu Boden. Sie kauerte sich wimmernd zusammen, überzeugt, dass er sich jeden Moment auf sie stürzen und ihr die Kehle durchschneiden würde.

Doch er stand nur da und starrte abwechselnd sie und das blutige Messer in seiner zitternden Hand an.

»Es ... es tut mir leid«, stammelte er.

Sie richtete sich langsam auf.

»Bitte«, flehte sie. »Bitte lass mich gehen! Ich sage niemandem etwas, ehrlich!«

Er schüttelte nur den Kopf. Dann verließ er den Raum und verschloss die Tür hinter sich, ehe Mina reagieren konnte.

Tränen liefen über ihre Wangen. Sie blinzelte sie beiseite. Heulen konnte sie später noch. Sie betrachtete ihren linken Oberarm. Der Ärmel ihres Sweatshirts war blutgetränkt, doch sie konnte den Arm normal bewegen und die Schmerzen waren nicht besonders schlimm. Wahrscheinlich nur eine oberflächliche Schnittwunde. Sie biss die Zähne zusammen und zog ihr Sweatshirt aus und presste es auf die Wunde. Im Regal fand sie einen alten, verstaubten Verbandskasten aus NVA-Bestand. Das Verbandsmaterial darin war sicher nicht mehr steril, aber es war besser als das Sweatshirt. Sie wischte die Wunde notdürftig sauber. Der Schnitt war nur ein paar Zentimeter lang und glücklicherweise nicht besonders tief, blutete aber heftig. So gut es mit einer Hand ging, legte sie sich einen Druckverband an, froh über den Erste-Hilfe-Kurs, den sie für die Führerscheinprüfung hatte machen müssen. Es gelang ihr, die Blutung zu stoppen.

Doch was jetzt? Der Raum schien ein alter Luftschutzkeller zu sein, vermutlich mehrere Meter unter der Erde. In der Decke befand sich eine etwa zwanzig Zentimeter durchmessende, vergitterte Öffnung, die wohl für die Luftzufuhr sorgte. Jedenfalls spürte sie einen kühlen Luftzug von dort. Doch als sie sich auf einen Stuhl stellte und ihr Ohr daran legte, hörte sie keine Geräusche von draußen, nur das dumpfe Brummen eines Ventilators. Niemand würde sie hören, wenn sie um Hilfe rief, geschweige denn, sie hier unten zufällig finden.

Sie musste ihren Entführer überwältigen, um zu fliehen. Doch dazu brauchte sie ihre ganze Kraft. Also setzte sie sich an den Tisch und aß die beiden Brötchen, die erstaunlich gut schmeckten. Dazu trank sie den lauwarmen Tee aus der Thermoskanne.

Was wusste sie über Entführungen? Normalerweise wurden Leute entführt, um Lösegeld zu erpressen. Die Entführer hatten meist kein Interesse daran, ihre Opfer schlecht zu behandeln oder zu verletzen. Sie wollten Geld und dann unerkannt entkommen. Als Opfer verhielt man sich am besten ruhig und kooperativ. Doch hier lag der Fall offensichtlich anders. Dieser Julius schien sie nicht entführt zu haben, um Geld zu erpressen. Aber was konnte er wollen? Glaubte er wirklich, sie sei eine Repräsentantin jener Wesen, die er für die Schöpfer der Welt hielt? Er schien das allerdings erst ab dem Zeitpunkt gedacht zu haben, als sie ihm gesagt hatte, er sei verrückt. Und hatte er auch Thomas und die anderen entführt?

Sie dachte daran, wie seltsam sich ihr Freund verhalten hatte. Sie dachte an das Buch, das er gelesen hatte. Und plötzlich kamen ihr wieder Zweifel. Was, wenn Julius nicht Täter, sondern Opfer war? Er hatte einen gestörten Eindruck gemacht. Aber wäre sie selbst nicht auch dem Wahnsinn nahe, wenn sie herausgefunden hätte, dass die Welt nur eine Illusion war? Was, wenn diese Admins, wie Julius sie nannte, wirklich hinter ihm her waren? Was, wenn er einen guten Grund hatte, paranoid zu sein?

Sie schüttelte den Kopf. Was auch immer die Wahrheit war, sie musste irgendwie hier raus!

29.

Was hast du getan! Du hast sie verletzt. Das hättest du nicht tun dürfen!

Aber wenn sie eine von ihnen ist?

Dann wären längst Leute in weißen Kitteln gekommen und hätten dich mitgenommen. Sie ist ein Opfer wie du. Sie hätte deine Verbündete sein können. Doch du hast ihr Vertrauen zerstört.

Vertrauen? Du hast sie betäubt und entführt. Wie hätte sie dir da vertrauen sollen?

Sie hätte es vielleicht verstanden. Vielleicht kann sie es immer noch verstehen. Wenn du es ihr erklärst. Vielleicht kann sie dir verzeihen. Es wäre so schön, eine Verbündete zu haben. Jemanden, mit dem du offen reden kannst.

Und wenn es genau das ist, was sie wollen?

»Mina!«, rufst du durch die geschlossene Tür.

Sie antwortet nicht.

»Mina, ich komme jetzt rein. Ich habe eine Pistole in der Hand. Sie ist entsichert. Stell dich vor das Regal und rühre dich nicht. Wenn du irgendetwas tust, wenn du versuchst, mich anzugreifen, erschieße ich dich. Hast du das verstanden?«

Stille.

Du drehst den Schlüssel im Schloss um und trittst einen Schritt zurück. Die Pistole in deiner Hand fühlt sich schwer an. Sie reißt die Tür nicht auf. Du musst nicht abdrücken. Drückst die Klinke herunter und stößt die Tür auf, die quietschend zur Seite schwingt. Sie hockt auf der Matratze. Hat sich den Oberarm selbst verbunden. Ihr Sweatshirt liegt vor ihr. Blutgetränkt.

Sie sieht dich mit geweiteten Augen an. Ist ganz blass vor Angst. Sie ist schön.

»Es ... es tut mir leid«, stammelst du.

Sie sagt nichts.

Du lässt die Pistole sinken.

»Soll ich ... soll ich mir deinen Arm ansehen?«

»Ich brauche einen Arzt!«

Du erschrickst. Ist es wirklich so schlimm? Du hättest sie beinahe getötet. *Wolltest* sie töten. Doch es war nur ein leichter Schnitt am Oberarm. Der Verband, den sie sich selbst angelegt hat, blutet nicht durch. So schlimm kann es nicht sein. Sie will dich nur austricksen.

»Das geht leider nicht. Aber ich bin ausgebildeter Sanitäter.«

Du erinnerst dich an die Übungen mit Papa hier unten. Mit sechs Jahren hast du das erste Mal eine simulierte Wunde verbunden. Man muss immer vorbereitet sein, hat er gesagt. Hat Angst vor dem Krieg gehabt, vor den Amerikanern. Wir leben mitten auf dem Schlachtfeld der Zukunft, hat er immer gesagt. Und dann ist die Mauer gefallen.

Später ist er verbittert an Krebs gestorben. Der Feind ist immer da, wo wir ihn am wenigsten vermuten. War einer seiner Lieblingssprüche.

»Lass mich gehen!« Trotzig klingt ihre Stimme. Ihr Wille ist noch nicht gebrochen. Das ist gut.

Du schließt die Tür und setzt dich auf einen der Stühle, knapp zwei Meter von ihr entfernt. Du legst die Pistole auf den Tisch. Ein Entspannungssignal, und doch ein deutlich sichtbares Zeichen deiner Überlegenheit. Papa hat dir eine Menge nützliche Dinge über psychologische Kriegsführung beigebracht. Er war Oberst der Nationalen Volksarmee, Mitglied des strategischen Planungsstabs. Alle seine Strategien wurden nutzlos, als das russische Brudervolk ihm in den Rücken fiel. Der Schutzbunker, den er unter seinem Haus gebaut hatte – keine Angst, mein Junge, wenn die Bomben fallen, kann dir hier unten nichts passieren – wurde zum Abstellraum. Er hatte die Pistole schon an der Schläfe, damals, 1989. Er hätte abdrücken sollen – dann hätte er sich viel Leid erspart. Doch er war zu schwach. Also musste er mit ansehen, wie sich alles, wofür er gelebt und gekämpft hatte, in Luft auflöste, wie der verhasste Klassenfeind die Macht übernahm. Vielleicht ist sein Krebs eine Folge der inneren Kapitulation gewesen.

Er war ein Idiot. Der Feind war nie im Westen. Er ist hinter uns, in uns, um uns herum. Er ist unsichtbar. Beobachtet uns.

»Warum hast du mich hierher gebracht? Was willst du von mir?«

Du merkst, dass du minutenlang nichts gesagt hast. Du bist es nicht gewohnt, Konversation zu betreiben.

»Ich ... ich wollte nicht, dass dir etwas passiert.«

Ihre Augen blitzen auf.

»Mir ist aber etwas passiert! Ich bin entführt worden. Du hast mich mit einem Messer verletzt!«

»Ja, ich weiß. Es ... es ist ein Versehen gewesen. Ich dachte, du wärst ... eine von ihnen.«

»Also schön. Ich bin keine von ihnen. Darf ich jetzt gehen?«

Du schüttelst den Kopf.

Tränen treten in ihre Augen.

»Ich verstehe das nicht. Wenn du glaubst, die Welt ist nicht real, was macht es dann für einen Unterschied, ob ich in diesem Keller hocke oder nicht?«

Du ringst mit dir. Sollst du es ihr erklären? Würde sie es verstehen? Nein, wahrscheinlich nicht.

»Ich brauche ... eine Verbündete.«

Sie lacht trocken. »Wenn du eine Verbündete brauchst, dann such dir jemanden, der freiwillig hierherkommt! Man kann nicht gleichzeitig Verbündete und Gefangene sein.«

Du nickst.

»Ja, ich weiß. Aber ... ich hatte keine Wahl.«

»Was soll das heißen?«

»Du bist ihnen zu nahegekommen. Du hast eine Menge Staub aufgewirbelt. Die Gefahr war groß, dass sie auf dich aufmerksam werden, und auf mich. Ich wollte nicht, dass sie dich eliminieren. Deshalb habe ich dich in Sicherheit gebracht.«

»Moment mal. Wenn die Welt simuliert ist, dann können diese Admins, wie du sie nennst, doch wohl alles sehen und an jeden Ort gehen, wie es ihnen passt, oder? Dann ist dieser Keller genauso sicher wie der Pariser Platz.«

Du schüttelst den Kopf.

»Sie sehen nicht alles, und sie wissen auch nicht alles. Sie sind keine Götter. Sie können nicht überall gleichzeitig hinsehen.«

Sie schweigt einen Moment. Denkt über das nach, was du gesagt hast. Du siehst, dass sie es versteht. Sie ist nicht nur hübsch, sondern auch intelligent. Hoffnung keimt in dir auf.

»Du hast gesagt, du kannst manchmal ihre Stimmen hören. Was hast du damit gemeint?«

In ihrer Stimme schwingt Unsicherheit mit.

»Ich ... ich glaube, mit mir stimmt etwas nicht.«
»Du denkst, du bist verrückt?«

Ihre Stimme klingt hoffnungsvoll. Zorn keimt in dir auf. Sie begreift es immer noch nicht! Du schüttelst energisch den Kopf.

»Nein, so nicht! Ich bin bei klarem Verstand! Aber ... mein Tank oder Sarg, oder was immer es ist ... ich glaube, er ist vielleicht nicht voll funktionsfähig. Manchmal bin ich für ein paar Sekunden mit der Realität verbunden. Dann kann ich sie reden hören oder lachen. Dann spüre ich die Schläuche in meinem Hals und meiner Nase und die Drähte in meinem Rücken. Aber ich kann mich nicht bewegen. Ich kann nichts tun. Ich will schreien, aber kein Laut dringt aus meiner Kehle.«

Tränen rinnen über deine Wangen. Sie sind dir nicht peinlich.

Sie wirkt betroffen.

»O Gott!«, sagt sie.

Einen Moment lang schweigt ihr beide. Du bemerkst, wie sie unwillkürlich ihren Hals betastet. Sie beginnt, zu verstehen.

30.

Eisenberg starrte auf seinen Monitor. Es gab nichts zu sehen außer dem Desktop mit dem Wappen des LKA Berlin und den Icons für die Standardsoftware. Wenn man genau hinsah, konnte man die winzigen Kästchen erkennen, aus denen sich das Bild zusammensetzte.

War es wirklich denkbar, dass die Realität auch bloß aus solchen, wenn auch viel kleineren Pixeln zusammengesetzt war? Dass Gedanken in Wahrheit nichts anderes waren als Nullen und Einsen im Inneren einer gigantischen Maschine, in die das gesamte Universum eingeschlossen war? Er überlegte ernsthaft, Iris anzurufen. Sie hätte ihm helfen können, sich einen Reim auf all das zu machen. Sie hätte dieses seltsame Buch verstanden, das er gestern Abend noch bis zur Hälfte gelesen hatte und das ihm seitdem im Kopf herumspukte. Aber er hatte seit fünfzehn Jahren nicht mit ihr gesprochen. Er war kein ängstlicher Mensch, aber so viel Mut brachte er doch nicht auf.

Eisenberg war in seiner beruflichen Laufbahn nicht oft ratlos gewesen. Es hatte immer eine Spur gegeben, der er hatte nachgehen, einen Zeugen, den er noch hatte befragen können. Selbst, wenn ein Fall mal ungelöst zu den Akten gelegt werden musste, hatte es nur selten daran gelegen, dass er nicht gewusst hatte, was zu tun gewesen war.

Diesmal war alles anders. Dieser Fall – wenn es denn überhaupt einer war – widersetzte sich der üblichen Polizeilogik. Tatort und Tatwerkzeug gab es nicht, Verdächtige auch nicht, von einem Motiv ganz zu schweigen. Es gab nicht einmal Zeugen. Doch auch wenn es keine konkreten Anhaltspunkte gab, schlug Eisenbergs in vielen Jahren trainierter Ermittlerinstinkt Alarm.

Morani hatte recht: Mina Hinrichsen hatte ihnen nicht alles gesagt, aber sie hatte ihnen auch nichts vorgespielt. Sie war ernsthaft in Sorge um ihren Kommilitonen gewesen. Nun war sie selbst verschwunden und niemand hatte eine Ahnung, wohin. Sie hatte ihr Handy und ihre Wohnungsschlüssel zurückgelassen. Das konnte durchaus ein Versehen sein; sie konnte einfach zufällig in genau dem Moment von der Bildfläche verschwunden sein, als Eisenberg nach ihr gesucht hatte – ohne ihren Eltern oder jemand anderem etwas davon zu sagen. Aber das waren irgendwie ein paar Zufälle zu viel.

»Sie haben das Buch gelesen?«, unterbrach Morani seine Gedanken.

Er fuhr herum. Wie lange beobachtete sie ihn schon?

»Ja. Ich hab gedacht, vielleicht finde ich darin ein Motiv, irgendwas, das vielleicht junge Menschen dazu anregen könnte, es nachzuahmen.«

»Und haben Sie etwas gefunden?«

»Nein. Aber ich habe es auch erst bis zur Hälfte durch.«

»Und glauben Sie es auch?«

»Bitte was?«

»Glauben Sie auch, dass die Welt künstlich sein könnte?«

»Nein, natürlich nicht.«

Es kam etwas zu schnell und zu energisch. Bis sie die Frage gestellt hatte, war ihm gar nicht klar gewesen, wie sehr sein Weltbild ins Wanken geraten war. Ohne dass er den Anspruch erhob, dergleichen beurteilen zu können, war ihm das Buch nicht wie ein großes literarisches Werk erschienen, von der Art, wie Iris sie gelesen hatte. Eher wie Trivialliteratur, ein Abenteuerroman aus einer Zeit, in der Atomkraft noch als große Hoffnung gepriesen und fliegende Autos als Selbstverständlichkeit der Zukunft gesehen worden waren. Und doch strahlte es eine seltsam düstere Atmosphäre aus, die beim Lesen auf Eisenberg übergegriffen hatte. Es war die Verwirrung des Protagonisten, dieses Gefühl, dass die Realität um ihn herum langsam zerfiel, das ihn infiziert hatte wie ein bösartiger Virus.

Natürlich war Morani nicht entgangen, dass sich seine Stimmung verändert hatte – ebenso wenig wie ihm selbst entgangen war, wie anders sich Varnholt seit dem Besuch bei Snowdrift Games verhielt. Snowdrift. Der Schlüssel zum Rätsel lag vielleicht in dieser Firma.

»Herr Varnholt?«

Der Hacker sah von seinem Rechner auf, auf dem die Suchmaske der Fahndungsdatenbank geöffnet war. Seit dem Gespräch mit McFarren und Hagen hatte er sein Lieblingsspiel nicht mehr angerührt, jedenfalls nicht während der Dienstzeit.

»Ja?«

»Glauben Sie, man kann nachvollziehen, mit wem die Vermissten Kontakt hatten? In dem Computerspiel, meine ich.«

»Ich verstehe nicht, worauf Sie hinauswollen.«

»Wir haben keine Hinweise darauf, dass sich die verschwundenen Personen untereinander kannten, mit Ausnahme von Mina Hinrichsen und Thomas Gehlert. Aber vielleicht gibt es eine andere Verbindung zwischen ihnen. Jemanden, den sie alle gemeinsam kannten, den wir aber noch nicht identifiziert haben. Möglicherweise sind sie ihm im Spiel begegnet.«

»In diesem Spiel begegnet man Tausenden von Personen. Gut möglich, dass ich selbst ihnen allen schon begegnet bin. Aber ich kann mich natürlich nicht an jede einzelne Begegnung erinnern.«

»Glauben Sie, wir könnten das überprüfen? Man müsste doch in dieser Datenbank, in der sie alles aufzeichnen, auch nachvollziehen können, wer wann wen getroffen hat, oder?«

Varnholt zuckte mit den Schultern.

»Weiß nicht. So einfach ist das sicher nicht.«

Eisenberg überlegte, ob er ihn bitten sollte, noch einmal bei Snowdrift Games anzurufen, entschied sich jedoch dagegen und griff selbst zum Hörer.

»Hier ist Hauptkommissar Eisenberg vom LKA Berlin. Ich hätte gern Herrn Hagen gesprochen.«

Kurz darauf hatte er den Technikvorstand am Apparat. Er erklärte ihm seine Idee.

»Theoretisch wäre das sicher möglich«, erwiderte Hagen. »Allerdings haben wir eine solche Funktion heute nicht implementiert. Schon allein aus Datenschutzgründen wäre sie auch ziemlich problematisch.«

»Und was bedeutet das? Könnten Sie so etwas entwickeln?«

»Im Prinzip schon. Aber das würde eine Weile dauern. Ich müsste erst einmal abschätzen, wie viel Aufwand das wäre. Das Problem ist allerdings, dass wir momentan keine Kapazitäten frei haben. In zwei Wochen ist die *Wizard's Convention*, ein internationales Spielertreffen. Bis dahin müssen wir das neue Release fertigstellen. Ich denke mal, dass ich Ihnen danach genauer sagen könnte, über welchen Aufwand wir reden.«

»Und wenn sie das jetzt sofort grob schätzen müssten?«

»Nun, wie gesagt, ich müsste mir das mal genauer ansehen. Aber ganz grob würde ich von mindestens drei bis vier Wochen Entwicklungsaufwand ausgehen, wenn einer meiner Leute fulltime daran arbeitet. Das wäre natürlich Aufwand, den wir nicht einfach so treiben würden, ohne entsprechende Vergütung.«

»Wären Sie damit einverstanden, wenn ich einen unserer Spezialisten mitbringe und er sich das Problem einmal ansieht?«

»Ich sehe nicht, was das nützen sollte. Herr Varnholt ist bestimmt sehr kompetent, aber bis er sich in die Materie eingearbeitet hat, vergehen wahrscheinlich Monate.«

»Ich spreche nicht von Herrn Varnholt. Ich würde es gern auf einen Versuch ankommen lassen.«

Hagen schwieg einen Moment. Dann seufzte er.

»Also schön, kommen Sie vorbei. Ich stelle Ihnen jemanden für zwei Stunden zur Verfügung, der Ihrem Mitarbeiter das System erklärt. Dann werden Sie hoffentlich selber beurteilen können, dass die Aufgabe nicht so trivial ist, wie Sie sich das vorstellen. Mehr kann ich nicht für Sie tun, so sehr wir auch die Arbeit der Polizei schätzen und unterstützen wollen.«

»Gut, danke. Wir sind in einer halben Stunde bei Ihnen.«

Varnholt starrte ihn an und schüttelte den Kopf.

»Sie wollen doch nicht ernsthaft Sim Wissmann mit zu Snowdrift nehmen, oder?«

»Doch, genau das will ich.«

»Mit Verlaub, Herr Hauptkommissar, das sieht mir sehr nach einer Verzweiflungstat aus.«

»Wenn Sie eine bessere Idee haben, freue ich mich, sie zu hören.«

»Die habe ich nicht. Aber ich gebe zu bedenken, dass Sim uns alle bis auf die Knochen blamieren wird mit seiner Art.«

»Sie müssen nicht mitkommen.«

»Oh, vielen Dank, das hatte ich auch nicht vor.«

Kurz darauf saßen Sie zu dritt in Eisenbergs Dienstwagen. Er hatte Morani gebeten, ihn zu begleiten – vielleicht konnte sie etwas wahrnehmen, das ihnen allen bisher entgangen war. Außerdem fühlte er sich wohler, wenn er nicht allein mit Wissmann unterwegs war. Der hatte nur widerwillig seine Arbeit unterbrochen und etwas davon gemurmelt, dass offensichtlich niemand in der Lage sei, die Bedeutung seiner Tätigkeit zu würdigen.

Hagen nahm sie persönlich in Empfang. Eisenberg stellte Morani und Wissmann vor. Letzterer gab Hagen nicht die Hand und sah ihn auch nicht an. Stattdessen blickte er sich um, als wisse er nicht genau, wo er sei, plane aber schon mal die Flucht.

Hagen machte ein skeptisches Gesicht.

»Ich fürchte, es gibt nicht viel, was Sie hier erreichen können. Aber das ist Ihre Sache. Bitte kommen Sie mit!«

Er führte die kleine Gruppe quer durch die ehemalige Maschinenhalle. Köpfe drehten sich nach ihnen um. Sie erreichten den Arbeitsplatz einer jungen, schmächtigen Frau mit dunklen Haaren, die vor zwei großen Monitoren saß.

»Das ist Frau Hochhut von unserem Data Analysis Team. Julia, die Herren sind von der Polizei. Bitte erklär ihnen unser System. Ich muss jetzt leider los, hab gleich eine Telefonkonferenz.«

Er verabschiedete sich knapp und verschwand. Hochhut lächelte verlegen.

»Ich fürchte, ich bin hier nicht gut auf so viel Besuch vorbereitet. Will mal sehen, ob ich genügend Stühle für Sie alle finden kann ...«

»Das ist nicht nötig«, erwiderte Eisenberg. »Eigentlich geht es nur darum, Herrn Wissmann das System zu zeigen. Wir beide sind quasi nur Begleitung. Wir bleiben einfach stehen.«

Hochhut blickte verwirrt in die Runde.

»Wie Sie meinen. Dann ... dann setzen Sie sich doch am besten zu mir.« Sie zog einen Stuhl von einem benachbarten, gerade unbesetzten Arbeitsplatz heran.

Wissmann blieb stehen. Er betrachtete interessiert den Monitor.

»Wollen Sie sich nicht setzen?«, fragte Hochhut.

»Wer, ich?«, gab Wissmann zurück.

Hochhut sah Eisenberg fragend an, der ein beruhigendes Lächeln aufsetzte.

»Ja, Sie, Herr Wissmann. Frau Hochhut wird Ihnen jetzt das System erläutern.«

»Na gut.«

Wissmann setzte sich, nahm die Maus und begann, auf dem Monitor herumzuklicken.

»He, warten Sie! Ich ...«, sagte Hochhut, doch er unterbrach sie. »Ist das die gesamte Dokumentation zu Ihrer Analysesoftware?«

»Ja, aber ... Sie können nicht einfach ...«

Wissmann ignorierte sie. Er öffnete ein Textdokument und scrollte durch die Seiten.

»Das Dokument ist sieben Monate alt und an mindestens vier Stellen inkonsistent«, sagte er nach weniger als zwei Minuten. »Haben Sie nichts Aktuelleres?«

Sie sah ihn mit großen Augen an.

»Nein. Die Dokumentation ist eigentlich ...«

Wissmann öffnete ein Programm, das für Eisenberg aussah wie eine komplizierte Version eines Textverarbeitungsprogramms, und begann, zu schreiben. Seine Finger flogen in derselben Geschwindigkeit über die Tasten wie an seinem eigenen Computer. Hochhut starrte mit großen Augen auf den Monitor.

»Was ... was tun Sie da?«

»Ich schreibe einen Algorithmus, der die Kommunikationsbeziehungen der Spieler untereinander analysiert«, erklärte er, ohne mit dem Tippen aufzuhören.

»Aber wie? Ich habe Ihnen doch noch gar nicht erklärt, was wir ...«

»Sie haben die Chatprotokolle der Spieler gespeichert. Darin ist jeweils der Screenname der anderen Spieler enthalten, mit denen diese gesprochen haben. So kann ich N zu N-Beziehungen ableiten. Dann muss ich nur noch das Kommunikationsnetz nach kürzesten Verbindungen zwischen den relevanten Personen durchsuchen.«

»Ja, aber ...«

Hochhut verstummte, während sie mit offenem Mund zusah, wie eine Zeile nach der nächsten auf dem Bildschirm erschien. Eisenberg und Morani sahen ihrem Kollegen zu, ohne zu begreifen, was er dort machte.

Nach einem Moment stand Hochhut auf.

»Das ... so etwas habe ich noch nie gesehen«, sagte sie mehr zu sich selbst. »Moment, ich bin gleich zurück.«

Sie ging quer durch das Großraumbüro und sprach mit einem kahlköpfigen Mann. Kurz darauf kamen beide zurück. Der Kahlkopf stellte sich nicht vor, sondern sah Wissmann nur zu.

»Wow!«, sagte er nach einer Weile.

Inzwischen schienen auch die übrigen Mitarbeiter zu begreifen, dass etwas Ungewöhnliches vorging. Nach und nach kamen immer mehr Menschen an Hochhuts Arbeitsplatz, bis er von mindestens einem Dutzend Schaulustiger umringt war. Eisenberg und Morani machten ihnen Platz. Sie hatten Wissmann schon oft genug zugesehen.

Gemurmel erhob sich: »Das ... das gibt's doch nicht ... Wie macht er das? ... Mehr als zwanzig Zeilen Code in einer Minute!«

Wissmann hörte auf zu tippen. Er sagte etwas, das über das Getuschel hinweg nicht zu verstehen war. Eisenberg schob sich durch das Gedränge und beugte sich zu seinem Mitarbeiter herab.

»Wie bitte?«

»Die sollen weggehen! Ich kann so nicht arbeiten!«, murmelte er.

Eisenberg hob eine Hand.

»Würden Sie bitte wieder an ihre Arbeitsplätze gehen? Herr Wissmann kann sich sonst nicht konzentrieren.«

Die Mitarbeiter zogen sich zurück. Wissmann tippte weiter.

»Gibt es hier eine Cafeteria?«, fragte Eisenberg.

»Nein, aber wir haben eine Pantry, wenn Sie einen Kaffee möchten«, erwiderte Hochhut. »Soll ich Ihnen einen holen?«

»Mir wäre es lieber, wenn wir dort ein wenig plaudern könnten. Herr Wissmann arbeitet am liebsten allein.«

»Ich ... ich weiß nicht, ob ich ihn wirklich ... ich meine, er hat von diesem Rechner aus Zugriff auf all unsere Systeme ...«

»Er weiß, was er tut. Ich übernehme die volle Verantwortung für alles«, sagte Eisenberg, ohne genau zu wissen, worauf er sich da einließ.

»Wie Sie meinen.«

Sie führte Eisenberg und Morani in eine abgeteilte Kochnische mit zwei teuren Espressomaschinen und einigen Stehtischen.

»Es ist wirklich bemerkenswert, Herrn Wissmann bei der Arbeit zuzusehen«, sagte Hochhut. »Ich habe noch nie jemanden gesehen, der so schnell Code schreibt. Ich hätte nicht gedacht, dass das LKA über solche Talente verfügt.«

Das hätte das LKA auch nicht gedacht, wollte Eisenberg ihr am liebsten beipflichten. Auch wenn es dafür wenig Grund gab, war er stolz. Doch er antwortete nur:

»Viele unterschätzen die Polizei.«

»Wonach genau suchen Sie eigentlich?«

»In den letzten Monaten sind fünf Menschen in Berlin spurlos verschwunden. Sie alle haben Ihr Spiel gespielt.«

»Viele Menschen tun das.«

»Ja, das wissen wir. Aber es gab noch mehr Gemeinsamkeiten.«

»Sie glauben doch nicht etwa, dass dieses Verschwinden irgendwie mit *World of Wizardry* zu tun hat?«

»Nicht direkt. Aber wir wollen herausfinden, ob sich die fünf untereinander kannten. Im realen Leben scheint das nicht der Fall gewesen zu sein, aber möglicherweise im Spiel. Vielleicht gibt es noch eine weitere Person, mit der sie alle in Verbindung waren. Deshalb versuchen wir ... deshalb versucht Herr Wissmann herauszufinden, mit wem sie Kontakt hatten.«

»Verstehe. Ihnen ist aber schon klar, dass es in einem solchen Massive Multiplayer Game sehr, sehr viele Kontakte der Spieler untereinander gibt, oder?«

»Ja. Würden Sie mir bitte noch einmal erzählen, was genau eigentlich Ihre Aufgabe ist?«

Hochhut erklärte ihnen, wie die Firma das Verhalten der Spieler analysierte, um, wie sie behauptete, das Spielerlebnis zu optimieren. Sie sei Diplom-Soziologin. Ein

Spiel wie *World of Wizardry* sei aus Forschersicht ein Geschenk des Himmels, erzählte sie mit leuchtenden Augen. Nirgendwo könne man das Verhalten von Menschen so genau beobachten wie in einer simulierten Spielwelt. Die Daten, die Snowdrift inzwischen gesammelt hatte, reichten für etliche psychologische und soziologische Studien aus. »Irgendwann wird jemand auf Basis unserer Daten den Nobelpreis bekommen«, sagte sie halb im Scherz.

Nach einer halben Stunde wusste Eisenberg, dass die Firma vermutlich einigen Ärger mit dem Berliner Datenschutzbeauftragten bekommen würde, falls er jemals Einblick in ihre Methoden erhielt. Doch wenn er insgeheim gehofft hatte, Hinweise auf ein dunkles Geheimnis hinter dem Erfolg der Firma zu entdecken, wurde er enttäuscht.

»Big Data wird eines der ganz großen Themen der Zukunft«, erläuterte Hochhut. »Amazon, Google und Facebook sind erst der Anfang. Maschinen werden so unglaublich viel über uns lernen, dass sie uns bald besser kennen als wir selbst. Dann werden wir Produkte haben, die perfekt zu uns passen. Politiker werden besser verstehen, was die Wähler wirklich wollen. Musik, Bücher und Filme werden uns besser gefallen. Medikamente werden besser wirken. Das Essen wird besser schmecken. All das werden wir mithilfe statistischer Methoden und riesiger Datenmengen erreichen.«

»Dann sind Sie also in Wirklichkeit so eine Art Marktforschungsunternehmen?«, fragte Eisenberg und bekam im selben Moment eine Gänsehaut. Auch in *Simulacron-3* ging es um eine Firma, die eine computersimulierte Welt betrieb, um das Verhalten der Menschen im Kundenauftrag besser analysieren zu können.

Doch Hochhut schüttelte den Kopf.

»Nein, nein. Wir geben keine Daten nach draußen. Wir analysieren das Verhalten unserer Kunden ausschließlich, um noch bessere Spiele entwickeln zu können. Aber wir lernen hier gleichzeitig viel darüber, wie man massive Datenmengen analysieren kann.«

»Wenn ich Sie richtig verstehe, dann haben die Daten, die Sie hier sammeln, einen ungeheuren Wert, richtig?«

»Na ja, ich würde nicht von ungeheurem Wert reden. Für uns sind sie wertvoll, aber jemand außerhalb der Firma könnte kaum etwas damit anfangen. Falls Sie darauf hinaus wollen, dass irgendwer Spielerdaten stehlen könnte – da gibt es wenig, was für Dritte von Interesse wäre. Die Bankdaten der Kunden werden nicht von uns gespeichert, sondern von einer externen Firma, die den Zahlungsverkehr übernimmt. Trotzdem haben wir natürlich diverse Sicherheitsvorkehrungen, um unbefugtes Eindringen in unsere Systeme zu verhindern. Apropos Sicherheit, ich glaube, ich hätte Ihren Kollegen nicht so lange allein lassen dürfen. Mir wäre es lieb, wenn wir wieder zu ihm gehen würden.«

»Aber natürlich. Vielen Dank für die Informationen.«

Eisenberg trank seinen lauwarmen Cappuccino aus, stellte die Tasse auf die Spüle und folgte ihr zurück zu ihrem Arbeitsplatz. Ihm fiel auf, dass immer wieder Mitarbeiter der Firma wie zufällig an Hochhuts Schreibtisch vorbeigingen, um einen Blick auf Wissmanns Arbeit zu erhaschen.

Der selbst schien davon nichts zu bemerken. Er klapperte munter weiter auf der Tastatur, als wolle er bis zum Feierabend noch einen tausend Seiten starken Roman fertigstellen.

»Kommen Sie voran?«, fragte Hochhut.

»Ja«, sagte er mürrisch.

Hochhut warf Eisenberg einen Blick zu, als wolle sie fragen: Ist der immer so?

Eisenberg lächelte nur entschuldigend.

»Können Sie abschätzen, wie lange es dauert, bis Ihr Programm getestet werden kann?«, fragte Hochhut.

»Morgen«, sagte Wissmann.

»Morgen können Sie es abschätzen?«

»Morgen ist es fertig. Falls ich jetzt in Ruhe weiterarbeiten kann.«

Hochhut starrte Wissmann mit offenem Mund an.

»Kann ... kann er das wirklich?«, fragte sie Eisenberg.

Der zuckte mit den Schultern. »Ich weiß es nicht. Ich verstehe von solchen Dingen nichts. Aber Herr Wissmann arbeitet sehr schnell.«

Irgendwann kam Hagen an Hochhuts Arbeitsplatz. Er machte ein ernstes Gesicht.

»Was ist hier los, Julia? Man hat mir gesagt, du lässt den ... Herrn von der Polizei einfach so an deinem Rechner arbeiten? Ohne Sicherheitseinweisung, ohne dass ihm spezielle Rechte zugewiesen wurden? Ist dir klar, dass das gegen etliche unserer Regeln verstößt?«

»Ich ... entschuldige, ich dachte ...«, stammelte Hochhut sichtlich erschrocken.

Wissmann hörte auf zu tippen und drehte sich um, sah aber niemanden an. »Können Sie bitte weggehen? Ich muss mich konzentrieren!«

Er warf einen flüchtigen Blick zu Eisenberg, als wolle er sagen: Bitte sorgen Sie dafür, dass diese Störenfriede verschwinden. Hagen sah ihn verblüfft an.

»Also, das ist doch ... So geht das nicht! Sie können nicht einfach ohne Genehmigung in unseren Systemen herumpfuschen! Sie könnten monatelange Arbeit zunichtemachen! Julia, mit dir unterhalte ich mich später!«

»Sieh doch mal!«, sagte Hochhut und deutete auf den Monitor.

»Was?«, fragte Hagen unwirsch, doch sein Blick folgte ihrer Geste. Er verstummte. Nach einem Moment sagte er: »Weiß er, was er da schreibt?«

Hochhut nickte.

»Ich glaube schon.«

Hagen schüttelte den Kopf.

»Niemand kann so schnell coden. Jedenfalls nicht sinnvoll. Ich kann mir nicht vorstellen, dass das, was er da schreibt, tatsächlich auch funktioniert.«

»Ich weiß es auch nicht genau«, sagte Hochhut. »Aber für mich sieht es sinnvoll aus. Ich ... ich wollte ihm erklären, wie unser System funktioniert, aber er hat einfach die Dokumentation gelesen. Nach zwei Minuten wusste er es.«

»Zwei Minuten? Er hat fünfzig Seiten Dokumentation in zwei Minuten gelesen?«

Hochhut nickte.

»Und er wusste sofort, an welchen Stellen die Kapitel unvollständig und inkonsistent sind.«

Hagen sah Eisenberg an.

»Was ist er? Ein Roboter?«

Eisenberg spürte Zorn in sich aufkeimen. Er erinnerte sich selbst daran, dass er keine rechtliche Handhabe hatte und auf Hagens Unterstützung angewiesen war, bevor er antwortete.

»Herr Wissmann hat das Asperger-Syndrom, das oft mit speziellen Begabungen verknüpft ist. Er hat ein eidetisches Gedächtnis und ein extrem ausgeprägtes analytisches Denkvermögen. Glauben Sie mir, er weiß, was er tut.«

»Na schön. Aber was genau macht er da? Ich meine, es ist ja eindrucksvoll, aber wohin soll das führen?«

»Er schreibt ein Programm, das die Kommunikationsbeziehungen der Spieler untereinander analysiert«, erklärte Hochhut. »Du erinnerst dich, dass ich letztes Jahr genau so eine Funktion vorgeschlagen hatte. Wir haben sie aus Kapazitätsgründen nicht realisiert.«

»Soll er jetzt die nächsten Wochen hier sitzen?«

»Er sagt, es sei morgen fertig.«

»Morgen?«

Hagen runzelte die Stirn. Er beobachtete eine Weile, wie eine Zeile Code nach der anderen auf dem Bildschirm erschien. Schließlich nickte er und wandte sich an Eisenberg.

»Also schön. Ihr Mitarbeiter kann hier arbeiten, bis er diese Funktion fertiggestellt hat. Aber danach haben wir die Nutzungsrechte an der Software, die er auf diesem Rechner erstellt hat. Einverstanden?«

Eisenberg nickte.

»Einverstanden. Und danke für Ihre Unterstützung.«

Hagen wandte sich an Hochhut.

»Und du passt auf, was er tut. Wenn irgendwelche Codes gelöscht werden und wir den Launchtermin verschieben müssen, mache ich dich persönlich dafür verantwortlich!«

»Ja, okay. Ich passe auf.«

»Gut. Ich spreche mit John.«

Damit verschwand er.

»Es tut mir leid, wenn wir Sie in Schwierigkeiten bringen«, sagte Eisenberg.

Hochhut schüttelte den Kopf.

»Ist schon okay. Wir stehen einfach unter ziemlichem Druck. Jede Verzögerung beim Launch der nächsten Version kann zu einem Kursverlust an der Börse führen, für den das Management verantwortlich gemacht wird. Deshalb ist Olaf etwas nervös. Aber ich möchte um mein Leben gern wissen, ob das, was Ihr Mitarbeiter hier macht, tatsächlich funktioniert.«

Wissmann schnaubte.

»Können Sie jetzt bitte endlich mit dem Gequatsche aufhören?«

31.

Mina erwachte mit einem scheußlichen Geschmack im Mund. Ein dumpfer, pochender Schmerz strahlte von ihrem Oberarm aus. Sie sah auf die Uhr. Halb vier. Nachmittags oder nachts? Wie lange war sie jetzt schon hier? Zwei Tage? Drei? In dem Keller gab es nichts, was auf den Verlauf der Zeit in der Außenwelt schließen ließ. Die Glühbirne an der Decke brannte immer. Sie hatte sie einmal kurz ausgeschaltet, sich aber in der absoluten Dunkelheit so verloren gefühlt, dass sie lieber bei Licht schlief.

Sie rappelte sich auf, wankte zur Toilette, trank etwas Wasser aus der Plastikflasche, die er ihr dagelassen hatte. Paradoxerweise wünschte sie sich in diesem Moment nichts mehr, als sich die Zähne putzen zu können. Es gab eine Dusche in der Nische, aber sie wusste nicht, ob sie funktionierte, und selbst wenn, hätte sie sie nicht benutzt. Das Letzte, was sie wollte, war, von ihrem Entführer nackt gesehen zu werden.

Dieser Julius glaubte wirklich, dass die Welt nur simuliert war. Und er hatte große Angst vor ihren Schöpfern. So viel wusste sie inzwischen. Doch was glaubte sie selbst? Sie konnte es nicht mehr sagen. Inzwischen war ihr beinahe egal, ob sie in einer Simulation lebte. Sie wollte nur raus aus diesem stinkenden Keller, fort von diesem Mann mit den eingefallenen Augen, der ihr manchmal leidtat und den sie im nächsten Moment inbrünstig hasste. Er hatte sie entführt, sie verletzt, hielt sie in diesem Loch gefangen. Und er war offensichtlich paranoid.

Sie hatte immer noch keine Ahnung, was mit Thomas und den anderen geschehen war, doch mittlerweile ahnte sie, dass Julius es wusste. Wenn sie ihn darauf ansprach, wich er aus. Glaubte er, dass sie gelöscht worden waren? Oder wusste er, dass es nicht so war?

Wenn es doch nur eine Möglichkeit gäbe, mit der Außenwelt zu kommunizieren. Doch ihr Handy lag in ihrer Wohnung. Sie hatte es mit Hilferufen und Klopfzeichen versucht, jedoch ohne Ergebnis. Sie wusste nicht einmal, ob sie überhaupt noch in Berlin war oder vielleicht in irgendeinem Kaff in Brandenburg.

Sie hatte Julius gedroht. Hatte gebettelt und gefleht und sogar versucht, sich als Admin auszugeben, um einen Deal auszuhandeln, aber er hatte nur gelacht und gesagt, wenn sie wirklich der Avatar eines Admin sei, dann solle sie ihn hier und jetzt aus seinem virtuellen Gefängnis befreien und ihm endlich die Wirklichkeit zeigen. Irgendwann hatte sie resigniert. Er würde sie niemals gehen lassen.

Sie lag eine Weile auf der muffigen Matratze und versuchte, die Schmerzen in ihrem Arm zu ignorieren. Wenn die Wunde sich entzündet hatte, konnte es übel werden. Vielleicht sollte sie Julius doch erlauben, sie anzusehen und zu desinfizieren. Wenigstens konnte er ein Schmerzmittel besorgen.

Sie versuchte, Fluchtpläne zu schmieden, doch er war noch immer übervorsichtig in ihrer Nähe und ließ auch die Pistole nie aus den Augen. Der Angriff mit dem Messer hatte bewiesen, wie schnell er gewalttätig werden konnte.

Irgendwann dämmerte sie wieder ein.

Ein Klopfen an der Tür ließ sie hochschrecken. Immerhin hatte er den Anstand, sie zu warnen, bevor er den Raum betrat. Der Schlüssel drehte sich im Schloss und er trat ein, ein Tablett mit einer Schüssel Cornflakes, einer Thermoskanne Kaffee, frischen Brötchen und Marmelade in der Hand.

»Guten Morgen«, sagte er.

Mina wusste nicht, was an diesem Morgen gut sein sollte, außer dass sie jetzt wusste, wie spät es tatsächlich war. Sie sah die Pistole in seiner Gesäßtasche und spielte einen kurzen Augenblick mit dem Gedanken, nach ihr zu hechten, während er noch das Tablett hielt. Aber die Gelegenheit verging, als er es auf den Tisch stellte.

»Frühstücke schon mal«, sagte er. »Ich habe noch eine Überraschung für dich.«

Sie bemühte sich, die aufkeimende Hoffnung zu dämpfen. Die Überraschung war sicher nicht, dass er sie freiließ. Er schenkte Kaffee in einen Becher. Der Duft war ungewollt verführerisch. Mina rappelte sich auf und unterdrückte den Impuls, sich bei dem Mistkerl zu bedanken. Er verschwand und schloss die Tür hinter sich, ohne abzuschließen. Mina erstarrte. Sie ging zur Tür und lauschte daran. Sie hörte Schritte auf der Treppe, dann ein seltsames schabendes Geräusch und nach einem Augenblick das Klappen einer zweiten Tür.

Sie drückte die Klinke herab und öffnete die Tür einen Spalt weit. Im schwachen Licht erkannte sie eine Treppe nach oben. Wenn sie jetzt ...

Ein Lichtspalt erschien, als die Tür am oberen Ende der Treppe geöffnet wurde. Rasch schloss sie ihre Tür wieder, setzte sich an den Tisch und schob sich einen Löffel Cornflakes in den Mund. Julius trat ein und stellte zwei Tüten neben die Matratze.

»Ich hab für dich eingekauft. Ich hoffe, die Sachen passen dir.«

Erwartungsvoll stand er im Eingang. Sie erhob sich, nahm zwei Tüten in Empfang und schüttete deren Inhalt aufs Bett. Unterwäsche, eine Jeans, mehrere bunte T-Shirts, zwei Sweatshirts, alle aus einem Billig-Textilmarkt. Nichts davon hätte sie sich selbst ausgesucht. Sie bemühte sich, ihre Tränen zurückzuhalten.

»Wie ... wie lange muss ich noch hierbleiben?«

Er machte ein enttäuschtes Gesicht. Hatte er tatsächlich erwartet, dass sie sich über die Kleidung freute? Statt zu antworten, sagte er:

»Ich bin gleich zurück.«

Diesmal verschloss er die Tür hinter sich. Sie hörte, wie er mehrmals die Treppe hinauf- und hinunterstieg. Dann drehte er den Schlüssel. Rasch setzte sie sich wieder hin. Er trug einen großen Fernseher herein und stellte ihn neben das Regal auf den Boden, dazu einen DVD-Player und eine Tüte mit dem Logo eines Elektromarkts.

»Ich wusste nicht genau, was du gerne siehst, also hab ich ein paar Frauenfilme gekauft. Du magst doch sicher Richard Gere?«

Mina hätte kotzen können. Frauenfilme! Schlimmer noch als die Tatsache, dass er keine Ahnung hatte, was ihr gefiel, war, dass er sich überhaupt darüber Gedanken machte. Sie fühlte sich wie ein weggesperrtes Haustier, dem man zum Trost ein paar Leckerli aus der Zoohandlung mitgebracht hatte. Und nun setzte er sich auch noch zu ihr an den Tisch.

»Iss erst mal in Ruhe. Danach gucken wir zusammen meinen Lieblingsfilm.«

Was sollte das jetzt wieder? Glaubte er ernsthaft, sie mit irgendeiner Schnulze für sich einnehmen zu können?

Oder war sein Lieblingsfilm vielleicht ein Porno? Würde er über sie herfallen?

Unter seinen wachsamen Augen aß sie ihre Cornflakes auf und machte sich ein halbes Marmeladenbrötchen. Als sie fertig war, stellte er einen der Stühle neben die Matratze.

»Leg dich hin. Mach es dir bequem«, sagte er.

Sein Tonfall deutete an, dass sie dort liegen bleiben sollte, bis er ihr etwas anderes befahl. Immer wieder nervöse Blicke in ihre Richtung werfend, verkabelte er Fernseher und DVD-Player. Dann nahm er eine DVD aus der Tüte und legte sie in den Player.

Mina schluckte, als der Filmtitel erschien: *Welt am Draht* von Rainer Werner Fassbinder.

»Kennst du den?«, fragte er.

»Nein.«

»Wird dir gefallen. Fassbinder war ein Genie. Er wusste es. Ich begreife bis heute nicht, wieso sie ihn den Film haben machen lassen. Aber vielleicht haben sie gedacht, wenn es so offensichtlich Science-Fiction ist, wird es erst recht niemand glauben. Hast du *Die Matrix* gesehen?«

Mina hatte wirklich keine Lust, jetzt über Filme zu plaudern. Aber es konnte nicht schaden, ihn bei Laune zu halten.

»Ja.«

»Der letzte Schrott gegen *Welt am Draht*. Dieser ganze pseudoreligiöse Scheiß! Manchmal denke ich, die Wachowskis sind bloß Avatare, und dieser Film wurde gedreht, um uns Sand in die Augen zu streuen. Ich meine, damals bei Fassbinder war die Technik ja noch lange nicht so weit. Aber heute fängt man allmählich an, zu begreifen, dass simulierte Welten tatsächlich möglich sind. Wusstest du, dass *Welt am Draht* über dreißig Jahre nirgendwo erhältlich war, nicht mal als Raubkopie im Internet? Erst, nachdem die *Matrix*-Filme erschienen, haben sie auch Fassbinders Werk wieder veröffentlicht und behauptet, das sei die Vorlage gewesen. Als könne man diesen geniale Film mit dem Wachowski-Schrott auf eine Stufe stellen. So haben sie das Original geschickt diskreditiert. Und das Volk der Ahnungslosen findet natürlich *Die Matrix* viel besser, weil da mehr Action drin ist und die Helden coole Klamotten tragen.«

Er redete sich richtig in Rage. Vielleicht war das ihre Chance, dass er irgendwann unachtsam wurde, vielleicht konnte sie ihn sogar ein bisschen provozieren.

»Ich fand *Die Matrix* gut. Vor allem den ersten Teil.«

»Du kennst ja auch den Fassbinder-Film noch nicht«, erwiderte er nur und startete die DVD.

Mina merkte bald, warum *Welt am Draht* so lange nicht erhältlich gewesen und weitgehend unbekannt geblieben war: Der Film war sterbenslangweilig. Einschläfernde, minutenlange Kameraeinstellungen, Schauspieler, die die meiste Zeit durch irgendwelche Gänge schlurften und dabei hölzerne Dialoge austauschten. Keine fliegenden Autos, keine Laufbänder auf den Straßen wie in Galouyes Buchvorlage. Dafür Computer, die aussahen wie altmodische Tonbandgeräte, Siebzigerjahre-Klamotten und quietschende elektronische Sounds im Hintergrund.

Sie beobachtete Julius, der gebannt auf den Bildschirm starrte, offensichtlich in den Film versunken. Identifizierte er sich wirklich mit dem Hauptdarsteller, einem muskulösen Typ, der weder so aussah noch so spielte, als sei er der technische Leiter einer Computerfirma, und nicht die geringste Ähnlichkeit mit dem schmächtigen Julius hatte? Die Lippen ihres Entführers bewegten sich synchron zu denen der Figuren im Film. Er kannte die Dialoge auswendig!

Zeit, etwas zu unternehmen. Vorsichtig zog sie die Beine an und setzte sich in den Schneidersitz. Keine Reaktion.

Stück für Stück veränderte sie ihre Position, bis sie auf den Knien hockte, die Füße angewinkelt unter dem Po, sprungbereit.

»Jetzt«, sagte Julius und sah sie an. »Jetzt passiert es gleich!«

»Was?«, fragte Mina und versuchte, einen unschuldig-neugierigen Ton anzuschlagen.

»Die Kontakteinheit übernimmt den Körper von Fritz Walfang und dringt in die vermeintliche Realität vor. Pass auf!«

Er wandte sich wieder dem Fernseher zu. Ein Mann lag auf einer Liege, eine Art Frisörhaube über dem Kopf. Er streifte sie ab und stand auf. Ein Dialog entspann sich, in dessen Verlauf klar wurde, dass der Mann nicht mehr derselbe war wie zuvor. Es kam zu einer Rangelei, die wie alles andere im Film unnatürlich wirkte.

Jetzt! Sie sprang auf und warf sich mit ihrem ganzen Gewicht gegen Julius' Stuhl. Er kippte um, sodass sie auf ihrem Entführer lag. Die Pistole glitt aus seiner Tasche und rutschte unter seinen Körper. Verzweifelt tastete Mina danach.

»Du Scheißkuh!«, schrie Julius.

Er versuchte, nach ihr zu schlagen, lag jedoch in einer ungünstigen Position und war durch den Stuhl und ihren Körper in der Bewegung eingeschränkt. Er wand sich verzweifelt unter ihr. Sie bekam die Pistole mit der Linken zu fassen und zog sie hervor, doch im selben Moment bekam er den rechten Arm frei. Ohne zu zögern schlug er gegen die Wunde in ihrem linken Oberarm.

Sie schrie auf. Bunte Sterne tanzten vor ihren Augen. Für eine Sekunde befürchtete sie, vor Schmerzen ohnmächtig zu werden. Die Pistole fiel ihr aus der Hand und polterte zu Boden. Mina begriff, dass sie keine Chance hatte, Julius zu überwältigen. Sie sprang auf und hechtete zur Tür.

»Bleib stehen, du Schlampe!«, brüllte Julius.

Aus dem Augenwinkel sah sie ihn nach der Pistole greifen und erreichte in diesem Moment die Tür. Sie riss sie auf, stürmte hindurch und schlug sie hinter sich zu.

Der Schlüssel steckte von außen im Schloss!

Sie hörte, wie er ihr nachrannte. Hastig versuchte sie, den Schlüssel herumzudrehen, doch das Schloss war alt und schwergängig. Er erreichte die Tür und versuchte, die Klinke herunterzudrücken. Trotz der Schmerzen gelang es ihr mit all ihrer Kraft, die Klinke lange genug hochzuhalten. Sie schloss ab.

»Mach auf!«, schrie er und schlug gegen die Tür.

Mina wandte sich um und hastete im Dunkeln die Treppe herauf. Sie tastete nach einer Klinke, fand aber stattdessen nur ein großes Metallrad wie bei einer Tresortür. Es ließ sich nicht drehen. Sie fand einen Lichtschalter. Eine nackte Glühbirne erhellte die kahle Treppe.

Ihr Herz sank. Unterhalb des Rades waren acht Einstellräder mit Ziffern von 0 bis 9 angebracht. Sie schienen ziemlich alt zu sein. Ein mechanisches Zahlenschloss! Wie das an ihrem Fahrrad, nur wesentlich größer und viel schwerer zu knacken. Probehalber drehte sie an einem der Räder, das sich erstaunlich leicht verstellen ließ. Sie versuchte, das große Öffnungsrad zu drehen, doch natürlich ließ es sich nicht bewegen.

»Du kommst hier nicht raus!«, brüllte Julius durch die verschlossene Tür. »Selbst, wenn du mich erschießt! Nur ich kenne die Kombination!«

Er hatte recht. Acht Ziffern, das bedeutete zehn Millionen Möglichkeiten. Sie wäre längst verdurstet, bevor sie auch nur einen Bruchteil davon ausprobiert hatte.

Sie sank auf die oberste Treppenstufe nieder und brach in Tränen aus.

32.

»Ihr Mitarbeiter ist bereits hier«, wurde Eisenberg von einer Empfangsdame begrüßt.

»Schon oder immer noch?«

Er traute Wissmann durchaus zu, die Nacht durchgearbeitet zu haben. Sie lächelte.

»Als ich heute um sieben Uhr kam, stand er vor der Tür und wartete.«

»Gut. Darf ich zu ihm? Ich glaube, ich finde den Weg allein.«

»Selbstverständlich.«

Eisenberg durchschritt das alte Metalltor, das das vorgesetzte, moderne Empfangsgebäude aus Glas von der ursprünglichen, weitgehend originalbelassenen Fabrikhalle abteilte. Hatte bei seinem ersten Besuch noch angespannte, emsige Stille geherrscht, empfing ihn nun eine Stimmung wie auf einem Volksfest. Überall standen Mitarbeiter mit Kaffeebechern und plauderten. Um den Arbeitsplatz von Frau Hochhut hatte sich eine dicke Menschentraube gebildet. Niemand schien zu arbeiten. Die Soziologin stand etwas hilflos in der Nähe. Als sie Eisenberg erblickte, lief sie ihm entgegen.

»Guten Morgen, Herr Kommissar! Ihr Mitarbeiter ist bereits da.«

»Das sehe ich.«

»Wirklich phänomenal!«, sagte sie mit leuchtenden Augen. »Er hat in seiner Arbeitsgeschwindigkeit nicht eine Sekunde nachgelassen. Er nimmt in regelmäßigen Abständen einen Schluck Wasser – alle drei Minuten, man kann die Uhr danach stellen – und tippt ansonsten in gleichmäßiger Geschwindigkeit. Er macht nie eine Pause, um etwas zu überlegen oder nachzudenken, sondern schreibt einfach Programmzeile nach Programmzeile! Wie eine – entschuldigen Sie den Ausdruck – Maschine! Niemand hier im Raum hat so etwas je gesehen.«

Eisenberg fragte sich, wie Wissmann sich bei all dem Trubel konzentrieren konnte.

Die Antwort erhielt er, als er sich durch das Gedränge um den Arbeitsplatz schob. Wissmann hatte dicke Kopfhörer aufgesetzt. Wie immer starrte er unbewegt auf den Monitor und tippte.

Eisenberg legte ihm eine Hand auf die Schulter. Wissmann fuhr herum, die Stirn kraus gezogen. Ein Raunen ging durch die Anwesenden, als hätte Eisenberg etwas Unanständiges getan. Wissmann nahm die Kopfhörer ab.

»Was ist?«

»Kommen Sie voran?«

»Ja. Außer man stört mich.«

»Wie lange, denken Sie, brauchen Sie noch, um Ihr Programm fertigzustellen?«

Er kniff die Augen zusammen, als müsse er kurz nachdenken.

»Neunundsechzig Minuten. Plus die Zeit, die wir hier herumreden.«

Gemurmel erhob sich. Eisenberg schmunzelte.

»Dann will ich Sie nicht weiter aufhalten.«

Ohne ein weiteres Wort setzte Wissmann den Kopfhörer wieder auf und schrieb weiter. Eine lautstarke Diskussion setzte ein. Wetten wurden abgeschlossen, ob er tatsächlich in neunundsechzig Minuten – in genau neunundsechzig Minuten – fertig sein würde.

Es stellte sich heraus, dass sich auch Sim Wissmann verschätzen konnte. Bereits nach achtundfünfzig Minuten brandete lauter Beifall auf. Einige Mitarbeiter pfiffen und stießen anfeuernde Rufe aus. Eisenberg, der sich gerade in der Kaffeenische mit Hochhut unterhalten hatte, eilte zu seinem Mitarbeiter.

»Bitte gehen Sie jetzt alle wieder an ihre Plätze!«, rief er. Niemand hörte auf ihn.

»Was ist denn hier los? Habt ihr nichts zu tun?«, erscholl eine tiefe Stimme. »Wir gehen in sechs Tagen live, schon vergessen?«

Olaf Hagen kam den Mittelgang entlang. Er schaffte, was Eisenberg nicht gelungen war: Die Mitarbeiter zerstreuten sich, enttäuschtes Gemurmel auf den Lippen.

»Guten Morgen, Herr Hauptkommissar. Wie ich sehe, erregt Ihr Mitarbeiter hier einiges Aufsehen. Ich fürchte, ich kann das nicht länger dulden. Wir können nicht zulassen, dass die Mitarbeiter hier von ihrer Arbeit abgelenkt werden. Unser Projekt ist in Gefahr.«

»Er ist schon fertig«, verkündete Hochhut.

Sie strahlte, als sei es ihre eigene Leistung, die sie präsentierte. Eisenberg sah Wissmann über die Schulter. Eine Liste von Namenspaaren und Ziffern dahinter scrollte über den Bildschirm. Hagen beugte sich vor.

»Das ... das ist in der Tat erstaunlich«, sagte er nach einer Weile.

»Was bedeutet das?«, fragte Eisenberg.

»Wenn ich es richtig interpretiere, dann sind die Namen hier links jeweils Spieler. Die Zahl in der zweiten Spalte gibt vermutlich an, wie viele Dialoge sie insgesamt geführt haben, die dritte, mit wie vielen anderen Spielern sie Kontakt hatten. Die vierte Spalte könnte angeben, zu wie vielen der Vermissten der jeweilige Spieler Kontakt hatte.«

»Und gibt es jemanden, der zu allen Kontakt hatte?«

»Das müssen Sie Ihren Mitarbeiter fragen.«

Eisenberg legte die Hand auf Wissmanns Schulter.

»Was ist?«

»Haben Sie etwas herausgefunden? Ich meine, haben Sie jemanden gefunden, der zu allen Vermissten Kontakt hatte?«

»Sie sehen doch, dass das Programm noch arbeitet!«

Sie sahen eine Weile zu, wie Zeilen über den Bildschirm rollten. Dann endete das Programm mit der Ausgabe »2479 datasets found«.

»Was bedeutet das?«

Wissmann schnaubte ungeduldig.

»Das ist die Gesamtzahl der Einträge in der Liste. Das sieht man doch.«

»Ja, aber was bedeutet die Zahl?«

»Sie bedeutet, dass mein Programm 2479 Datensätze gefunden hat, auf die die Suchkriterien passen.«

Eisenberg bemühte sich um Geduld. Schließlich hatte Wissmann gerade Erstaunliches geleistet.

»Und was für Suchkriterien waren das?«

»Spieler, die mit einem oder mehreren der fünf Zielpersonen Kontakt hatten.«

»Und gibt es jemanden, der mit allen Kontakt hatte?«

Wissmann klickte ein paarmal. Die Liste wurde neu angezeigt, diesmal sortiert nach dem Wert in der vierten Spalte in absteigender Reihenfolge.

Es gab nur zwei Spieler mit dem Wert 5. Der Spielername des ersten lautete Grob Kradonkh. Der Name des zweiten Don Tufuck Withme.

Eisenberg erstarrte. War das zu fassen? Er war in seinem ganzen Leben noch nie so hinters Licht geführt worden!

»Was ist? Was haben Sie?«, fragte Hochhut.

»Danke für Ihre Unterstützung«, sagte Eisenberg nur. »Wir wissen jetzt, was wir wissen wollten.«

»Aber Sie benötigen doch die Klarnamen der Spieler.«

»Das ist nicht nötig. Kommen Sie, Herr Wissmann. Auch Ihnen noch einmal vielen Dank für die Unterstützung, Herr Hagen. Herr Wissmann, ich sagte, kommen Sie! Jetzt!«

Beifall erhob sich, als sie durch den Mittelgang zum Ausgang schritten. Wissmann sah sich verwirrt um, als suche er nach dem Grund für die Aufregung.

Eine halbe Stunde später betraten Sie das Büro. Varnholt saß mit Unschuldsmiene vor dem Rechner. Er zog eine Augenbraue hoch, als er Eisenbergs Gesichtsausdruck sah.

»Ich möchte Sie sprechen, Herr Varnholt. Unter vier Augen. Sofort.«

»Was ist los? Ist was passiert?«

»Kommen Sie mit!«

Eisenberg verspürte den Drang, den Dicken am Ohr zu packen und hinter sich her zu ziehen wie einen ungezogenen Schuljungen.

»Was ist passiert?«, fragte Varnholt, als er die Tür des Konferenzraums hinter sich schloss.

»Ich kann verstehen, dass Sie mich loswerden wollen, Herr Varnholt. Aber mich auf eine derart perfide Art hereinzulegen, dafür habe ich kein bisschen Verständnis! Ich werde mit allen personalrechtlichen und strafrechtlichen Mitteln gegen Sie vorgehen. Sie haben sich mindestens des Missbrauchs von Amtsgewalt, der arglistigen

Täuschung und der Behinderung von Strafverfolgungsbehörden schuldig gemacht!«

»Ich nehme an, es gibt einen Grund für diese absurden Anschuldigungen«, sagte Varnholt ruhig.

Der Hacker besaß auch noch die Unverfrorenheit, Eisenberg ins Gesicht zu lügen!

»Also schön, ich verrate Ihnen, was ich weiß. Sie sind mit Ihren bisherigen Gruppenleitern bestimmt nicht zimperlich umgegangen. Lange hat es ja keiner hier ausgehalten. Aber bei mir haben Sie gemerkt, dass ich nicht so einfach zu vergraulen bin. Also haben Sie beschlossen, mich vor meinen Kollegen und der Führung des LKA lächerlich zu machen. Sie haben dafür gesorgt, dass mein früherer Chef von unseren Ermittlungen gegen den Mädchenhändlerring erfährt, sodass er unsere Beteiligung hier unterbinden kann. Dann haben Sie mich – genau zum richtigen Zeitpunkt – auf diese angeblichen Vermisstenfälle aufmerksam gemacht. Sie haben sich eine clevere Geschichte dazu überlegt. Besonders raffiniert war es, dass Sie uns Ihre Freundin Mina Hinrichsen als Zeugin präsentiert haben. Sogar Dr. Morani ist auf sie reingefallen. Ich habe sie wohl überschätzt oder, wahrscheinlicher, Ihre Cleverness unterschätzt. Was ist Hinrichsen? Eine Profischauspielerin? Wie auch immer, Sie haben ein Phantom konstruiert, dem ich blind hinterhergejagt bin wie ein Hund hinter einem Ball! Ich hoffe, Sie hatten Ihren Spaß! Denn jetzt bin ich an der Reihe.«

Varnholt war kreidebleich geworden. Doch offenbar nicht vor Schreck, sondern vor Wut.

»Merken Sie eigentlich, was für einen Scheiß Sie da reden, Herr Hauptkommissar? Was soll ich gemacht haben? Vier Menschen entführt? Bevor Sie überhaupt hier waren? Nur, um Sie loszuwerden?«

»Natürlich haben Sie niemanden entführt. Wozu auch? Sie brauchten ja bloß die Vermisstenfälle zu durchsuchen und vier Menschen zu finden, die verschwunden waren und Ihr komisches Spiel gespielt hatten. Ihre Freundin Mina hat dann einen Zusammenhang konstruiert, und Sie haben mir die Story untergejubelt. Ich muss zugeben, ich hätte nicht gedacht, dass es jemand schafft, mich derart zu verladen!«

»Und die rätselhaften Dialoge?«

»Ich muss Ihnen ja wohl nicht erklären, dass man die Datenbank mit den Spielerdialogen manipulieren kann. ›Welt am Draht!‹ Was für ein Schwachsinn! Und was für eine brillante Falle! Wenn ich dumm genug gewesen wäre, diesen Zusammenhang mit Herrn Kayser zu besprechen, hätte ich mich für alle Zeiten zum Vollidioten gemacht! Sie würden sich wunderbar mit meinem früheren Chef verstehen!«

»Jetzt reicht's mir aber«, polterte Varnholt los. »Ich hatte Sie wirklich für einen guten Polizisten gehalten, Herr Hauptkommissar. Ehrlich gesagt den ersten, dem ich in dieser Behörde begegnet bin, vielleicht mit Ausnahme von Kayser. Aber das hier ist wirklich das Bescheuertste, das ich je gehört habe. Haben Sie irgendeinen Beweis für Ihre Theorie?«

»Den habe ich in der Tat. Sim Wissmann hat ihn geliefert. Und Sie haben das geahnt. Deshalb haben Sie versucht, mich daran zu hindern, mit ihm noch einmal zu Snowdrift zu fahren. Sie hatten Sorge, dass Ihr kleines Spielchen auffliegt – zu recht!«

»Ich habe überhaupt nicht versucht, Sie an irgendetwas zu hindern. Ich hatte lediglich keine Lust, dabei zu sein. Und was hat unser Superhirn denn nun herausgefunden?«

Eisenberg schnaubte ungeduldig. Varnholt reagierte

nicht so, wie er es erwartet hatte. Keine Rechtfertigungsversuche, keine Ausflüchte, kein Anzeichen von Schuldbewusstsein. Der Mann war abgebrühter als ein Serienkrimineller.

»Es gab genau zwei Spieler, die zu allen fünf verschwundenen Personen Kontakt hatten. Einer davon waren Sie. Don Tufuck wasimmer.«

»Und der andere?«

»Jetzt versuchen Sie doch nicht, mich für blöd zu verkaufen! Wollen Sie etwa behaupten, es sei reiner Zufall, dass Sie als einer von nur zwei unter Millionen Spielern Kontakt zu allen fünf hatten?«

Varnholt antwortete nicht. Er schloss die Augen, als denke er angestrengt nach. Wahrscheinlich fielen ihm keine weiteren Argumente mehr ein.

Gerade, als Eisenberg das Gespräch beenden wollte, schlug er die Augen wieder auf. »Der andere Spieler war Grob, nicht wahr?«, fragte er. »Grob Kradonkh.«

»Kann sein«, gab Eisenberg irritiert zurück. »Was spielt das für eine Rolle?«

»Wie viele Kontakte zu anderen Spielern hatte ich insgesamt? Hat Sim das auch ausgewertet?« Varnholts Stimme war ruhig, so als berührten ihn Eisenbergs Anschuldigungen überhaupt nicht.

»Ja, hat er. Aber ich weiß die Zahl nicht mehr.«

»Dann fragen wir ihn. Kommen Sie.«

Ohne eine Antwort abzuwarten, verließ Varnholt den Besprechungsraum. Eisenberg folgte ihm verwirrt. Irgendwie verlief dieses Gespräch ganz anders, als er es erwartet hatte.

»Viertausendeinhundertneunzehn«, sagte Wissmann auf Varnholts Frage nach der Anzahl seiner Kontakte in *World of Wizardry*.

»Und Grob?«

»Grob Kradonkh hatte fünfzehntausendsiebenhundertsechsundsechzig Kontakte. Übrigens ein dämlicher Name. Genau wie Don Tufuck Withme.«

»Danke für die Informationen. Deine Meinung will niemand wissen.«

»Gern geschehen.«

»Grob ist Ihr Mann«, sagte Varnholt zu Eisenberg. »Ihn sollten Sie befragen. Obwohl ich stark bezweifle, dass er irgendwas mit dem Verschwinden der fünf zu tun hat.«

Eisenberg musterte Varnholt. Er fühlte sich plötzlich viel zu alt für diesen Job. Dieser ganze Technikkram überstieg definitiv sein Begriffsvermögen.

»Wollen Sie immer noch behaupten, dass Sie nur zufällig an der Spitze der Liste standen?«

»Nein, nicht zufällig.«

»Also geben Sie zu, dass Sie den Zusammenhang zwischen den Vermisstenfällen konstruiert haben?«

»Herr Hauptkommissar, Sie verstehen nicht, worum es hier geht. Deshalb nehme ich Ihnen Ihre Anschuldigungen nicht übel, obwohl ich mich über eine Entschuldigung freuen würde. Also für Laien: Man kann nicht mal eben eine Datenbank manipulieren, sodass es so aussieht, als hätten die Spieler zu bestimmten Zeiten bestimmte Sachen gesagt. Überlegen Sie, was ich dazu hätte tun müssen: Ich hätte zum Beispiel die Spieleridentitäten der vier Vermissten kennen und wissen müssen, wann sie zuletzt online waren, um dann genau die letzten Worte zu manipulieren. Und nehmen wir mal an, ich hätte das gewollt und gekonnt: Warum hätte ich es denn dann so aussehen lassen sollen, dass ich zu allen von ihnen Kontakt hatte? Um eine Spur zu mir selbst zu legen?«

»Sie konnten nicht damit rechnen, dass Herr Wissmann diesen Zusammenhang aufdecken würde«, sagte Eisenberg lahm.

»Richtig, das konnte ich nicht wissen. Aber entweder hatte ich zu diesen Leuten tatsächlich Kontakt und zwar, bevor sie verschwanden. Dann kann es logischerweise nur Zufall gewesen sein, es sei denn, ich hätte sie tatsächlich beseitigt. Oder aber ich hatte keinen Kontakt zu ihnen, dann hätte ich diesen im Nachhinein simulieren müssen. Aber was hätte das für einen Sinn ergeben?«

Eisenberg kam sich vor wie ein Vollidiot. Varnholts Logik war kaum zu widerlegen. Er hatte sich von dem offensichtlichen Zusammenhang, dass sein eigener Mitarbeiter ganz oben auf Wissmanns Liste stand, in die Irre führen lassen. Die Schlussfolgerung, dass er hinter den mysteriösen Zusammenhängen steckte, war so verführerisch, so nahe liegend gewesen, dass er nicht gründlich nachgedacht hatte. So ein Anfängerfehler passierte ihm nicht oft.

Der Gedanke durchzuckte ihn, dass es vielleicht nicht Varnholt, sondern Wissmann gewesen war, der ihn hereingelegt hatte. Doch dem war eine solche Gemeinheit kaum zuzutrauen.

»Ich komme mir vor wie ein Vollidiot«, sagte er.

Varnholt grinste.

»Das Gefühl kenne ich.«

»Sie sagten gerade, es sei kein Zufall, dass Sie die fünf kannten. Wieso?«

»Ich habe Ihnen doch erzählt, was ich in *World of Wizardry* mache. Ich bin so eine Art Hilfssheriff. Ich kenne eine Menge Leute. Und bevor Sie fragen: Grob Kradonkh ist der Wirt des *Freundlichen Ogers*, einer bekannten Taverne, in der sich besonders deutsche Spieler treffen.«

»Aber es gibt doch Millionen Spieler in Deutschland. Ich bin kein Statistiker, aber es scheint mir unwahrscheinlich, dass Sie alle nur zufällig getroffen haben.«

»Die Wahrscheinlichkeit, dass jemand mit viertausendeinhundertneunzehn Kontakten fünf zufällig ausgewählte Personen aus einer Grundgesamtheit von sieben Millionen zweihundertdreiundzwanzigtausendeinhundertsechzehn Spielern kennt, beträgt eins zu 16 583 033 866 530 409«, warf Wissmann ungefragt ein. »Dabei habe ich ausschließlich deutsche Spieler unterstellt.«

»Wie immer ist Sim gut im Rechnen, aber schlecht im Interpretieren dessen, was er ausgerechnet hat«, behauptete Varnholt. Er ignorierte Wissmanns indigniertes Schnauben. »Die Kontakte in einem Computerspiel sind nicht zufällig verteilt. In *World of Wizardry* gibt es verschiedene Server mit jeweils eigenen Spielwelten. In jeder Welt gibt es Kontinente, Regionen, Städte und Dörfer. Die meisten Spieler halten sich überwiegend in einer bestimmten Region auf. Stellen Sie sich das so ähnlich vor wie in der Realität: Die Wahrscheinlichkeit, dass Sie fünf zufällig ausgewählten Erdenbürgern schon einmal begegnet sind, ist gleich Null. Die Chance, dass Sie fünf Leute zufällig kennen, die in Ihrem Stadtteil wohnen, ist schon wesentlich größer. Die Wahrscheinlichkeit, dass Sie fünf zufällige Besucher Ihrer Lieblingskneipe kennen, ist ziemlich groß.«

»Also gehörten die fünf Vermissten zu einem Kreis von Leuten, die sich in dieser Taverne trafen. Wie hieß die noch gleich?«

»Zum Freundlichen Oger.«

»Warum bitte sollte man in einem Computerspiel in eine Kneipe gehen? Schließlich kann man dort kein Bier trinken, oder?«

»Doch, man kann. Natürlich nicht richtig. Aber Bier und Schnaps haben tatsächlich eine gewisse Wirkung auf die Spielfiguren – sie steigern zum Beispiel die Körperkraft, schwächen aber Reflexe und die Fähigkeit, komplexe Zaubersprüche anzuwenden.«

»Wie im richtigen Leben«, kommentierte Eisenberg.

»Genau. Aber Tavernen haben in *Goraya* noch eine andere Funktion. Sie sind Umschlagplatz für Geschichten und Ausgangspunkt für viele gildenübergreifende Raids.«

»Halten Sie es für möglich, dass sich die fünf – oder besser die vier, denn Frau Hinrichsen kannte ja nur einen von ihnen – auf so einem Raid kennengelernt haben?«

»Dann müsste Sims Programm ja gezeigt haben, dass sie sich untereinander kannten.«

»Herr Wissmann, kannten sich die Zielpersonen untereinander?«

»Thomas Gehlert alias ShirKhan hatte Kontakt zu Mina Hinrichsen alias Gothicflower. Und umgekehrt natürlich. Die anderen hatten zu keiner der übrigen Zielpersonen Kontakt.«

»Und das, obwohl sie alle in derselben Kneipe waren?«

»Bedenken Sie, dass Grob und ich dieses Spiel schon sehr lange spielen«, warf Varnholt ein. »Ich bin schon Hunderte Male dort gewesen, Grob ist permanent dort, er ist schließlich der Wirt. Die Vermissten waren vielleicht Newbies mit nur relativ wenigen Kontakten.«

»Erinnern Sie sich vielleicht an einen Kontakt mit einem der Vermissten?«

»Nein. Wie Sim schon sagte, habe ich Tausende Begegnungen in *Goraya* gehabt. Außer an Mina, die mich ja gezielt angesprochen hat, erinnere ich mich an niemanden. Wir könnten zu Snowdrift fahren und uns die Szenen vorspielen lassen, in denen ich den Vermissten begegnet bin.

Aber ich bezweifle, dass wir dabei irgendetwas Interessantes erfahren.«

»Ist es denkbar, dass die vier die Theorie einer simulierten Welt in der Taverne aufgeschnappt haben?«

»Ja, denkbar ist das durchaus. Aber da sie ja keinen direkten Kontakt zueinander hatten, müssen sie unabhängig voneinander davon gehört haben.«

»Und der Einzige, zu dem alle fünf Kontakt hatten, ist der Wirt. Ich denke, Sie haben recht: Wir sollten mit ihm sprechen. Sie wissen nicht zufällig, wer sich in der Realität hinter dieser Spielfigur verbirgt?«

»Nein. Grob und ich kennen uns schon lange, aber es ist verpönt, jemanden nach seiner wahren Identität zu fragen. Eigentlich ist es sogar schlechter Stil, im Spiel überhaupt über das reale Leben zu reden. Anderseits brauchen wir ja nur die Leute von Snowdrift zu fragen. Die können uns sicher sagen, wer sich hinter Grob verbirgt.«

Eisenberg nickte.

»Noch etwas, Herr Varnholt.«

»Ja?«

»Ich entschuldige mich in aller Form für meine absurden und dummen Unterstellungen Ihnen gegenüber.«

Varnholt grinste.

»Entschuldigung angenommen.«

33.

Du sitzt auf dem Stuhl und starrst die verschlossene Tür an. Patt. Du hast ihr vertraut. Das war ein Fehler, natürlich. Immerhin, du weißt jetzt, dass sie keine Admin ist. Eine Admin hätte die Kombination gewusst und dich einfach hier unten verschimmeln lassen.

Andererseits könnte das natürlich gerade der Trick sein. Vielleicht will sie sich so dein Vertrauen erschleichen. Du schüttelst den Kopf, versuchst, klar zu denken. Du musst etwas tun. Stehst auf, legst das Ohr an die Tür. Hörst sie schluchzen. Das hat sie sich selbst zuzuschreiben.

»Mina?«

Keine Antwort.

»Mina, hör zu. Du musst keine Angst vor mir haben. Öffne die Tür, und alles wird gut!«

Du hörst ihre Schritte auf der Treppe. Sie steht jetzt direkt hinter der Tür.

»Sag mir die Kombination, dann lasse ich dich raus!«

»Glaubst du, ich bin blöd?«

»Glaubst du, *ich* bin blöd? Wenn ich die Tür öffne, sperrst du mich wieder ein.«

»Tut mir leid, Mina. Ich weiß, du denkst, ich bin verrückt oder so was. Aber das bin ich nicht. Glaub mir, was ich tue, ist nur zu deinem Besten!«

Sie lacht trocken.

»Es ist also zu meinem Besten, in einem stinkenden Keller eingesperrt zu sein, ja?«

»Ich hatte gedacht, du verstehst es.«

»Ich verstehe was?«

»Wir sind nicht wirklich in einem Keller. Wir beide liegen in einer Art Tank. Möglicherweise sind wir Hunderte Kilometer voneinander entfernt. Wir sind nur hier, in der virtuellen Welt, am selben Ort.«

»Selbst wenn, ich will hier raus. Sag mir die Kombination, dann kannst du gerne weiter gegen die Admins kämpfen.«

»So geht das nicht. Sobald du frei bist, wirst du zur Polizei gehen. Dann sperren sie mich ein. Vermutlich werde ich für unzurechnungsfähig erklärt. Niemand wird mir mehr zuhören. Dann haben sie erreicht, was sie wollen.«

»Und was wollen sie?«

»Sie wollen das Experiment ungestört fortsetzen. Deshalb versuchen sie, Zweifler ruhigzustellen.«

»Und was willst du dagegen machen?«

»Ich will das Experiment stören. So lange, bis es droht, komplett aus dem Ruder zu laufen.«

»Und dann? Willst du etwa, dass sie die Simulation abschalten? Dass wir alle einfach aufhören zu existieren?«

Deine Hand gleitet unwillkürlich an den Hals, wie um dich zu vergewissern. Aber natürlich spürst du nichts.

»Wir werden nicht aufhören zu existieren. Wir werden aufwachen!«

»Und wenn nicht?«

»Ich weiß es. Ich kann es fühlen.«

»Warum wachst du dann nicht einfach auf und kletterst aus deinem Sarg?«

»Das kann ich nicht. Nur sie können mich wecken. Wenn sie die Simulation nicht einfach abschalten wollen, müssen sie die Störungen eliminieren. Ich bin so eine Störung.«

»Und die anderen? Waren das auch Störungen?«

»In gewisser Weise, ja.«

»Aber wenn sie die geweckt haben, warum nicht dich?«

»Sie haben sie nicht geweckt.«

»Nicht? Ich ... ich dachte, sie wären gelöscht worden ...«

Du schluckst.

»Ich habe sie geweckt.«

Eine Weile schweigt sie.

»Du ... du hast sie umgebracht?«

»Nicht in Wirklichkeit.«

»O Gott!«

»Mina, ich ...«

Sie sagt nichts mehr. All deine Versuche, sie mit Worten zu überzeugen, laufen ins Leere. Du hast einfach kein Talent für den Umgang mit Frauen. Es war ein Fehler, sie herzubringen. Du hättest sie eliminieren sollen wie die anderen. Dann wäre wenigstens sie jetzt frei.

Wenn du dir nur sicher sein könntest, dass sie wirklich aufgewacht sind!

Selbstzweifel bringen dich nicht weiter. Was geschehen ist, ist geschehen. Du musst handeln. Die Tür ist verschlossen, aber du hast schließlich eine Pistole. Du holst sie hervor, richtest sie mit ausgestreckten Armen auf das Schloss und drückst ab. Es gibt einen ohrenbetäubenden Knall. Heißer Schmerz durchzuckt dich. Du schreist auf. Ein Metallsplitter hat deinen Handrücken aufgeschlitzt. Ein anderer steckt in deinem Oberschenkel. Ein Teil des Türblatts ist abgeplatzt. Es riecht angesengt. Die Kugel ist abgeprallt und hat einen Krater in den spröden Beton an der rechten Wand gerissen, dicht neben dem Stuhl, auf dem du eben noch gesessen hast. Du kannst von Glück sagen, dass du nicht mehr abbekommen hast. Das Türschloss ist verbeult, lässt sich aber immer noch nicht öffnen.

»Was ... machst du?«

Du ignorierst sie. Vorsichtig ziehst du ein dreieckiges Stück Metall aus deinem Oberschenkel. Es blutet nicht allzu schlimm. Du verbindest die Wunde, wie du es gelernt hast. Dann kümmerst du dich um den Kratzer auf dem Handrücken. Alles in allem keine ernsten Verletzungen, aber noch einmal mit der Pistole auf die Tür zu schießen, ist definitiv eine schlechte Idee.

Du siehst dich um. Papa hat hier unten immer einen Werkzeugkasten gehabt, aber den hast du natürlich entfernt, bevor du Mina hierher brachtest. Nichts scheint geeignet als Werkzeug, eine Tür aufzuhebeln. Dein Taschenmesser fällt dir ein. Eine Weile bearbeitest du damit das verbeulte Schloss. Doch alles, was du erreichst, ist eine abgebrochene Klinge.

Schließlich kommst du auf eine Idee. Du drehst den alten Holztisch um und ruckelst so lange an einem der Beine, bis du es abbrechen kannst. Du benutzt es als Hammer und den Schraubendreher an deinem Taschenmesser als eine Art Meißel. Methodisch bearbeitest du das angeschlagene Schloss. Schließlich lockert es sich.

Als du es beinahe geschafft hast, springt die Tür plötzlich mit einem Knall auf und schlägt dir ins Gesicht. Bunte Lichter tanzen vor deinen Augen. Du taumelst zurück. Mina stürmt ins Zimmer. Sie will sich auf dich stürzen, doch es gelingt dir, rechtzeitig die Pistole hochzureißen. Sie erschrickt und weicht zurück.

»Bitte ... bitte tu mir nichts!«, fleht sie.

Schon besser. Du stehst auf, beobachtest sie wie ein gefährliches, sprungbereites Raubtier. Einen Moment überlegst du, was du machen sollst. Schließlich triffst du eine Entscheidung. Du ziehst einen Stuhl in die Mitte des Raums, sodass die Lehne zur Tür zeigt. Du trittst einen Schritt zurück und deutest mit der Pistole auf den Stuhl.

»Setz dich!«

Sie gehorcht.

Du nimmst eine Dose Wundpuder mit längst abgelaufenem Verfallsdatum aus dem Verbandskasten und streust es in einem weiten Bereich um den Stuhl, bis die Dose leer ist. Der Boden ist jetzt in einem Umkreis von zwei Metern mit feinem weißem Pulver bedeckt. Sie sieht dich fragend an, sagt aber nichts.

»Ich werde jetzt nach oben gehen. Du bleibst hier sitzen. Wenn du dich auch nur nach mir umdrehst, erschieße ich dich. Sehe ich Fußspuren im Puder, wenn ich zurückkomme, erschieße ich dich auch. Hast du das verstanden?«

Sie nickt. Tränen rinnen über ihre Wangen. Sie tut dir leid. Doch Mitleid kannst du dir nicht leisten. Du gehst nach oben. Auf der Treppe bleibst du stehen und lauschst. Durch die angelehnte Tür mit dem zerstörten Schloss hörst du ihr Schluchzen. Du stellst die Kombination ein und öffnest die obere Tür. Was du brauchst, findest du im Küchenschrank unter der Spüle. Rasch gehst du wieder nach unten. Sie sitzt immer noch da, den Rücken dir zugewandt. Braves Mädchen.

»Hab keine Angst«, sagst du.

Dann presst du ihr den Lappen mit Chloroform vors Gesicht.

Ein erstickter Schrei, ein kurzes Aufbäumen und sie sackt auf dem Stuhl zusammen. Du unterdrückst einen Anflug von Bedauern. Wer sich mit den Göttern anlegt, muss stark sein.

34.

Eisenberg klingelte an der Tür eines schmucken Einfamilienhauses im Hamburger Stadtteil Marienthal. Nach einer Minute öffnete eine attraktive Frau in den Vierzigern mit halblangem blondem Haar.

»Ja bitte?«

Er zeigte ihr seinen Dienstausweis.

»Mein Name ist Hauptkommissar Eisenberg vom Berliner Landeskriminalamt. Das hier sind meine Kollegen Varnholt und Dr. Morani. Wir möchten gern Herrn Ole Karlsberg sprechen.«

»Ist etwas passiert?«

»Nein. Wir benötigen nur seine Zeugenaussage.«

Neugier blitzte in den Augen der Frau auf.

»Eine Zeugenaussage? Worum geht es denn?«

»Das würden wir gern mit ihm selbst besprechen.«

Sie wirkte enttäuscht.

»Kommen Sie bitte herein.«

Sie führte ihren unangemeldeten Besuch in ein großzügiges Wohnzimmer, das mit seinen Bücherregalen ringsum einer Bibliothek glich.

»Bitte, nehmen Sie Platz. Ich hole meinen Mann.«

Sie verschwand und kehrte kurz darauf mit einem etwa gleichaltrigen Mann zurück, dessen markantestes Merkmal eine etwas zu groß geratene Nase war. Er hatte einen angenehmen Händedruck.

»Meine Frau sagt, Sie sind von der Polizei? Wie spannend!«

Eisenberg stellte sich und seine Kollegen vor.

»Und Sie sind extra aus Berlin hergekommen, um mit mir zu sprechen?«, fragte Karlsberg. »Hätte da nicht ein Telefonat gereicht? Oder bin ich etwa verdächtig?«

»Bisher sind Sie nur ein Zeuge«, sagte Eisenberg. »Ist es richtig, dass Sie häufig das Spiel *World of Wizardry* spielen?«

»Ja. Woher wissen Sie das?«

»Wir haben mit Snowdrift gesprochen«, schaltete sich Varnholt ein. »Die haben uns gesagt, dass Sie Grob Kradonkh sind.«

»Ja, aber ich verstehe nicht, warum das für die Polizei interessant sein könnte.«

Seine Frau kam mit einem Tablett und verteilte Tassen, Gläser, eine Kanne Kaffee und eine Flasche Mineralwasser auf dem Couchtisch.

»Bitte bedienen Sie sich selbst.«

»Fünf Menschen sind in den letzten Wochen spurlos verschwunden«, erklärte Eisenberg, nachdem sie gegangen war. »Sie alle haben *World of Wizardry* gespielt. Wir haben Grund zu der Annahme, dass ihr Verschwinden irgendwie mit dem Spiel zusammenhängt. Deshalb haben wir analysiert, zu wem die Vermissten in der Spielwelt Kontakt hatten. Es gibt nur zwei Personen, die mit allen fünf gesprochen haben. Eine davon sind Sie.«

»Das ist kein großes Wunder. Wie Sie augenscheinlich schon wissen, bin ich im Spiel ein Tavernenwirt. Ich treffe dort eine Menge Menschen.«

»Vielleicht erinnern Sie sich an die fünf«, warf Varnholt ein. »Eisenzahn, Filippaxa, Gwirmol, ShirKhan und Gothicflower.«

»Gothicflower? Sie ist auch verschwunden?«

»Sie kennen sie?«, fragte Eisenberg.

»Ja. Sie hat mich im *Freundlichen Oger* nach ShirKhan gefragt. Sie war es auch, die den Zusammenhang zu den anderen Verschwundenen hergestellt hat.«

»Also kannten Sie ShirKhan auch?«

»Flüchtig, ja.«

»Und die anderen?«

»An den Namen Filippaxa kann ich mich erinnern. Die anderen beiden sagen mir nichts. Aber wie gesagt, ich bin Kneipenwirt. Ich bin sicher schon Tausenden Spielern begegnet. Da kennt man natürlich nicht jeden persönlich.«

»Aber Sie wussten, dass es einen Zusammenhang zwischen dem Verschwinden der Spieler gibt?«

»Wissen ist zu viel gesagt. Aber alle Welt redet darüber. Es gibt die wildesten Verschwörungstheorien.«

»Zum Beispiel?«

»Zum Beispiel die, dass ein Wahnsinniger in der realen Welt Rache an anderen Spielern nimmt, die ihm irgendwie auf die virtuellen Füße getreten sind, wenn Sie verstehen, was ich meine.« Er runzelte die Stirn. »Jetzt verstehe ich. Ich könnte dieser Wahnsinnige sein, nicht wahr?«

»Sind Sie es?«, fragte Eisenberg. Manchmal spielten einem die Verdächtigen eine solche Vorlage unbewusst zu. Manche Täter sehnten sich geradezu danach, überführt zu werden. Doch Karlsberg lachte nur.

»Um Gottes willen, nein! Ich habe schon eine Menge Menschen umgebracht, aber nur mit Worten. Ich bin Schriftsteller, wie Sie sicher schon wissen.«

»Darf ich fragen, warum Sie so viel Zeit in einem Computerspiel verbringen? Noch dazu als Tavernenwirt?«

»Liegt das nicht auf der Hand? Ich schreibe eine Romanserie, die in *Goraya* spielt. Da muss ich natürlich wissen, was dort tatsächlich passiert. Und welcher Ort wäre besser geeignet, um Neuigkeiten, Klatsch und Tratsch auszutauschen, als eine Kneipe? Sie glauben ja gar nicht, wie viele Ideen ich dort schon aufgeschnappt und später in meinen Romanen verarbeitet habe. Fast alle meine Leser sind auch Spieler, und sie bescheinigen mir immer wieder, dass meine Geschichten sehr authentisch seien.« Er überlegte einen Moment. »Sie sagten vorhin, ich sei einer von zwei Spielern, die zu allen Verschwundenen Kontakt hatten. Wer ist der andere?«

»Er heißt Don Tufuck Withme.«

»Der Don? Das wundert mich nicht. Der kennt ebenfalls eine Menge Leute. Aber dass er was mit dem Verschwinden zu tun haben könnte, kann ich mir eigentlich nicht vorstellen.«

»Warum nicht?«, hakte Eisenberg nach.

»Der Don ist ein Urgestein des Spiels, einer der ganz wenigen, die es auf Level 50 geschafft haben. Er muss verdammt viel Zeit in diesem Spiel verbracht haben. Wir beide kennen uns schon seit einigen Jahren. Er ist so eine Art barmherziger Samariter, der sich um die Armen und Schwachen kümmert. Wahrscheinlich verdrängt er irgendwelche Schuldkomplexe.«

Eisenberg unterdrückte ein Grinsen. Er hatte mit Varnholt auf der Hinfahrt ausgemacht, dass dieser seine Spieleridentität nicht preisgeben sollte.

»Würde das nicht gerade dafür sprechen, dass er etwas mit dem Verschwinden der Spieler zu tun hat?«

Karlsberg schüttelte den Kopf.

»Das war natürlich nur so dahingesagt. Wie kommen Sie überhaupt darauf, dass ihr Verschwinden zusammenhängt? Ich muss Ihnen ja wohl nicht erklären, dass Verschwörungstheorien im Internet keine verlässliche Informationsquelle sind. Und *World of Wizardry* hat allein in Deutschland mehrere Millionen Anhänger.«

»Alle fünf Vermissten haben kurz vor ihrem Verschwinden über ein Buch gesprochen beziehungsweise über einen Film, der auf diesem Buch basiert. *Simulacron-3* von Daniel F. Galouye. Sagt Ihnen das was?«

Eisenberg beobachtete genau Karlsbergs Reaktion. Doch wenn dieser von der Aussage überrascht war, ließ er sich nichts anmerken.

»Natürlich kenne ich es. Ein Klassiker der Science-Fiction. Vorlage für Filme wie *Welt am Draht*, *The Thirteenth Floor* und die *Matrix*-Trilogie.«

»Haben Sie es gelesen?«

»Ja, vor langer Zeit.«

»Es scheint, als hätten die Vermissten die Vorgänge, die in dem Buch beschrieben werden, für real gehalten.«

»Sie meinen, dass die Welt nur eine Computersimulation ist? Ein interessanter Gedanke. Und nicht so abwegig, wie es klingt.«

»Sie halten das für möglich?«

»Halte ich es für möglich, dass unsere Welt künstlich ist? Ehrlich gesagt halte ich es sogar für wahrscheinlich. Aber darin unterscheide ich mich im Grunde nicht von Milliarden Christen, Juden, Moslems, Hindus und Anhängern der Naturreligionen. Die paar Wissenschaftler, die glauben, dass das Universum rein zufällig entstanden ist, sind eine verschwindend geringe Minderheit.«

»Die Vermissten haben offenbar nicht an einen Schöpfergott geglaubt, sondern daran, dass die Welt von Menschen in einer anderen Realitätsebene in einem Computer simuliert wird.«

»Wo ist da schon der große Unterschied? Früher konnte man sich eben computersimulierte Welten noch nicht vorstellen. Da musste Gott noch selbst Hand anlegen. Heutzutage hat die Technikgläubigkeit vieler Menschen durchaus etwas Religiöses. Warum also nicht an den Großen Simulator glauben?«

»Sie sagten, Sie hielten dieses Szenario sogar für wahrscheinlich. Inwiefern?«

»Wenn Sie sich näher mit den Eigenschaften unseres Universums beschäftigen, dann fallen schon ein paar Dinge auf. Beispielsweise sind alle wesentlichen Naturkonstanten exakt so beschaffen, dass überhaupt Leben entstehen kann. Schon eine winzige Abweichung von den tatsächlichen Werten, und unser Universum wäre öde und leer.«

»Und daraus schließen Sie, dass das Universum künstlich ist?«

»Nein. Es gibt andere Erklärungen dafür, vor allem das anthropische Prinzip. Vereinfacht gesagt lautet es: Wir können nur ein Universum beobachten, in dem wir existieren können, also können wir aus der Tatsache, dass es uns gibt, nichts über die Wahrscheinlichkeit und die Ursprünge des Universums schließen.«

»Aber wenn das Universum künstlich wäre, müssten dann die Physiker nicht irgendwo Grenzen erkennen oder Ungereimtheiten?«

»Schon möglich. Sagen wir mal so: Unter bestimmten Umständen könnten wir jedenfalls mit Sicherheit sagen, dass wir *nicht* in einem künstlichen Universum leben.«

»Unter welchen?«

»Eine Simulation braucht Rechenleistung. Je größer und komplexer sie ist, umso mehr. Ein unendlich großes Universum bräuchte unendliche Rechenleistung, und die kann es nicht geben. Also kann ein simuliertes Universum nicht unendlich sein. Dasselbe gilt für Gleichzeitigkeit. Wenn sich alle Dinge gegenseitig beeinflussen, ohne dass man Ursache und Wirkung noch klar auseinanderhalten kann, dann ist es nicht mehr möglich, das in einem mathematischen Modell abzubilden. Deshalb muss es in einer Simulation eine Obergrenze für die Geschwindigkeit geben, mit der Kräfte, Informationen und so weiter von einem Simulationsobjekt auf das andere übertragen werden. Ein weiterer Faktor ist die Auflösung. Sie kennen das von Computerspielen: Der Monitor stellt nur eine begrenzte Auflösung dar. Wäre sie unendlich, würde der Computer ewig brauchen, um auch nur ein Bild zu berechnen.«

»Und was heißt das?«

»Der Schöpfer eines Universums muss drei Dinge tun: Er muss eine räumliche Begrenzung schaffen, er muss dafür sorgen, dass sich Wirkungen nicht unendlich schnell ausbreiten, und er muss die Auflösung begrenzen, das Universum also quasi pixeln. Und genau das ist in unserem Universum tatsächlich der Fall: Das beobachtbare Weltall ist endlich. Die Lichtgeschwindigkeit definiert, wie schnell sich Informationen und Kräfte höchstens ausbreiten können. Und durch das Plancksche Wirkungsquantum, einer Grundlage der Quantentheorie, ist auch die Auflösung des Universums begrenzt. Wir leben quasi in einer Pixelwelt. Sogar die Zeit verläuft in winzigen Sprüngen, wie die Taktung eines gigantischen Mikroprozessors.« Der Schriftsteller schien jetzt erst richtig in Fahrt zu kommen. »Und es kommt noch besser: Ein Universum, das natürlich ist, braucht konsistente Naturgesetze – eine Simulation nicht. In einer künstlichen Welt können sich die Dinge im Kleinen anders verhalten als im Großen, einfach, weil die Schöpfer das aus Gründen der Einfachheit so programmiert haben. Seit hundert Jahren versuchen die Physiker nun schon, die Quantenmechanik, die das Verhalten im Kleinsten beschreibt, mit Einsteins Relativitätstheorie, die Zusammenhänge im Großen erklärt, zu vereinen. Bisher ohne Erfolg. Wenn wir in einer Simulation leben, können sie sich den Versuch sparen. Ein weiteres Indiz, wenn auch ein schwächeres, ist Fermis Paradoxon.«

»Was für ein Paradoxon?«

»Enrico Fermi war ein Physiker. Er hat unter anderem den ersten Atomreaktor entworfen. Und war berühmt für seine Abschätzungen von physikalischen Größen quasi auf einem Bierdeckel. Einmal hat er ausgerechnet, dass wir eigentlich schon längst Aliens hätten begegnen müssen.«

»Ist das nicht eher unwahrscheinlich, so groß, wie das Weltall ist?«

»Das Universum ist zwar groß, aber auch schon ziemlich alt. Es ist nach dem, was wir heute über das Weltall und die Entstehung von Leben wissen, äußerst unwahrscheinlich, dass wir die ersten intelligenten Lebewesen in unserer Galaxis sind. Es müsste da draußen Wesen geben, die uns technisch etliche Millionen Jahre voraus sind. Und selbst, wenn es ihnen niemals gelingen würde, überlichtschnelle Raumschiffe zu bauen, hätten sie die gesamte Galaxis leicht in der zur Verfügung stehenden Zeit kolonisieren können. Eigentlich hätten wir schon längst Spuren von ihnen sehen müssen. Sie müssten schon vor Langem hier auf der Erde gewesen sein.«

»Vielleicht waren sie das ja auch schon«, warf Varnholt ein. »Vielleicht sind sie immer noch da und wir sehen sie bloß nicht.«

»Denkbar, aber unwahrscheinlich. Wie auch immer, eine mögliche Erklärung ist, dass es sie nicht gibt – weil dieses Universum extra für uns geschaffen wurde. Das Simulieren einer zweiten Spezies wäre relativ aufwendig und für ein Experiment, bei dem es nur um Menschen geht, nicht nötig.«

»Aber warum ist das Universum dann so groß?« Varnholt schien von den Ausführungen des Schriftstellers fasziniert zu sein.

Karlsberg zuckte mit den Schultern.

»Wer weiß? Möglicherweise, um uns einzuschüchtern. Wir würden uns wahrscheinlich ein bisschen zu wichtig nehmen, wenn wir glaubten, das Universum wäre extra für uns gemacht. Aber vielleicht sind die ganzen Sterne und Galaxien da draußen auch bloß Dekoration. Etwas schlampig programmiert womöglich – das würde jedenfalls noch ein paar andere kosmische Rätsel erklären, wie etwa die Frage, warum Galaxien viel mehr Masse zu enthalten scheinen, als wir sehen können.«

»Also halten Sie das Universum tatsächlich für ein künstliches Gebilde?«, fragte Eisenberg.

»Das ist damit natürlich noch nicht gesagt. Aber der Gedanke drängt sich mir manchmal auf. Schließlich schaffe ich als Schriftsteller auch künstliche Universen. Wenn wir beispielsweise bloß Figuren in einem meiner Romane wären, würden wir das nicht merken.«

»Aber wir sitzen doch hier in Ihrem Wohnzimmer«, warf Morani ein. »Diese Tasse in meiner Hand ist doch wohl eindeutig real, oder?«

»Können wir das wirklich wissen? Letztlich ist das, was wir als Realität wahrnehmen, nur eine Interpretation unserer Sinneseindrücke durch unser Gehirn. Wenn ich ein Buch lese, dann entsteht die Welt, die der Autor beschrieben hat, ebenfalls als ein gedankliches Abbild. Dasselbe passiert, wenn Sie träumen. Hatten Sie schon mal einen

Traum, in dem sie fest davon überzeugt waren, wach zu sein? Die Realität ist nicht so objektiv, wie wir es uns einreden.«

»Ich glaube, wir sollten uns doch wieder auf die Fakten konzentrieren«, sagte Eisenberg, dem von der philosophischen Diskussion allmählich schwindlig wurde. »Haben Sie jemals in *World of Wizardry* mit anderen Spielern darüber gesprochen, dass die Welt künstlich sein könnte?«

»Sie meinen, die wirkliche Welt? Nicht, dass ich wüsste. Es ist verpönt, in *Goraya* über das reale Leben zu sprechen. SciFi-Themen sollte man lieber in den entsprechenden Foren diskutieren. Und als Wirt des *Freundlichen Ogers* habe ich natürlich eine besondere Rolle zu spielen. Warum sollte sich ein Halboger Gedanken über die Natur des Universums machen?«

»Waren Sie in den letzten Monaten irgendwann in Berlin, Herr Karlsberg?«

»Ja natürlich, mehrmals. Mein Verlag sitzt dort. Wenn Sie wollen, schaue ich im Kalender nach. Dann kann ich Ihnen genau sagen, wann das war.«

»Danke, das ist nicht nötig. Eine letzte Frage noch: Haben Sie irgendeine Erklärung dafür, warum fünf Menschen einfach so spurlos verschwinden, nachdem sie – offenbar unabhängig voneinander – auf den Gedanken gekommen sind, die Welt könne künstlich sein?«

Der Autor dachte einen Moment nach.

»Nein. Das heißt, jedenfalls keine, die Ihnen als Polizist etwas nützen würde.«

»Und welche andere Erklärung hätten Sie?«

»Als Science-Fiction-Autor würde ich sagen: Sie sind gelöscht worden, weil sie etwas herausgefunden haben, das sie nicht herausfinden sollten.«

»Aber müssten dann nicht auch wir gelöscht werden,

während wir hier sitzen und über dieselbe angebliche Wahrheit plaudern?« Eisenberg nahm aus dem Augenwinkel wahr, wie Morani zusammenzuckte.

»Wer weiß, vielleicht haben die fünf nicht bloß spekuliert, sondern etwas entdeckt, das ein tatsächlicher Beweis ist.«

»Was könnte das sein, theoretisch gesprochen?«

»Eine Anomalie. Etwas, das nach den uns bekannten Naturgesetzen nicht möglich ist. Wenn zum Beispiel jemand oder etwas vor den Augen von Zeugen spurlos verschwindet, sich quasi in Luft auflöst.«

»Vielen Dank, Herr Karlsberg. Sie haben uns sehr geholfen. Sollte Ihnen noch etwas einfallen, rufen Sie mich bitte an.«

Eisenberg reichte ihm eine Visitenkarte.

»Ich habe zu danken. Für einen Schriftsteller ist es immer interessant, sich mit echten Polizisten zu unterhalten. Außerdem ist jeder Fall für mich immer eine Quelle der Inspiration. Dieser ganz besonders. Wer weiß, vielleicht schreibe ich ja mal einen Roman darüber. Auf jeden Fall wünsche ich Ihnen viel Erfolg beim Lösen dieses Rätsels. Aber lassen Sie sich nicht löschen!« Er grinste.

Auf der Rückfahrt nach Berlin wirkte Claudia Morani noch schweigsamer als sonst.

»Glauben Sie, er hat uns die Wahrheit gesagt?«, fragte Eisenberg.

»Ja«, erwiderte sie.

»Und er hat uns nichts verschwiegen?«

»Nichts, das er für wesentlich hielt.«

»Was beunruhigt Sie dann?«

»Dass er die Wahrheit gesagt hat.«

35.

Minas Kopf dröhnte. Sie lag verrenkt auf der Matratze, die Hände mit Klebeband hinter dem Rücken gefesselt. Ihr rechter Arm, der unter ihrem Körper lag, fühlte sich taub an, dafür pulsierte der linke in heißem Schmerz. Ein Schwindelgefühl verursachte ihr Übelkeit.

»Wasser bitte!«, brachte sie stöhnend heraus.

Julius erhob sich. Er hielt eine Plastikflasche an ihren Mund und stützte ihren Kopf. Gierig trank sie, verschluckte sich, hustete, während verschüttetes Wasser in ihren Nacken lief.

»Ich ... ich brauche einen Arzt!«

»Ich habe deine Wunde frisch verbunden, während du weg warst.«

»Ich ... ich fühle mich nicht gut. Ich habe Kopfschmerzen und Fieber, glaube ich.«

Er nickte. Er stand auf und verschwand durch die verbeulte Tür.

Mina hielt die Tränen zurück. Immerhin, sie lebte noch. Als sie auf dem Stuhl gesessen hatte, als sie die Wut in seinen Augen gesehen hatte, war sie sicher gewesen, dass er sie umbringen werde.

So wie die anderen.

Der Gedanke ließ ihren Magen in einer neuen Welle der Übelkeit zusammenkrampfen. Sie übergab sich neben die Matratze.

»Musste das sein?«, beschwerte sich Julius, als er zurückkehrte.

Mina sagte nichts.

Er warf eine Packung Aspirin auf den Boden und verließ noch einmal den Raum, um Eimer, Papiertücher und Wischlappen zu holen. Mit angewidertem Gesicht beseitigte er das Erbrochene.

»Bitte!«, flehte sie. »Bitte, lass mich gehen!«

Er schüttelte den Kopf.

»Das geht nicht!«

»Ich sage nichts, ehrlich!«

Sein Gesicht verhärtete sich.

»Ich habe dir vertraut. Den Fehler mache ich nicht nochmal.«

»Aber warum? Was hast du davon, dass du mich hier in diesem Keller gefangen hältst? Und warum ... hast du die anderen ...« Sie brachte es nicht fertig, es auszusprechen.

»Ich habe sie lediglich aus den Gefängnissen befreit, die ihre Körper waren«, sagte er kühl. »Sie sind jetzt in der Realität.«

Mina schluchzte.

»Aber ... warum?«

»Herrgott, ich habe es dir doch schon erklärt! Ich will, dass sie mich wecken! Und die einzige Möglichkeit, sie dazu zu bringen, ist, das Experiment zu stören!«

»Indem ... indem du Menschen umbringst?«

»Indem ich Menschen zum Nachdenken bringe! Menschen wie dich, die sich fragen, wie es sein kann, dass vier Studenten spurlos verschwinden, als hätten sie sich in Luft aufgelöst. Indem ich Spuren lege. Seltsame Dinge, die sie von sich geben.«

»Du ... du warst das? Du hast ShirKhan gespielt, während des Raids? Du hast ihn diese Sache mit der ›Welt am Draht‹ sagen lassen ...«

»Irgendwie musste ich ja deutlich machen, dass das Verschwinden dieser Leute nicht zufällig ist, oder? Also hab ich ihre Spielfiguren übernommen, nur für eine Minute oder so. Ich hatte gehofft, dass einige Leute auf diese Weise die Wahrheit realisieren, dass eine Welle der Erkenntnis durch das Internet laufen würde. Aber diese Idioten kapieren es einfach nicht. In den Foren reden sie den größten Quatsch. Sie haben nicht mal gemerkt, dass alle vier kurz vor ihrem Verschwinden über dasselbe geredet haben. Ich war wohl noch nicht deutlich genug. Oder es sind die Admins, die Gegengerüchte streuen. Sie sind sehr gut darin, die Wahrheit hinter Unsinn zu verbergen.«

»Die Polizei wird merken, dass es einen Zusammenhang gibt. Ich habe sie selbst darauf hingewiesen.«

»Schon möglich. Aber ...« Er stockte. Seine Augen weiteten sich. »Das ist es! Wie hieß der Kommissar, mit dem du geredet hast?«

»Eisenberg. Warum?«

»Ich werde mit ihm sprechen.«

Hoffnung ließ ihr Herz schneller schlagen, was die Kopfschmerzen noch verstärkte.

»Du ... du willst dich stellen?«

Er schüttelte den Kopf.

»Ich will mit ihm reden. Er kann diese Sache vielleicht beenden.«

»Ich verstehe nicht.«

Er sah sie einen Moment lang mitleidig an.

»Ich hatte dich für intelligenter gehalten, Mina. Aber ich habe mich wohl getäuscht.«

Sie wusste nicht, was sie darauf antworten sollte.

»Ist das wirklich so schwierig? Er ist ein Admin! Er muss einer sein!«

Gegen ihren Willen fragte sie: »Warum?«

»Wenn die Polizei nicht von ihnen unterwandert wäre, hätten die wahrscheinlich schon längst die richtigen Schlussfolgerungen gezogen. Die Admins kontrollieren die Polizei. Es kann gar nicht anders sein. Bei welcher Dienststelle arbeitet dieser Eisenberg?«

»Beim LKA.«

Seine Augen leuchteten.

»Da hast du es! Natürlich ist er beim LKA. Auf diese Weise kann er jeden Fall an sich reißen, von dem er nicht will, dass ihn die lokalen Polizeibehörden aufklären.«

Mina unterließ es, ihn darauf hinzuweisen, dass sich die lokalen Polizeibehörden gar nicht mit dem Fall hatten beschäftigen wollen. Ihre einzige Chance bestand darin, dass Julius mit dem Kommissar sprach und dabei verhaftet wurde oder sich stellte.

»Hast du seine Telefonnummer?«, fragte er.

»Er hat mir eine Visitenkarte gegeben. Sie ist in meinem Portemonnaie.«

Er kniff die Augen zusammen.

»Du versuchst doch nicht schon wieder, mich hereinzulegen, oder?«

»Nein, ehrlich!«

Er sah sich um, als sei noch jemand im Raum.

»So leicht legt ihr mich nicht rein!«, schrie er die Wand an. Dann wandte er sich wieder Mina zu. »Entschuldige ... Manchmal halte ich dieses Gefühl einfach nicht aus.« Er begann, sich am Hals zu kratzen.

»Eines verstehe ich nicht«, sagte sie. »Wenn ... wenn du bloß aufwachen willst, warum ... bringst du dich nicht einfach um?«

Schon als die Worte ihren Mund verließen, wusste sie, dass sie einen Fehler gemacht hatte.

Sein Gesicht verzerrte sich vor Wut. »Warum sagst du das?«, schrie er. »Warum – sagst – du – das?«

»Ich ... es tut mir leid, ich ...«

Er raufte sich die Haare.

»Bist du eine von ihnen? Bist du? Sag es!«

Sie schüttelte den Kopf.

Er starrte sie mit aufgerissenen Augen an. Plötzlich hatte er die Pistole in der Hand.

»Ich ... ich hätte dich doch löschen sollen!«

Sie schloss die Augen, wartete auf das Unvermeidliche. Doch er schoss nicht.

Als sie die Augen wieder öffnete, saß er zusammengesunken auf dem Stuhl. Tränen liefen über seine Wangen. Sie sagte nichts, aus Angst, einen neuen Wutausbruch zu provozieren.

»Ich ... ich habe es versucht«, sagte er nach einer Weile.

Dann hob er die Pistole und hielt sie an seine Schläfe.

»Nein!«, schrie Mina.

Wenn er sich umbrachte, würde sie hier unten elend verhungern.

Nach einem endlosen Moment senkte er die Pistole wieder.

»Ich kann es einfach nicht. Sie machen irgendwas, damit ich schwach bin!«

Aber nicht zu schwach, um andere zu töten, dachte Mina. Nicht zu schwach, um mich zu entführen. Feigling, lag ihr auf der Zunge, aber sie hütete sich, es auszusprechen.

»Wann hast du es gemerkt?«

Die Frage war ihr einfach so durch den Kopf gegangen, und sie hatte sie ausgesprochen, ohne darüber nachzudenken. Halb erwartete sie einen neuen Wutanfall, halb eine Nachfrage, was sie meinte. Doch er wusste sofort, wovon sie redete.

»Als meine Mutter starb«, erzählte er mit monotoner Stimme, seinen Blick ins Leere gerichtet. »Lungenkrebs. Hat geraucht wie ein Schlot. Ich war dreizehn. Sie lag da, Schläuche in der Nase, Schläuche am Arm. Da hab ich ein Kichern gehört. Aber es war niemand da. Und plötzlich wusste ich, dass ich auch so daliege, dass ich auch Schläuche in mir habe. Ich konnte sie fühlen.« Er verstummte. Eine Weile saß er schweigend da. Plötzlich sagte er: »Sei still!«

Sie sah ihn verwirrt an.

»Ich ... ich habe nichts gesagt!«

»Sei still, habe ich gesagt!« Er sprang auf, presste die Hände auf die Ohren. »Seid still! Alle!«

Mina unterdrückte mit aller Macht die Schluchzer in ihrem Bauch.

36.

Es war kühl. Herbst lag in der Luft. Der Weg rund um die Außenalster war noch voller als sonst, als wollten die Menschen die letzte Gelegenheit bei schönem Wetter nutzen. Eisenbergs Vater drehte sich im Rollstuhl zu ihm um.

»Was bedrückt dich?«

Eisenberg antwortete nicht. Schließlich konnte er schlecht sagen: dein Aussehen.

»Du machst dir doch nicht etwa Sorgen um mich? Ich weiß, ich bin ein bisschen blass um die Nase. Aber ich schwöre dir, das liegt bloß an dem dämlichen Kartoffelsalat gestern. Frau Schmidt ist wirklich eine gute Pflegerin, aber kochen kann sie nicht.«

Eisenberg versuchte, zu lächeln. Sein Vater würde niemals zugeben, dass es ihm nicht gut ging. Das machte es im Grunde nur noch schlimmer.

»Da ist dieser Fall. Eigentlich ist es gar keiner.«

»Ein Fall, der keiner ist? Klingt interessant. Erzähl mir davon.«

Also erzählte Eisenberg, was er wusste.

»Keine Geschädigten? Kein Verdächtiger? Kein Motiv? Du hast recht, das ist kein Fall.«

»Ich habe ein ungutes Gefühl bei der Sache.«

»Das verstehe ich. Aber mit Gefühlen kannst du keinen Prozess gewinnen.«

»Was rätst du mir also?«

»Ich würde dir ja gern raten, die Sache fallen zu lassen und dich auf Handfesteres zu konzentrieren. Aber ich kenne dich. Wenn du dich einmal festgebissen hast, lässt du nicht so leicht los. Deine Stärke wie auch deine Schwäche.«

»Ich bin mir ja selbst unsicher, was ich tun soll. Diese Menschen sind immerhin wirklich verschwunden, zuletzt auch die Frau, die uns auf die Sache aufmerksam gemacht hat. Ich kann mir darauf einfach keinen Reim machen. Leute, die sich augenscheinlich nicht kennen, reden über ein bestimmtes Buch oder den Film, der danach gedreht wurde, und verschwinden anscheinend in der nächsten Sekunde.«

»Und du bist sicher, dass dieser Schriftsteller nichts damit zu tun hat?«

»Ich bin mir über gar nichts mehr sicher. Aber warum hätte er Leute verschwinden lassen sollen? Und wie hätte er das anstellen können?«

»Was weiß ich. Vielleicht ist das ein Werbegag. Heutzutage machen die Leute doch jeden Quatsch, um auf ein Produkt aufmerksam zu machen. Die Zeiten, in denen man einfach bloß Plakate aufgehängt und Reklame im Fernsehen gemacht hat, sind wohl vorbei. Also, dieser Karlsberg schreibt ein Buch über Leute, die spurlos verschwinden, und um es ins Gespräch zu bringen, sucht er sich ein paar Studenten, die für eine Weile untertauchen.«

»Damit würde er sich strafbar machen.«

»Vielleicht weiß er nicht, dass Vortäuschung einer Straftat selbst ein Straftatbestand ist.«

»Möglich. Aber das erscheint mir trotzdem unwahrscheinlich. Er machte mir einen ganz vernünftigen Eindruck. Und Dr. Morani ...«

»Die Frau hat dich wohl wirklich beeindruckt.«

»Na ja, ehrlich gesagt bin ich mir auch bei ihr nicht mehr ganz sicher, ob sie wirklich so gut ist, wie ich anfangs dachte. Aber jedenfalls glaubt sie auch, dass er nichts damit zu tun hat.«

»Dann bleibt wohl nur eine logische Erklärung.«

Eisenberg sah seinen Vater erschrocken an.

»Du meinst, dass diese Leute wirklich gelöscht wurden? Hältst du das etwa auch für möglich?«

»Auch?«

»Na ja, meine Leute scheinen das jedenfalls zu glauben, obwohl es keiner zugibt.«

Sein Vater schüttelte den Kopf, als wundere er sich über sich selbst.

»In meinem Alter fängt man an, eine Menge Dinge für möglich zu halten. Wäre es nicht toll, ich würde morgen einfach aufwachen und statt dieses alten, kaputten Körpers einen neuen haben?«

Eisenbergs Kehle schnürte sich zu. Seine Augen brannten. Er wollte irgendetwas sagen, doch er wusste nicht, was.

»Leider bin ich mit einem analytischen Verstand ausgestattet, der mir sagt, dass dergleichen Träumerei und Wunschdenken ist«, fuhr sein Vater fort. »Mein Lieblingsphilosoph Bertrand Russell hat sein Lebensmotto schon mit sechzehn Jahren formuliert, und ich habe mich immer daran gehalten. ›Meine ganze Religion ist: Tu deine Pflicht und erwarte keine Belohnung dafür, weder in dieser noch in einer anderen Welt‹.«

Eisenberg schluckte den Kloß in seiner Kehle herunter.

»Welche Erklärung hast du dann?«

»Wenn es so aussieht, als seien fünf Menschen von irgendwelchen höheren Wesen gelöscht worden, und es keine andere plausible Erklärung für ihr Verschwinden zu geben scheint, wenn wir aber gleichzeitig ausschließen, dass sie tatsächlich gelöscht wurden, dann folgt daraus, dass jemand die ganze Geschichte inszeniert hat. Jemand, der will, dass wir glauben, dass diese Menschen gelöscht wurden.«

»Ja, aber wer? Und warum?«

»Wenn es kein missratener Werbegag ist, dann fällt mir nur das Motiv ›wahnsinniger Serienkiller‹ ein. Ich gebe zu, besonders plausibel ist das nicht. Auch wenn es im Fernsehen von denen nur so wimmelt, bin ich in all meinen Jahren als Richter nie einem begegnet.«

Eisenberg nickte.

»Ich auch nicht.«

»Andererseits, bloß weil es unwahrscheinlich ist, heißt es nicht, dass es nicht wahr sein kann. Denk an Anders Breivik!«

»Aber Breivik war doch angeblich zurechnungsfähig.«

»Glaubst du das etwa? Jemand, der siebenundsiebzig Unschuldige umbringt, weil er Europa vor dem Islam schützen will? Der Staatsanwalt hatte auf Unzurechnungsfähigkeit plädiert. Die Richter haben anders geurteilt, aufgrund erheblichen politischen Drucks, wie ich vermute. Die Menschen brauchen nun mal einen Schuldigen, wenn eine solche Katastrophe passiert. Ich glaube, ich hätte auch gewollt, dass er ins Gefängnis kommt. Und es ist verdammt schwer zu beurteilen, ob jemand straffähig ist, das weiß ich aus eigener Erfahrung.«

»Also schön, nehmen wir an, wir haben es mit einem Wahnsinnigen zu tun. Was könnte sein Motiv sein? Glaubst du, er hält sich selbst für den Schöpfer der Welt?«

»Möglich. Auf jeden Fall hält er die Welt für künstlich, davon ist wohl auszugehen.«

»Und du glaubst, er könnte die fünf Leute umgebracht haben?«

»Ich glaube gar nichts. Ich versuche nur, aus deinen Fakten einen möglichen Zusammenhang zu konstruieren.«

»Etwas passt an dieser Theorie noch nicht. Nehmen wir an, es gibt einen Verrückten, der Leute umbringt, bloß weil sie über ein bestimmtes Buch reden. Wie hat er das so schnell mitbekommen? Die Protokolle dieser Firma zeigen, dass die Leute mitten im Gespräch aufgehört haben, zu spielen. Danach wurden sie nicht mehr gesehen.«

»Die protokollieren also alles, was du in dieser künstlichen Spielwelt tust, ja? Ein Grund mehr, Computern nicht zu vertrauen. Diese verdammten Maschinen überwachen jede unserer Bewegungen! Ein Traum für die Polizei, ein Albtraum für jeden, der an die Freiheit glaubt. Irgendwann brauchen sie keine Richter mehr. Dann musst du bloß noch eine Maschine fragen, wer wann was getan hat und ob er schuldig ist oder nicht.«

»Vielleicht hast du recht. Aber im Augenblick bin ich ganz froh, dass wir diese Protokolle haben. Sie sind unsere einzige Spur.«

»Während meiner aktiven Zeit hatten wir das alles noch nicht, Internet, E-Mail und so. Aber ich habe mich schon damals lieber auf die Aussage eines Menschen verlassen als auf etwas, das aus einem Apparat kommt. Ich erinnere mich an einen Fall, bei dem eine Telex-Nachricht eine zentrale Rolle spielte. Das muss in den Siebzigern gewesen sein. Später stellte sich heraus, dass diese Nachricht gefälscht war. Das ist das Problem: Maschinen wissen nicht, ob sie lügen.«

»Du meinst, diese Protokolle könnten gefälscht sein?« Eisenberg begriff plötzlich, dass es noch eine andere Möglichkeit gab. »O Gott!«

»Was ist?«

»Ich glaube, ich weiß jetzt, was passiert ist, auch wenn ich noch nicht weiß, warum.«

»Und was ist passiert?«

»Gehen wir davon aus, dass es tatsächlich einen Mörder gibt. Er kundschaftet seine Opfer aus. Wahrscheinlich nutzt er das Spiel dafür. Irgendwie findet er heraus, wo sie wohnen. Er besucht sie zu Hause, genau in dem Moment, in dem sie dieses Spiel spielen.«

»Woher weiß er das?«

»Er spielt es selbst. Er kann sehen, ob sein Opfer gerade online ist.«

»Aber er kann es doch nicht gleichzeitig spielen und das Opfer aufsuchen.«

»Doch. Heutzutage laufen diese Spiele sogar auf Smartphones. Oder er hat einen Laptop dabei. Er klingelt also unter einem Vorwand an der Tür, bringt sein Opfer um und übernimmt dann für einen kurzen Moment dessen Spielidentität. Er lässt die Figur seltsame Dinge über eine ›Welt am Draht‹ sagen. Dann bricht er abrupt ab.«

»Warum tut er das?«

»Keine Ahnung. Vielleicht, um eine falsche Spur zu legen. Möglicherweise gibt es doch eine Verbindung zwischen den Opfern.« Er stockte. »Das Buch!«

»Was für ein Buch?«

»Das Buch, über das die Vermissten gesprochen haben. Es lag in Hinrichsens Wohnung.«

»Die Zeugin, die zuletzt verschwunden ist?«

»Ja, genau. Vielleicht hat der Täter es dort deponiert.«

»Oder sie selbst hat es zurückgelassen, als sie verschwand.«

»Warum sollte sie verschwinden? Meinst du, sie hatte Angst, dass sie selbst das nächste Opfer wird?«

»Wieso hätte sie dann ausgerechnet dieses Buch besitzen sollen?«

Sein Vater sah ihn mit diesem herausfordernden Blick an, der Eisenberg schon als kleiner Junge verlegen gemacht hatte: Kommst du etwa nicht selbst darauf?

»Du denkst, *sie* steckt dahinter? Sie ist die Täterin?«

»Die Indizien legen das nahe. Wir haben immer über den Täter gesprochen, weil wir unbewusst davon ausgehen, dass Serienkiller männlich sind. Auch so eine Folge übermäßigen Fernsehkonsums.«

Eisenberg nickte langsam.

»Ich hatte bei dem Verhör tatsächlich das Gefühl, dass sie uns etwas verheimlicht. Morani hat das bestätigt. Aber sie sagte, dass Hinrichsen Angst hätte.«

»Wenn sie wahnsinnig ist, vielleicht paranoid-schizophren, dann hat sie tatsächlich Angst. Dann glaubt sie möglicherweise, nicht sie selbst war es, die die Opfer umgebracht hat. Vielleicht lebt sie in einer Art Traumwelt, in der sie nur eine Gefangene ist, kontrolliert von höheren Mächten, die sie dazu zwingen, Dinge zu tun, die sie gar nicht will. Dieses ganze Gerede von künstlichen Welten passt durchaus in dieses Bild. Aber ich spekuliere. Und Spekulation ist der erste Schritt zum Fehlurteil.«

»Danke, Vater. Du hast mir wieder mal sehr geholfen! Ich weiß gar nicht, was ich ohne dich machen würde.«

»Irgendwann wirst du ohne mich auskommen müssen«, sagte sein Vater ernst. Dann grinste er. »Aber noch bin ich ja da.«

Eisenberg versuchte, zurückzulächeln, doch sein Mund fühlte sich an wie eingefroren.

37.

Dir wird schwindelig. Einen Moment lang weißt du nicht, wo du bist. Du hörst sie lachen.

»Seid still! Alle!«, rufst du, aber sie verhöhnen dich weiter. Fast kannst du sie sehen, wie sie um deinen gläsernen Sarg herumtanzen, mit dem Finger auf dich zeigen, lachen und das alte Lied singen:

Das Rehlein trank aus einem klaren Bach
Dieweil im Wald der muntre Kuckuck lacht.
Der Jäger zielt schon hinter einem Baum,
Das war des Rehleins letzter Lebenstraum.

Getroffen war's und sterbend lag es da,
Das man noch eben lustig springen sah.
Da trat der Jäger aus des Waldes Saum
Und sprach: Das Leben ist ja nur ein Traum.

Dein Vater hat dieses Lied geliebt. Dachte, du würdest den Text nicht verstehen. Und später hielt er dich für alt genug. Dabei hast du dich immer davor gefürchtet. Wenn er es sang oder die Melodie summte, hast du nur die leeren Augen des toten Rehs vor dir gesehen.

Die Stimmen waren lange Zeit leise. Haben nur geflüstert. Du musstest ganz genau hinhören, wenn du sie verstehen wolltest. Doch jetzt sind sie zurück und scheren sich nicht mehr darum, dass du sie hörst. Sie wissen, dass du nichts tun kannst. Du bist ihr Gefangener.

Du rennst die Treppe hinauf. Es dauert einen Moment, bis du die richtige Kombination eingestellt hast: 12 071 998, das Todesdatum deiner Mutter.

Du rennst in die Küche. Hier oben sind die Stimmen leiser. Hältst den Kopf unter den Hahn an der Spüle. Kaltes Wasser läuft dir in den Kragen. Es tut gut. Nach einem Moment fällt dir ein, dass du vergessen hast, die Tür zum Keller zu schließen. Du rennst zurück, spähst die Treppe hinab. Die Stimmen sind weg. Nur ein leises Schluchzen dringt von unten herauf. Rasch schließt du die Tür und verstellst die Kombination.

Sie tut dir leid. Du fragst dich, wie sie sich wohl fühlt, was sie denkt. Die Antwort liegt auf der Hand: Sie hält dich für verrückt. Enttäuschung schnürt dir die Kehle zu. Es wäre so schön gewesen, jemanden zu haben, der dich versteht.

Wie lange willst du sie noch dort unten gefangen halten? Es kann nicht so weitergehen.

Du gehst ins Esszimmer, wo dein Laptop auf dem großen Eichentisch steht. Das Arbeitszimmer deines Vaters hast du seit Jahren nicht betreten.

Deine Hände zittern, als du die Botschaft tippst.

38.

Eisenberg war gerade auf dem Rückweg von der Wohnung seines Vaters zu seiner eigenen Hamburger Wohnung, als sein Handy eine kurze Melodie spielte. Eine SMS. Er ignorierte sie. Nur selten erhielt er Kurznachrichten, und wenn, waren es meistens automatische Mitteilungen seines Netzbetreibers. Wenn jemand ihm etwas Wichtiges mitteilen wollte, sollte er gefälligst anrufen.

Als er die Tür zu seiner Wohnung aufschloss, hatte er die Nachricht bereits wieder vergessen. Die Wohnung roch ungemütlich. Er nahm sich vor, Consuela zu sagen, dass sie nur noch einmal im Monat zu kommen brauchte.

Er hatte auch früher schon einsame Wochenenden verbracht. Aber jetzt, wo sich sein Lebensmittelpunkt nach Berlin verlagert hatte, kam es ihm noch sinnloser vor, hier allein herumzuhocken. Der einzige Grund, weshalb er nach dem Besuch bei seinem Vater nicht sofort wieder nach Berlin zurückgefahren war, lag in dem engen Zimmer und der unfreundlichen Pensionswirtin. Es wurde Zeit, dass er sich um eine dauerhafte Lösung kümmerte.

Er öffnete den Kühlschrank. Es war kaum etwas zu Essen da. Er würde später in einen Imbiss gehen, noch hatte er keinen Appetit. Der Besuch bei seinem Vater war ihm auf den Magen geschlagen. Er wusste natürlich, dass zweiundachtzig Jahre ein stolzes Alter waren. Doch obwohl er in seinem Berufsleben schon so viel Tod gesehen hatte,

hatte er den Gedanken, dass auch sein Vater irgendwann sterben würde, immer verdrängt. Bis heute.

Sein Gesicht hatte so bleich und wächsern ausgesehen, als sei er schon tot, als spreche nur noch eine animierte Puppe. Doch sein Verstand war immer noch derselbe. Eisenberg fragte sich, was schlimmer war: An Demenz zu erkranken und allmählich den Kontakt zur Realität zu verlieren oder mit einem hellwachen Verstand in einem Körper gefangen zu sein, der zerfiel wie eine Sandburg in der Sonne.

Um sich abzulenken, schaltete er den Fernseher ein. Nach einer Viertelstunde schaltete er ihn wieder aus. Er war nervös, obwohl er wusste, dass er kaum etwas Sinnvolles tun konnte. Die Faktenlage reichte bei Weitem nicht aus, um eine Fahndung nach Hinrichsen zu rechtfertigen, und er konnte es sich nicht leisten, seine Kollegen im LKA ein weiteres Mal zu brüskieren.

Er überlegte, Morani anzurufen und ihr die Theorie seines Vaters zu schildern. Aber das konnte genauso gut bis Montag warten. Er wusste nicht viel über ihr Privatleben, aber es gehörte zu seinen Prinzipien, Mitarbeiter nur im äußersten Notfall am Wochenende zu stören. Der Polizeialltag ließ ohnehin zu wenig Freizeit.

Sollte Mina Hinrichsen wirklich eine untergetauchte Mörderin sein, konnten sie ihr nur mit akribischer, vermutlich Monate dauernder Ermittlungsarbeit auf die Spur kommen. Aber irgendwie konnte er sich das nicht richtig vorstellen. Er wusste, man durfte sich nicht vom äußeren Anschein täuschen lassen, doch sein Gefühl sagte ihm, dass sie keine Täterin war, so logisch die Theorie auch klingen mochte.

Dann fiel ihm ein, dass er Erik Häger ein gemeinsames Bier versprochen hatte, sobald er in Berlin sein würde.

Das war nun schon mehr als zwei Wochen her. Er hätte ihn längst anrufen sollen – immerhin hatte Erik ihm den neuen Job vermittelt.

Als er nach seinem Handy griff, sah er den Hinweis auf dem Display: *1 neue Nachricht.* Er öffnete sie.

wowiz z frdl oger sa 20 h

Keine Absendernummer.

Eisenberg sah auf die Uhr. Es war halb fünf. Wenn er nicht in einen Stau geriet, konnte er bis acht im Büro sein. Er rief Varnholt an, der zum Glück sofort an den Apparat ging. Eisenberg gab ihm den Text der Nachricht durch und bat ihn, auch die anderen zu informieren. Dann hastete er zu seinem Wagen.

Er erreichte das LKA um Viertel vor acht. Varnholt und Morani saßen vor Varnholts Monitoren. Auf einem davon war *Goraya* geöffnet.

»Wo sind die anderen?«, fragte Eisenberg.

»Klausen habe ich nicht erreicht. Wissmann hat keine Zeit.«

»Keine Zeit? Was soll das heißen? Das hier ist ein dienstlicher Einsatz!«

Varnholt zuckte mit den Schultern.

»Sie kennen doch unser Superhirn. Der bewertet wichtig und unwichtig nach anderen Maßstäben als gewöhnliche Sterbliche. Aber das macht nichts, er nützt uns hier sowieso nichts. Computerspiele findet er albern.«

»Ich hatte gehofft, wir könnten mit seiner Hilfe herausfinden, wer der Unbekannte ist, der mir die SMS geschickt hat.«

Varnholt machte ein beleidigtes Gesicht.

»Das können wir auch ohne ihn. Ich habe hier parallel ein Chatfenster zum technischen Support von Snowdrift geöffnet. Die stehen bereit. Wir können jederzeit den Klarnamen und die IP-Adresse zu jeder Spielfigur bekommen.«

»Was ist mit der SMS? Die muss man doch zurückverfolgen können.«

»Das können Sie vergessen. Es gibt Dienste, mit denen Sie anonyme SMS verschicken können, sogar kostenlos. Die geben zwar auf Verlangen die IP-Adresse des Absenders heraus, doch unser Unbekannter dürfte schlau genug sein, einen der vielen Server zu verwenden, die eine neutrale, nicht zurückverfolgbare IP-Adresse zur Verfügung stellen.«

»Na schön. Haben Sie schon etwas Verdächtiges bemerkt? Wo sind wir hier eigentlich?«

Auf dem Bildschirm war ein verschneiter mittelalterlicher Marktplatz zu sehen. Gestalten unterschiedlichsten Aussehens wuselten durcheinander wie auf einer Halloweenparty. In der Mitte des Bildschirms stand reglos ein Ritter in glänzender Rüstung. Er trug einen Wappenrock und ein Schild, auf dem ein Stern prangte, der dem Symbol der Polizei verdächtig ähnelte. Über dem Ritter leuchtete der Name *Sir Ironmountain*.

»Soll das etwa ich sein?«

»Das ist die Spielfigur, die Sie repräsentiert, ja.«

»Ein bisschen auffällig, oder?«

»Nicht in Goraya. Da wirkt so ein gewöhnlicher Ritter eher wie eine graue Maus. Die glänzende Rüstung und der bunte Wappenrock weisen Sie eindeutig als Newbie aus, als blutigen Anfänger. Davon abgesehen muss unser Unbekannter Sie ja irgendwie erkennen.«

»Können wir das, was hier passiert, aufzeichnen?«

»Die Screencam läuft schon.«

»Gut. Ist Ihnen schon irgendwas Ungewöhnliches aufgefallen?«

»Nein. Aber wir sind ja auch noch nicht am Treffpunkt.«

»Wo ist denn dieses Wirtshaus?«

»Nur ein paar Schritte die Straße herunter.«

»Na dann los.«

Der *Freundliche Oger* war um diese Zeit gut gefüllt, so wie jede echte Kneipe an einem Samstagabend. Spielfiguren standen in Grüppchen herum oder saßen an Tischen. Die meisten hielten Getränke in Händen oder Klauen. Einige schienen Karten zu spielen, was Eisenberg als der Gipfel der Absurdität erschien. Um die Bar nahe dem Eingang herrschte dichtes Gedränge. Ein grünhäutiger Riese bediente die Kunden. Eine neue Nachricht erschien im Chatfenster:

Grob Kradonkh: Hallo Sir Ironmountain. Willkommen im Freundlichen Oger. Netter Name übrigens. Das erste Mal hier?

»Was soll ich schreiben?«, fragte Varnholt.

»Fragen Sie ihn, ob er mir eine Nachricht geschickt hat.«

Sir Ironmountain: Guten Abend, Oger. Ihr habt nach mir schicken lassen?

Grob Kradonkh: Bist du der, für den ich dich halte?

Sir Ironmountain: Ja. Also, was soll das Versteckspiel?

Grob Kradonkh: Ich weiß nicht, wovon du redest, Ritter. Ich muss mich jetzt um die anderen Gäste kümmern.

»Was soll das?«, fragte Eisenberg. »Weiß er, wer ich bin?«

»Ja«, erwiderte Varnholt. »Er wechselt jetzt höchstwahrscheinlich in den privaten Kommunikationsmodus.«

Tatsächlich erschien im selben Augenblick ein Fenster auf dem Bildschirm: *Grob Kradonkh hat dir eine persönliche Nachricht geschickt.*

Varnholt klickte auf *Dialog öffnen*. Die Nachricht lautete: *Hallo, Herr Kommissar. Nett, dass Sie mal vorbei schauen. Hat Ihr Besuch einen bestimmten Grund?*

»Darf ich?«, fragte Eisenberg und griff nach der Tastatur. Er tippte: *Ich habe eine anonyme SMS bekommen, dass ich heute um acht Uhr hier sein soll. Ist die von Ihnen?*

Grob Kradonkh: Nein. Ich hätte Sie einfach angerufen, wenn ich Sie hätte sprechen wollen.

Sir Ironmountain: Ist Ihnen hier irgendwas Ungewöhnliches aufgefallen?

Grob Kradonkh: Nein. Aber das muss nichts heißen. Die meisten meiner Gäste kenne ich nur flüchtig oder gar nicht.

Sir Ironmountain: Danke. Schicken Sie mir bitte eine Nachricht, falls Sie etwas bemerken!

Grob Kradonkh: Sie glauben, Ihr Unbekannter ist heute hier?

Sir Ironmountain: Wir werden sehen.

Eisenberg klickte auf *Dialog beenden*.

Varnholt steuerte die Figur durch die Kneipe, doch keiner der Anwesenden beachtete ihn. Eisenberg verfolgte die Dialoge der Spieler, die sich über banale Dinge unterhielten. Niemand sagte etwas davon, dass er die Welt für künstlich halte.

Eisenberg sah auf die Uhr. Viertel nach acht.

»Er kommt nicht. Glauben Sie, er hat kalte Füße bekommen?«

Genau in diesem Moment betrat eine neue Gestalt die Kneipe – hässlich, grünhäutig und trotz ihrer muskulösen Statur eindeutig weiblich. Sie trug eine verbeulte Rüstung und eine riesige Streitaxt. *Gothicflower* leuchtete über ihr.

»Das ist sie!«, rief Eisenberg. »Können Sie rauskriegen, wo sie sich aufhält?«

»Ich versuch's.«

Varnholt tippte in das Chatfenster, das ihn mit dem technischen Service von Snowdrift verband. Im selben Moment erschien wieder das Fenster auf dem Bildschirm: *Gothicflower hat dir eine persönliche Nachricht geschickt.*

Eisenberg klickte auf *Dialog anzeigen*. Der Text der Nachricht erschien: *Hallo Kommissar Eisenberg.*

Hallo Frau Hinrichsen, tippte Eisenberg. *Wo sind Sie?*

Hier, lautete die lapidare Antwort.

Ich meine natürlich, in der realen Welt, gab Eisenberg zurück.

Gothicflower: Ich vermute, diese Frage können Sie besser beantworten als ich.

Sir Ironmountain: Ich verstehe nicht.

Gothicflower: Wir können das alberne Spiel sein lassen. Ich weiß, dass Sie ein Admin sind.

»Wovon redet sie?«, fragte Eisenberg.

»Ich glaube, sie denkt, dass Sie einer der Leute sind, die unsere Welt geschaffen haben«, meinte Varnholt.

»Haben Sie herausgefunden, wo sie ist?«

»Nein. Wie ich befürchtet habe, benutzt sie eine anonyme IP-Adresse.«

Ich muss mit Ihnen reden, Frau Hinrichsen, tippte Eisenberg nun als Sir Ironmountain.

Gothicflower: Wir reden doch.

Sir Ironmountain: Ich meine, in der Wirklichkeit.

Gothicflower: Dann wecken Sie mich.

Sir Ironmountain: Ich bin nicht der, für den Sie mich halten. Ich bin kein allmächtiger Schöpfer oder so.

Gothicflower: Wenn Sie kein Admin sind, ist dieser Dialog sinnlos. Wenn Sie doch einer sind: Wecken Sie mich, und ich höre auf, Ihr Experiment zu stören. Anderenfalls werde ich dafür sorgen, dass alle die Wahrheit erfahren.

Sir Ironmountain: Was für eine Wahrheit?

Gothicflower: Dass alles nur Betrug ist. Dass die Welt in Wirklichkeit ...

Der Text endete abrupt. Eisenberg wartete einen Moment, doch es kam keine weitere Nachricht.

Hallo?, tippte er.

Keine Reaktion.

»Was soll das jetzt wieder bedeuten?«

Varnholt starrte nachdenklich auf den Bildschirm. Er nahm die Tastatur und tippte etwas in das andere Chatfenster, das den Dialog mit dem Support von Snowdrift ermöglichte. »Sie ist immer noch online, aber sie steuert die Figur nicht mehr. Genau wie die anderen.«

»Sie meinen, die Vermissten?«

»Ja. Als hätte sie sich genau in diesem Moment in Luft aufgelöst.«

»Sie glauben doch nicht etwa an diesen Quatsch von der künstlichen Welt?«

Varnholt dachte kurz nach. »Ich muss zugeben, eine Weile war ich schon ziemlich nachdenklich. Aber dann ist mir klar geworden, dass die echten Admins, wenn es welche gäbe, geschickter vorgehen würden. Das Verschwinden dieser Menschen ist viel zu auffällig. So als wollte jemand, dass wir es bemerken. Und auch dieses Treffen hier deutet darauf hin. Jemand schickt uns eine Botschaft.«

Eisenberg erzählte von der Theorie seines Vaters.

»Ein wahnsinniger Serienkiller?«, meinte Varnholt. »Klingt ein bisschen weit hergeholt. Jedenfalls kann ich mir nicht vorstellen, dass Mina Hinrichsen dahintersteckt. Sie haben sie doch erlebt. Sie wirkte verstört, aber nicht wahnsinnig.«

»Wenn es immer so einfach wäre, Wahnsinn zu erkennen ...« Eisenberg wandte sich an Morani. »Was ist Ihre Meinung?«

Sie zuckte mit den Schultern.

»Ich kann mit diesen Computerspielen nicht viel anfangen.«

»Das hier ist kein Spiel, Frau Morani!«

»Das weiß ich. Aber wenn ich den Menschen hinter der Spielfigur nicht sehe, kann ich seine Handlungen und Aussagen nicht interpretieren. Mir fehlt der Kontext.«

»Ich verstehe. Aber wenn Sie an unser Gespräch mit Frau Hinrichsen zurückdenken, glauben Sie, dass sie uns etwas vorgemacht haben könnte? Dass sie vielleicht schizophren ist oder so?«

»Das wäre denkbar. Schizophrene sind oft sehr überzeugend, weil sie selber glauben, was sie sagen. Trotzdem glaube ich nicht daran.«

»Warum nicht?«

»Nennen Sie es professionelle Intuition. Die Figur dort auf dem Bildschirm ist meiner Meinung nach nicht von Mina Hinrichsen gesteuert worden.«

Eisenberg wandte sich an Varnholt. »Halten Sie es für möglich, dass jemand die Figur Gothicflower übernommen hat?«

»Natürlich. Dafür bräuchte derjenige nur ihren Spielernamen und ihr Passwort.«

Eisenberg schlug frustriert mit der Faust auf den Schreibtisch.

»Verdammt! Wenn es nicht Hinrichsen war, dann sind wir genauso weit wie vorher!«

»Nicht unbedingt«, widersprach Varnholt. »Wir wissen jetzt, dass es einen Täter gibt. Jemanden, der will, dass wir etwas tun. Ihn wecken, wie er gesagt hat. Er hat uns sogar gedroht.«

»Was bedeutet das alles Ihrer Meinung nach?«

»Ich glaube, er denkt, er lebt in einer simulierten Welt,

aber sein Körper ist irgendwie auch in einer höheren Realität. Wahrscheinlich stellt er sich das so vor wie in *Die Matrix*. Dort liegen die Menschen in transparenten, mit Flüssigkeit gefüllten Behältern, während Computer ihrem Gehirn eine simulierte Welt vorgaukeln. Er glaubt offenbar, Teil eines Experiments zu sein, das er stören kann, indem er die Menschen darauf hinweist, dass die Welt nicht echt ist. Wahrscheinlich hat er deshalb diese Leute verschwinden lassen und so getan, als seien sie gelöscht worden. Er wollte, dass die vermeintliche Wahrheit über die Welt bekannt wird. Aber eigentlich geht es ihm nicht darum, die Illusion zu zerstören, in der wir uns seiner Meinung nach befinden. Er will nur, dass die Admins *ihn* aus dieser Illusion befreien. Er will endlich die Wirklichkeit sehen.«

Morani nickte.

»Das ergibt durchaus Sinn. Paranoid Schizophrene haben oft das Gefühl, fremdgesteuert zu sein. Das ist eine enorme Belastung für sie. Die meisten würden alles tun, um aus dieser Zwangslage zu entkommen.«

»Würden Sie so weit gehen, fünf Menschen dafür umzubringen?«, fragte Eisenberg.

»Er hat diese Leute nicht umgebracht«, wandte Varnholt ein. »Jedenfalls sieht er es nicht so. Aus seiner Sicht sind unsere Körper bloß simuliert, so wie unser Sir Ironmountain. Wenn ich eine solche Figur töte, ist das schwerlich Mord.«

Morani stimmte ihm zu.

»Das bedeutet, er hat keine Skrupel, noch mehr Menschen umzubringen«, stellte Eisenberg fest. »Das macht ihn umso gefährlicher.«

39.

Julius beugte sich über sie.

»Hier, nimm das!«

»Was ... Was ist das?« Minas Kopf fühlte sich gleichzeitig hohl und schwer an. Ihr war schwindelig. Ihre Kehle staubtrocken.

»Ein Antibiotikum.«

Sie öffnete den Mund, ließ zu, dass er zwei Tabletten hineinlegte. Er hielt ihr eine Wasserflasche mit Strohhalm hin. Sie trank gierig. Sank dann zurück auf die Matratze und schloss die Augen.

Als sie aufwachte, waren die Schmerzen verschwunden. Dafür empfand sie bleierne Müdigkeit. Sie richtete sich mühsam auf.

Julius saß am Tisch und las ein Buch. Als er ihre Bewegung wahrnahm, blickte er auf.

»Geht es dir besser?«

»Ja, ich glaube schon.« Ihre Zunge fühlte sich taub an, sodass es ihr schwerfiel, die Worte zu formen.

»Gut.« Er stand auf. »Zeit für deine Medikamente.«

Er holte zwei Tabletten aus einem kleinen Glas und kam mit der Wasserflasche zu ihr. Erst, als sie die Tabletten heruntergeschluckt hatte, fragte sie sich, ob die Müdigkeit eine Nebenwirkung des Antibiotikums war. Wie auch immer, es schien zu helfen.

»Ich hab deinen Arm frisch verbunden, während du schliefst«, sagte er.

Es dauerte eine Sekunde, bis sie begriff, was er meinte. Tatsächlich, ihr Oberarm war mit frischem Mull umwickelt. Sie spürte ihn kaum noch.

»Hast du Hunger?«

Sie nickte. Er hielt ihr ein Schokocroissant vor den Mund. Es schmeckte wie Pappe, stillte aber den Hunger. Er fütterte sie wie eine Mutter ihr Kleinkind, beobachtete aufmerksam, beinahe liebevoll, wie sie kaute. Sie versuchte, sich zu erinnern, worüber sie zuletzt mit ihm gesprochen hatte. Als es ihr wieder einfiel, fragte sie:

»Hast du mit ... mit dem Kommissar gesprochen?«

Das scharfe S in »Kommissar« konnte sie nicht aussprechen, sodass es wie Komisar klang. Seine Miene verfinsterte sich.

»Ja, hab ich. Aber entweder wollte er mich bloß reinlegen, oder er ist doch kein Admin. Jedenfalls hat es nichts gebracht.«

Mina wusste, dass diese Nachricht sie besorgt stimmen sollte, doch so sehr sie es auch versuchte, sie empfand keine Angst. Es erschien ihr nicht mehr so schlimm, hier in diesem Keller zu liegen, der ihr mittlerweile vertraut war. Julius war im Grunde nett zu ihr. Und jedenfalls hatte man hier seine Ruhe. In Ruhe gelassen zu werden war ihr im Moment wichtiger als alles andere. Sie legte sich zurück auf die Matratze, die ihr so flauschig weich wie eine Wolke vorkam.

Als sie das nächste Mal aufwachte, war etwas anders. Sie brauchte einen Moment, bis sie merkte, was es war: Ihre Hände waren nicht mehr gefesselt. Ihre Beine auch nicht.

Julius war nicht da.

Mühsam setzte sie sich auf. Ihr war ein bisschen übel, und sie musste dringend auf die Toilette. Sie wankte zur Nische und erleichterte sich. Hatte das vage Gefühl, dass etwas mit ihr nicht stimmte. Aber es war anstrengend, darüber nachzudenken. Also stolperte sie nur zurück zur Matratze und sank augenblicklich in tiefen Schlaf.

»Mina?«

Jemand rüttelte an ihrer Schulter.

»Mina, wach auf. Du musst deine Tabletten nehmen!«

Sie blinzelte. Das Licht schmerzte. Arm und Kopf taten weh. Ihr ganzer Körper fühlte sich steif an. Aber wenigstens war ihr Schädel jetzt nicht mehr mit Watte ausgestopft, und sie konnte halbwegs klar denken.

»Hier, nimm!«, sagte Julius.

Er hielt ihr zwei Tabletten hin. Sie nahm sie mit zitternden Fingern und steckte sie in den Mund. Dann trank sie gierig aus der Flasche.

»Wie geht es dir?«, fragte er.

»Ich ... ich bin so müde«, sagte sie.

»Gut. Ruh dich aus. Schlaf ist der beste Doktor, hat meine Mutter immer gesagt.«

Mina nickte und legte sich wieder hin. Sie drehte ihm den Rücken zu, sodass er nicht sehen konnte, wie sie die beiden Tabletten ausspuckte, die sie in ihrer Backentasche aufbewahrt hatte, und sie unauffällig unter die Matratze schob.

40.

Am Montagmorgen ging Eisenberg zu Kayser und erzählte ihm, was geschehen war.

»Ich brauche Ihr Okay«, sagte er. »Die Spurensicherung muss sich Hinrichsens Wohnung noch einmal anschauen, ebenso die von Gehlert.«

Kayser sah ihn nachdenklich an.

»Also nochmal: Woher genau wissen Sie, dass die Person, mit der sie in diesem Spiel gesprochen haben, nicht Mina Hinrichsen war? Für mich klingt das nämlich so, als wollte uns jemand einen Bären aufbinden. Wir haben nach wie vor weder eine Leiche noch einen Tatverdächtigen und bestenfalls ein hanebüchenes Motiv.«

»Richtig. Aber wir müssen die Möglichkeit, es mit einem Serienmörder zu tun zu haben, zumindest ernsthaft in Betracht ziehen. Außerdem erscheint mir der Aufwand für einen Scherz ziemlich groß, und ein Motiv dafür kann ich nicht erkennen.«

»Also schön, fordern Sie die Spurensicherung an. Ich habe versprochen, Ihnen größtmögliche Handlungsfreiheit zu geben, und das halte ich auch.«

»Danke, Herr Kayser.«

Eisenberg kehrte ins Büro zurück.

»Gibt es etwas Neues bei der Rückverfolgung der SMS?«, fragte er.

Klausen schüttelte den Kopf.

»Leider nicht. Die IP, von der aus der SMS-Dienst aufgerufen wurde, gehört zu einem neutralen Server in Neuseeland. Wir haben die zuständige Behörde in Wellington kontaktiert und den Betreiber aufgefordert, die Identität des Nutzers aufzulösen. Er hat sich noch nicht gemeldet.«

»Das kannst du vergessen«, schaltete sich Varnholt ein. »Ich weiß, wie so was geht. Der Server in Neuseeland ist nur eine Zwischenstation. Der nächste steht in Russland oder Kenia oder so. An die Identität des Users kommt höchstens die NSA.«

»Dann fragen wir eben die«, sagte Klausen.

Varnholt lachte.

»Nur zu. Die freuen sich bestimmt, der deutschen Polizei mal einen Gefallen tun zu können.«

»Rufen Sie lieber die Spurensicherung an, Herr Klausen«, sagte Eisenberg. »Die sollen sich Hinrichsens und Gehlerts Wohnungen ansehen. Und dann sprechen wir noch mal mit den Angehörigen.«

»Wird gemacht, Herr Eisenberg.«

»Frau Morani, was könnten wir Ihrer Meinung nach noch tun?«

»Ich weiß es nicht. Aber ich bin ziemlich sicher, dass er oder sie es wieder tun wird.«

»Sie meinen, noch jemanden umbringen?«

»Höchstwahrscheinlich. Der Täter hat sein Ziel noch nicht erreicht. Er will, dass die Öffentlichkeit glaubt, die Welt sei künstlich. Genau genommen will er, dass diese Leute, die er Admins nennt, ihn wecken. Er wird so lange weitermachen, bis das passiert oder er erkennt, dass er sich getäuscht hat.«

»Oder bis wir ihn schnappen. Können wir ihn irgendwie aus der Reserve locken?«

Sie zuckte mit den Schultern.

»Wüsste nicht, wie.«

»Wir könnten eine Botschaft über die Medien aussenden. Oder über das Spiel.«

»Er wird denken, die Admins stellen ihm eine Falle. Er wird sich versteckt halten. Er muss die Initiative behalten.«

»Ich verstehe nicht, wieso er denkt, er kann diese übermächtigen Admins zum Narren halten. Könnten die ihn nicht einfach löschen, wenn es sie gäbe?«

»Ich glaube, das ist es, was er will.«

»Warum bringt er sich nicht einfach selbst um? Dann müsste er doch theoretisch aufwachen, oder?«

»Vielleicht hat er es schon versucht, konnte aber seinen Selbsterhaltungstrieb nicht überwinden. Außerdem konstruieren sich paranoid Schizophrene oft ihre eigenen, komplexen Verschwörungstheorien. Wir wissen nicht, was in seinem Kopf vorgeht. Nur, dass er die Welt offenbar für nicht real hält – oder zumindest will, dass wir das glauben.«

»Sie meinen, er täuscht uns vielleicht?«

»Unwahrscheinlich, aber nicht unmöglich. Vielleicht spielt er nur mit uns. Vielleicht will er uns zeigen, dass er in der Lage ist, uns hereinzulegen und auf eine falsche Spur zu locken.«

»Könnte nicht doch Hinrichsen dahinterstecken?«

»Ist nicht auszuschließen. Wenn, dann leidet sie wahrscheinlich unter einer dissoziativen Identitätsstörung. In ihrem Kopf könnte es mehrere Persönlichkeiten geben. Das würde auch erklären, warum sie die Welt für künstlich hält, weil sie sich nämlich manchmal fremdgesteuert fühlt.«

Eisenberg seufzte.

»Also können wir bloß abwarten, bis er oder sie wieder jemanden verschwinden lässt, der dann in diesem Spiel darüber redet, dass die Welt künstlich ist? Das kann ich nicht akzeptieren!«

Moranis Stirn legte sich in Falten.

»Mir fällt leider nichts Besseres ein.«

»Was ist mit dem Schriftsteller? Könnte er etwas damit zu tun haben?«

»Mir scheint, er hat uns gesagt, was er weiß.«

»Verdammt! Wir können doch nicht hier rumsitzen und warten, bis wieder jemand verschwindet!«

»Vielleicht findet ja die Spurensicherung etwas«, sagte Morani.

Doch wie auch schon bei der ersten Untersuchung von Hinrichsens Wohnung fanden die Kollegen nichts Verwertbares. Auf Hinrichsens Laptop waren keine fremden Fingerabdrücke zu identifizieren. Dasselbe galt für den Computer von Gehlert. Es gab keine verdächtigen Faserspuren und erst recht kein Blut oder Spuren eines Kampfes. Dem Anschein nach hatten die Vermissten entweder freiwillig ihre Wohnungen verlassen oder sich einfach in Luft aufgelöst. Auch die Gespräche mit den Eltern von Gehlert und Hinrichsen erbrachten nichts außer Tränen, verzweifelten Bitten und der Tatsache, dass Eisenberg sich anschließend hilflos und überfordert fühlte.

Am Abend traf Eisenberg seinen alten Freund Erik Häger.

»Hallo Adam. Wie schön, dich zu sehen!« Häger stand von dem Ecktisch auf, den er in der *Heulenden Kurve*, einer kleinen Berliner Eckkneipe unweit von Eisenbergs Pension, belegt hatte. Er klopfte Eisenberg auf die Schulter und sah ihn prüfend an. »Hast dich nicht verändert!«

»Du auch nicht«, sagte Eisenberg, obwohl das nicht ganz stimmte.

Häger hatte schon immer einen Hang zur Körperfülle gehabt, aber früher hatte er sich mit Sport und den harten Trainings im aktiven Dienst in Form gehalten. Jetzt sah man ihm den Schreibtischjob an. Auch seine ehemals dunkle Haarfarbe hatte sich fast vollständig in ein stumpfes Grau verwandelt. Aber das breite Lächeln und die wachen hellgrauen Augen waren immer noch dieselben.

»Du warst immer ein schlechter Lügner«, sagte Häger. »Komm, setz dich erst mal hin. Ein Bier?«

»Ja, gern.«

»Dann erzähl mal. Wie waren die ersten Tage im neuen Job?«

Die Kellnerin brachte zwei Bier und sie stießen damit an.

»Kayser ist in Ordnung, und die Leute in meiner Gruppe sind wirklich außergewöhnlich. Außerdem hätte ich diesen Idioten Greifswald ohnehin nicht viel länger ertragen.«

»Aber?«

»Na ja, wir beißen uns gerade an unserem ersten richtigen Fall die Zähne aus.«

Eisenberg berichtete ihm von den bisherigen Ermittlungen.

»Klingt in der Tat nach einer harten Nuss. Wenn du dem Täter keine Falle stellen kannst, musst du wohl hoffen, dass er selbst einen Fehler macht. Früher oder später machen sie alle einen.«

»Ja, ich weiß. Aber wir können doch nicht einfach rumsitzen und warten, bis er den nächsten Menschen umbringt!«

»Ich weiß, wie sich das anfühlt. Du unternimmst alles Mögliche, um das Unglück zu verhindern, aber du weißt einfach nicht, wann und wo er das nächste Mal zuschlägt. Und wenn es dann passiert, fühlst du dich schuldig.«

Eisenberg nickte.

»Hast du eine Idee, was wir noch tun können?«

»Na ja, wenn es keine konkrete Spur gibt, dann muss man eben mit dem Unkonkreten arbeiten.«

»Was meinst du damit?«

»Irgendwie muss der Täter seine Opfer kennengelernt haben. Wenn ich dich richtig verstehe, hatten die Vermissten außerhalb dieses Spiels keinen Kontakt miteinander, richtig?«

»Bis auf Hinrichsen und Gehlert. Soweit wir wissen.«

»Also liegt es nah, dass er sie im Spiel kennengelernt hat. Andererseits ...«

»Ja?«

»Ich kenne mich ja mit diesen Spielen nicht so aus. Aber nach dem, was du mir gesagt hast, sind die Spieler anonym. Ich frage mich, woher er wusste, wo sie wohnen.«

»Vielleicht hat er sie einfach gefragt.«

»Wenn das so wäre, dann müsste diese Frage doch irgendwo in den Gesprächsprotokollen auftauchen, richtig?«

Eisenberg unterdrückte den Impuls, sich an den Kopf zu fassen.

»Na klar! Dass ich da nicht selber drauf gekommen bin! Die Sache hat nur einen Haken. Als wir mit dem Täter Kontakt hatten, hat er oder sie einen anonymen Server benutzt.«

»Das ist immerhin auch ein Hinweis. Wenn du Dialoge der Opfer mit einer Spielfigur findest, deren Spieler einen anonymen Server benutzt hat, kannst du davon ausgehen, dass es sich um den Täter handelt.«

»Du hast recht. Aber was nützt mir das? Ich kann seine Identität ja über die IP-Adresse nicht ermitteln.«

»Vielleicht nicht. Aber vielleicht hat der Täter im Spiel irgendwas gesagt, woraus du auf seine Identität schließen kannst.«

Eisenberg nickte.

»Eine sehr gute Idee! Danke!«

»Wenn ihr den Kerl auf diese Weise schnappt, gibst du mir einen aus, okay?«

Eisenberg grinste.

»Darauf würde ich nicht wetten. Ich gebe dir lieber jetzt gleich einen aus.«

Den Rest des Abends plauderten sie über alte Zeiten und gemeinsame Bekannte. Als Eisenberg sich schließlich verabschiedete, war es bereits nach Mitternacht. Er hatte ein oder zwei Bier mehr getrunken als gut für ihn war, sodass er ein wenig wackelig auf den Beinen war. Er winkte Häger nach, als dieser ins Taxi stieg.

Die klare Nachtluft tat ihm gut, und der Nebel in seinem Kopf lichtete sich etwas. Er dachte noch einmal darüber nach, was sein Freund gesagt hatte. Ja, das war eine gute Idee. Gleich morgen würde er mit Wissmann noch einmal zu Snowdrift fahren und die Dialoge, die die Vermissten geführt hatten, analysieren lassen.

Er erreichte die Pension, die in einer ruhigen Nebenstraße südlich des ehemaligen Flughafens Tempelhof lag. Sein Zimmer war im ersten Stock, die Tür nicht abgeschlossen. Wahrscheinlich hatte die neugierige Alte wieder herumgeschnüffelt. Sie ignorierte systematisch seine Privatsphäre.

Er tastete nach dem Lichtschalter, doch die Deckenlampe war anscheinend defekt. Die Vorhänge waren zugezogen, sodass nur wenig Licht von draußen eindrang. Er spürte eine Bewegung hinter sich. Ehe er sich umdrehen konnte, drückte jemand kaltes Metall in seinen Nacken.

»Schließen Sie die Tür!«

Die Stimme klang heiser, kaum mehr als ein Flüstern. Eisenberg erstarrte, mit einem Schlag wieder nüchtern.

»Wer sind Sie?«

»Tür zu, habe ich gesagt. Aber leise.«

Er gehorchte. Er war Profi genug, zu wissen, dass in einer solchen Situation Heldentaten unangebracht waren. Da er keine Möglichkeit hatte, seine Dienstwaffe hier in der Pension sicher zu verstauen, lag sie im Waffenschrank des LKA. Doch selbst, wenn er in diesem Moment sein Schulterholster getragen hätte, wäre ihm kaum etwas anderes übrig geblieben, als den Anweisungen des Fremden zu folgen.

»Setzen Sie sich dort drüben in den Sessel.«

»Was soll das? Ist Ihnen klar, dass Sie sich in ernste Schwierigkeiten bringen?«

Der Fremde kicherte leise.

»Los jetzt, da rüber.«

Eisenberg setzte sich in den Sessel neben dem Bett.

Der Unbekannte schaltete die alte Schreibtischlampe ein. Sie war so eingestellt, dass sie Eisenberg direkt ins Gesicht schien; er konnte nichts von dem erkennen, was hinter der Lampe lag.

»Und jetzt schön ruhig sitzen bleiben. Ich habe nicht viel zu verlieren, wie Sie wissen.«

»Wer sind Sie? Was wollen Sie?«

»Was ich will? Die Wahrheit sehen. Wecken Sie mich auf!«

»Das kann ich nicht. Ich bin kein Admin. Das habe ich Ihnen schon in Goraya gesagt.«

»Pech für Sie, Herr Kommissar. Denn dann sind Sie auch bloß ein Opfer dieser gigantischen Scharade. Dann muss ich Ihren virtuellen Körper löschen. Wenn ein Polizist spurlos verschwindet, wird das sicher ein bisschen mehr Aufsehen erregen als bei ein paar Studenten. Noch dazu einer vom LKA.«

Eisenberg überlegte fieberhaft.

»Also schön, nehmen wir an, ich wäre ein Admin. Wieso sollte ich Sie nicht einfach löschen?«

»Das will ich ja. Mir ist egal, was mit meinem Körper in dieser Simulation geschieht. Ich will nur, dass Sie mir die Wirklichkeit zeigen!«

Eisenberg wünschte sich in diesem Moment nichts mehr, als dass er Morani um Rat fragen könnte, wie er mit diesem Psychopathen umgehen sollte.

»Und wenn das nicht geht?«

Der Unbekannte schwieg einen Moment.

»Was ... was meinen Sie damit? Wollen Sie mir sagen, dass ich ... dass ich gar keinen Körper habe? Oder dass ich nur Software bin?« Er machte ein Geräusch, das wie ein Röcheln klang. »Sie lügen!«

Eisenberg war sich der Tatsache bewusst, dass jedes falsche Wort einen Wutanfall oder eine Panikattacke auslösen konnte, mit möglicherweise tödlichem Ausgang.

»Ich habe das Buch gelesen«, sagte er. »*Simulacron-3.*«

»Ja, und?«

»Ich verstehe, was Sie wollen. Aber nur mal angenommen, es ist nicht so, wie Sie denken. Stellen Sie sich vor, die Welt, dieses Zimmer hier ist alles, was es gibt. Wir beide bestehen nicht bloß aus Bits und Bytes, sondern unsere Körper sind real, so wie die der fünf Menschen, die Sie umgebracht haben. Dann wären Sie gerade dabei, die einzige Welt, das einzige Leben, das Sie haben, zu zerstören!«

Der Unbekannte lachte heiser.

»Hören Sie auf mit Ihren Psychotricks! Lernt man das

als Admin? Wie gehe ich damit um, wenn ein Sim die Illusion durchschaut?«

»Was haben Sie mit den Leichen gemacht?«

»Lenken Sie nicht ab! Entweder, Sie befreien mich jetzt und hier aus meinem Gefängnis, oder Sie sind der Nächste, der verschwindet!«

»Merken Sie nicht, dass es unlogisch ist, was Sie sagen? Wäre ich wirklich ein Admin, könnten Sie mir doch nicht drohen. Ich könnte Sie einfach verschwinden lassen oder eine virtuelle Polizeistreife herzaubern, die Sie festnimmt und ins Irrenhaus steckt. Da ich das nicht tue, bin ich wohl keiner. Aber dann läuft Ihre Drohung ebenfalls ins Leere.«

»Darauf falle ich nicht rein. Mir ist klar, dass Ihnen Ihr Simkörper egal ist. Aber wenn Hauptkommissar Eisenberg spurlos verschwindet, wird das das Experiment empfindlich stören. Es wird eine Menge unbeantworteter Fragen geben. Die Zeitungen werden darüber berichten. Die Leute werden endlich begreifen, was vorgeht. Wollen Sie das?«

Seine Stimme war lauter, eindringlicher geworden, und sie zitterte leicht. Der Fremde stand kurz vor dem Nervenzusammenbruch.

»Was ich will, ist, dass Sie ihre Waffe herunternehmen und wir beide diesen Wahnsinn hier und jetzt beenden.«

»Es reicht, Eisenberg. Sie hatten Ihre Chance. Ich werde ...«

Eisenberg stieß die Lampe an, sodass sie im Halbkreis herumschwenkte und den Täter anstrahlte. Das Bild brannte sich in sein Gedächtnis ein: Kapuzensweatshirt, die Kapuze tief ins Gesicht gezogen. Oberlippenbart, klobige schwarze Brille.

Eisenberg hechtete zur Seite. Ein Schuss krachte. Die Lampe zersplitterte, und es wurde wieder stockdunkel. Eisenberg rappelte sich auf und kroch in die Nische zwischen Schrank und Bett. Der Unbekannte schoss noch einmal. Schritte waren von der Treppe zu hören. Die Tür ging auf, und der Fremde stürzte aus dem Zimmer. Im Treppenhaus schrie jemand auf, doch zum Glück fiel kein weiterer Schuss.

Eisenberg sprang hinter dem Schrank hervor und riss die Tür auf. Seine Vermieterin, Frau Kohl, stand mit schreckgeweiteten Augen da. Die Haustür schloss sich gerade.

Er stürmte an ihr vorbei und aus dem Haus. Sah den Täter fünfzig Meter entfernt die Straße entlangsprinten. Früher hätte er vielleicht eine Chance gehabt, den jungen Mann im Laufen einzuholen, doch diese Zeiten waren vorbei. Außerdem hatte der Täter immer noch seine Waffe.

Er wählte die Nummer der Einsatzbereitschaft aus dem Nummernspeicher. Noch während er Anweisungen gab wusste er, dass selbst eine sofort ausgelöste Großfahndung sinnlos war. Es gab zu viele Möglichkeiten, von hier zu verschwinden.

Frustriert kehrte er in die Pension zurück. Frau Kohl stand noch immer auf der Treppe. »Ich ... ich habe einen Knall gehört ... War das ein Schuss? Und dann noch einen«, stammelte sie.

Trotz ihrer unfreundlichen Art tat ihm die Frau leid.

»Wie ist der Mann in mein Zimmer gekommen?«

»Ich dachte ... er hat gesagt, er sei Ihr Neffe und dass er Sie überraschen wolle. Und da hab ich ... Ich wusste doch nicht ...«

Sie brach in Tränen aus.

»Schon gut«, sagte Eisenberg. »Ist ja noch mal gut gegangen.« Er nahm sie am Arm und führte sie in ihre Wohnung. »Können Sie den Täter beschreiben?«

»Haben Sie ihn denn nicht gesehen?«

»Doch, natürlich. Aber das Gedächtnis kann einem Streiche spielen. Es ist besser, wenn wir beide unabhängig voneinander eine Täterbeschreibung machen. Aber das hat Zeit bis morgen. Jetzt machen Sie sich erst mal einen Tee zur Beruhigung.«

»Vielen Dank, Herr Kommissar.«

Er blieb bei ihr, bis die Spurensicherung eintraf, und mit ihr Polizeidirektor Kayser höchstpersönlich.

»Ich möchte mich bei Ihnen entschuldigen, Herr Eisenberg«, sagte er. »Ich hätte nicht an Ihrem Verdacht zweifeln dürfen.«

»Machen Sie sich keine Gedanken«, gab Eisenberg zurück. »Ich war mir ja selbst nicht sicher.«

41.

Atemlos hetzt du durch die Nacht. Dein Körper brennt. Tränen rinnen über deine Wangen. Sie haben dich! Du kannst ihnen nicht mehr entkommen. Wahrscheinlich konntest du es nie. Du solltest stehen bleiben und dich in dein Schicksal ergeben. Doch etwas treibt dich voran. Es ist nackte Panik.

»Und wenn das nicht geht?«, hat der Kommissar gefragt. Eine beinahe beiläufige Frage, ruhig gestellt, so als befände er sich nicht in Lebensgefahr. Also hattest du recht: Er ist ein Admin. Niemand bleibt in so einer Situation so gelassen, nicht einmal ein Bulle. Aber warum hat er das gesagt? Was hat er gemeint?

Visionen drücken auf dein Hirn: Du bist nur ein Gehirn in einem Glas voller Nährlösung. Drähte führen zu deinen Nervenbahnen. Sie gaukeln dir einen Körper vor, eine Welt. Es ist bloß eine Illusion – aber eine barmherzige. Schlimmer noch: Du bist nicht mal ein Gehirn. Nur eine Anordnung magnetischer Zustände in einem komplexen maschinellen Konstrukt. Kein Körper. Nicht mal ein Selbst.

»Und wenn das nicht geht?« Wie ein Güterzug rauscht die Frage durch deinen Kopf. Im Laufen tastest du nach deinem Hals. Du spürst nichts. Fast wünschst du dir, ihre Stimmen zu hören, ihr Lachen. Doch sie schweigen.

Du erreichst den U-Bahnhof Alt-Tempelhof. Immer noch hat dich niemand aufgehalten. Sie beobachteten dich.

Weiden sich an deiner Angst. Ziehen das Spiel in die Länge.

Der U-Bahnhof ist leer. Die nächste Bahn geht erst in acht Minuten. Du rennst wieder nach oben, schaust dich um. Zwei Streifenwagen mit Blaulicht nähern sich. Du verbirgst dich in den Schatten der Bäume eines schmalen Grünstreifens.

Die Einsatzwagen fahren vorbei.

Ein schnaufendes Geräusch lässt dich herumfahren. Wie aus dem Nichts steht ein Hund vor dir. Ein Mischling, kniehoch, muskulös und kurzhaarig wie ein Bullterrier. Ganz still steht er da und starrt dich an. Seine Augen reflektieren das Licht der Laterne. Unbarmherzige Tieraugen, hinter denen du die Intelligenz eines überlegenen Verstandes erkennst. Du erstarrst vor Schreck. Dein Magen krampft sich zusammen. Seit du als kleines Kind von einem Hund gebissen wurdest, hast du immer Angst vor diesen Tieren gehabt.

Sie wissen das!

Der Hund knurrt und fletscht die Zähne. Bleib, wo du bist, scheint er zu sagen, oder es wird dir schlecht ergehen. Dein Überlebensinstinkt will die Niederlage nicht eingestehen. Flieh!, schreit er. Doch du bist wie gelähmt. Zitternd stehst du da, rührst dich nicht von der Stelle. Deine Hand schließt sich um die Pistole in deiner Jackentasche.

Ein Mann mit Bomberjacke und Glatze kommt den schmalen Weg entlang.

»Nero! Bei Fuß!«

Das Tier wirft dir einen abfälligen Blick zu, dreht sich um und trottet davon.

Es dauert einen Moment, bis du dich wieder rühren kannst. Du rennst zurück zur U-Bahn, verpasst beinahe den Zug. In letzter Sekunde springst du hinein. Niemanden interessiert es.

Du wechselst ein paarmal die Linie, bis du sicher bist, dass niemand dir folgt. Hoffnung keimt in dir. Solltest du ihnen wirklich entwischt sein? Haben sie ihre künstliche Welt so wenig unter Kontrolle? Oder ist das alles doch bloß ein Wahn? Das sind nicht deine Zweifel. Es sind ihre!

Endlich begreifst du, was sie vorhaben. Sie hetzen dich. Der Hund war nur ein Symbol, ein Teil ihres perfiden Spiels, um dich in die Verzweiflung zu treiben. Sie warten darauf, dass du die Ungewissheit nicht mehr aushältst. Dass du dich umbringst. Wie Mina es gesagt hat. Der Gedanke hat eine unheimliche Anziehungskraft, wie ein verbotenes Zimmer in einem alten Haus. Du könntest es tun, hier und jetzt. Es wäre vorbei.

Das sind nicht deine Gedanken. Es sind ihre!

Endlich erreichst du die Station, wo du dein Auto geparkt hast. Es ist fast zwei Uhr, als du schließlich zu Hause bist.

Leise steigst du die Kellertreppe hinab. Mina schläft. Sie tut dir leid. Sie ist eine Gefangene. Wenn sie doch nur begreifen könnte, dass nicht du derjenige bist, der sie gefangen hält! Die Pistole gleitet wie von selbst in deine Hand. Es wäre so einfach, sie zu befreien. Und du hättest ein Problem weniger. Du betrachtest die zerbeulte Tür. Sie ist definitiv ein Problem. Hättest es gleich tun sollen. Deine Hand zittert am Abzug. Nach langem Zögern sicherst du die Pistole wieder und steckst sie wieder ein.

Wie lange ist es her, dass sie zuletzt den Tranquilizer genommen hat? Sicherheitshalber weckst du sie und verabreichst ihr noch einmal zwei Tabletten. Sie nimmt sie ohne zu murren. Du schließt die Tür und verstellst sorgfältig die Kombination. Dein Vater mag paranoid gewesen sein, aber er hatte auch ein paar gute Ideen.

Endlich gehst du zu Bett. Doch der erlösende Schlaf will nicht kommen.

Du musst etwas *tun*.
Du musst *etwas* tun.
Du *musst* etwas tun.
Du musst etwas tun.
Aber was?

42.

»Wie geht es Ihnen?«, fragte Kayser. Er hatte Eisenberg zu einem kurzen Gespräch in sein Büro gebeten. Seinem Gesicht nach zu urteilen hatte er ebenso wenig geschlafen wie Eisenberg.

»Gut, danke«, erwiderte Eisenberg.

Kayser kam direkt zur Sache.

»Ich habe vorhin mit Dr. Mischnick gesprochen. Sie wissen, dass der Fall nach dem Angriff auf Sie eigentlich in den Zuständigkeitsbereich der Abteilung 1 für Delikte am Menschen gehört. Angesichts Ihrer Erfahrung ist mein Chef jedoch bereit, eine Sonderregelung zu treffen und die Kompetenzen der SEGI für diesen Fall zu erweitern. Das bedeutet, Sie können die Ermittlungen weiterhin leiten. Natürlich nur, wenn Sie das möchten.«

»Ja, das möchte ich.«

»Das dachte ich mir. Aber wir beide müssen uns darüber im Klaren sein, was das bedeutet: Eine solche Kompetenzverschiebung erzeugt immer eine Menge Unmut bei den Kollegen. Das gesamte LKA wird argwöhnisch darauf schauen, was Sie tun. Wenn Sie scheitern, kann das bedeuten, dass der ohnehin magere Rückhalt für Ihre Gruppe weiter schwindet. Möglicherweise wird dann auch Dr. Mischnick seine bisherige Unterstützung zurückziehen. Das Schicksal der SEGI ist also mit diesem Fall verknüpft.«

»Wenn ich es richtig sehe, hängt die SEGI ohnehin am

seidenen Faden. Dieser Fall ist die Chance für uns, zu beweisen, was wir können.«

»So sehe ich es auch. Ich wollte Ihnen nur klarmachen, dass wir beide unter erheblichem Erfolgsdruck stehen.«

»Danke für Ihr Vertrauen, Herr Kayser. Ich kann Ihnen nicht garantieren, dass wir den Täter überführen, aber wir werden unser Bestes geben.«

»Gut, dann reden wir am besten über das weitere Vorgehen. Haben Sie schon mit dem Tatortermittlungsdienst gesprochen?«

»Ja. Bis jetzt gibt es außer den beiden Kugeln keine verwertbaren Spuren.«

»Was sagt die KTU?«

»Sie wurden aus einer russischen Makarow IZ-70 abgeschossen, wahrscheinlich ehemaliger NVA-Bestand. Nach Aussage Dr. Kaminskys gibt es in Berlin davon Hunderte, keine einzige registriert.«

»Haben Sie schon ein Phantombild erstellen lassen?«

»Darauf würde ich lieber verzichten. Der Täter hat sein Äußeres verfremdet. Meiner Erfahrung nach ist ein schlechtes Phantombild kontraproduktiv.«

»Wie Sie meinen. Was werden Sie als Nächstes tun?«

»Ich sehe drei Ermittlungsansätze: Erstens das Umfeld der Opfer, insbesondere im Zusammenhang mit diesem Spiel. Zweitens den Spielehersteller. Der Täter hat möglicherweise Insiderkenntnisse, die es ihm ermöglicht haben, die wahre Identität von Spielern herauszufinden und ihnen aufzulauern.«

»Ein Mitarbeiter der Firma?«

»Vielleicht oder auch ein ehemaliger. Es scheint mir eine Möglichkeit zu sein, die wir überprüfen sollten.«

»Gut. Und der dritte Ansatz?«

»Die Waffe.«

»Die Makarow kriegt man für ein paar Hunderter auf dem Schwarzmarkt.«

»Ich weiß. Aber unser Täter scheint mir nicht der typische Kriminelle zu sein, der Waffen auf dem Schwarzmarkt kauft. Im Chaos nach dem Ende der DDR sind doch eine Menge Waffen der NVA abhandengekommen. Ein Teil ist auf dem Schwarzmarkt gelandet. Der größere Teil aber dürfte noch irgendwo in Schränken und Schubladen ehemaliger NVA-Angehöriger herumliegen.«

»Sie meinen, er hat die Waffe von seinem Vater?«

»Oder einem Onkel oder Großvater.«

»Sollten Sie recht haben, suchen wir nach dem Sohn, Enkel oder Neffen eines ehemaligen NVA-Soldaten. Das schränkt den Kreis der Verdächtigen nicht sehr stark ein, fürchte ich.«

»Nein. Aber es ist ein Ermittlungsansatz. Nicht mehr und nicht weniger.«

Kayser nickte.

»Was, glauben Sie, wird der Täter als Nächstes tun?«

»Schwer zu sagen. Offenbar ist er geistesgestört und unberechenbar. Fest steht nur, er hat sein Ziel noch nicht erreicht. Es steht zu befürchten, dass er wieder zuschlägt.«

»Dann stehen wir unter umso größerem Erfolgsdruck. Wir müssen unbedingt verhindern, dass noch mehr Menschen spurlos verschwinden. Aber wem sage ich das. Ich spreche gleich mit dem zuständigen Staatsanwalt. Er vertraut mir, auch wenn er vermutlich nicht viel davon hält, dass ein persönlich betroffener Kommissar die Ermittlungen leitet. Bitte halten Sie mich über jede Einzelheit auf dem Laufenden.«

»Selbstverständlich.«

»Viel Erfolg, Herr Eisenberg, in unser beider Interesse!«

»Danke, Herr Kayser!«

43.

Mina hatte bohrendes Kopfweh. Ihr Arm pochte dumpf. Doch sie durfte sich ihre Schmerzen nicht anmerken lassen. Also lächelte sie dümmlich, als Julius sie mit einem Frühstückstablett in den Händen weckte.

»Wie geht es dir?«

»Ich ... fühl mich ... so müde ...«, lallte sie.

Er beobachtete sie aufmerksam und voller Misstrauen. Er wirkte verändert. Gestern hatte er noch Zuversicht und Selbstbewusstsein ausgestrahlt, fast schon Arroganz. Heute wirkte er bedrückt, geradezu deprimiert. Etwas war geschehen. Mina hütete sich, ihn danach zu fragen.

Schweigend saß er bei ihr, während sie die Cornflakes löffelte und altes Brot mit Marmelade aß. Statt Kaffee hatte er ihr ein Glas Milch gebracht. Als sie aufgegessen hatte, legte sie sich unaufgefordert wieder hin, schloss die Augen und bemühte sich, regelmäßig zu atmen.

Er blieb einen Moment sitzen und beobachtete sie. Dann räumte er das Geschirr zusammen und trug das Tablett nach oben. Sie wartete, bis das inzwischen vertraute Geräusch des Zahlenschlosses verklungen war. Dann erhob sie sich und hockte sich vor das Regal.

In der untersten Reihe standen alte Ordner und Kartons mit Unterlagen. Vorsichtig hob sie den Deckel des zweiten Kartons von links ab und nahm einen Stapel Zettel heraus, bis zu der Markierung, die sie beim letzten Mal hinterlassen hatte. Sie musste binnen Sekunden in der Lage sein, die Unterlagen zurückzulegen, den Deckel zu schließen und sich auf der Matratze schlafend zu stellen.

Es war eine verzweifelte Aktion. Die Chance, auf diese Weise zu fliehen, war verschwindend gering, das Risiko, erwischt und bestraft zu werden, umso größer. Doch was hätte sie sonst tun sollen? Warten, bis Julius irgendwann wieder die Nerven verlor und sie einfach abknallte, so wie die anderen?

Die massive Stahltür, für einen Bombenangriff konstruiert, würde sie niemals gewaltsam aufbekommen. Allein der Versuch würde ihn auf sie aufmerksam machen und ihm zeigen, dass sie seine Drogen nicht nahm. Ihre einzige Chance bestand darin, die Kombination für das Türschloss zu erraten und in einem unbeobachteten Moment zu entwischen.

Sie hatte lange darüber nachgedacht. Zunächst war ihr das völlig aussichtslos erschienen. Acht Stellen, hundert Millionen Möglichkeiten. Doch dann war ihr in einem Geistesblitz klar geworden, dass acht Stellen genauso viele Ziffern waren, wie man brauchte, um ein beliebiges Datum darzustellen.

Aus ihrem Studium wusste sie, dass die meisten Sicherheitsprobleme nicht durch unzureichende technische Möglichkeiten entstanden, sondern durch die Unfähigkeit der User, sich komplizierte Passwörter zu merken. Deshalb neigten sie dazu, Schlüssel zu verwenden, die leicht zu erraten waren. Immer noch gab es viele, die Codes wie »Passwort« oder »123456« benutzten. Tatsächlich hatte sie als Erstes »12345678« und »23456789« ausprobiert, als sie sicher war, dass ihr Peiniger aus dem Haus war. Dann die Zahlenfolgen rückwärts sowie alle acht Ziffern jeweils identisch.

Doch so leicht machte es ihr Julius nicht. Paranoid wie er war, konnte es gut sein, dass er eine völlig zufällige Zahlenfolge verwendete. Dann hatte sie keine Chance. Also blieb ihr nur, nach einem Datum zu suchen, das für ihn eine Bedeutung hatte, und zu hoffen, dass er dieses Datum als Kombination eingestellt hatte.

Es gab eine ganze Reihe möglicher Kandidaten für ein Datum, das in Julius' Leben eine wichtige Rolle spielte. Sein Geburtstag. Die Geburtstage seiner Eltern und Großeltern. Deren Todestage.

Mina wusste inzwischen, dass er schon seit Längerem allein in diesem Haus lebte, das er von seinen Eltern geerbt hatte. Beide waren an Krebs gestorben. In einer sentimentalen Minute hatte er ihr davon erzählt. Die Lebensdaten hatte er natürlich nicht erwähnt. Ihre schwache Hoffnung war, in den alten Unterlagen irgendwelche Hinweise darauf zu finden.

Bisher war die Suche allerdings vergeblich gewesen. Die Kästen enthielten NVA-Dokumente aus den Sechziger- und Siebzigerjahren – Einsatzbefehle, Protokolle von Besprechungen, Materiallisten, geschrieben mit Schreibmaschine auf schlecht bedruckte, vergilbte Formulare.

Blatt für Blatt ging sie durch, überflog Randnotizen und handschriftliche Anmerkungen, die alle in derselben, ordentlichen und spitzzackigen Schrift gemacht worden waren. Endlich stieß sie auf etwas, das ihr einen Anhaltspunkt gab. Es war eine Belobigungsurkunde: »Für besondere Leistungen beim Einsatz gegen subversive Kräfte innerhalb der Nationalen Volksarmee, die zur Verhaftung mehrerer Verdächtiger führten, wird Herrn Hauptmann Walter Körner, geb. am 19.3.1937, Anerkennung ausgesprochen.« War das sein Vater? Oder sein Großvater? Er hatte erwähnt, sein Vater sei Offizier gewesen, die Einrichtung dieses Bunkers im Keller des Wohnhauses sprach ebenfalls dafür. Durchaus möglich, dass er bei Julius' Geburt bereits um die fünfzig gewesen war.

Sie prägte sich die Ziffernfolge ein und blätterte weiter durch die Unterlagen. Als sie den gesamten Karton durchforstet hatte, war sie noch auf zwei weitere Dokumente gestoßen, die den Geburtstag von Walter Körner enthielten – einen Urlaubsantrag und eine weitere Belobigungsurkunde.

Sie war gerade dabei, die Unterlagen in den Karton zurückzulegen, als sie oben an der Treppe Geräusche hörte. Vor Schreck rutschte ihr ein Teil der Papiere aus der Hand und fiel in einem unordentlichen Haufen zu Boden.

In Panik versuchte sie, die Papiere zu ordnen, sodass sie in den Karton passten. Keine Chance. Ihr blieb nichts anderes übrig, als hastig den Deckel des Kartons zu schließen, die heruntergefallenen Papiere zusammenzuklauben und unter der Bettdecke zu verstecken. Sie konnte nur beten, dass er nichts davon mitbekommen hatte.

Sie hatte es gerade eben geschafft, sich unter die Decke zu flüchten und die Augen zu schließen, als er den Raum betrat. Er blieb im Eingang stehen. Minas Herz pochte heftig. Tränen stiegen ihr in die Augen. Sie konnte seinen Blick spüren, wie er ihn durch den Raum schweifen ließ, als ahne er, dass etwas nicht stimmte. Sie hörte seine Schritte.

Er rüttelte sie unsanft an der Schulter. »Mina, aufwachen. Zeit für deine Medizin!«

Sie öffnete die Augen. Die Tränen ließen sein Gesicht verschwimmen. Dennoch erkannte sie seine misstrauische Miene. Doch er sagte nichts, hielt ihr nur die Tabletten und eine Flasche hin. Mina nahm die Tabletten, verstaute sie in der Backentasche, trank zwei Schlucke Wasser, legte sie sich wieder hin und schloss die Augen.

Er stand eine Weile neben ihr. Dann hörte sie, wie er sich dem Regal näherte. Sie hielt den Atem an. Doch er nahm keinen Karton aus dem Regal, stand nur einen Moment da, drehte um und verließ den Raum.

Als sie sicher war, dass er sie nicht mehr hören konnte, erlaubte sie sich zu weinen. Während die Tränen über ihre Wangen liefen, raffte sie die Papiere zusammen und verstaute sie wieder im Karton. Die Reihenfolge der Unterlagen, die sie stets so sorgsam beachtet hatte, war nicht mehr wiederherzustellen. Doch die Gefahr, dass er das bemerkte, erschien ihr auf einmal gering.

Erst als alles wieder an Ort und Stelle war, beruhigte sie sich. Lauschte. Nichts war zu hören. Sie hatte keine Ahnung, wie spät es war. Er hatte ihr die Uhr abgenommen. Die Tatsache, dass sie vor wenigen Stunden »gefrühstückt« hatte, bedeutete gar nichts. Vielleicht war es später Abend und er war schon schlafen gegangen. Vielleicht war es Morgen und er aus dem Haus. Sie wusste nicht einmal, welcher Wochentag es war.

Sie beschloss, das Risiko einzugehen und die Kombination auszuprobieren. Leise kletterte sie die Treppe hinauf. Das Zahlenschloss stand auf »84 296 744«. Sie merkte sich die Kombination, dann drehte sie die Räder auf das Geburtsdatum des ehemaligen NVA-Offiziers Walter Körner.

Das Klicken und Knirschen der Räder erschien ihr grausam laut. Nach jedem Einrasten verharrte sie kurz, lauschte auf Schritte. Doch es blieb ruhig.

Endlich waren alle Räder in der richtigen Position. Sie hielt den Atem an und versuchte das Öffnungsrad zu drehen.

Es bewegte sich nicht.

Sie biss sich auf die Lippen, um ein Aufstöhnen zu unterdrücken, zwang sich, die ursprüngliche Kombination wieder einzustellen. Dann kehrte sie zu ihrer Matratze zurück. Auf einmal fühlte sie sich so müde, als hätte sie die Tabletten wirklich geschluckt. Sie legte sich hin, zog sich die Decke über den Kopf und schlief bald darauf ein.

44.

»Herr Hauptkommissar, ist das wirklich nötig?« John McFarren wirkte ungehalten, was seinen englischen Akzent stärker hervortreten ließ. Er war persönlich zum Empfang gekommen, um sie abzuholen, oder vielleicht auch, um sie abzuwimmeln. »Herr Hagen hat Ihnen doch schon letzte Woche gesagt, dass wir in wenigen Tagen auf der *Wizard's Convention* unser neues Release der Weltöffentlichkeit präsentieren. Wir schieben hier Extraschichten, um das hinzukriegen. Und jetzt kommen Sie und halten schon wieder unsere Mitarbeiter von der Arbeit ab! Wir haben Ihre Ermittlungen wirklich unterstützt, so gut wir konnten. Aber enough is enough!«

Eisenberg bemühte sich, gelassen zu bleiben. Der Adrenalinschub des nächtlichen Überfalls war längst verflogen. Früher hätte ihm eine solche durchwachte Nacht kaum etwas ausgemacht, doch jetzt fühlte er sich bleischwer und gereizt.

»Herr McFarren, das hier ist kein Spiel. Fünf Menschen sind höchstwahrscheinlich ermordet worden. Die Spuren laufen in *World of Wizardry* zusammen. Es ist denkbar, dass der Täter in Beziehung zu Ihrer Firma steht.«

»Sie verdächtigen einen von uns?«

»Wir verdächtigen noch niemanden. Wir gehen nur Spuren nach.«

McFarren warf die Hände in die Luft.

»Goddammit! Wissen Sie eigentlich, was an der Börse los ist, wenn rauskommt, dass bei uns polizeiliche Ermittlungen durchgeführt werden?«

»Sie haben sicher Verständnis dafür, dass wir uns bei der Polizeiarbeit nicht nach irgendwelchen Börsenkursen richten können.«

»Ja, schon gut. Also von mir aus. Was wollen Sie denn genau von uns?«

»Herr Wissmann wird die Spielerdialoge noch einmal analysieren. Wir möchten gern herausfinden, ob jemand die Verschwundenen im Spiel nach ihren Klarnamen oder ihrer Adresse gefragt oder sich mit ihnen verabredet hat. Herr Wissmann hat mir versichert, das gehe schnell.«

McFarren musterte Wissmann skeptisch.

»Ich habe schon von den erstaunlichen Fähigkeiten Ihres Mitarbeiters gehört. Also gut. Und was noch?«

»Herr Varnholt wird sich mit Ihren Sicherheitsexperten unterhalten. Ich möchte gern wissen, ob jemand von außen auf die Spielerdaten zugreifen konnte.«

»Das ist völlig ausgeschlossen!«

»Mag sein, aber Sie erlauben hoffentlich, dass wir uns davon selbst ein Bild machen.«

»Sonst noch etwas?«

»Frau Dr. Morani und ich würden gern mit Ihrer Personalabteilungsleitung sprechen.«

»Na schön, meinetwegen. Dann kommen Sie bitte mit.«

Die Personalchefin war eine ausnehmend hübsche Blondine Anfang dreißig. Sie lächelte professionell und sprach ebenfalls mit englischem Akzent.

»Die Kriminalpolizei? Ich hoffe, keiner unserer Mitarbeiter hat etwas, wie sagt man, ausgefressen?«

Eisenberg überging die Bemerkung.

»Haben Sie eine Datei mit den Fotos Ihrer Mitarbeiter?«

»Ja, natürlich. Jeder unserer Mitarbeiter hat ein Profil im Intranet.«

»Ich würde mir gern die Profile aller männlichen Mitarbeiter im Alter zwischen zwanzig und fünfunddreißig ansehen.«

»Nur die in Berlin?«

»Ja.«

»Das dürften immer noch an die zweihundert sein. Darf ich fragen, warum Sie die sehen wollen?«

»Ich hatte eine persönliche Begegnung mit einem Straftäter. Falls er unter Ihren Mitarbeitern ist, erkenne ich ihn vielleicht wieder.«

»Verstehe. Sie können den Computer einer Mitarbeiterin benutzen, die heute nicht da ist.« Sie führte sie zu einem Arbeitsplatz und öffnete das Intranet. »Wenn Sie mich brauchen, ich bin in meinem Büro.«

Eisenberg bedankte sich und klickte mit Morani durch die einzelnen Profile. Die meisten Mitarbeiter hatten private Fotos hochgeladen. Viele hatten Angaben zu ihrer Ausbildung und ihren Hobbys gemacht. Während Eisenberg jedes einzelne Foto sorgfältig studierte, las Morani die Profiltexte auf der Suche nach Auffälligkeiten.

Nach etwa einer Stunde hatten sie alle infrage kommenden Profile durchgesehen. Eisenberg schwirrte der Kopf. Ein paarmal hatte er ein Gesicht gesehen, das theoretisch das des Täters hätte sein können, auch wenn er in keinem Fall sicher war. Er hatte sich neun Namen notiert und bat die Personalchefin jetzt, kurz mit den betreffenden Mitarbeitern sprechen zu dürfen.

»Sie haben Glück, dass wir wegen des neuen Releases eine Urlaubssperre haben«, sagte sie. »Ich glaube, die sind heute tatsächlich alle im Haus.«

Sie führte Eisenberg und Morani zu den jeweiligen Arbeitsplätzen. Keiner der neun Mitarbeiter reagierte nervös. Keiner hatte die Stimme des Täters. Sie kehrten ins Büro der Personalchefin zurück.

»Ehrlich gesagt bin ich froh, dass Sie Ihren Verdächtigen nicht bei uns gefunden haben«, sagte sie. »Kann ich sonst noch etwas für Sie tun?«

»Es wäre möglich, dass die Person, die wir suchen, ein ehemaliger Mitarbeiter ist«, sagte Eisenberg.

»Da werden Sie nicht viel Glück haben«, erwiderte die Personalchefin. »Wir haben nur eine sehr geringe Fluktuation. Da wir immer noch stark wachsen, gab es bisher noch keine betriebsbedingten Kündigungen. Seit ich hier bin, also seit ungefähr zwei Jahren, hatten wir überhaupt nur ein Dutzend Mitarbeiter, die von sich aus gegangen sind, nur in zwei Fällen mussten wir den Mitarbeitern kündigen.«

»Was waren das für Fälle?«, fragte Morani.

»In einem ging es um Untreue. Eine Mitarbeiterin der Buchhaltung hatte Schulden und hat Geld unterschlagen. Der andere Fall war ein Systemadministrator, der versucht hat, Spielerdaten zu stehlen. Wir haben damals auf eine Strafanzeige verzichtet. Der Mann hatte offenbar psychische Probleme.«

»Was genau waren das für Probleme?«

»Ich weiß es nicht genau. Er war jedenfalls in psychologischer Behandlung deswegen.«

»Haben Sie noch seine Personalakte?«, fragte Eisenberg.

»Ja, natürlich.«

Sie öffnete eine Datei. Eisenberg notierte sich Namen und Anschrift.

»Wann war der Vorfall?«

»Das ist etwa ein Dreivierteljahr her.«
»Vielen Dank. Sie haben uns sehr geholfen!«

Eisenberg holte Wissmann und Varnholt ab.

»Haben Sie etwas herausgefunden?«, fragte er, als sie mit Eisenbergs Dienstwagen zurück zum Büro fuhren.

»Ja«, sagte Wissmann.

»Und was?«

»Keiner der Vermissten wurde im Spiel nach seinem Klarnamen oder seiner Adresse gefragt.«

»Und Sie, Herr Varnholt?«

»Die Sicherheitsmaßnahmen von Snowdrift sind auf dem neuesten Stand, wie nicht anders zu erwarten. Unwahrscheinlich, dass jemand von außen Zugriff auf die Spielerdaten bekommen hat. Aber nicht unmöglich. Was ist mit Ihnen? Sie sehen aus, als hätten Sie eine Spur.«

»Vielleicht«, sagte Eisenberg.

45.

Du schließt die Tür hinter dir und verstellst die Zahlenkombination, als du unten ein Geräusch hörst. Wie ein leises Rascheln. Du hältst inne, lauschst, doch da ist nichts mehr. Langsam steigst du die Treppe hinab. Mina schläft friedlich, von den Tabletten in süße Träume versetzt. Du beneidest sie darum.

Im Eingang stutzt du. Irgendetwas stimmt nicht. Du blickst dich um, doch kannst nicht erkennen, was dich stört. Vielleicht nur die Stimmen der Admins, die immer wieder kichern und miteinander tuscheln. Du kannst sie hören, als seien die Betonwände nur aus Papier.

Mina schläft. Du rüttelst sie an der Schulter.

»Mina, aufwachen. Zeit für deine Medizin!«

Sie hebt träge den Kopf. Ihre Augen sind glasig. Du hältst ihr die Tabletten und eine Flasche hin. Sie nimmt die Tabletten in den Mund und trinkt zwei Schlucke. Du beobachtest, wie sie schluckt. Sie legt sich wieder hin und schließt die Augen. Du beobachtest sie eine Weile, bis ihr Atem regelmäßig geht.

Die Stimmen lachen lauter, als wärst du der Hauptdarsteller in einer Sitcom, der nicht merkt, dass er gerade hereingelegt wird. Du blickst dich um. Etwas ist falsch. Gehst zum Regal. Dein Blick gleitet über die Kartons in der untersten Reihe. Auf einem der Deckel ist die Staubschicht verwischt.

Sie hat ihn geöffnet und in den Unterlagen deines Vaters herumgewühlt. Aus Langeweile? Oder hat sie etwas Bestimmtes gesucht?

Die Stimmen in deinem Kopf johlen vor Begeisterung.

Was auch immer sie mit dem Karton wollte, sie hat dich betrogen. Sie hat die Tabletten nicht geschluckt. Sie ist eine Verräterin, eine Spionin. Du siehst zu ihr herüber. Sie liegt friedlich dort, doch du weißt, sie spielt dir nur etwas vor. Du tastest nach der Pistole. Vielleicht ist es an der Zeit, sie aus dieser Schmierenkomödie zu löschen. Würde einiges einfacher machen. Doch dann wüssten sie, dass du sie durchschaut hast. Vielleicht ist es besser, das perfide Spiel mitzuspielen, eine Weile jedenfalls.

Du gehst wieder nach oben, stellst mit zitternden Händen die Kombination ein: 89 917 021 – der Todestag deiner Mutter in umgekehrter Ziffernfolge. Du öffnest die Tür, schließt sie leise hinter dir, verstellst die Kombination sorgfältig. Du legst das Ohr an die Tür und lauschst. Nach einer Weile hörst du Schluchzen aus dem Keller. Dann Geräusche. Durch die dicke Stahltür kannst du nicht ausmachen, was sie tut. Du wartest.

Plötzlich hörst du ein Geräusch, direkt an der Tür. Das Einstellrad dreht sich. Erschrocken machst du einen Schritt zurück, ziehst die Pistole und entsicherst sie.

Die letzte Ziffer rastet bei der 1 ein. Du hältst den Atem an. Falsch, das siehst du sofort. Da das Zahlenschloss, von hinten betrachtet, die Zahlen in umgekehrter Reihenfolge darstellt, muss man die Ziffern rückwärts eingeben, wenn man auf der Kellerseite steht. Doch wenn sie die richtigen Ziffern versehentlich in der normalen Reihenfolge einstellt, würde die 1 passen.

Die zweite Ziffer rastet bei der 9 ein. Definitiv falsch. Gebannt beobachtest du, wie auch die anderen Ziffern einrasten: 73 913 091. Der Geburtstag deines Vaters! Das also hat sie in dem Karton gesucht. Fieberhaft überlegst du, ob darin auch ein Hinweis auf den Todestag deiner Mutter sein könnte. Alte Kondolenzkarten vielleicht? Die Rechnung des Beerdigungsunternehmers?

Du hörst sie am Öffnungsrad rütteln, natürlich bewegt es sich nicht. Fast musst du kichern.

Während sie die Zahlen zurückstellt auf die zufällige Kombination von vorhin, wird dir die Bedeutung des Vorfalls klar. Sie ist schlau. Sie hat die Tabletten nicht genommen. Allein durch logisches Denken hat sie herausbekommen, dass die Kombination für das Zahlenschloss ein Datum ist, das mit deiner Familie zusammenhängt. Sie hat nach solchen Daten gesucht und eines gefunden. Sie hat eine Menge riskiert. Doch sie lag falsch. Also ist sie keine Admin!

Oder doch? Ist auch das wieder nur ein Trick? Wollen sie dich nur verwirren? Sie sehen ja, wie du hier vor der Tür stehst, die Pistole in der zitternden Hand. Mit Minas falscher Kombination hätten sie dich fast überzeugt, dass sie doch nur ein unschuldiges Opfer ist.

Fast.

Du machst dir einen Tee. Denkst lange nach. Schließlich fasst du einen Plan. Vielleicht kannst du doch noch die Kontrolle zurückgewinnen. Du riskierst alles, wenn du ihn umsetzt. Aber was hast du schon zu verlieren?

46.

Eine Stunde nach der Rückkehr von Snowdrift standen Eisenberg, Morani und Klausen vor dem Eingang eines schmucklosen Einfamilienhauses in Karlshorst nahe der Trabrennbahn. Eisenberg klingelte mehrfach, doch niemand öffnete.

»Ich glaube, da oben hat sich was bewegt«, sagte Klausen. Er zeigte auf eines der Fenster im ersten Stock.

Er klingelte erneut, während er auf eine Pforte neben dem Haus deutete. Klausen nickte und verschwand im Garten.

»Kriminalpolizei. Öffnen Sie bitte!«, rief Eisenberg.

Klausen kam zurück.

»Die Verandatür ist nur angelehnt«, raunte er.

Morani und Eisenberg folgten ihm in den Garten. Der Rasen war ungemäht und durchsetzt von Moos und Unkraut.

Aus dem Augenwinkel glaubte Eisenberg, wieder eine Bewegung hinter einem der Fenster im Obergeschoss bemerkt zu haben. Doch als er hinsah, konnte er nichts Verdächtiges erkennen.

Eisenberg und Klausen traten mit gezogenen Waffen ins Wohnzimmer, gefolgt von der unbewaffneten Morani. Auf einem Couchtisch vor einem riesigen Fernseher standen mehrere Bierflaschen. Eine leere Chipstüte lag daneben.

»Hallo? Ist jemand zu Hause?«, rief Eisenberg.

Keine Antwort.

Sie sicherten systematisch die Räume im Erdgeschoss: eine Küche, ein kleines Esszimmer, ein Gäste-WC, eine Abstellkammer. Ein Blick in den Kühlschrank offenbarte eine angebrochene Packung Frischmilch mit noch nicht abgelaufenem Haltbarkeitsdatum.

»Hallo, hier ist die Polizei! Ist jemand zu Hause?«, rief Eisenberg erneut.

Hastige Schritte im ersten Stock, eine Tür klappte.

»Soll ich Verstärkung rufen?«, fragte Klausen.

Eisenberg schüttelte den Kopf. Er sicherte, während Klausen die Treppe hinaufstieg, sich oben umsah und dann das Daumen-hoch-Zeichen machte. Im Obergeschoss gingen von einem kleinen Flur vier Türen ab. Die erste führte in ein Schlafzimmer mit ungemachtem Doppelbett, die zweite in ein enges Bad. Hinter der dritten hörten sie leise, schnaufende Geräusche.

Eisenberg lauschte einen Moment. Dann klopfte er.

»Polizei. Wir kommen jetzt rein.«

Er stieß die Tür auf. Das Zimmer wirkte wie das eines Jugendlichen: Poster von Rockbands an der Wand, ungewaschene Kleidung auf dem Boden, ein kleiner Schreibtisch bedeckt mit Monitor, Tastatur und Papierstapeln. In einem Regal mit bunten Schubladen standen Jugendbücher und Brettspiele. Doch der Mann, der auf dem mit einer bunten Tagesdecke bedeckten Bett kauerte, war Ende zwanzig. Er hielt die Arme schützend über dem Kopf verschränkt.

»Papa!«, schrie er. »Hilfe! Papa!«

Eisenberg sicherte die Waffe und steckte sie ein.

»Das ist er nicht. Die Stimme des Täters klang ganz anders.«

Morani schob sich an ihm vorbei.

»Beruhigen Sie sich«, sagte sie mit sanfter Stimme, die Eisenberg bisher noch nicht von ihr gehört hatte. »Wir wollen Ihnen nichts tun.«

»Ich will nicht!«, schrie der Mann. »Ich will nicht wieder in das weiße Haus! Ich will hierbleiben!«

Morani blieb neben dem Bett stehen.

»Keine Angst, wir nehmen Sie nicht mit. Wo ist Ihr Vater?«

Der Mann nahm langsam die Hände herab und sah sie mit großen Augen an.

»Sie ... Sie wollen mich nicht abholen?«

»Nein. Wir sind von der Polizei«, sagte Morani.

»Polizei? Ich ... ich habe nichts getan. Ehrlich!«

Er verbarg den Kopf wieder unter den Armen.

»Ja, das wissen wir. Wir tun Ihnen nichts. Wo ist Ihr Vater?«

»Bei der Arbeit«, sagte der Mann, ohne aufzublicken.

»Können wir ihn irgendwie erreichen?«

»Zettel. Telefon. Unten neben der Küche.«

»Gehen Sie bitte nachsehen, Herr Klausen«, sagte Eisenberg. »Wir bleiben hier bei ihm.«

Klausen kam kurz darauf mit einem Klebezettel zurück. »Papa« stand darauf. Eisenberg wählte die Nummer.

»Hier ist Hauptkommissar Eisenberg vom LKA Berlin. Wir sind bei Ihrem Sohn. Keine Angst, es ist ihm nichts passiert. Aber es wäre besser, wenn Sie herkommen.«

Es dauerte eine ganze Weile, den aufgebrachten Vater zu beruhigen, als er endlich aufgetaucht war ...

»Meinen Sohn so zu ängstigen!«, rief er immer wieder. »Ohne irgendeinen Grund in mein Haus einzudringen!«

»Wie ich schon sagte, es tut mir leid. Wir mussten unter den Umständen annehmen, dass sich hier ein Verdächtiger aufhält.«

»Mein Sohn kann keiner Fliege was zuleide tun!«

»Das wissen wir inzwischen auch. Wie gesagt, es tut mir sehr leid.«

»Sie ahnen ja gar nicht, was das für Folgen haben kann. Gerade, wo die psychiatrische Behandlung anfing, zu wirken. Die Stimmen, die er hörte, sind zuletzt immer seltener aufgetreten. Aber jetzt haben Sie seine Entwicklung wahrscheinlich wieder zurückgeworfen, um Monate, wenn nicht um Jahre.« Er legte den Arm schützend um seinen Sohn. »Sehen Sie, wie verstört er ist!«

»Ich kann nur noch einmal sagen, dass ich das Versehen bedauere«, sagte Eisenberg.

»I... ist schon gut, Papa«, sagte der Sohn. »Die Polizisten waren sehr nett. Besonders die Frau.«

Der Vater nickte.

»Also schön. Nun lassen Sie uns bitte allein.«

Sie verabschiedeten sich. Eisenberg rieb sich die Augen. Frustriert und erschöpft wie er war, bat er Klausen, ihn direkt zur Pension zu fahren.

47.

»Mina, aufwachen! Abendessen!«

Sie kam langsam hoch und sah sich mit aufgerissenen Augen um, als wisse sie nicht genau, wo sie war. Er stand neben ihr, einen Teller mit einem Hamburger und Fritten in der Hand, die er offensichtlich aus einem Imbiss geholt hatte. Er stellte ihn auf den Boden neben die Matratze.

Sie nahm einen Schluck aus der Wasserflasche und aß schweigend, während er sie beobachtete. Die Pistole steckte in seiner Hosentasche. Mina schätzte ab, ob sie eine Chance hatte, ihm die Waffe in einem Überraschungsangriff zu entreißen. Wenn er glaubte, dass sie seine Tabletten nahm, würde er damit nicht rechnen. Sie war nicht gewalttätig, aber diesem Schwein hätte sie nach und nach alle Gliedmaßen abschießen können, bis er ihr die Kombination verriet. Inzwischen hatte sie sämtliche Unterlagen im Raum durchwühlt, jedoch ohne verwertbares Ergebnis.

»Was ist? Schmeckt es dir nicht?«

Sie merkte, dass sie aufgehört hatte, zu essen. Hastig schob sie sich ein paar kalte, matschige Fritten in den Mund.

»Du solltest Schauspielerin werden«, sagte er beiläufig.

Sie erstarrte. Langsam hob sie den Kopf. Er lächelte.

»Glaubst du, ich hab nicht gemerkt, dass du die Pillen nicht nimmst?«

Sie sagte nichts. Vielleicht war das bloß ein Test.

»War ganz schön clever von dir, die Idee mit dem Datum. Aber es ist nicht der Geburtstag meines Vaters.«

Ihr wurde kalt. Ohne dass sie es wollte, glitt ihr Blick zur Waffe. Sein Lächeln wurde zu einem breiten Grinsen. Er zog die Pistole aus der Tasche und hielt sie ihr hin, gerade außerhalb ihrer Reichweite.

»Die willst du haben, ja? Na komm, hol sie dir doch!«

Mina schleuderte den Teller nach ihm und machte einen Satz nach vorn. Doch er hatte damit gerechnet und wich der verzweifelten Attacke mühelos aus. Er lachte.

»So wird das nichts, meine Süße! Wenn du mich übertölpeln willst, musst du dich ein bisschen geschickter anstellen!«

Sie brach in Tränen aus.

»Bitte!«, flehte sie. »Bitte lass mich gehen! Ich sage niemandem etwas, ehrlich.«

»Das machst du sehr überzeugend. So, als ob du die Gefangene wärst und nicht ich. Aber ihr könnt mich nicht täuschen!«

»Bitte, Julius! Es ist nicht so, wie du glaubst. Ich bin keine Admin.«

»Natürlich nicht.«

»Du kannst mich doch nicht für den Rest meines Lebens hier gefangen halten!« Sie schluchzte.

»Nein.« Seine Stimme wurde sanft. »Keine Angst, du wirst schon bald aus deinem Gefängnis befreit.«

Sie wagte es nicht, ihm in die Augen zu schauen.

»Was ... was meinst du damit?«

»Das Finale!« Er kicherte. »Das Experiment wird enden. Auf die eine oder andere Weise.«

»Willst du ... willst du mich umbringen, so wie die anderen?«

Er schwieg einen Moment. Dann seufzte er.

»Im Grunde wäre es das Einfachste, oder? Wir wären beide eine große Sorge los.«

Sie schüttelte den Kopf.

»Tu es nicht! Bitte!«

»Ich muss schon sagen, du machst deine Sache ziemlich gut«, sagte er in sachlichem Tonfall. »Du hast mich beinahe überzeugt. Du tust mir leid. Wenn du keine von ihnen bist, dann bist du in einer Illusion gefangen. Du hast Angst, obwohl du keine haben musst. Der Tod ist nicht das Ende, es ist der Anfang. Du wirst erwachen. Ich würde dir also nur einen Gefallen tun, dich wecken.«

Sie sagte nichts.

»Aber irgendwie bringe ich es nicht übers Herz.« Seine Stimme wurde leise. »Irgendwelche dummen Instinkte hindern mich daran. Vermutlich seid ihr es, die mir diese Skrupel einimpft. Also bist du doch bloß eine miese kleine Spionin!«

Er hob die Waffe. Sie kauerte sich zusammen, wartete auf das Unvermeidliche. Er senkte die Waffe wieder.

»Du bist ... hübsch, weißt du das?«

Ein so heftiges Ekelgefühl überkam sie, dass sie den Brechreiz nur mit Mühe unterdrücken konnte. Sie zitterte am ganzen Körper.

»Du mieses Schwein! Wenn du mich anrührst ...«

»Nein, nein, so hab ich das nicht gemeint. Ich bin nicht pervers. Außerdem ... selbst, wenn du keine von ihnen wärst ... sehen sie uns die ganze Zeit zu.«

Sie überlegte fieberhaft. Wenn er sie nicht umbringen wollte oder konnte, musste es doch irgendeinen Weg geben, ihn davon zu überzeugen, dass er sie freiließ.

»Was ... was hast du vor?«

»Kann ich dir trauen?« Er lachte. »Nein, natürlich kann ich das nicht! Also kann ich dir auch nicht sagen, was ich vorhabe. Wenigstens könnt ihr nicht meine Gedanken lesen. Nur so viel: Ich werde dafür sorgen, dass die Welt über mich spricht. Diese und eure auch!«

»Was ... was meinst du damit?«

»Das wirst du schon sehen! Lacht ruhig über mich, wenn ihr vor euren Monitoren sitzt. Ihr denkt, ihr habt gewonnen. Aber ihr werdet euch wundern! Ihr werdet euch alle noch wundern!«

48.

Eisenberg schlug die Augen auf. Dicht über ihm wölbte sich ein halbrunder Deckel aus grauem Material mit einem runden Fenster darin, das den Blick auf eine Neonleuchte an der Decke freigab. Er versuchte, den Arm zu heben, doch sein Körper schien gelähmt zu sein. Er konnte nicht einmal den Kopf drehen.

Panik befiel ihn. Wo war er? Was war passiert?

Alles, woran er sich erinnern konnte, war, dass er gestern todmüde in sein Bett in der Pension gefallen war. Das freundliche Angebot seiner Vermieterin, ihm etwas zum Abendessen zu machen, hatte er abgelehnt.

Stimmen erklangen, durch die seltsame Haube über ihm gedämpft, die Eisenberg frappierend an einen Sargdeckel erinnerte.

»Wie läuft es bisher? Hat er schon was gemerkt?«, fragte eine Frau.

»Ich glaube nicht.« Die Stimme klang männlich, ein wenig wie die von Klausen.

»Aber du bist nicht sicher?«

»Ich kann seine Hirnströme messen, aber ich kann nicht seine Gedanken lesen.«

»Wo ist er gerade?«

»Schläft.«

»Bist du sicher? Ich meine, schau dir mal seine Herzfrequenz an ...«

»Mist! Er ist wach!«
»Dreh die Anpodrolzufuhr auf! Schnell!«
»Schon passiert. Er wird gleich wieder ...«

Eisenberg schreckte hoch. Sein Herz raste. Er sah sich um. Der Wecker zeigte Viertel nach drei. Er lag lange da und versuchte, den Albtraum zu vergessen. Doch obwohl seine Glieder bleischwer waren, gelang es ihm nicht, zur Ruhe zu kommen und wieder einzuschlafen.

Um fünf Uhr gab er es auf, duschte, frühstückte in einem Schnellrestaurant, das rund um die Uhr geöffnet hatte, und war bereits um sechs im Büro. Er sah die internen Nachrichten durch, doch es gab keine Hinweise darauf, dass jemand gefasst worden war, auf den die Beschreibung des Täters passte. Die Presse hatte glücklicherweise von dem Vorfall in der Pension noch keinen Wind bekommen.

Immer wieder kehrten seine Gedanken zu dem seltsamen Traum zurück. Er versuchte sich davon zu überzeugen, dass es ein gewöhnlicher Albtraum gewesen war, ausgelöst durch den Stress des Überfalls, Schlafmangel, die Wahnvorstellungen des Täters und die Lektüre von *Simulacron-3*. Doch ein Gefühl der Beklemmung wollte nicht weichen.

Er griff nach dem Silberrahmen, der Michael und Emilia zeigte, als sie siebzehn und vierzehn Jahre alt gewesen waren. Er versuchte, sich vorzustellen, dass all seine Erinnerungen an die beiden nur eine Illusion waren, durch Magnetfelder in seinem Gehirn induziert – die Kindergeburtstage, Michaels Unfall mit dem Mountainbike, die Scheidung. Ein absurder Gedanke, geradezu lächerlich. Und doch ...

Einem Impuls folgend öffnete er den Browser und gab »fiktive Vergangenheit« in die Suchmaschine ein. Einer der ersten Treffer war ein Zitat von Bertrand Russell aus dem Jahr 1921:

Es gibt keinen logischen Widerspruch in der Hypothese, dass die Welt erst vor fünf Minuten entstanden ist, genau in dem Zustand, in dem sie in diesem Moment war, bevölkert von Menschen, die sich an eine vollkommen fiktive Vergangenheit erinnern. Es gibt keinen zwingenden logischen Zusammenhang zwischen Ereignissen zu verschiedenen Zeiten; deshalb kann nichts, das jetzt oder in der Zukunft passiert, die Hypothese widerlegen, dass die Welt erst vor fünf Minuten begann.

Ausgerechnet Russell, der Lieblingsphilosoph seines Vaters. War das Zufall?

Eisenberg begriff, dass seine Gedanken Anzeichen von Paranoia offenbarten. War es wirklich so einfach, den Sinn für die Realität zu verlieren?

Träume sind keine Fakten, hätte sein Vater gesagt. Konzentriere dich auf das, was du weißt, und nicht auf das, was du vermutest oder befürchtest!

Die Bürotür öffnete sich und Sim Wissmann trat ein. Er ging schnurstracks zu seinem Glasbüro, ohne Eisenberg eines Blickes zu würdigen.

»Guten Morgen, Herr Wissmann«, sagte Eisenberg. Sein Gruß wurde nicht erwidert.

Er griff nach der Maus, um das Browserfenster zu schließen, und stutzte. Das Russell-Zitat war in einem Blog erwähnt worden, das sich mit Erkenntnistheorie beschäftigte. Das war weiter nicht ungewöhnlich, doch es brachte Eisenberg auf einen Gedanken.

Er hatte nie ganz verstanden, warum so viele Menschen Blogs schrieben, Facebook-Beiträge posteten, Twitter-Nachrichten verschickten, Romane schrieben und auf etliche andere Arten versuchten, ihre unausgegorenen Gedanken und Trivialerlebnisse anderen aufzudrängen. Offenbar teilte die überwiegende Mehrheit der Menschen ein nahezu unerschöpfliches Mitteilungsbedürfnis. War es nicht wahrscheinlich, dass der Mann, der sich so sehr wünschte, aus einer Scheinwelt geweckt zu werden, seine paranoiden Gedanken ebenso in die Öffentlichkeit trug?

Bei näherer Betrachtung war das so nahe liegend, dass Eisenberg sich fragte, warum er nicht früher darauf gekommen war. Vermutlich lag es daran, dass Täter normalerweise versuchten, sich zu verbergen, und sich seine durch viele Jahre Polizeialltag geprägte Intuition deshalb eher auf das Aufspüren von Verborgenem eingestellt hatte als auf das Erkennen des Offensichtlichen.

Er ging in den Glaskasten. »Herr Wissmann?«

»Ist es wichtig?«

»Ich denke schon.«

»Was denn?«

»Glauben Sie, unser Täter könnte einen Facebook-Account haben oder ein Blog betreiben oder so?«

»Glauben ist was für Idioten.«

»Halten Sie es für möglich?

»Natürlich ist es möglich.«

Eisenberg bemühte sich, die nächste Frage sorgfältig zu formulieren. »Nehmen wir an, er hat irgendwo im Internet seine Gedanken dazu, dass die Welt nicht real ist, veröffentlicht. Können Sie diese Beiträge dann finden?«

»Können Sie das nicht selbst? Ich hab gerade zu tun.«

»Wenn ich es selbst könnte, würde ich Sie nicht fragen.«

»Also gut, ich erkläre Ihnen, wie es geht: Sie müssen bloß bei Google die richtige Stichwortkombination eingeben. Relevant sind solche Stichworte, die mit hoher Wahrscheinlichkeit in den Beiträgen des Täters vorkommen und mit niedriger Wahrscheinlichkeit in anderen

Beiträgen. Wenn Sie mehrere Begriffe in einer definierten Abfolge suchen wollen, zum Beispiel einen bestimmten Satz, geben Sie diese in Anführungszeichen ein. Dann klicken Sie einfach hier unter dem Eingabefenster auf *Google-Suche*, und schon erhalten Sie eine Liste mit Suchergebnissen. Das funktioniert natürlich nicht, wenn er etwas auf Facebook oder Twitter veröffentlicht hat. Soziale Netzwerke sind für Google-Bots in der Regel gesperrt.«

»Können Sie denn in sozialen Netzwerken nach relevanten Stichworten suchen?«

»Ja.«

»Dann tun Sie das bitte. Ich versuche es dann mal mit Google.«

»Muss das jetzt sein?«

»Ja.«

»Na gut.«

Eisenberg tippte *Welt am Draht Simulacron-3* in die Suchmaschine ein und erhielt jede Menge Treffer, die auf Onlinehändler und Seiten mit Hintergrundinformationen über Filme verwiesen. Als Nächstes versuchte er es mit *Die Welt ist nicht real*. Diesmal erschienen Blogs und Webseiten, die sich mit der Hypothese einer künstlichen Welt beschäftigten, darunter auch Webseiten populärwissenschaftlicher Magazine.

Er versuchte es mit der Kombination *Welt am Draht Simulacron-3 die Welt ist nicht real*, doch da der Film und das Buch das Thema einer nicht realen Welt hatten, brachte ihn auch das nicht weiter.

Er solle eine Kombination von Stichworten wählen, die wahrscheinlich in den Beiträgen des Täters, aber nur sehr unwahrscheinlich in anderen Beiträgen vorkam, hatte Wissmann gesagt. Aber was könnte das sein?

Einer Intuition folgend gab er »*Simulacron-3*« und »*Mina Hinrichsen*« ein, wobei er beides jeweils in Anführungszeichen setzte, wie es ihm Wissmann geraten hatte.

Google lieferte genau einen Treffer. Es öffnete sich eine Blogseite mit der Überschrift »Welt am Draht – Die Wahrheit über unsere Realität«. Das Hintergrundbild zeigte ein Foto aus dem Fassbinder-Film, wie Eisenberg an den altmodischen Computern mit ihren Magnetbandspulen erkannte. Der neueste Eintrag trug das gestrige Datum.

Es wird etwas geschehen!
Öffnet die Augen! Die Simulation wird immer instabiler. Ungewöhnliche Vorkommnisse häufen sich. Menschen verschwinden. Die Wahrheit lässt sich nicht mehr lange verbergen. Schon bald wird das Zeichen kommen. Die Abschaltung ist nah.

Achtet auf die Nachrichten! Bereitet euch vor! Öffnet die Augen!

Eisenberg scrollte weiter nach unten. Die Seite enthielt insgesamt fünf Beiträge, die er mit wachsendem Erstaunen las. Schließlich druckte er alles aus und ging damit zu Wissmann.

»Sehen Sie mal, das habe ich gefunden.«

Sein Mitarbeiter überflog die Ausdrucke. Nein, korrigierte Eisenberg seine Beobachtung, er überflog sie nicht, er las sie gewissenhaft. Das ging nur bei ihm so schnell, dass es für Uneingeweihte wie ein flüchtiger Blick aussah.

»Na bitte, ich habe doch gesagt, dass Sie das selber können«, war sein Kommentar. Es klang nicht direkt wie ein Lob, dennoch empfand Eisenberg einen geradezu absurden Stolz.

In diesem Moment betraten Morani und Klausen das Büro.

»Guten Morgen, Herr Hauptkommissar«, sagte die Psychologin. Sie zog die Stirn kraus. »Ist etwas passiert?«

»Wir haben was gefunden«, sagte Eisenberg. Er hielt den beiden die Ausdrucke hin, die er in der Reihenfolge der Veröffentlichungsdaten sortiert hatte.

Der erste war vor etwa vier Monaten online gestellt worden. Er begann:

Die Welt ist nicht real!

Ja, du hast ganz richtig gelesen. Die Welt, in der du jetzt vor deinem Computer sitzt, existiert nicht wirklich. Lies Simulacron-3 *von Daniel F. Galouye! Schau dir den Film* Welt am Draht *von Rainer Werner Fassbinder an! Nicht* Die Matrix, *das ist Schwachsinn, der uns bloß verwirren soll.*

Welt am Draht! Es ist alles wahr! Nur wollen sie nicht, dass wir es merken. Wir sind Teil des Experiments. Wenn wir herausfinden, dass wir nur Versuchskaninchen sind, sind die Ergebnisse unbrauchbar. Deshalb versuchen sie, die Wahrheit zu verbergen. Und der beste Weg, das zu tun, ist, diejenigen, die hinter die Kulissen schauen, lächerlich zu machen.

Denk selber nach: Schon heute können wir täuschend echte Simulationswelten bauen. Wie wird es in zwanzig Jahren sein oder in zweihundert?

Es folgte eine lange Darstellung der Argumente, die Eisenberg bereits mit Varnholt diskutiert hatte und die nach Meinung des Verfassers unwiderlegbar bewiesen, dass die Welt künstlich war.

Der nächste Beitrag, etwa zehn Wochen alt, hatte Eisenberg einen Schauer über den Rücken gesandt, als er ihn das erste Mal gelesen hatte:

Wie du herausfindest, ob du in einer Computersimulation lebst

1. *Achte auf die Stimmen! Manchmal kannst du sie im Hintergrund ganz leise hören. Du denkst vielleicht, du bildest sie dir bloß ein, aber sie sind real. Das Zeug, das sie uns spritzen, damit wir die wahre Welt nicht wahrnehmen, wirkt nicht immer perfekt.*
2. *Fühle die Schläuche! Sie sind in deiner Nase, in deinem Hals, in deinen Händen. Spürst du ein leichtes Kratzen im Hals, obwohl du keine Erkältung hast? Hast du manchmal ein beklemmendes Gefühl in der Brust? Jetzt weißt du, warum.*
3. *Achte auf deine Träume! Träumst du manchmal davon, in einem engen Kasten zu liegen, in einem Sarg oder etwas Ähnlichem? Dann hast du nicht geträumt. Du bist für kurze Zeit aufgewacht. Wenn das passiert, dann geht irgendwo ein Alarm los und sie erhöhen die Dosis des Sedativums. Lass dich davon nicht täuschen! Der Traum ist die Realität, die Realität ist nur ein Traum.*
4. *Denk nach! Informiere dich! Lies* Simulacron-3 *von Daniel F. Galouye! Er wusste es.*
5. *Öffne die Augen!*

Der dritte Beitrag war erstellt worden, kurz nachdem Mina Hinrichsen ihre Vermisstenanzeige aufgegeben hatte. Er war nur kurz.

Die Wahrheit kommt ans Licht
<u>*Mehrere Menschen sind verschwunden.*</u> *Es beginnt.*

Der Satz »Mehrere Menschen sind verschwunden« war mit einem Onlineforum verlinkt, in dem sich *World of Wi-*

zardry-Spieler über das Rätsel der Vermissten austauschten.

Es war der vierte Beitrag, der sowohl Google als auch Eisenberg davon überzeugt hatte, das richtige Blog gefunden zu haben. Er lautete:

Lasst uns eine Revolution der Wirklichkeit anzetteln!

Diese Zeilen zu schreiben, euch die Augen zu öffnen, kann den Admins nicht egal sein! Noch glauben sie, dass niemand mich ernst nehmen wird. Sie hoffen, dass ihr dies für das Geschreibsel eines paranoiden Spinners haltet. Sie lassen mich gewähren. Doch irgendwann wird der Punkt kommen, an dem sie gegen mich vorgehen. Sie werden versuchen, mich lächerlich zu machen. Sie werden die Polizei auf mich hetzen. Sie werden mich in eine Anstalt stecken.

Vielleicht löschen sie mich einfach, so wie die anderen: Lukas Koch, Angela Priem, Jan-Hendrik Kramer, Thomas Gehlert und Mina Hinrichsen.

Doch ihr, die ihr meine Worte hört und lest, tragt den Keim der Revolution in euch. Wenn ihr mir zuhört, wenn ihr meine Worte weiterverbreitet, werden sie es nicht mehr stoppen können. Wie ein Virus wird sich die Wahrheit ausbreiten, von Hirn zu Hirn, bis das Kartenhaus der Lügen zusammenfällt. Dann müssen sie das Experiment beenden. Dann werden wir alle die Wahrheit sehen.

Habt keine Angst! Die Welt um uns herum, die wahre Welt, wird kein düsterer Albtraum sein. Es ist eine schönere, stärkere Realität. Unser Sklavendasein wird beendet sein. Wir werden uns selbst befreien! Alles, was wir tun müssen, ist die Wahrheit akzeptieren.

Öffnet die Augen! Verbreitet das Wort! Die Revolution der Wirklichkeit ist nah!

»Wow«, kommentierte Klausen. »Er nennt die Namen aller fünf Vermissten. Sie sind nicht veröffentlicht worden. Vom Verschwinden Mina Hinrichsens wissen bisher nur wenige Menschen. Kein Zweifel, das ist unser Mann!«

»Können Sie herausfinden, wer das geschrieben hat, Herr Wissmann?«, fragte Eisenberg.

»Sie meinen, Namen und Adresse ermitteln? Nein. Die Blogseite wurde anonym bei einem Bloganbieter eingerichtet, der seine Server der IP-Adresse zufolge in Russland stehen hat. Die IP-Adresse des Blogautors könnte höchstens der Betreiber der Blogseite herausfinden. Aber der wird uns wahrscheinlich nicht helfen.« Er deutete auf die Domain des Blogbetreibers, die am unteren Seitenrand angezeigt wurde: *Freedomofspeech4all.org*.

»Verdammt!«, rief Eisenberg aus. »Dann sind wir so weit wie zuvor!«

Morani deutete auf den ersten Ausdruck des aktuellsten Beitrags. Sie runzelte die Stirn. »Hier steht, dass etwas geschehen wird.«

»Ja, darüber bin ich auch gestolpert«, sagte Eisenberg. »Meinen Sie, das bedeutet, seine Paranoia nimmt zu?«

»Möglich wär's«, erwiderte sie. »Andererseits ... Ich kann mich natürlich täuschen, aber für mich klingt das eher wie eine Ankündigung.«

Eisenberg las den Text noch einmal.

»*Achtet auf die Nachrichten*. Sie haben recht, das könnte ein Hinweis auf etwas Spektakuläres sein, das er plant. Aber was?«

Sie zuckte mit den Schultern.

»Ich weiß es nicht. Vielleicht will er jemand Berühmten verschwinden lassen, oder er plant einen Terroranschlag oder so ... Fest steht nur, im selben Maße, wie seine Verzweiflung steigt, nimmt auch seine Risikobereitschaft zu. Das beweist der Angriff auf Sie eindeutig.«

In diesem Moment kam Varnholt hinzu. Eisenberg zeigte ihm die Ausdrucke. Er las sie schweigend.

»Ach du Scheiße«, kommentierte er.

»Er hat offensichtlich irgendetwas vor«, sagte Morani. »Aber wir wissen nicht, was.«

»Ich schon«, erwiderte Varnholt. »Das heißt, ich weiß zwar nicht genau, was er vorhat. Aber ich habe eine starke Vermutung.«

49.

Die Luft ist kühl und modrig. Der Gifthauch der Verwesung aus dem Raum am Ende des Ganges ist hier kaum zu spüren. Auf dem Boden zwei Luftmatratzen, noch nicht aufgepumpt, nagelneue Schlafsäcke, ein Gaskocher mit Kartuschen.

Du nimmst den Rucksack ab und stellst seinen Inhalt – Konserven, haltbares Brot – neben die anderen Lebensmittel, die ein improvisiertes Regal aus Brettern und Ziegelsteinen füllen. Die Vorräte reichen für Wochen, wenn du sparsam bist. Du hoffst, sie nicht aufbrauchen zu müssen.

Dein Vater hat dir dieses verborgene Reich gezeigt, vor langer Zeit. Damals, in den Neunzigerjahren, war es noch Teil eines ganzen Komplexes. Der ist mittlerweile abgerissen und zugeschüttet, die Treppen zubetoniert. Nur über einen engen Schacht ist der Bunker noch zu erreichen, wenn man weiß, wo. Die Graffiti an den Wänden sind alt. Seit Jahren war niemand mehr hier.

Sie wissen zwar, wo du bist, aber nicht, was du denkst. Dein einziger Vorteil.

Du kehrst zurück zu deinem Auto auf dem Waldweg. Dein Blick wandert zu der schwarzen Umhängetasche auf dem Beifahrersitz. Dem schweren, stabförmigen Gegenstand darin. Er ist alt. Du hoffst, dass er noch funktioniert.

Ob sie ahnen, was du vorhast? Schweiß perlt von deiner Stirn, als du den Motor anlässt. Die Entscheidung naht.

50.

Mina schreckte aus dem Schlaf. Julius stand neben ihr und starrte auf sie herab. Er hielt die Pistole in der rechten Hand. Nervosität in seinen Augen.

»Aufstehen!«

Sie gehorchte.

»Dreh dich um! Hände auf den Rücken!«

Sie zögerte.

»Was ... was hast du mit mir vor?«

»Keine Fragen! Hände auf den Rücken!«

Sie streckte ihre Arme nach hinten. Er packte die Handgelenke, riss brutal daran. Handschellen klickten. Dann zog er sie an der Schulter herum, zum Glück auf der unverletzten Seite. Sie starrte in sein unbewegtes Gesicht. Sein Wahn hatte ihn nun offenbar vollständig unter Kontrolle.

»Mund auf!«

Er ergriff ihr Kinn und presste Daumen und Zeigefinger schmerzhaft in ihre Wangen. Mit der anderen Hand stopfte er ihr ein Wollknäuel in den Mund. Eine alte Socke? Sie wollte aufschreien, doch es kam nur ein dumpfes »Mmmhm« dabei heraus.

Er zog ein Stofftaschentuch aus der Hosentasche, wickelte es zu einem schmalen Strang, legte es über ihren Mund und knotete es im Nacken zusammen, sodass sie den Knebel nicht mehr ausspucken konnte. Dann stülpte er ihr eine Plastiktüte über den Kopf und umwickelte das untere Ende mit Klebeband.

Als sie einatmete, zog sich die Tüte um ihren Kopf zusammen. Er wollte sie jämmerlich ersticken lassen! Sie versuchte, sich zu wehren, doch er hielt sie brutal fest.

»Hör auf zu zappeln!«

Er griff unterhalb ihrer Nase nach der Tüte und zog daran. Kurz darauf bohrte sich sein Zeigefinger durch das dünne Plastik. Der Nagel verletzte sie an der Oberlippe, doch sie war unendlich dankbar für das kleine Luftloch.

Am Arm zerrte er sie die Treppe hinauf. Sie hörte, wie er das Zahlenschloss einstellte. Die schwere Metalltür öffnete sich mit einem leisen Knarzen.

Durch die Tüte versuchte sie, so viel wie möglich von ihrer Umgebung wahrzunehmen, doch sie konnte lediglich erkennen, dass der Raum oberhalb der Treppe von künstlichem Licht erhellt wurde. Es war kein Verkehrslärm zu hören. Also befand sie sich wahrscheinlich in einem Einzelhaus am Rande Berlins oder außerhalb der Stadt.

Er führte sie durch einen Raum, der schwach nach Essen und Reinigungsmitteln roch, dann eine kurze Treppe hinab und durch eine Tür. Kühle und der Geruch von Abgasen und alten Reifen. Eine Garage. Sie hörte das Geräusch einer sich öffnenden Heckklappe. Er schob sie vor. Sie stieß mit dem Knie gegen eine Kante.

»Los, rein da!« Er drückte sie nach vorn und herab, sodass sie über die Kante kippte. Er wuchtete ihre Beine hinein. Nun lag sie in einem engen Raum auf einer Filzmatte. Ein Kofferraum.

»Wenn du dich bewegst oder nur versuchst, auf dich aufmerksam zu machen, bist du tot! Hast du das kapiert?«

Sie nickte. Verzweifelt bemühte sie sich, die Tränen zurückzuhalten. Er legte etwas über sie – eine alte, nach

Öl stinkende Decke. Dann knallte er die Heckklappe zu. Doch sie konnte weiter Tageslicht wahrnehmen, also war es ein Fünftürer, in den er sie verfrachtet hatte, ein Golf vielleicht. Sie wartete darauf, dass er den Wagen startete, doch nichts dergleichen geschah.

Angstvoll lag sie da, während die Zeit verstrich, ohne dass sie hätte sagen können, ob es Minuten waren oder Stunden.

Endlich hörte sie das Klappen einer Tür. Hastige Schritte. Das Garagentor öffnete sich. Der Wagen schwankte, als er sich auf den Vordersitz fallen ließ und den Motor startete. Der Wagen setzte sich in Bewegung.

Dem Beschleunigungsverlauf nach zu urteilen kurvten sie eine Zeit lang durch eine verwinkelte Gegend, vielleicht ein Vorstadt-Wohngebiet. Dann wurde die Strecke gerade, der Wagen beschleunigte. Irgendwann bogen sie auf eine Straße ab, die den Geräuschen nach mehrspurig sein musste. Eine Autobahn oder Schnellstraße. Die regelmäßigen Lichter, die bisher durch die Heckklappe hereingeschienen hatten, blieben nun aus.

Nach ungefähr einer halben Stunde verlangsamte der Wagen und bog von der belebten Straße ab. Sie kurvten eine Weile herum, dann rumpelten sie über einen Feld- oder Waldweg. Schließlich hielt der Wagen. Julius stieg aus und öffnete die Heckklappe. Er zog die Decke von ihr und zerrte sie aus dem Wagen. Ihre Beine waren in der unbequemen Haltung eingeschlafen, sodass sie kaum stehen konnte.

Er riss ihr die Plastiktüte vom Kopf. Sie befanden sich mitten im Wald. Die Baumkronen schirmten das Mondlicht ab, sodass die Stämme nur als schwarze Schemen zu erkennen waren. Weit und breit kein Anzeichen einer menschlichen Behausung. Ihre Kehle schnürte sich zusammen, als sie begriff, was das bedeutete.

Zu ihrer Überraschung löste er auch den Knoten in ihrem Nacken. Sie würgte das Wollknäuel heraus.

»Schrei ruhig, wenn du willst«, sagte er kühl. »Hier hört dich keiner.«

»Wo ... wo sind wir? Was hast du mit mir vor?«

»In deinem bisherigen Versteck war es nicht mehr sicher.« Er hob die Pistole, richtete sie genau auf ihr Gesicht. »Hast du Angst?«

Sie konnte kaum fassen, dass er das fragte. Wut stieg in ihr auf. Ehe sie sich selbst daran hindern konnte, rief sie:

»Dann schieß doch, du Scheißkerl!«

»Weck mich auf!«, sagte er stattdessen.

Sie starrte ihn hilflos an.

»Ich ... ich kann dich nicht wecken!«

»Warum nicht?«, brüllte er. »WA-RUM NICHT?«

Tränen liefen über ihre Wangen. »Ich bin keine Admin«, sagte sie mit bebender Unterlippe.

»Ach ja? Und das soll ich dir glauben?«

Sie wusste nicht, was sie sagen sollte. Also schwieg sie.

Nach einem Moment senkte er den Arm.

»Ich weiß nicht, wem ich noch trauen kann«, sagte er leise, fast entschuldigend. »Ich hatte gehofft ...«

»Lass mich gehen«, flehte Mina. »Ich werde ihnen nichts sagen.«

In Sekundenschnelle war die Pistole wieder auf ihren Kopf gerichtet.

»Wem wirst du nichts sagen?«

Nun konnte sie ein Schluchzen nicht mehr unterdrücken.

»Der ... der Polizei!«

Er lachte.

»Der Polizei! Dein Freund Eisenberg ist einer von ihnen. Aber das weißt du ja.«

Sie schüttelte den Kopf.

»Euer Experiment wird in Kürze enden!«

Sie unternahm einen letzten, verzweifelten Versuch, an sein Mitgefühl und die Reste seines Verstands zu appellieren.

»Bitte, Julius, lass mich gehen! Was nütze ich dir denn? Ich bin doch bloß Ballast für dich.«

Er schwieg einen Moment. Obwohl sie sein Gesicht kaum erkennen konnte, hatte sie das Gefühl, dass er sie nachdenklich ansah.

»Willst du, dass ich dich lieber gleich abknalle?«, fragte er beiläufig.

Sie schwieg. Sie würde nicht auch noch anfangen, vor diesem Mistkerl um ihr Leben zu winseln.

»Komm mit.«

Er packte sie am Arm und führte sie von dem Waldweg fort. Mina stolperte mehr über den weichen Waldboden, als dass sie ging. Hin und wieder glühte eine Taschenlampe auf, die Julius offenbar benutzte, um nur für ihn erkennbare Wegmarkierungen zu identifizieren.

Schließlich erreichten sie eine Art Lichtung. Schutt und Reste von Fundamenten zeigten, dass hier vor langer Zeit Gebäude gestanden hatten. Er zerrte sie zu einem Gebüsch, unter dem sich ein rechteckiges Loch im Boden auftat. Eine Abdeckplatte aus Beton lag daneben.

»Da drin führt eine Sprossenleiter nach unten. Ich mache jetzt deine Hände los, damit du runterklettern kannst. Wenn du irgendwelche Tricks versuchst, bist du tot, kapiert?«

Sie nickte. Er löste die Handschelle an ihrem linken Arm. Dann deutete er mit der Pistole auf das Loch.

»Los jetzt, klettere da runter!«

»Julius, bitte ...«

»Hab keine Angst. Dir passiert nichts. Wir müssen höchstens ein paar Tage da drin ausharren, dann ist es vorbei.«

»Wie meinst du das?«

»Hör jetzt auf zu quatschen und geh da endlich rein!«, schrie er.

Sie spürte, er war kurz davor, die Geduld zu verlieren. Ihre Gedanken rasten. Wenn sie es irgendwie bis zum Waldrand schaffte, könnte sie ihm in der Dunkelheit vielleicht entkommen. Doch seine Nerven waren aufs Äußerste gespannt. Jede falsche Bewegung würde dazu führen, dass er sie erschoss.

Er schien ihre Gedanken zu erraten.

»Vergiss es! Ich habe überhaupt keine Skrupel, dich abzuknallen, das weißt du doch, oder? Ich würde dir einen Gefallen tun. Du würdest endlich die Welt sehen, so wie sie wirklich ist. Und jetzt rein da, oder ich werfe dich runter! Wenn du dir dabei ein paar Knochen brichst, wird die Zeit da unten deutlich unangenehmer!«

Sie kniete sich neben das Loch. Er leuchtete mit der Taschenlampe hinein. Sie erkannte Leitersprossen an der Betonwand. Sie tastete mit den Beinen danach, bis sie Halt fand, und kletterte langsam herab. Unten befand sich ein schmaler, höchstens vier Quadratmeter großer Raum. Eine Seite wurde von einer massiven, gewölbten Metalltür fast völlig eingenommen. Dahinter lag ein Gang, von dem mehrere Türen abgingen. Ein ekelerregender, süßlich bitterer Gestank mischte sich mit dem Aroma von Schimmel und Feuchtigkeit.

Julius leuchtete ihr mit der Lampe ins Gesicht. »Sehr gut. Jetzt stell dich da drüben an die Wand! Hände ausgestreckt nach oben! So ist es gut. Wenn du dich umdrehst oder von der Stelle bewegst, schieße ich ohne Vorwarnung. Kapiert? Ob du das kapiert hast, habe ich gefragt!«

»Ja!«

Das Licht ging aus. Mina hörte Geräusche. Dann war er plötzlich hinter ihr, überraschend schnell.

»Braves Mädchen! Ich wusste doch, dass ich mich auf dich verlassen kann.«

Er griff nach ihren Handgelenken und zog sie brutal auf ihren Rücken. Die Handschelle schloss sich. Dann schaltete er die Taschenlampe wieder ein.

Er führte sie in den Gang und durch die erste Tür auf der linken Seite. Der Raum war etwa drei mal vier Meter groß und verfügte nur über ein Lüftungsloch an der Decke. Eine schlichte Metalltür trennte ihn vom Gang ab. Auf dem Boden lagen zwei Luftmatratzen. Daneben standen eine Campingtoilette aus Plastik und ein paar Kisten mit Getränken. In einem improvisierten Regal stapelten sich Lebensmittel. Offensichtlich hatte er vor, hier lange auszuharren.

Er deutete auf eine der Luftmatratzen.

»Knie dich mal da drauf!«

Sie gehorchte. Mit einem Vorhängeschloss befestigte er eine etwa zwei Meter lange Kette an den Handschellen. Das andere Ende hing, ebenfalls mit einem Schloss, an einem Betonklotz, wie man sie zum Beschweren von provisorischen Straßenschildern verwendete. Auf diese Weise konnte sie sich in dem kleinen Raum mehr oder weniger frei bewegen. Vielleicht wäre sie sogar in der Lage, den Klotz hinter sich her zu zerren und den Raum so zu verlassen. Aber es war völlig ausgeschlossen, dass sie mit auf den Rücken gefesselten Händen und an das Gewicht gekettet die Leiter heraufklettern konnte.

Die Verzweiflung trieb ihr Tränen in die Augen.

»Bitte, Julius, ich ...«

»Hab keine Angst. Ich muss noch etwas erledigen und werde bis spätabends fort sein. Aber danach bin ich wieder bei dir, und dann bleibe ich auch hier, bis es vorbei ist.«

Er holte eine große Flasche Wasser und eine Packung Schokokekse aus dem Spind. Er öffnete die Flasche und steckte ein langes Plastikrohr hinein, sodass sie es wie einen Strohhalm benutzen konnte. Die Kekspackung öffnete er ebenfalls. »Sieh zu, dass du die Flasche nicht umwirfst. Das sollte reichen, damit du mir nicht verhungerst, bis ich wiederkomme.« Er verzog das Gesicht. »Falls sie mich nicht erwischen. Dann könnte es etwas länger dauern. Wünsch mir also Glück!«

Er verließ den Raum, ohne eine Antwort abzuwarten.

51.

Die alte Lagerhalle strahlte im bunten Licht von Laserprojektionen, die animierte Bilder fantastischer Gestalten auf die Wände projizierten. Lange Reihen von Tischen standen auf dem rauen Betonboden. Hunderte Laptops warfen ein blasses Licht auf die Gesichter ihrer Besitzer, die viel mehr auf die Bildschirme starrten, als ihre Aufmerksamkeit der großen Bühne an der Stirnseite des riesigen Raums zuzuwenden. Dort trafen Helfer letzte Vorbereitungen für den Beginn der Show. Ordner in Kettenhemden und Blechhelmen standen an den Seiten und warfen finstere Blicke in den Raum, während sie sich an ihren mehr als mannshohen Hellebarden festhielten, die sie im Ernstfall wohl eher behindern würden.

Eisenberg saß mit Varnholt und Morani an einem Tisch in der Mitte des Raums. Obwohl er einen Laptop vor sich aufgestellt hatte, war es offensichtlich, dass er nicht hierher gehörte: als wäre er in einem Orkkostüm beim Wiener Opernball erschienen. Klausen und zwei Bereitschaftspolizisten hatten sich Ordnerkostüme übergezogen und standen verteilt nahe des Eingangs und der Notausgänge. Zwei weitere Einsatzkräfte waren außerhalb der Halle positioniert.

»Kommt Ihnen irgendwer verdächtig vor?«, fragte Eisenberg.

Morani schüttelte den Kopf.

Aufmerksam musterten sie die Neuankömmlinge, die einer nach dem anderen aus dem Eingangsbereich traten, sich suchend umsahen und dann auf einen der Tische zustrebten. Manche hatten sich kostümiert, doch die meisten trugen Jeans oder Kakihosen und Sweatshirts. Nahezu alle hatten Rucksäcke oder Laptoptaschen dabei. Kaum einer schien älter als dreißig. Der Anteil der Männer überwog deutlich. Niemand machte Anstalten, sich mit an Eisenbergs Tisch zu setzen.

Wenn der Täter hier im Raum war, konnte er ihn nicht ausmachen. Er hoffte, dass sich der Mann durch verdächtiges Verhalten bemerkbar machen würde, sobald er Eisenberg erkannte. Doch bisher war nichts dergleichen geschehen. Im flackernden Licht der Bildschirme und Projektoren waren die Gesichtszüge der Eintreffenden allerdings auch nur undeutlich zu erkennen.

Wahrscheinlich war die ganze Idee ein Reinfall. So logisch Varnholts Gedanke ihm auch im ersten Moment vorgekommen war, so unwahrscheinlich erschien es ihm nun, dass der Täter hier auftauchte. Er musste wissen, dass die Polizei mit seiner Anwesenheit rechnete. Außerdem gab es jede Menge anderer Möglichkeiten für spektakuläre Aktionen. In der nächsten Woche stand eine Konferenz der EU-Außenminister an, die jedoch so gut abgeschirmt wurde, dass ein Einzeltäter kaum eine Chance hatte, sie als Bühne zu benutzen. Zwei Wochen später fand der Berlin-Marathon statt, bei dem man trotz erhöhter Sicherheitsvorkehrungen nach dem Anschlag von Boston kaum verhindern konnte, dass jemand dieses Großereignis als Bühne nutzte. Weitere potenzielle Ziele waren die Berlinale sowie regelmäßige Ereignisse wie Konzerte, Musical- und Theaterpremieren, Vernissagen und Kundgebungen. Alles in allem viel zu viele, um überall dabei zu sein.

Er sah auf die Uhr. Bis zum offiziellen Start der Veranstaltung um 19.00 Uhr waren es noch elf Minuten. Allmählich ließ der Zustrom der Besucher nach. Die Ordner schlossen die großen Türen. Die letzten Teilnehmer suchten sich ihre Plätze und klappten ihre Laptops auf. Alle Tische waren gut besetzt, nur an Eisenbergs Tisch waren noch Plätze frei. Insgesamt waren gut tausend Personen im Raum. Die Karten für die *WizCon* waren seit Monaten ausverkauft.

Die meisten Lichter und auch die Laserprojektionen an den Wänden erloschen. Musiker in wilden Fantasy-Kostümen betraten die Bühne. Jubel brandete auf und wurde kurz darauf von einem brachialen Heavy-Metal-Sound übertönt. Während Morani sich die Hände auf die Ohren presste, glaubte Eisenberg, im Lärm die Titelmelodie des Spiels wiederzuerkennen.

Das Eröffnungskonzert war barmherzig kurz. Eisenberg schmerzten dennoch die Ohren, als die Band von tosendem Beifall begleitet die Bühne verließ und John McFarren Platz machte.

»Liebe Freunde, dear friends, welcome to the *Eighth Gorayan Wizard's Convention*!« Er begrüßte einige der anwesenden Vertreter der Spieleindustrie persönlich und hielt dann eine längere Rede auf Englisch, in der er das neue *World of Wizardry*-Release als einen »Meilenstein der Spieleentwicklung« anpries. Es folgte eine Videoeinspielung, die offenbar die neuen Features vorstellte und hin und wieder begeisterte Ausrufe und Beifall des Publikums hervorrief. Eisenberg hätte allerdings nicht sagen können, was an dem neuen Release gegenüber der bisherigen Version anders war.

Als sich die Begeisterung gelegt hatte, wechselte McFarren ins Deutsche.

»Ich komme nun zum nächsten Programmpunkt und freue mich, dass wir auch dieses Jahr wieder den großen Chronisten der Ereignisse auf *Goraya* bei uns begrüßen dürfen. Viele von euch kennen ihn als Grob Kradonkh, den Wirt der Taverne *Zum freundlichen Oger*. Jeder kennt ihn als den Autor der *Chroniken der Drei Augen*. Bitte begrüßt mit mir Ole Karlsberg, der nun aus seinem neuesten Werk, ›Schatten über den Nebelbergen‹, lesen wird!«

Eisenberg zuckte zusammen. Er hatte sich bisher nicht mit dem Programm des Abends auseinandergesetzt. Dass Ole Karlsberg hier war, neben Ben Varnholt der Einzige, der mit allen fünf Verschwundenen Kontakt gehabt hatte, erschien ihm ein bemerkenswertes Zusammentreffen. War das wirklich bloß Zufall?

Der Schriftsteller betrat die Bühne, begleitet von einem eher pflichtschuldigen Beifall. Offensichtlich interessierte sich nur ein kleiner Teil der Anwesenden für seine Bücher. Während er am Stehpult mit monotoner Stimme las, beschäftigten sich die meisten Anwesenden mit ihren Laptops und scheuten sich auch nicht, sich dabei zu unterhalten. Der Geräuschpegel stieg allmählich an, bis der Tontechniker gezwungen war, die Stimme des Schriftstellers lauter zu stellen, damit man ihn überhaupt noch verstehen konnte. Eisenberg glaubte, in seinem Gesicht eine gewisse Verbitterung zu erkennen. Schließlich beendete er die Lesung, wie es schien, vorzeitig.

»Also schön, das war es. Dankeschön. Noch Fragen?«

Nach einem erneut spärlichen Beifall ging eine Hand in die Höhe.

»Ja?«

Eine Helferin reichte einem jungen Mann mit Vollbart das Mikrofon.

»Herr Karlsberg, woher nehmen Sie eigentlich die Ideen für Ihre Bücher?«

Der Autor verzog das Gesicht, als habe man ihm diese Frage schon zu oft gestellt. Dennoch hielt er einen fast eine Viertelstunde dauernden Monolog über die Tücken schriftstellerischer Kreativität, den man mit den Worten »Die besten Ideen kommen unter der Dusche« hätte zusammenfassen können.

Als Nächste meldete sich eine junge Frau zu Wort. Sie wollte wissen, ob Karlsberg seine Erlebnisse als Grob Kradonkh in seine Romane einfließen lasse. Der Schriftsteller antwortete mit einer ausweichenden Floskel. Daraufhin behauptete die Frau, ihm weite Teile seines aktuellen Romans im *Freundlichen Oger* gleichsam diktiert zu haben, als sie ihm von ihren Abenteuern erzählte. Karlsberg bestritt das aufs Heftigste, doch die junge Frau ließ nicht locker. Schließlich musste ihr die Helferin das Mikrofon quasi aus der Hand reißen, um das Streitgespräch zu beenden.

»Danke, ich glaube, wir machen jetzt mit dem nächsten Programmpunkt weiter«, sagte der Autor, doch eine weitere Hand war bereits nach oben geschossen. Sie gehörte einem jungen Mann in blauem Kapuzensweater, der direkt an der Bühne in einem Rollstuhl saß. Ehe Karlsberg es verhindern konnte, hatte die Helferin dem Behinderten das Mikrofon in die ausgestreckte Hand gedrückt.

»Ihre Romane sind ja quasi fiktive Welten, die nach dem Vorbild einer anderen fiktiven Welt – *Goraya* – gestaltet sind«, sagte eine junge, männliche Stimme.

Eisenberg erstarrte.

»Halten Sie es für möglich, dass auch unsere Welt – die Welt, in der wir uns hier befinden, diese Halle, die Bühne, all das hier – nur eine Fiktion ist?«

Eisenberg sprang auf.

»Das ist er!«, rief er gleichzeitig in das Mikrofon an seinem Kragen und zu Morani und Varnholt an seinem Tisch. Die beiden sahen ihn erschrocken an und sprangen ebenfalls auf.

»Das ist eine interessante Frage, mit er ich mich schon in meinem ersten Roman *Hellmanns Welt* auseinandergesetzt habe«, erwiderte Karlsberg. Eisenberg bahnte sich einen Weg zur Bühne. Varnholt und Morani folgten ihm dicht auf. Von den Seiten her drängten jetzt auch Klausen und die Bereitschaftspolizisten in ihre Richtung.

»Ich ...« Der junge Mann im Rollstuhl stockte. »Ich habe nämlich einen konkreten Beweis, dass die Welt nicht real ist!«

Nur noch wenige Schritte trennten Eisenberg von dem Täter. Er war also wirklich so dumm, hier in aller Öffentlichkeit seine wirren Thesen zu vertreten. Jetzt hatten sie ihn!

»Welt am Draht – das ist alles wahr! Es ist ...«

Ein greller Blitz blendete Eisenberg. Ein Schlag traf ihn mit der Wucht einer Diesellok an der Brust. Alles um ihn herum war plötzlich nachtschwarz und seltsam still. Nur ein fernes Piepen war zu hören. Er lag auf dem Boden.

Bin ich tot? Die Frage geisterte durch seinen Kopf, wurde jedoch von seinem offenbar noch intakten Verstand beiseite gedrängt und durch praktischere Überlegungen ersetzt: Was war das? Eine Bombe?

Die Schwärze wurde von bunten, tanzenden Flecken überlagert. Das Fiepen wurde lauter. Bald mischten sich dumpfe Geräusche darunter. Eisenberg tastete um sich. Er lag mit dem Kopf halb unter einem Stuhl. Jemand trat auf sein Bein, stolperte, schlug hin.

Allmählich verflüchtigten sich die bunten Lichter, sodass Eisenberg seine nähere Umgebung undeutlich erkennen konnte. In der Halle herrschte Chaos. Menschen irrten schreiend umher, pressten Hände auf Augen oder Ohren. Er sah Morani ein paar Meter entfernt auf dem Boden liegen. So rasch ihn seine wackeligen Beine trugen, wankte er zu ihr.

»Sind Sie okay?«, fragte er. Es klang, als höre er sich selbst aus weiter Ferne.

Sie nickte und rappelte sich auf.

Ole Karlsberg lag auf dem Boden, die Hände über dem Kopf verschränkt, als fürchte er eine zweite Explosion. Das Stehpult war umgestürzt. Sein Wasserglas war zersplittert und Dutzende Manuskriptseiten lagen herum. Vor der Bühne stand der Rollstuhl des jungen Mannes.

Er war leer.

52.

Sie sind hier. Mindestens drei von ihnen, wahrscheinlich noch mehr. Der Kommissar sitzt in der Mitte am Tisch. Er sieht in deine Richtung, ohne Reaktion. Daneben ein dicker Mann und eine Frau vor ihren Laptop-Alibis. Sie blicken sich um, als wüssten sie nicht längst, wo du bist und was du vorhast. Wollen sie es verhindern? Oder bloß beobachten? Dein Herz pocht heftig. Du hast alles auf eine Karte gesetzt. Jetzt musst du sie ausspielen.

Du wartest, bis der Autor die Lesung beendet, hebst die Hand, doch ein anderer ist schneller. Im Rollstuhl wird man schnell übersehen. Schon wieder kommt dir jemand zuvor. Blöde Zicke. Wegen des Schallschutzes in den Ohren kannst du sie kaum verstehen. Karlsberg ist genervt, das sieht man, versucht, ihre Fragen zu unterbinden. Immer wieder hakt sie nach. Sie ist eine von ihnen, will verhindern, dass du das Mikrofon bekommst.

Gerade, als du schon nicht mehr dran glaubst, wird es dir von einer Helferin in die Hand gedrückt. Du brauchst eine volle Sekunde, bis dir dein Text wieder einfällt. Der Schriftsteller antwortet etwas, das du nicht verstehst. Du reimst es dir zusammen, sagst das mit dem konkreten Beweis während du mit der Linken den Stift aus der Blendgranate ziehst.

»Welt am Draht – das ist alles wahr!« Du wirfst die Granate in die Luft und kneifst die Augen zusammen. »Es ist ...«

Die Explosion trifft dich mit voller Wucht. Wie gelähmt sitzt du im Rollstuhl. Schmerz sengt durch deinen Kopf, rast bis in die Schultern. Es stinkt nach verbranntem Haar und Magnesium.

Fünf Sekunden. Du willst aufstehen, doch dein Körper gehorcht nicht. Bunte Lichter vor den Augen. Die Ohren dröhnen, als hätte der Schallschutz versagt. Du musst hier weg!

Endlich kannst du dich aus dem Rollstuhl wuchten. Die aufgerissene Blendgranate liegt am Bühnenrand. Du hebst sie auf, verbrennst dir die Hand, ignorierst den Schmerz.

Drei Sekunden. Halte dich an den Plan! Du schaffst es, das Sweatshirt auszuziehen. Wickelst Granate, Brille und schwarze Perücke hinein und stopfst alles in den Rucksack.

Eine Sekunde. Du musst vom Rollstuhl weg, kommst nur ein paar Meter, bis die Betäubung der anderen nachlässt. Beugst dich über eine junge Frau am Boden, hilfst ihr hoch, als um dich Panik ausbricht.

»Bist du okay?«

Sie sieht dich nur fragend an. Menschen schreien und rennen durcheinander. Streben zu den Notausgängen. Du lässt dich vom Strom fortragen. Kannst es kaum lassen, dich nach dem Kommissar umzusehen.

Draußen ist es noch hell. Eine euphorische Stimmung erfüllt dich. Du hast es getan! Du rennst der Masse nach, verlässt das Gelände, biegst links in eine Seitenstraße des Industriegebiets, bist wieder allein.

Du entfernst die Plastikpfropfen aus deinen Ohren, holst einen Taschenspiegel hervor. Was du siehst, ist erschreckend. Dein Gesicht ist rot. Brandblasen auf der Stirn. Die Schirmmütze aus dem Rucksack kann sie kaum verdecken. Es muss genügen.

53.

»Er trägt Jeans und ein blaues Kapuzenshirt«, brüllte Eisenberg in sein Handy. »Was? Ich ... ich kann Sie nicht verstehen ... Egal, schicken Sie Krankenwagen! Es gibt hier Dutzende Verletzte!« Er beendete das Gespräch. In dem Tumult hatte es keinen Sinn, zu telefonieren. Bis die Einsatzleitung eine umfassende Fahndung eingeleitet hatte, war es ohnehin zu spät.

Er sah sich um. Klausen war nirgends zu entdecken, ebenso wenig die Kollegen von der Bereitschaft. Aber in dem Chaos war das nicht verwunderlich. Zwei Ordner waren dabei, einen kleineren Brand an der Bühnendekoration zu löschen. Sanitäter, die draußen vor der Halle bereitgestanden hatten, kümmerten sich um die verstörten Besucher. Einer kniete neben Karlsberg, der noch immer auf der Bühne lag, jedoch eher geschockt als verwundet zu sein schien. Gottlob hatte es offenbar keine Schwerverletzten gegeben.

Obwohl sich der Saal allmählich leerte, saßen immer noch eine Menge Menschen an den Tischen. Einige packten ihre Laptops ein, als gäbe es nichts Wichtigeres auf der Welt. Andere starrten auf ihre Bildschirme und tippten. Wahrscheinlich twitterten sie die Ereignisse in die Welt hinaus. Unfassbar! Eisenberg hätte schreien können vor Wut. Zum zweiten Mal war er dem Täter nun schon zum Greifen nah gewesen!

»Was ... was war das?«, fragte Morani, die einen erschütterten Eindruck machte.

»Eine Blendgranate«, sagte Eisenberg.

»Was?« Sie zeigte auf ihre Ohren, um anzudeuten, dass sie immer noch nicht richtig hören konnte.

Er winkte ab. Er würde es ihr später erklären.

»Er ist weg!«, rief ein junger Mann neben der Bühne.

Eisenberg fuhr herum. Der Mann zeigte mit schreckgeweiteten Augen auf den Rollstuhl.

»Er ... er hat sich einfach in Luft aufgelöst!«

Eisenberg ging zu ihm.

»Haben Sie gesehen, wie es passiert ist?«

Der Mann starrte ihn an.

»Ja! Es gab einen Blitz und einen Knall, und ... dann war der Rollstuhl leer. Einfach so! Von einer Sekunde auf die andere!«

»Unsinn!«, sagte Eisenberg. »Sie waren für ein paar Sekunden geblendet. Er ist einfach aus dem Rollstuhl aufgestanden und abgehauen!«

»Ein Behinderter? Wie soll das denn gehen?«

Es war keine Zeit, zu diskutieren. Der Täter hatte sein Ziel erreicht, und was immer Eisenberg hier tat, würde nichts mehr daran ändern. In diesen Sekunden entstand eine Legende. Hunderte Menschen würden behaupten, sie hätten beobachtet, wie sich vor ihren Augen ein Mensch in Luft auflöste. Im Internet würde sich genau diese Geschichte verbreiten: Die Admins hätten ihn gelöscht.

Er sah sich um. Vielleicht war der Täter ja noch hier. Vielleicht hatte er die Sekunden genutzt, in denen die Versammelten ihrer Sinne beraubt waren, um sein Aussehen zu verändern und sich unter die übrigen Teilnehmer zu mischen. Auf diese Weise würde er noch weniger Aufsehen erregen.

»Vielleicht ist er noch hier«, sagte Morani.

Gemeinsam gingen sie durch den Saal, versuchten mit möglichst vielen zu sprechen, doch die meisten Zeugen waren vor Verwirrung und Schock nicht in der Lage, sinnvolle Aussagen zu machen.

Schließlich gaben sie auf und traten hinaus auf den Vorhof. Hunderte Menschen standen in kleinen Gruppen herum und diskutierten. Kaum jemand schien das Gelände verlassen zu wollen.

Sirenen kamen näher. Ein Konvoi aus zwei Feuerwehr-Einsatzfahrzeugen, drei Krankenwagen und einem Mannschaftswagen der Polizei drängte auf das Gelände. Ein Stau entstand, weil Menschentrauben im Weg waren. Eisenberg und Morani versuchten, Platz zu schaffen.

Der Einsatzleiter sprang aus seinem Fahrzeug und kam auf sie zu.

»Was ist geschehen?«

Eisenberg gab ihm einen kurzen Abriss der Ereignisse. »Der Täter ist möglicherweise noch auf dem Gelände. Sperren Sie als Erstes den Zugang ab. Niemand verschwindet von hier, ohne dass wir seine Personalien aufgenommen haben. Fragen Sie jeden, was er beobachtet hat. Falls jemand gesehen hat, wie eine Person aus einem Rollstuhl aufgestanden ist, informieren Sie mich sofort. Wir müssen dann unbedingt ausführlich mit dem Zeugen sprechen.«

»Gut. Haben Sie eine Täterbeschreibung?«

»Etwa eins achtzig groß, Ende zwanzig. Er trug Jeans und ein blaues Kapuzensweatshirt ...«

Der Empfänger in Eisenbergs Ohr knackste. Ein Keuchen war zu hören, dann Klausens Stimme: »Wir haben ihn!«

»Was? Wo sind Sie?«

»Zwei Straßen vom Veranstaltungsgelände entfernt. Er wollte türmen, aber wir haben ihn erwischt.«

»Wir sind sofort da.«

Klausen und ein Kollege von der Bereitschaft kamen ihnen schon entgegen. Sie zerrten einen jungen Mann mit schmalem Gesicht, dunkelbraunen Augen und einem Ziegenbart mit sich. Er trug ein dunkelblaues Kapuzenshirt mit dem Emblem einer amerikanischen Eliteuni.

»Wie ist Ihr Name?«, fragte Eisenberg.

»Derek Fischer. Bitte, ich habe nichts gemacht!«

Eisenberg nickte.

»Lassen Sie ihn los. Er ist unschuldig.«

Klausen starrte ihn entgeistert an.

»Aber ... er ist vom Gelände gelaufen, und als ich ihn verfolgte, da hat er ...« Er verstummte, als ihm offenbar selber klar wurde, dass wohl jeder, der kurz nach einer vermeintlichen Bombenexplosion von einem brüllenden Mann in Ritterrüstung verfolgt wurde, geflohen wäre.

Eisenberg wandte sich an den Mann.

»Sind Sie verletzt?«

»Nein. Nur meine Ohren dröhnen.«

»Was haben Sie gesehen?«

»Nicht viel. Da war nur ein Blitz, und ein Knall, und ... ich hab gedacht, das ganze Gebäude fliegt in die Luft. Da bin ich abgehauen.«

»Sind Ihnen noch andere Personen aufgefallen, die geflohen sind?«

»Natürlich, viele Menschen sind rausgerannt. War eine richtige Panik.« Er sah zu Boden. »Tut mir leid, wenn ich überreagiert habe.«

»Nicht Ihr Fehler«, sagte Eisenberg. »Der Kollege wird noch Ihre Personalien aufnehmen, dann können Sie gehen. Entschuldigen Sie bitte, dass wir Sie so erschreckt haben.«

»Schon okay. Ich hoffe, Sie finden die Terroristen!«

»Verdammt!«, rief Eisenberg, als sie wieder zur Halle zurückkehrten.

Er sah Varnholt bei einer Gruppe junger Menschen stehen. Er hielt ein Smartphone hoch.

»Gut, dass sie kommen. Der junge Mann hier hat die ganze Szene auf Video.« Er wandte sich an den Besitzer des Geräts. »Ich spiele das kurz auf meinen Laptop, okay?«

Der Angesprochene nickte mit skeptischem Gesicht.

»Gute Idee«, sagte Eisenberg. »Bestimmt hat auch jemand von Snowdrift die Show aufgezeichnet. Herr Klausen, kümmern Sie sich bitte darum!«

54.

Ein Geräusch ließ Mina aus dem Schlaf schrecken. Absolute Finsternis umgab sie. Für einen Moment wusste sie nicht, wo sie war. Warum fühlten sich ihre Arme so merkwürdig an? Dann stürzte die Wirklichkeit mit aller Brutalität auf sie ein.

Das Geräusch von Schuhen auf den Leitersprossen, Schritte, durch die Ritze unter der Tür schien Licht. Sie öffnete sich mit einem Knirschen. Der Strahl der Taschenlampe schmerzte in ihren Augen.

»Hallo Mina!«, sagte er und klang seltsam dabei, irgendwie gelöst, fast schon gut gelaunt. »Tut mir leid, dass ich dich so lange allein gelassen habe. Aber ich hatte etwas Wichtiges zu tun. Und es hat funktioniert!«

Er entzündete eine Kerze, die den kargen Raum in ein seltsam heimeliges Licht tauchte. Dann öffnete er die Handschellen auf ihrem Rücken, befestigte sie jedoch sofort wieder an ihrem rechten Fußgelenk, sodass sie nach wie vor an den Betonklotz gefesselt war.

Sie rieb sich die tauben Arme. Die Schnittwunde an der Schulter schmerzte wieder stärker. Im Kerzenschein konnte sie sein gerötetes Gesicht erkennen. Auf seiner Stirn war die Haut blasig und aufgeplatzt.

»Was ist denn passiert?«

Seine Augen verengten sich.

»Das weißt du wirklich nicht?«

»Wann wirst du mir endlich glauben, dass ich keine Admin bin?«

»Also schön, tun wir mal so, als wüsstest du von nichts.« Er kicherte. »Ich hab euch ... ich meine, ich hab den Admins ordentlich in die Suppe gespuckt, könnte man sagen.«

»Und wie?«

Er zögerte.

»Ich weiß nicht, ob du das wirklich wissen musst.«

Sie sagte nichts. Er zuckte mit den Schultern.

»Ach, was soll's. Ich hab mich quasi selbst gelöscht.«

»Wie das denn?«

Er lachte. Es klang ein wenig gekünstelt.

»Ich habe mich vor laufenden Kameras in Luft aufgelöst. Auf YouTube bin ich schon ein Star.« Mit leuchtenden Augen erzählte er ihr, wie er mithilfe einer NVA-Blendgranate sein Verschwinden inszeniert hatte. »Das war voll die Megashow. Jetzt wissen alle die Wahrheit. Die ganze Illusion wird in sich zusammenfallen. Das haben sie nun davon, dass sie mich nicht befreit haben!« Er kicherte. »Ich habe ihnen ihr kleines, fieses Experiment kaputt gemacht!«

Widersprüchliche Gefühle keimten in Mina auf. Einerseits würde die Polizei ihn wahrscheinlich identifizieren können, das Versteck im Keller des Hauses finden und Spuren ihrer Anwesenheit erkennen. Sie würden vermuten, dass sie noch lebte, und alles daransetzen, sie zu befreien. Ihre Eltern würden neue Hoffnung schöpfen.

Doch sein Stunt bedeutete auch, dass er von der Bildfläche verschwunden bleiben musste. Er würde dafür sorgen, dass man glaubte, er habe sich tatsächlich in Luft aufgelöst. Er hatte dieses Versteck sicher mit Bedacht gewählt und dafür gesorgt, dass keine Spur hierher führte.

Ein neuer, düsterer Gedanke stieg in ihr auf wie ein übler Geruch: Er hatte seinen letzten Trumpf ausgespielt. Was würde geschehen, wenn er merkte, dass er nicht stach? Was würde er tun, wenn ihm klar wurde, dass auch seine letzte Tat die vermeintlichen Admins nicht dazu brachte, ihr Experiment zu beenden und ihn zu erlösen?

55.

Es war nicht Eisenbergs erste Pressekonferenz, aber er hatte diese Art der Auseinandersetzung mit der Öffentlichkeit noch nie gemocht.

Der Pressesprecher des LKA, ein ehemaliger Journalist, begrüßte die Anwesenden im überfüllten Konferenzraum.

»Der leitende Ermittler Hauptkommissar Eisenberg wird eine kurze Erklärung abgeben. Danach dürfen Sie Fragen stellen. Bitte bedenken Sie jedoch, dass wir mit Hinblick auf die laufenden Ermittlungen viele Auskünfte noch nicht geben können. Herr Eisenberg, bitte.«

»Vielen Dank. Wie Sie wissen, kam es gestern im Rahmen einer Veranstaltung der Firma Snowdrift Games zu einer Explosion, bei der einundzwanzig Personen leicht verletzt wurden. Zum jetzigen Zeitpunkt gehen wir davon aus, dass die Explosion durch eine Blendgranate verursacht wurde. Der Täter ist höchstwahrscheinlich ein paranoidschizophrener Mann Ende zwanzig. Er ist flüchtig.«

Auf YouTube waren ein Dutzend Videos des Ereignisses hochgeladen worden. Das Bekannteste zeigte das Geschehen aus dramatischer Perspektive vom Bühnenrand. Der Mann im Rollstuhl stellte seine Frage, dann der Knall, mehrere Sekunden nur grelles Weiß, bis die überlasteten Sensoren wieder Bilder lieferten: Dieselbe Szene aus einer Perspektive am Boden liegend, der leere Rollstuhl deutlich zu erkennen. »Wohin ist der Mann im Rollstuhl verschwunden?«, lautete die provozierende Frage im Untertitel des Videos, das innerhalb weniger Stunden bereits mehr als eine Million Mal angesehen worden war.

Die Vermutungen, die in den zugehörigen Kommentaren, aber auch in Diskussionsforen veröffentlicht worden waren, reichten von einem starken Stromschlag, der den gelähmten Mann aus seinem Rollstuhl geschleudert haben könnte, bis zu einem Tor in eine Parallelwelt in einer anderen Dimension. Die populärste Theorie stellte einen Zusammenhang zwischen dem vermeintlichen Verschwinden des Mannes und seinen letzten Worten her: Er habe offensichtlich die Wahrheit über die Welt herausgefunden und sei deshalb gelöscht worden, genau wie eine Figur in dem von ihm zitierten Film *Welt am Draht*.

Eisenberg drückte eine Taste auf seinem Laptop. Der Beamer projizierte Bilder des Gesuchten an die Wand, die ein Spezialist aus den Videos und den Aufzeichnungen eines von Snowdrift beauftragten Kameramanns herausextrahiert hatte. Dank moderner Bildbearbeitungssoftware konnte man die Gesichtszüge des Mannes im Profil gut erkennen. Auf einem der Bilder war ein Mann zu sehen, der ein blaues Bündel in einen Rucksack stopfte.

»Das Bildmaterial finden Sie auf der DVD in Ihren Unterlagen«, sagte Eisenberg. »Die Identität des Mannes ist noch unbekannt, aber die Ermittlungen laufen auf Hochtouren. Eine bundesweite Fahndung wurde eingeleitet. Ich möchte Sie bitten, die Fotos zu veröffentlichen und die Bevölkerung anzuhalten, Hinweise auf die Identität oder den Aufenthaltsort des Täters an die Polizeidienststellen zu geben. Mehr können wir Ihnen zum jetzigen Zeitpunkt noch nicht sagen.«

Dutzende Hände schossen in die Höhe. Eisenberg überließ es dem erfahrenen Pressesprecher, die Frager auszuwählen. Ein Journalist des RBB kam zuerst an die Reihe.

»Sie sagen, es handele sich um einen paranoid-schizophrenen Einzeltäter. Außerdem gehen Sie davon aus, dass der Mann im Rollstuhl, der auf so spektakuläre Weise verschwunden ist, der Täter ist. Woher wollen Sie das alles wissen? Können Sie ausschließen, dass es sich um eine Tat von Neonazis handelt?«

»Wir schließen zum gegenwärtigen Zeitpunkt gar nichts aus. Aber unsere bisherigen Ermittlungsergebnisse deuten darauf hin, dass es sich bei dem Täter um einen Mann handelt, der auf seinem Blog im Internet bereits eine spektakuläre Tat angekündigt hatte und auch durch ungewöhnliches Verhalten innerhalb des Computerspiels *World of Wizardry* aufgefallen ist. Dieses Spiel wird von der Firma Snowdrift betrieben und stand im Zentrum der Veranstaltung gestern Abend. Das scheinbar rätselhafte Verschwinden des Mannes im Rollstuhl und die Frage, die er kurz vor der Explosion gestellt hatte, weisen darauf hin, dass er es war, der die Blendgranate gezündet hat, um ungesehen zu entkommen.«

»Aber warum sollte er das tun?«, fragte eine Journalistin, die für ein Onlinemagazin arbeitete.

»Sie haben alle das YouTube-Video gesehen und die Reaktionen darauf im Internet. Wir gehen davon aus, dass der Täter genau diese Reaktionen provozieren wollte. Er wollte es so aussehen lassen, als habe er sich quasi in Luft aufgelöst.«

Der Pressesprecher erteilte einer jungen Frau von der FAZ das Wort.

»Was will er damit bezwecken? Halten Sie ihn für eine Art fehlgeleiteten Performancekünstler?«

Eisenberg schüttelte den Kopf.

»Er scheint tatsächlich davon auszugehen, dass unsere Welt nur eine Computersimulation ist. Wir vermuten, er hat den Anschlag durchgeführt, um die Öffentlichkeit auf seine Theorie aufmerksam zu machen.«

Ein dicker Mann in schwarzem T-Shirt, der Eisenberg entfernt an Varnholt erinnerte, meldete sich.

»Kai Isenburg vom Rechthaberblog. Sie schließen also aus, dass der Mann im Rollstuhl tatsächlich von Wesen in einer höheren Existenzebene gelöscht wurde?«

Eisenberg warf einen kurzen Blick zum Pressesprecher, der jedoch keinerlei Anstalten machte, die Frage zu übergehen und einem anderen das Wort zu erteilen.

»Ich bin Polizist, kein Physiker. Ich kann nicht hundertprozentig ausschließen, dass wir in einer Computersimulation leben. Ich kann allerdings auch nicht ausschließen, dass der Verdächtige von Außerirdischen entführt wurde.« Allgemeines Gelächter. »Aber solange die Spurensicherung keine Fingerabdrücke von Aliens am Tatort findet, halte ich mich an die nahe liegende Erklärung der Fakten. Wie schon gesagt, gehen wir davon aus, dass der Täter die Aktion inszeniert hat, um genau das zu erreichen, was er erreicht hat: Eine Welle der Hysterie im Internet.«

»Wenn er die Tat in seinem Blog angekündigt hat, wieso wissen Sie dann nicht, wer der Täter ist?«, fragte ein älterer Journalist, der seine Notizen noch mit Kugelschreiber auf einem kleinen Block festhielt.

»Er hat einen anonymen Blogservice im Ausland benutzt, sodass wir seine Identität nicht zurückverfolgen können. Die Internetadresse finden Sie ebenfalls in Ihren Unterlagen.«

»Und müsste man seine Identität nicht über das Onlinespiel herausbekommen können?«, hakte der Journalist nach.

»Er hat sich bei dem Spiel höchstwahrscheinlich über einen anonymen Proxyserver angemeldet, sodass die Identität darüber ebenfalls nicht zu ermitteln ist.«

Der dicke Blogger meldete sich noch einmal.

»Gibt es nach Ihren Erkenntnissen einen Zusammenhang zwischen dem Anschlag gestern und dem spurlosen Verschwinden von fünf *World of Wizardry*-Spielern innerhalb der letzten sechs Monate?«

Eisenberg zögerte eine Sekunde. Sie hatten sich bei der Vorbesprechung darauf geeinigt, die Vermisstenfälle und auch die Schüsse auf ihn nicht zu erwähnen, um keine Angst in der Bevölkerung zu schüren.

»Dafür haben wir zum jetzigen Zeitpunkt noch keine konkreten Anhaltspunkte.«

»Aber Sie ermitteln in diese Richtung?«

»Wie ich schon sagte, schließen wir nichts aus.«

Damit schien der Blogger zufrieden zu sein. Er tippte eifrig auf seinem Laptop. Die Fragen konzentrierten sich wieder auf mögliche alternative Erklärungen der Tat. Viele Journalisten wollten wissen, ob nicht doch eine Terrorgruppe dahinterstecken könnte.

Eine halbe Stunde später hatte der Pressesprecher die Konferenz beendet. Die Besprechung in Kaysers Büro war direkt im Anschluss angesetzt worden.

»Respekt, Herr Eisenberg«, sagte sein Vorgesetzter, der die Konferenz beobachtet hatte, auf dem Weg dorthin. »Die meisten Kollegen sind nicht so gut auf Journalisten zu sprechen.«

»Ich eigentlich auch nicht«, erwiderte Eisenberg. »Als dieser Blogger mich nach den Vermissten fragte, wusste ich für einen Moment nicht, was ich sagen sollte. Ich hätte besser auf die Frage vorbereitet sein sollen.«

»Sie haben sehr souverän reagiert.«

»Dennoch hat man mein Zögern sicher bemerkt. Die Journalisten werden sich ihren eigenen Reim darauf machen.«

»Die schreiben doch sowieso, was sie wollen.«

»Da haben Sie auch wieder recht.«

In Kaysers Büro wartete bereits der Chef des LKA. Dr. Ralph Mischnick war ein unscheinbarer, schmächtiger Mann mit schütterem grauem Haar, der dafür bekannt war, bohrende Fragen zu stellen und nicht lockerzulassen. Es ging die Legende, er habe in einem Verhör sogar schon einen russischen Mafiakiller zum Weinen gebracht. Er hatte sich auf der Pressekonferenz nicht gezeigt, aber der Fall war ihm offensichtlich wichtig genug, um sein Wochenende dafür zu unterbrechen.

Eisenberg, der Mischnick bisher noch nicht persönlich getroffen hatte, stellte sich vor.

»Schön, Sie kennenzulernen, Herr Eisenberg. Ich freue mich, dass Sie der SEGI endlich Leben eingehaucht haben. Gute Arbeit!«

Sie setzten sich.

»Ihnen ist klar, dass wir jetzt unter einem enormen Druck stehen«, sagte der LKA-Chef. »Der Polizeipräsident hat schon angerufen und sich nach dem Stand der Ermittlungen erkundigt. Ich habe ihm gesagt, dass wir kurz davor stehen, die Identität des Täters aufzudecken. Damit habe ich doch hoffentlich nicht zu viel versprochen?«

»Ich bin zuversichtlich, dass wir ihn bald identifizieren können«, sagte Eisenberg. »Wir haben eine Menge Bildmaterial. Seit dieses YouTube-Video veröffentlicht wurde, sind bereits Hunderte Anrufe eingegangen. Die meisten wollen allerdings wissen, ob es sein kann, dass die Welt tatsächlich eine Simulation ist. Wir hoffen, dass dennoch auch ein paar ernst zu nehmende Hinweise darunter sind. Aufgrund der Vielzahl dauert die Auswertung allerdings noch an.«

»Wenn Sie noch mehr Leute brauchen, geben Sie mir Bescheid«, sagte Mischnick. »Ich will diesen Fall so schnell wie möglich vom Tisch haben. Und es wäre doch schön, wenn wir der Öffentlichkeit den ersten Fahndungserfolg der SEGI präsentieren könnten.«

»Ich bin nicht sicher, ob das so einfach wird«, warf Kayser ein.

Mischnick sah ihn an, als hätte er etwas Unanständiges gesagt.

»Wieso?«

»Wenn wir nicht auf dem Holzweg sind, dann hat der Täter offensichtlich genau das geplant, was geschehen ist: Er hat sich in aller Öffentlichkeit quasi in Luft aufgelöst. Damit diese Illusion Bestand hat, muss er verschwunden bleiben. Er hat ...«

Da platzte Varnholt in die Besprechung.

»Er heißt Julius Körner.«

Alle starrten ihn verblüfft an.

»Woher wissen Sie das?«, fragte Kayser.

»Ich habe mir von Snowdrift die Teilnehmerliste geben lassen und die Namen und Adressen gegoogelt«, sagte er. »Am Wohnort von Julius Körner, einem der registrierten Teilnehmer, ist heute Nacht ein Haus niedergebrannt. Laut Medienberichten war es eine Gasexplosion.«

»Gab es Tote oder Verletzte?«, fragte Eisenberg.

»Nein. Das Haus war zum Zeitpunkt der Explosion anscheinend verlassen. Zumindest hat die Feuerwehr keine Leichen gefunden.«

»Na bitte!«, sagte Mischnick. »Da haben wir ja schon unseren ersten Fahndungserfolg! Gut gemacht, Herr ...«

»Varnholt. Benjamin Varnholt.«

»Glückwunsch! Ich hab immer gewusst, dass die SEGI mal groß rauskommen wird!« Eine kurze Pause. »Sie sind doch von der SEGI, oder?«

»Ja«, sagte Varnholt.

»Dachte ich mir. Wie ein normaler Polizist sehen Sie ja auch nicht gerade aus.« Er lachte trocken. »Gute Arbeit, Herr Farnholz. Geben Sie bitte eine Fahndung nach diesem Körner raus.«

»Ist bereits veranlasst.«

Eine Stunde später stand Eisenberg vor der ausgebrannten Ruine des Einfamilienhauses in Petershagen östlich von Berlin. Die Feuerwehr war noch vor Ort, ebenso wie ein Hauptkommissar der örtlichen Kripo und ein Experte der Kriminaltechnik.

»Das war mit Sicherheit keine Gasexplosion«, sagte der Kriminaltechniker. »Genaueres kann ich erst nach einer eingehenden Untersuchung sagen, aber vom ersten Augenschein würde ich vermuten, dass hier Brandbeschleuniger und Sprengsätze zum Einsatz gekommen sind.«

Eine Befragung der Nachbarn habe ergeben, dass es um etwa drei Uhr morgens einen gewaltigen Knall gegeben habe, erklärte der Beamte der örtlichen Kripo. »Ein Zeuge hat von drei kurz hintereinander folgenden Explosionen gesprochen, die anderen sind sich in dieser Hinsicht nicht sicher gewesen. Mehrere Fensterscheiben in den Nachbarhäusern sind zu Bruch gegangen.«

Varnholt hatte recht gehabt: Das hier war eindeutig das Werk des Täters. Alles war detailliert geplant. Er hatte damit gerechnet, dass die Polizei ihn identifizieren würde. Die Explosion würde die Legende um sein Verschwinden nur noch verstärken.

Jetzt, wo Körner sein Ziel erreicht hatte, würde er sich irgendwo verstecken und sich nicht mehr rühren. Es würde verdammt schwer werden, ihn zu finden.

Eisenberg sah auf die Uhr. Halb vier nachmittags. Er rief seinen Vater an, um sich dafür zu entschuldigen, dass er ihre Verabredung nicht eingehalten hatte.

»Du musst mir nicht erklären, dass ein Kriminalhauptkommissar keine geregelten Dienstzeiten hat«, sagte sein Vater.

»Es tut mir trotzdem leid. Ich hätte zumindest vorher anrufen können.«

»Du hattest Wichtigeres zu tun, im Gegensatz zu mir. Mach dir keine Gedanken deswegen.«

»Morgen werde ich es wohl auch nicht schaffen. Aber wir sehen uns nächsten Samstag. Versprochen!«

»Du solltest nie etwas versprechen, von dem du nicht sicher bist, ob du es halten kannst, mein Sohn. Dienst geht nun mal vor. Wie auch immer, ich wünsche dir viel Erfolg dabei, diesen Wahnsinnigen zu fassen!«

56.

Du starrst in die Dunkelheit. Bist aufgeregt, kannst nicht schlafen. Wann befreien sie dich endlich? Du spürst ihre Blicke. Sie beobachten dich. Verfolgen die Wellen im Internet. Du hast sie erzeugt. Das übertrifft deine kühnsten Erwartungen. Dein Verschwinden ist die Nummer eins in den deutschen YouTube-Charts. Die Foren brodeln. Immer mehr Menschen sprechen darüber, dass etwas mit der Welt nicht stimmt. Du hast ihre Augen geöffnet. Es war nicht umsonst. Jetzt müssen sie das Experiment beenden. Sie werden es beenden. Dann siehst du endlich die Wirklichkeit. Aber wann? Wann?

57.

»Was haben wir?«, fragte Eisenberg. Er blickte in die Runde. Selbst Wissmann hatte, wenn auch nur widerstrebend, sein geliebtes Glasbüro verlassen, um an dem Gedankenaustausch teilzunehmen. Es war Dienstagmorgen. Das spektakuläre Verschwinden des Mannes im Rollstuhl war bereits vier Tage her, doch die Großfahndung war bisher ohne Ergebnis geblieben.

»Er ist wie vom Erdboden verschluckt«, sagte Klausen. »Ich habe vorhin mit der Zielfahndung gesprochen. Wir haben nicht den geringsten Hinweis auf seinen Aufenthaltsort. Der auf seinen Namen gemeldete VW Golf wurde bisher nicht gefunden. Wenn er sich einen falschen Pass besorgt hat und über die polnische Grenze gefahren ist, könnte er jetzt praktisch überall sein.«

»Ich vermute, er ist noch in Berlin oder im näheren Umland«, widersprach Morani.

»Wie kommen Sie darauf?«, fragte Eisenberg.

»Es ist logisch. Er ist psychisch gestört, aber hochintelligent. Er hat diese Tat sorgfältig vorbereitet. Aus seiner Sicht hat es keinen Sinn, zu fliehen. Für ihn sind die Admins schließlich überall. Er muss sich nur irgendwo verstecken, bis möglichst viele Menschen die Illusion durchschaut haben und die Admins das Experiment beenden.«

»Wäre das aus seiner Sicht dann nicht das Ende der Welt?«

»Wenn er mit seiner Theorie recht hätte, dann wäre es das Ende *dieser* Welt«, sagte Morani. »Wir würden einfach in einer anderen aufwachen.«

»Oder aufhören zu existieren«, widersprach Varnholt. »Ich habe mich am Sonntag mit einem befreundeten Physiker über diese Sache unterhalten. Ob ihr's glaubt oder nicht, eine Menge ernst zu nehmender Wissenschaftler halten es tatsächlich für denkbar oder sogar für wahrscheinlich, dass unsere Welt eine Computersimulation ist.«

Einen Moment lang sagte niemand etwas.

»Wie dem auch sei, wir sind keine Philosophen oder Kosmologen«, stellte Eisenberg fest. »Unser Job ist es, Julius Körner aufzuspüren, ob er nun eine Simulation ist oder nicht. Hat jemand eine konkrete Idee?«

»Irgendeine Datsche vielleicht?«, meinte Klausen. »Ein Wohnwagen auf einem Campingplatz oder ein verlassenes Fabrikgelände. Es gibt leider Tausende Möglichkeiten.«

»Videoüberwachung«, warf Wissmann ein.

»Was meinen Sie damit?«, fragte Eisenberg.

»Überall gibt es Kameras. Viele sind mit dem Internet verbunden. Mit der geeigneten Software kann man die Gesichter der Menschen, die durch das Sichtfeld laufen, automatisch mit dem des Täters vergleichen. Selbst Facebook und Google können das.«

»Soweit ich weiß, ist das in Deutschland aber illegal«, wandte Klausen ein.

»Das stimmt«, gab Wissmann zu. »Dennoch setzt der Bundesnachrichtendienst diese Technik ein, genau wie die CIA.«

»Woher willst du das wissen?«, fragte Klausen.

Wissmann antwortete nicht.

»Ob der BND das nun macht oder nicht, uns steht diese Technik nicht zur Verfügung«, sagte Eisenberg.

»Ich glaube ohnehin nicht, dass es viel nützen würde«, warf Morani ein. »Da, wo er jetzt ist, gibt es vermutlich keine Überwachungskameras. Und nachdem sein Bild in jeder Zeitung war und er die Illusion geschaffen hat, er sei gelöscht worden, wird er sich hüten, in der Öffentlichkeit aufzutauchen.«

»In *Simulacron-3* versteckt sich der Held in einer abgelegenen Jagdhütte«, meinte Eisenberg. »Vielleicht hat er sich daran orientiert.«

»Körners Vater war NVA-Offizier«, sagte Klausen. »Im Keller seines Hauses hatte er einen Luftschutzbunker eingerichtet. Außerdem stammen sowohl die Waffe, mit der auf Sie geschossen wurde, als auch die Blendgranate höchstwahrscheinlich aus NVA-Beständen, ebenso der Brandsprengsatz, mit dem er das Haus angezündet hat. Wahrscheinlich hat sein Vater diese Dinge nach der Wende gehortet. Vielleicht hat Julius Körner Kenntnis von irgendeinem alten Bunker oder so und hält sich dort versteckt.«

»Gut möglich. Aber wir können wohl kaum alle infrage kommenden Verstecke in Berlin und Brandenburg durchsuchen«, wandte Eisenberg ein.

»Wir können davon ausgehen, dass Körner das Versteck schon länger kennt«, meinte Morani »Es muss ein Ort sein, den er bereits früher aufgesucht hat, vielleicht schon oft. Sein Vater ist 2003 gestorben, als Julius neunzehn Jahre alt war. Seitdem hat er allein in dem Haus gelebt. Wir sollten vielleicht sein familiäres Umfeld noch mal unter die Lupe nehmen.«

»Da gibt es nicht so viele Ansatzpunkte«, sagte Eisenberg. »Seine Eltern sind tot, die Großeltern ebenfalls. Der Vater war bei Julius Körners Geburt schon fast fünfzig. Er hat einen Onkel mütterlicherseits, mit dem ich gestern gesprochen habe. Der sagt, der Junge sei schon immer seltsam gewesen. Er hat versucht, Julius Körner nach dem Tod seines Vaters für unzurechnungsfähig erklären zu lassen, wahrscheinlich um an das Haus zu kommen, hatte jedoch keinen Erfolg. Seitdem gab es keinen Kontakt mehr zwischen den beiden.«

»Hat er etwas zu möglichen Verstecken gesagt?«, fragte Varnholt.

»Nein. Wenn es eine Familiendatsche gab, dann weiß er nichts davon.«

»Ich habe inzwischen beim Grundbuchamt nachgefragt, aber die haben nichts in ihren Unterlagen«, ergänzte Klausen.

»Was ist mit den Nachbarn?«, fragte Varnholt. »Wissen die nichts?«

»Alles, was wir bisher erfahren haben, ist, dass Körner sehr zurückgezogen gelebt hat«, sagte Eisenberg. »Er war freundlich, aber reserviert und sprach mit kaum jemandem. Die meiste Zeit blieb er zu Hause, fuhr nur hin und wieder zum Einkaufen. Er lebt offenbar von seinem Erbe.«

»Wenigstens können wir davon ausgehen, dass er sich jetzt ruhig verhält und wir nicht mit weiteren Morden rechnen müssen«, meinte Klausen.

»Ich weiß nicht. Ich habe ein ungutes Gefühl«, sagte Morani.

»Warum?«, wollte Eisenberg wissen.

»Ich frage mich, was er tun wird, wenn er merkt, dass sein Plan nicht funktioniert. Um es mit seinen Worten zu sagen: Wenn er begreift, dass die Admins das Experiment nicht beenden werden.«

58.

»Julius.« Die Stimme ist nur ein Flüstern in deinem Kopf. Du fährst herum. Licht. Wo ist das Licht? Schaltest die Taschenlampe ein, leuchtest den Raum ab. Da ist nichts. Nur Minas gleichmäßiges Atmen neben dir.

»Julius!« Ein Schauer läuft über deinen Rücken.

»Ja?«

Ein Kichern.

»Ich kann dich sehen, Julius.«

Du schluckst. »Hol mich hier raus!«, rufst du. »Bitte!«

Mina schreckt aus dem Schlaf.

»Was ist denn?«

Wieder dieses Kichern.

»Das geht leider nicht. Das Experiment muss weitergehen.«

Du spürst die Tränen kommen.

»Bitte, zeig mir die Wirklichkeit! Nur für einen kurzen Moment! Dann werde ich euch auch nie wieder stören. Zeig mir die Wahrheit, dann stelle ich mich der Polizei. Ich führe sie her und zeige ihnen, wo die Leichen liegen. Sie werden mich in eine Anstalt sperren, und alles wird sich wieder beruhigen. Dann habt ihr erreicht, was ihr wolltet.«

Mina beugt sich über dich. Sagt etwas zu dir. Du kannst es nicht verstehen. Obwohl sie nur flüstert, füllt die Stimme deinen Kopf vollständig aus.

»Aber wir haben es doch schon erreicht. Verstehst du es immer noch nicht? *Du* bist das Experiment!«

»Nein!« Du presst die Hände auf die Ohren. Willst die Stimme nicht hören. »Bitte nicht! Bitte, bitte nicht!«

Mina rüttelt an deiner Schulter, doch du stößt sie beiseite. Unbarmherzig fährt die Stimme fort.

»Wir wollten sehen, wie ein Sim reagiert, wenn er herausfindet, dass er nicht echt ist. Wir wollten wissen, ob er die Wahrheit verdrängt oder nach ihr sucht und wenn er sie findet, ob er sie erträgt. Du hast es uns gezeigt.«

»Dann holt mich endlich hier raus!«, schluchzt du. »Schaltet das Experiment ab!«

Die Stimme kichert wieder.

»Aber nein! Du bist ein Star, weißt du das denn nicht? Du bist die Nummer eins in den Charts! Wir können das Experiment jetzt nicht beenden! The show must go on!«

»Nein!«, schreist du. Du schlägst dir mit der Faust gegen die Stirn. Immer wieder. »Nein! Lasst mich in Ruhe! Lasst mich endlich in Ruhe!«

59.

Mina schreckte hoch. Es war stockdunkel, doch diesmal wusste sie sofort, wo sie war. Ihr Entführer hatte etwas gerufen.

»Was ist denn?«, fragte sie schlaftrunken und bekam eine Gänsehaut. Es war, als spreche er mit jemandem im Raum – jemand Unsichtbarem, Unhörbarem. Offenbar hatte er jetzt völlig den Verstand verloren. Sie tastete sich zu seiner Luftmatratze vor. Er hatte arglos neben ihr geschlafen. Allerdings war ihr nicht entgangen, wie er Pistole und Schlüssel außerhalb des Raums gebracht hatte. Sie beugte sich über ihn.

»Julius! Julius, mach bitte das Licht an!«

»Nein!«, rief er und presste die Hände auf seine Ohren. »Bitte nicht! Bitte, bitte nicht!«

Sie rüttelte ihn an der Schulter. Er stieß sie brutal beiseite.

»Dann holt mich endlich hier raus!«, greinte er. »Schaltet das Experiment ab!«

Sie tastete in der Dunkelheit nach dem Feuerzeug.

»Nein!«, schrie er noch einmal. Ein dumpfes Klatschen ließ erahnen, dass er sich selbst schlug. »Nein! Lasst mich in Ruhe! Lasst mich endlich in Ruhe!«

Sie fand das Feuerzeug. Die kleine Flamme ließ den Raum in einem flackernden, unwirklichen Licht aufscheinen. Sie zündete eine Kerze an. Wimmernd lag ihr Entführer da. Für einen kurzen Augenblick tat er ihr fast leid. Fieberhaft überlegte sie, wie sie seine Angstpsychose nutzen konnte. In diesem Zustand kam er ihr fast wehrlos vor. Wenn sie ihn bewusstlos schlug, konnte sie vielleicht den Betonklotz nach draußen zerren und ...

Plötzlich hörte er auf zu wimmern, kam hoch und sah sich mit großen Augen um. Er sprang auf, verließ den Raum, kehrte mit der Pistole zurück und starrte Mina an, dass ihr kalt wurde.

»Geht es ... geht es dir jetzt besser?«

Er lächelte merkwürdig. Seine Augen glitzerten von Tränen.

»Ja«, sagte er. »Es geht mir besser. Endlich hab ich's kapiert. Eigentlich hätte es mir von Anfang an klar sein müssen. Wie blind ich war! Ich dachte, ich sei nur eine unbedeutende Nebenfigur, die zufällig die Wahrheit herausgefunden hat.«

Er machte eine Pause. Mina wartete, bis er weitersprach. Solange er redete, war die Pistole aus dem Spiel.

»Aber jetzt ist mir klar geworden, dass auch das ein Teil ihrer Täuschung war. In Wirklichkeit geht es um mich. Ich allein bin der Gegenstand des Experiments.« Er kicherte und setzte sich wieder auf die Matratze. »Kannst du dir das vorstellen? Nein, wenn du keine von ihnen bist, dann geht das sicher über deinen Horizont.«

Die kalte, arrogante Art, mit der er das sagte, vertrieb auch die letzte Spur Mitleid aus Minas Gefühlen.

»Du ... du bist wahnsinnig«, stieß sie hervor.

Einen Moment schien er verunsichert, doch dann legte sich wieder dieses unnatürliche, beängstigende Grinsen über sein Gesicht.

»Meinst du?«, fragte er in seltsam sachlichem Tonfall. »Ein Wahnsinniger ist einer, der die Realität nicht erkennt, oder? Wenn das stimmt, bin ich der Einzige in dieser traurigen Realität, der nicht wahnsinnig ist!«

Er kicherte. Mina sagte nichts.

»Aber jetzt ist Schluss«, fuhr er nach einer Pause fort. »Ich werde dieses miese Experiment beenden. Sofort. Ich werde dich aus deinem Elend befreien – dich und all die anderen!«

Er hob die Pistole. Mina zuckte zusammen.

»Bitte ... Julius, ich ...«

Waren das Tränen auf seinen Wangen?

»Tut mir leid, dass ich dir das alles angetan habe. Es tut mir so leid!«, jammerte er jetzt völlig unerwartet und schob sich den Lauf der Pistole in den Mund.

»Nein, tu es nicht!«

Sie barg das Gesicht in den Händen, wollte nicht sehen, wie sein Schädel zerplatzte. Doch der Schuss blieb aus.

Erst nach einer ganzen Weile wagte sie es, ihn wieder anzuschauen. Er saß dort, die Waffe im Schoß, die Schultern zuckend im stummen Weinen.

»Ich kann es nicht«, schluchzte er. »Sie lassen es nicht zu.«

Er hob den Kopf und sah sie an. War da plötzlich Hoffnung in seinen Augen? Er hielt ihr die Pistole hin, den Griff voran.

»Tu du es!«

Mina starrte die Waffe an, eine Schrecksekunde lang unfähig, einen klaren Gedanken zu fassen. Dann begriff sie, dass sie diese Chance nicht verstreichen lassen durfte. Hastig riss sie ihm die Waffe aus der Hand. Sie fühlte sich schwer an. Mina hob den Arm und zielte auf seinen Kopf.

»Mach mich los!«

Er lächelte traurig und schüttelte den Kopf.

»Ich warne dich«, sagte sie. »Wenn du mich nicht sofort losmachst, schieße ich dir ins Bein!« Der ganze aufgestaute Zorn quoll in ihr hoch wie bittere Magensäure. Ihre Stimme bebte und wurde zugleich kalt. »Du wirst Schmerzen haben, wie du sie noch nie erlebt hast, wenn du nicht sofort den Schlüssel holst. Ich werde dich nicht so einfach töten.«

Selbst im schwachen Kerzenlicht konnte sie sehen, wie er erbleichte.

»Das ... das kannst du nicht tun! Bitte, Mina!«

»Und ob. Ich kann. Ich zähle bis drei. Eins ... zwei ...«

Er hob die Hände.

»Also gut, ich mache dich los, aber nur, wenn du versprichst, dass du mich dann erschießt!«

»Wenn du unbedingt willst.«

»Schwöre es!«

»Also gut, ich schwöre. Auf das Leben meiner Mutter. Reicht das?«

Er stand auf und verließ den Raum. Kurz darauf kam er zurück und öffnete die Handschelle an ihrem Fußgelenk. Sie war frei! Mina unterdrückte den Schluchzer der Erleichterung. Sie erhob sich, die Waffe auf ihn gerichtet, immer damit rechnend, dass er es sich anders überlegen und sich auf sie stürzen könnte.

»Jetzt schieß endlich!«, schrie er.

Sie hob die Waffe und streckte die Arme aus. Er schloss die Augen.

Sie bückte sich und ließ die Handschelle über seinem Fuß zuschnappen. Den Schlüssel zog sie ab und steckte ihn ein.

Er riss die Augen auf.

»Was ... du Schlampe! Du hast es geschworen!«

Er sprang auf und wollte sich auf sie werfen, doch bevor er sie erreichte, hielt ihn der Betonklotz an seinem Bein zurück und sie war aus dem Raum.

Bloß raus aus dieser Hölle! Vorsichtig schob sie die Pistole in ihre Gesäßtasche. Da sie keine Ahnung hatte, wie man die Waffe sicherte, konnte sie nur hoffen, dass sich nicht versehentlich ein Schuss löste. Dann kletterte sie so schnell sie konnte die Leiter im Schacht hinauf. »Bleib hier, du Miststück!«, schrie er ihr verzweifelt hinterher. »Du kannst nicht einfach abhauen! Oh, du Schlampe! Bitte, Mina! Bitte, komm zurück!«

»Ich werde zurückkommen, du Schwein, verlass dich drauf!«, rief sie zu ihm hinab. »Und zwar mit der Polizei!«

Der Bunkereingang war mit einer schweren Betonscheibe abgedeckt. Doch es gelang ihr, sie hochzustemmen. Ein halber Mond schimmerte zwischen den Wolken hervor. Mina kroch aus dem Schacht und rannte über die Lichtung auf den Waldrand zu – in Richtung des Weges, auf dem er sie hergebracht hatte, wie sie hoffte. Erst im Schatten der Bäume verlangsamte sie ihre Schritte und spürte Tränen der Erleichterung über ihre Wangen strömen.

Der dichte Wald erschwerte die Orientierung. Es dauerte eine Weile, bis sie tatsächlich den Weg erreichte. Sie folgte den Reifenspuren durch den nächtlichen Wald. Sie zitterte vor Kälte und ihre Wunde schmerzte höllisch, doch sie hätte laut singen können vor Freude. Sie lebte! Sie war frei!

Als sie die Einmündung auf eine Landstraße erreichte, graute bereits der Morgen. Ein Auto kam. Sie sprang auf die Straße, genau vor den Wagen, der mit beträchtlicher Geschwindigkeit auf sie sie zuraste und die Scheinwerfer aufblendete. Eindringliches Hupen. Das Quietschen der

Bremsen. Ein Mann um die fünfzig sprang vor ihr aus dem Wagen.

»Sind Sie wahnsinnig? Sie ...« Er verstummte, als er Minas verletzten Arm sah. »Was ist denn mit Ihnen passiert?«

»Ich wurde entführt. Bitte bringen Sie mich sofort zum nächsten Polizeirevier!«

60.

Eisenbergs Diensthandy riss ihn aus einem düsteren Traum, der sich rasch im Nebel des Vergessens verflüchtigte. Viertel vor sechs. Sein Wecker hätte ohnehin in zehn Minuten geklingelt.

»Eisenberg?«

»Christine Bergmann von der Polizeiinspektion Bernau. Guten Morgen, Herr Hauptkommissar. Die Einsatzbereitschaft des LKA hat mir Ihre Handynummer gegeben. Wir haben hier eine Zeugin namens Mina Hinrichsen, die mit Ihnen sprechen möchte. Sie sagt, sie sei entführt worden. Ein Berufspendler hat sie verletzt in der Nähe von Dornswalde aufgegriffen.«

»Verletzt? Wie schwer?«

»Nur eine Schnittwunde am Oberarm, aber sie hat sich entzündet. Der Notarzt sagt, sie muss in ein Krankenhaus, damit die Wunde ordentlich versorgt werden kann. Aber sie wollte erst mit Ihnen sprechen. Sie sagt, der Entführer sei noch dort.«

»Dort? Wo?«

»Am besten, ich gebe sie Ihnen direkt. Dann können Sie entscheiden, was zu tun ist.«

»Ja, gut.« Er sprang aus dem Bett und hastete zu dem kleinen Schreibtisch, wo Notizblock und Stift bereitlagen.

»Herr Eisenberg? Mina Hinrichsen hier.«

Bis jetzt war er sich nicht sicher gewesen, ob er die Kollegin richtig verstanden hatte. Doch es war ihre Stimme, eindeutig.

»Frau Hinrichsen! Ich ... wie geht es Ihnen?«

»Ich bin okay. Nur eine Schnittwunde. Aber Sie müssen schnell herkommen und den Scheißkerl festnehmen!«

»Wen?«

»Den, der mich entführt und Thomas Gehlert umgebracht hat. Er heißt Julius Körner.«

»Wo ist er jetzt?«

»In einer unterirdischen Bunkeranlage irgendwo in einem Waldstück. Ich weiß leider nicht genau, ob ich dort noch mal hinfinde.«

»Kein Problem, wir finden raus, wo das ist. Und Sie sind sicher, Körner ist noch dort?«

»Ziemlich sicher. Ich habe ihn mit einer Handschelle an einen Betonblock gekettet.«

Sie erzählte ihm, was geschehen war. Ihre Geschichte klang ziemlich unwahrscheinlich, aber andererseits auch viel zu ungewöhnlich für ein Produkt ihrer Fantasie. Eisenberg bat Hinrichsen, noch einmal die Kollegin an den Apparat zu holen.

»Frau Bergmann? Hören Sie zu. Der Entführer ist ein paranoid-schizophrener Mann namens Julius Körner. Er hat in Berlin bereits einen Anschlag verübt und ein Haus niedergebrannt. Wahrscheinlich hat er auch vier Menschen ermordet. Er ist also hochgefährlich und höchstwahrscheinlich bewaffnet. Ich möchte, dass Sie so schnell wie möglich herausfinden, welche alten Bunker in der Nähe sind.«

»Das ist kein Problem, wir kennen unser Revier. Nach Aussage der Zeugin und dem Ort nach zu urteilen, an dem sie aufgegriffen wurde, kommt eigentlich nur eine Anlage infrage.«

»Sehr gut. Schicken Sie so schnell wie möglich eine Streife hin. Aber die Kollegen dürfen auf keinen Fall in den Bunker eindringen. Sie sollen lediglich vor Ort die Situation überwachen und dafür sorgen, dass sich niemand der Anlage nähert oder daraus flüchtet. Ich schicke ein SEK. Noch einmal: Bevor die Spezialkräfte nicht vor Ort sind, sollen Ihre Leute auf keinen Fall versuchen, in den Bunker einzudringen und den Täter zu verhaften!«

»Aber der Zeugin zufolge ist der Täter unbewaffnet und mit dem Fuß an einen Betonklotz gekettet«, wandte die Polizistin ein.

»Es ist mittlerweile etwa zwei Stunden her, dass Frau Hinrichsen vor Ort war. Handschellen sind nicht als Fußfesseln gedacht. Mit zwei freien Händen und dem geeigneten Werkzeug könnte er sich inzwischen befreit haben. Es ist also nicht davon auszugehen, dass der Täter hilflos ist. Außerdem hat er möglicherweise ein ganzes Waffenarsenal aus NVA-Bestand zur Verfügung.«

»Verstehe. Ich kümmere mich darum.«

»Gut, vielen Dank. Ich bin so schnell wie möglich vor Ort.«

Als Eisenberg eine gute Stunde später die Lichtung erreichte, standen dort bereits zwei Einsatztransporter und ein Krankenwagen sowie mehrere Zivilfahrzeuge. Ein Generator brummte. Es wimmelte von Spezialkräften in ihren schwarzen Schutzanzügen.

Eisenberg entdeckte Klausen, der ihm zuwinkte. Da er im Norden Berlins wohnte, war er vor seinem Chef am Einsatzort eingetroffen. Bei ihm standen Morani, Mina Hinrichsen, deren Oberarm frisch verbunden war, sowie der Einsatzleiter des SEK. Varnholt und Wissmann hatte Eisenberg gebeten, im Büro auf ihn zu warten. Hier vor Ort hätten sie wenig tun können.

»Wie ist die Situation?«, fragte er.

»Wir haben den Verdächtigen mehrfach aufgefordert, sich zu ergeben und aus dem Bunker zu kommen, ohne Reaktion bisher«, berichtete der Einsatzleiter.

»Hat er irgendetwas gesagt?«

»Nein. Wir haben bisher keinen konkreten Hinweis darauf, dass sich überhaupt noch jemand in dem Bunker aufhält.«

»Er muss noch da drin sein«, sagte Hinrichsen. »Vielleicht ... vielleicht hat er sich umgebracht. Das war es schließlich, was er wollte: Dass ich ihn erschieße.«

Morani runzelte die Stirn, sagte jedoch nichts dazu.

»Sollen wir reingehen?«, fragte der Einsatzleiter.

»Warten Sie noch, ich versuche es noch einmal.«

Eisenberg ging zu einem quadratischen Loch im Boden, um das sich eine Gruppe von SEK-Kräften formiert hatte. Eine Stablampe hing an einem Kabel herab und erhellte einen rechteckigen Raum mit schwerer Stahltür, die geöffnet war.

»Wo genau ist er, Frau Hinrichsen?«

Der Einsatzleiter klappte einen Plan auf, der den Grundriss des Bunkers zeigte. Hinrichsen tippte auf einen Raum nahe dem Eingang. »Dort war er zuletzt. Ich glaube nicht, dass er mit dem Betonklotz am Fuß aus dem Bunker entkommen ist, aber er kann ihn durchaus in einen anderen Raum geschleppt haben.«

Eisenberg kniete sich hin und beugte sich über die Öffnung. Ein unangenehmer Geruch schlug ihm entgegen.

»Herr Körner, hier spricht Hauptkommissar Eisenberg. Können Sie mich hören?« Keine Reaktion. Eisenberg entschied sich für einen Bluff. »Hören Sie, Herr Körner, ich habe mit den Admins gesprochen. Sie sind bereit, Ihnen die Wahrheit zu offenbaren, wenn Sie sich ergeben.«

Er rechnete nicht damit, dass Körner diesen Unfug glaubte, aber er hoffte, ihn dadurch zu einer Reaktion provozieren zu können, die ihm einen Hinweis darauf gab, wo sich der Täter aufhielt. Doch es blieb still.

»Was denken Sie, Frau Morani?«, fragte er. »Warum reagiert er nicht?«

»Wie Frau Hinrichsen berichtete, hat er ihr die Pistole gegeben, weil er seine Selbsttötungshemmung nicht überwinden konnte. Es wäre denkbar, dass er will, dass wir in den Bunker eindringen und ihn dann erschießen. Um das zu erreichen, könnte er einen Hinterhalt gelegt haben.«

Eisenberg wandte sich an den Einsatzleiter.

»Haben Sie einen Kameraroboter oder so was?«

»Wir könnten einen anfordern, aber das würde mehrere Stunden dauern. Lassen Sie meine Leute reingehen, Herr Eisenberg. Die sind für solche Fälle trainiert und werden schon mit ihm fertig.«

»Der Mann ist hochgefährlich und möglicherweise schwer bewaffnet.«

»Das sind wir auch.«

»Also gut. Sie haben freie Hand. Aber bitte versuchen Sie, ihn lebend zu überwältigen.«

Der Einsatzleiter gab ein paar Befehle. Einer seiner Leute kletterte hinab und sicherte den Raum am Fuß der Leiter. Zwei weitere folgten ihm. Über das Funkgerät konnte Eisenberg hören, wie sie systematisch den Bunker durchkämmten.

»Raum eins ... sicher. Raum zwei ... sicher. Raum drei ... sicher. Raum vier ... O mein Gott! Was zum Teufel ... Raum vier sicher.«

Nach kurzer Zeit kam die Meldung, dass auch die übrigen Räume sicher seien.

»Nach Ihnen, Herr Hauptkommissar«, sagte der Einsatzleiter.

Eisenberg kletterte hinab, gefolgt von dem SEK-Leiter und Klausen. Einer der Einsatzkräfte nahm ihn in Empfang. Er hatte sein Schutzvisier hochgeklappt. Sein junges Gesicht wirkte bleich.

»Das sollten Sie sich ansehen, Herr Hauptkommissar!«

Sie folgten ihm ans Ende eines kurzen Ganges zu einem Raum, aus dem süßlicher Gestank drang. Eisenberg zwang sich, den Anblick in sich aufzunehmen, der sich ihm im grellen Licht der Hochleistungsstableuchte bot. Vier Leichen lagen dort, ordentlich nebeneinander aufgereiht und in unterschiedlichen Stadien des Verfalls. Eisenberg erkannte Thomas Gehlert, von dessen Angehörigen er ein Foto erhalten hatte. Bei den übrigen Körpern war die Verwesung schon so weit fortgeschritten, dass die Identifizierung nur noch durch Spezialisten erfolgen konnte.

Er wandte sich ab und betrat den Raum, den Hinrichsen auf dem Plan markiert hatte. Zwei Luftmatratzen und eine Menge Vorräte deuteten an, dass Körner vorgehabt hatte, länger an diesem Ort zu bleiben. In der Mitte des Raums lag ein großer Betonklotz, wie er als Gewicht für Straßenschilder verwendet wurde. Eine Kette war daran befestigt, an deren anderem Ende eine Handschelle hing. Ihr einer Ring war mit der Kette verbunden, der andere leer, aber geschlossen. Klausen bückte sich, um sich zu vergewissern.

»Das gibt's doch nicht! Wenn diese Handschelle hier um sein Fußgelenk befestigt war, wie zum Teufel ist er dann hier rausgekommen?«

Eisenberg hatte keine Antwort darauf.

61.

»Wie geht es Ihnen?«, fragte Eisenberg.

»Ich bin okay«, antwortete Mina. »Der Arzt sagt, die Wunde wird problemlos verheilen. Da bleibt bloß eine Narbe zurück.«

Sie blickte in die Gesichter der drei Polizisten in dem kleinen Besprechungsraum: Eisenberg, ein junger Typ mit kurzen schwarzen Haaren, der sie kritisch musterte, und die gut aussehende Frau, die schon bei dem ersten Gespräch im LKA dabei gewesen war und Mina aus irgendeinem Grund an die böse Fee aus einem Märchen erinnerte. Ihr Gesichtsausdruck war neutral, ihre Stirn leicht gerunzelt, als hätte sich Mina ungebeten in diese Besprechung eingemischt. Der Dicke, der sich als der Don entpuppt hatte, war dieses Mal nicht dabei, was Mina bedauerte.

Als Eisenberg sie zur Befragung einbestellt hatte, hatte sie sich nichts dabei gedacht. Es war nur natürlich, dass die Polizei alle Details wissen wollte. Zwar hatte Mina auch schon am Mittwoch eine ausführliche Aussage gemacht, nachdem sich herausgestellt hatte, dass Julius aus dem Bunker entkommen war. Aber dass sich im Nachgang neue Fragen ergaben, war ihr normal erschienen. Jetzt allerdings war sie sich nicht sicher, ob es hier bloß um Detailfragen ging. Sie wusste selbst nicht genau, warum, aber sie fühlte sich unwohl.

Ihre noch immer mit dem Schock der Entführung kämpfende Mutter hatte ihr abgeraten, den Termin wahrzunehmen: »Die können dich doch nicht schon wieder vorladen, so kurz nach diesen schrecklichen Ereignissen! Sag denen einfach, dass du dich noch nicht wohlfühlst. Wenn du willst, rufe ich dort an.«

Mina hatte widersprochen. Sie würde alles tun, damit Julius Körner so schnell wie möglich gefasst wurde. Doch jetzt hatte sie das vage Gefühl, dass ihre Mutter vielleicht recht gehabt haben könnte.

»Ich meinte eher, wie Sie sich fühlen«, präzisierte Eisenberg.

Erstaunlich gut, hätte Mina beinahe geantwortet. Tatsächlich hatte sie ihre Entführung bemerkenswert schnell verarbeitet, glaubte sie zumindest. Keine Spur von posttraumatischer Belastungsstörung. Im Gegenteil fühlte sie sich lebendiger und selbstbewusster als zuvor.

»Wie gesagt, ich bin okay«, sagte sie vorsichtig. »Haben Sie schon eine Spur von Julius?«

»Leider nicht«, sagte Eisenberg. »Wir haben natürlich eine Großfahndung eingeleitet, aber es gibt noch keine Spur.«

»Wir fragen uns, wie er es geschafft haben kann, aus dem Bunker zu fliehen, ohne die Handschelle zu öffnen, mit der er an den Betonklotz gefesselt war«, sagte der junge Mann, den Eisenberg als Kriminalkommissar Klausen vorgestellt hatte.

»Wirklich keine Ahnung«, sagte Mina. Das war in der Tat ein sehr merkwürdiges Detail. Sie hatte bisher wenig Gedanken daran verschwendet und darauf vertraut, dass die Polizei eine Erklärung finden würde. »Kann es nicht sein, dass er sich inzwischen in einem anderen Bunker in der Nähe versteckt hält?«

»Wir haben alle Bunker im Umkreis von zwanzig Kilometern durchsucht«, sagte Eisenberg. »Hat er Ihnen gegenüber irgendetwas erwähnt, das uns einen Hinweis liefern könnte?«

Sie schüttelte den Kopf.

»In dem Keller, in den er mich zuerst gebracht hatte, waren alte Unterlagen von der NVA. Sein Vater war da Offizier, aber das wissen Sie ja sicher längst. Ich kann nur vermuten, dass sein jetziger Aufenthaltsort irgendeine alte Militäranlage ist. Kann es nicht sein, dass es irgendwo noch einen versteckten Bunker gibt, den bisher niemand gefunden hat?«

»Das haben wir auch schon erwogen«, sagte Eisenberg. »Experten zufolge können wir das jedoch ausschließen.«

»Vielleicht irren sich Ihre Experten«, sagte Mina. »Irgendwo muss er schließlich sein.«

»Vielleicht wissen Sie ja, wo er ist«, sagte Klausen.

Mina sah ihn sprachlos an. Es dauerte einen Moment, bis sie begriff, was er ihr unterstellte.

»Sie ... sie denken, ich stecke mit dem Schwein unter einer Decke?«

Klausens Miene blieb unbewegt.

»Ich will Ihnen gar nichts unterstellen, Frau Hinrichsen. Aber haben Sie bitte Verständnis dafür, dass wir alle Möglichkeiten überprüfen müssen. Außer Ihrer Aussage haben wir keinerlei Beweise dafür, dass das, was Sie uns erzählt haben, stimmt.«

»Wenn das so ist, sage ich am besten gar nichts mehr«, erwiderte Mina mit vor Zorn bebender Stimme und stand auf.

»Setzen Sie sich wieder«, sagte Klausen. »Sie haben als Zeugin nicht das Recht, die Aussage zu verweigern!«

»Das reicht, Herr Klausen«, ging Eisenberg dazwischen. »Entschuldigen Sie bitte, Frau Hinrichsen. Sie stehen natürlich nicht unter Verdacht, und wir zweifeln Ihre Aussage auch nicht an.«

Er warf einen Blick zu seinem Mitarbeiter, der klarmachte, dass er keinen Widerspruch duldete. Mina setzte sich wieder.

»Ich weiß wirklich nicht, wie ich Ihnen noch helfen kann. Sie wissen alles, was ich weiß. Wenn Sie keine konkreten Fragen haben, würde ich jetzt wirklich gern gehen.«

»Bitte beschreiben Sie uns noch Julius Körner«, sagte die Polizistin mit dem italienisch klingenden Namen. Ihre Stimme war ruhig und freundlich, was ganz im Widerspruch zu ihrem kritischen Blick stand.

»Ihn beschreiben? Aber Sie haben doch sicher ein Foto von ihm.«

»Ich meinte nicht, wie er aussieht. Wie haben Sie ihn wahrgenommen? Wie hat er sich verhalten?«

»Er ... wirkte gehetzt, getrieben. Ich glaube, er war ziemlich verzweifelt. Manchmal hat er mir sogar leidgetan. Dann wieder war er arrogant und gemein. Zum Schluss, als er mir die Waffe gegeben hat ... Ich glaube, kurz davor hat er Stimmen gehört. Er hat mit Leuten geredet, die nicht da waren. Das war richtig unheimlich.«

»Was genau hat er gesagt?«

»Exakt weiß ich das nicht mehr. Er hat gejammert und immer wieder ›Nein‹ und ›Bitte nicht‹ gestammelt. Und dann hat er zu mir gesagt, er habe es jetzt endlich begriffen und dass er der eigentliche Grund für das Experiment sei, die Hauptperson sozusagen. Da hab ich gedacht, jetzt ist er völlig durchgeknallt. Dann ist er raus und kam mit der Pistole zurück. Er wollte, dass ich ihn erschieße, aber das hab ich ja alles schon erzählt.«

»Frau Hinrichsen, Sie kennen Julius Körner besser als jeder von uns«, sagte Eisenberg. »Was, glauben Sie, wird er jetzt tun?«

»Ich habe wirklich keine Ahnung«, sagte Mina. »Ich weiß nur, dass seine Stimmungen immer schwanken. Möglicherweise versteckt er sich irgendwo und wartet darauf, dass die Admins ihn befreien. Oder er dreht durch und sprengt irgendwas in die Luft. Ich würde ihm so ziemlich alles zutrauen.«

Eisenberg erhob sich.

»Vielen Dank, Frau Hinrichsen. Falls Ihnen noch etwas einfällt, melden Sie sich bitte.«

Er ging mit ihr bis vor die Tür und verabschiedete sich freundlich.

Mina war froh, als sie endlich die frische, kühle Luft einatmete. Doch echte Erleichterung empfand sie nicht. Die Frage, wie Julius sich aus seiner Fessel hatte befreien können, ging ihr nicht mehr aus dem Kopf.

62.

»Das war vielleicht doch ein bisschen heftig, Herr Klausen«, sagte Eisenberg, als er in das Besprechungszimmer zurückkehrte. »Als ich sagte, wir sollten ihr ein bisschen auf den Zahn fühlen, meinte ich nicht, dass wir sie derart provozieren.«

»Tut mir leid, aber Sie haben doch gesagt, Sie wollen sehen, wie sie auf Zweifel an ihrer Aussage reagiert.«

»Ja, schon. Aber immerhin ist sie ein Entführungsopfer. Da sollte man vielleicht etwas behutsamer vorgehen.«

»Für mich war das durchaus aufschlussreich«, meinte Morani. »Sie hat sehr natürlich reagiert. Ich bin mir sicher, sie hat nicht gelogen.«

»Ich verstehe immer noch nicht, wie irgendjemand gedacht haben kann, sie sei Täterin und nicht Opfer«, schaltete sich Varnholt ein. »Es war doch eindeutig, dass sie entführt wurde.«

»Niemand hat das gedacht«, sagte Eisenberg. »Trotzdem mussten wir diese Möglichkeit so gut es geht ausschließen. Aber damit ist unsere einzige plausible Erklärung für Körners Verschwinden widerlegt. Oder hat jemand eine Idee, wie er sich aus der Handschelle befreit haben könnte?«

»Er muss sie irgendwie geöffnet haben«, meinte Klausen. »Vielleicht hat er sich einen Draht zurechtgebogen oder so. Nachdem er seinen Fuß befreit hatte, hat er sie wieder geschlossen, um es so aussehen zu lassen, als habe er sich in Luft aufgelöst. Das wollte er doch die ganze Zeit: dass wir denken, er sei gelöscht worden.«

»Schon möglich«, meinte Eisenberg. »Allerdings ist es nicht so einfach, eine Handschelle zu knacken, selbst wenn man die Hände frei hat. Es wäre wesentlich einfacher gewesen, die Kettenglieder aufzuhebeln. Und er hatte nicht besonders viel Zeit dafür. Zudem bleibt die Frage, wohin er verschwunden ist.«

Klausen zuckte mit den Schultern.

»Das Gebiet um den Bunker ist relativ dünn besiedelt. Da gibt es ausgedehnte Waldflächen, Bauernhöfe, Scheunen ... vielleicht hat er auch ein Fahrzeug in der Nähe gehabt. Der Golf, der auf ihn angemeldet ist, wurde bisher noch nicht gefunden. Die Straßen wurden zwar weiträumig abgesperrt, aber das war erst etwa zwei Stunden, nachdem Hinrichsen aus dem Bunker entkommen war. Wir müssen wohl davon ausgehen, dass er uns wieder entwischt ist.«

»Herr Wissmann, können Sie eine Art Suchprogramm entwickeln, das uns meldet, wenn er wieder im Internet aktiv ist?«

»Nein«, sagte Wissmann.

»Was er meint«, mischte sich Varnholt ein, »ist, dass er kein Programm schreiben kann, das alle denkbaren Aktivitäten meldet, die Körner im Internet ausüben könnte. Man kann es zum Beispiel nicht erkennen, wenn Körner in ein Internetcafé geht und bei Google etwas sucht. Aber er kann sehr wohl eine Routine schreiben, die über regelmäßige Google-Abfragen herausfindet, ob irgendwo im Internet neue Beiträge erscheinen, die denen in Körners Blog ähneln. Das meintest du doch, Sim, oder?«

»Ja, so ähnlich«, gab Wissmann zu.

»Gut«, sagte Eisenberg. »Dann tun Sie das bitte, Herr Wissmann. Und Sie, Herr Varnholt, strecken Ihre Fühler in der virtuellen Welt aus. Vielleicht kehrt er ja noch einmal nach *Goraya* zurück.«

»Ich habe schon mit Snowdrift vereinbart, dass sie uns sofort informieren, falls sich jemand mit den Daten von Hinrichsen oder einem der anderen Vermissten einloggt.«

»Gut, aber wir müssen damit rechnen, dass er eine andere Identität verwendet, falls er überhaupt dorthin zurückkehrt. Vielleicht tut er irgendetwas Ungewöhnliches. Hören Sie sich einfach um. Ehrlich gesagt glaube ich nicht, dass uns das weiterhilft, aber ich sehe auch nicht, was wir sonst noch tun können. Uns bleibt nur die Hoffnung, dass Körner unserer Fahndung irgendwo ins Netz geht.«

»Ich möchte noch einmal darauf hinweisen, dass man mit automatischer Gesichtserkennung wahrscheinlich in der Lage wäre, ihn aufzuspüren«, meldete sich Wissmann. »Besonders jetzt, wo er sein Versteck verlassen musste.«

»Diese Möglichkeit haben wir aber nun mal nicht«, sagte Eisenberg. »Uns bleibt nur ...«

Ein Handyklingeln unterbrach ihn. Er warf einen Blick auf das Display. Eine unbekannte Nummer.

»Moment, ich muss da kurz rangehen ... Eisenberg?«

Eine weibliche Stimme meldete sich.

»Herr Eisenberg? Hier ist Nina Schmidt. Ich bin die Pflegerin Ihres Vaters. Ich habe leider eine schlechte Nachricht für Sie. Als ich vorhin in die Wohnung Ihres Vaters kam, habe ich ihn leblos in seinem Rollstuhl vorgefunden. Ich habe sofort den Notarzt verständigt, aber der konnte leider nur noch den Tod feststellen ... Herr Eisenberg? Sind Sie noch dran? Es tut mir wirklich leid ...«

»Ja ... Danke, dass Sie mich benachrichtigen. Ich komme, so schnell ich kann«, hörte er sich sagen.

Seine Mitarbeiter sahen ihn besorgt an.

»Was ist passiert?«, fragte Klausen. »Ist Körner irgendwo aufgetaucht?«

»Nein, ist was Privates«, sagte Eisenberg mit tonloser Stimme. »Ich muss weg. Wir haben ja so weit alles besprochen. Ich kann noch nicht sagen, wann ich wieder zurück bin.«

Betretenes Schweigen herrschte, als Eisenberg sich erhob und wie betäubt aus dem Raum ging.

Man sagt, dass von einem Schuss tödlich Getroffene häufig nicht begreifen, was mit ihnen geschehen ist, weil sie zunächst keinen Schmerz spüren. Eisenberg ging es in diesem Moment ähnlich. Statt Bestürzung und Trauer fühlte er gar nichts. Er ging zu seinem Wagen und lenkte ihn aus der Tiefgarage, als sei er ein ferngesteuerter Roboter. Auf der Autobahn versuchte er, seine Gedanken zu ordnen, doch das gelang ihm nicht.

Vater, tot. Natürlich war das absehbar gewesen. Trotzdem traf es ihn so unvorbereitet, als wäre plötzlich die Gravitation ausgefallen. Immer wieder ging ihm einer der letzten Sätze durch den Kopf, die sein Vater zu ihm gesagt hatte: *Du solltest nie etwas versprechen, von dem du nicht sicher bist, ob du es halten kannst, mein Sohn.*

Erst, als er in Jenfeld von der Autobahn fuhr, fragte er sich, warum er so schnell gefahren war. Es war doch längst zu spät. Er konnte nichts mehr tun. Die Dinge lagen außerhalb seiner Kontrolle.

Er rief Nina Schmidt an, die ihm mitteilte, sein Vater habe seine eigene Beerdigung längst organisiert. Die Leiche sei schon vom Bestattungsunternehmen abgeholt worden, das er ausgewählt hatte.

Eisenberg fuhr direkt dorthin. Ein junger Mann teilte ihm mit pietätvoller Stimme mit, die Leiche sei noch nicht

»vorbereitet« und er möge bitte am nächsten Tag wiederkommen.

Eisenberg zeigte ihm seinen Polizeiausweis.

Er hatte schon eine Menge Leichen gesehen. Er wusste, dass sie etwas Nichtmenschliches an sich hatten und oft eher wie Puppen wirkten. Und er wusste erst recht, dass sie meist alles andere als schön aussahen. Trotzdem traf ihn der Anblick seines toten Vaters unvorbereitet.

Er lag nackt in einem Nebenraum des Beerdigungsinstituts auf einem Metalltisch, der den Seziertischen in der Rechtsmedizin ähnelte. Jemand hatte hastig ein Laken über die untere Körperhälfte geworfen. Die Haut war grau und schlaff, als sei sie ein paar Nummern zu groß. Es war fast unmöglich, diesen abgemagerten und viel zu kleinen Körper mit dem energischen und kraftvollen Mann in Verbindung zu bringen, der sein Vater trotz seiner Lähmung bis zuletzt gewesen war.

Der Mitarbeiter des Instituts ließ Eisenberg ein paar Minuten allein. Endlich kamen die Tränen und mit ihnen der Schmerz.

Als er sich wieder halbwegs gefasst hatte, bedankte sich Eisenberg bei dem jungen Mann. Sie besprachen noch einige Details der Beerdigung. Sein Vater hatte eine Grabstelle auf dem Ohlsdorfer Friedhof ausgewählt und auch schon bezahlt. Eisenberg vereinbarte den Beerdigungstermin am Montag. Dann fuhr er in sein Hamburger Apartment und rief seine Kinder an.

Es war bereits später Nachmittag, als er überrascht feststellte, dass es nichts mehr für ihn zu tun gab. Die Beerdigung war organisiert, die Verwandten waren informiert. Selbst die Todesanzeige der Familie hatte sein Vater schon vorab bezahlt, nur Todesdatum und Text mussten noch festgelegt werden. Er überlegte eine Weile, doch ihm fiel nichts ein, das nicht schrecklich pathetisch geklungen hätte. Er wusste, was sein Vater ihm geraten hätte: Bleib bei der Wahrheit, mein Sohn. Aber wie konnte er die Wahrheit über diesen brillanten, manchmal unnahbaren, gegenüber sich selbst und anderen oft so unnachgiebigen Mann in einem Satz beschreiben, der ihm gerecht wurde?

Ihm fiel wieder ein, was sein Vater über das Leben nach dem Tod gesagt hatte: *Meine ganze Religion ist: Tu deine Pflicht und erwarte keine Belohnung dafür, weder in dieser noch in einer anderen Welt.* Aber konnte man so was wirklich in eine Todesanzeige schreiben? Schließlich entschied er sich, das Zitat zu verkürzen: *Tu deine Pflicht und erwarte keine Belohnung dafür.* Ja, das hätte seinem Vater vermutlich gefallen.

Der Gedanke trieb ihm erneut die Tränen in die Augen. Er ließ sie laufen und versuchte, sich an die Schmerzen und die Leere in seinem Inneren zu gewöhnen. Ihm wurde klar, dass sein Vater der einzige Mensch in seinem näheren Umfeld gewesen war, den er geliebt hatte.

Später meldete er sich bei Nina Schmidt und fuhr zu ihr, damit sie ihm die Schlüssel geben konnte. Sie war jünger, als er vermutet hatte, Anfang dreißig vielleicht, mit einem kantigen Gesicht und kurzen Haaren. In ihren Augen sah er echte Trauer, als sie ihm ihr Beileid aussprach. Sie hatte seinen Vater gemocht, obwohl er bestimmt kein einfacher Pflegepatient gewesen war.

Von dort aus fuhr er zu der Dreizimmerwohnung, deren rückwärtige Seite den Blick auf ein Alsterfleet freigab. Sein Vater hatte sie vor etlichen Jahren gekauft, lange bevor er in den Ruhestand gegangen war. Bei den hohen Mietpreisen in Hamburg hatte sie vermutlich inzwischen einen beträchtlichen Wert. Eisenberg würde sie verkaufen und das Geld für seine Kinder anlegen. Aber das hatte noch Zeit.

Sein Vater war immer ein ordentlicher Mensch gewesen. Nichts deutete darauf hin, dass er seine Wohnung unvorbereitet verlassen hatte. Der Schreibtisch mit dem zehn Jahre alten Computer war aufgeräumt. Die Bücher in seinem Arbeitszimmer, hauptsächlich juristische Fachliteratur und ledergebundene Jahresausgaben von Zeitschriften, standen alphabetisch aufgereiht in den Regalen. Nur der Rollstuhl stand mitten im Raum. Hier musste Frau Schmidt am Vormittag die Leiche gefunden haben.

Ein expressionistisches Ölgemälde verbarg einen in die Wand eingelassenen Tresor. Er kannte die Kombination: sein eigenes Geburtsdatum. Im Inneren des Safes fand er Ausweisdokumente, einige alte Münzen und einen Briefumschlag, auf den in der akkuraten Handschrift seines Vaters *Für Adam* geschrieben war.

Außer dem Rollstuhl gab es im Arbeitszimmer keine Sitzgelegenheit. Eisenberg setzte sich auf den einzigen Stuhl in der kleinen Küche, wo Nina Schmidt ihrem Pflegepatienten sicher oft Gesellschaft geleistet hatte, und öffnete den Brief mit zitternden Händen. Er trug ein Datum, das erst zwei Wochen zurücklag.

Lieber Adam,

wenn Du das hier liest, bin ich nicht mehr da. Wir beide wissen seit Langem, dass dieser Tag kommen wird. Ich bin darauf wahrscheinlich besser vorbereitet als Du, der Du schon so viele Tote gesehen hast. Vielleicht tröstet es Dich, zu wissen, dass ich keine Angst habe vor dem Sterben. Ich hatte ein gutes, erfülltes Leben und habe alles bekommen, was ein Mensch sich erhoffen darf. Von all den guten Dingen, die mir widerfahren sind, waren Du und Deine Mutter die besten. Seit sie starb, habe ich mir immer vorgestellt, dass sie sich im Universum aufgelöst hat wie ein Tropfen Wasser, der in einen Ozean fällt. Die Moleküle verteilen sich immer weiter, bis irgendwann in jedem Tropfen etwas von ihr steckt. Ich sehne mich danach, ein Teil desselben Ozeans zu werden und so mit ihr eins zu sein.

Aber genug der Sentimentalitäten. Meine Beerdigung habe ich bereits organisiert, die Adresse findest du auf dem Beiblatt, aber wie ich Frau Schmidt kenne, hat sie dir schon alles gesagt. Mein Testament liegt bei dem Notar Dr. Diekgräf, die Adresse steht ebenfalls dort. Ich habe meiner langjährigen Pflegerin eine Summe aus meinem Barvermögen zugedacht, sie hat mich wirklich sehr liebevoll gepflegt und ist mir eine gute Freundin geworden. Ich weiß, Du bist damit einverstanden.

Zum Schluss möchte ich Dir sagen, wie stolz ich auf Dich bin. Ich hoffe, dass Du mit Deiner neuen Stelle eine Aufgabe gefunden hast, die Dich so ausfüllt wie mich meine Aufgabe als Richter immer ausgefüllt hat.

In großer Liebe
Dein Vater

Auf einem zweiten Blatt waren sorgfältig Adressen, Konto- und Telefonnummern aufgeführt, die Eisenberg brauchen würde, um den Nachlass zu verwalten. Wie immer hatte sein Vater an alles gedacht. Eisenberg las den Brief wieder und wieder. Schließlich erhob er sich und ging noch einmal durch die Wohnung, wie um sich von ihr zu verabschieden. Er würde irgendwann wiederkommen müssen, um die persönlichen Besitztümer seines Vaters zu ordnen und zu entscheiden, was damit passieren sollte. Doch das hatte Zeit. Er warf einen flüchtigen Blick ins Schlafzimmer. Das Bett war gemacht. Auf dem Nachtschrank stand ein halb leeres Glas Wasser neben einem Buch.

Er wandte sich um und war gerade im Begriff, ins Bad zu gehen, als er erstarrte. Die Erkenntnis traf ihn mit solcher Wucht, dass ihm schwindelig wurde und er sich am Türrahmen abstützen musste. Er kannte das Buch, das dort auf dem Nachtschrank lag, nur zu gut – gerade erst hatte er es selbst gelesen: *Simulacron-3*.

63.

Die Polizei ist ratlos. Die können dich nicht finden. Du bist immer einen Schritt voraus. Fast möchtest du lachen. Jetzt, wo du weißt, dass du die Hauptperson in dieser Farce bist, ergibt alles einen Sinn. Dass alle Welt dich sucht, erhöht bloß die Spannung. Sie lassen dir Handlungsfreiheit, mischen sich nicht ein, beobachten nur. Sie wollen Blut sehen. Dein Blut oder das der anderen, ganz egal. Hauptsache, es endet nicht zu schnell.

Du hast versucht, aus ihrem perfiden Spiel auszusteigen, wieder und wieder. Aber es geht nicht. Was du auch versuchst, etwas hält dich zurück. Du stehst am Bahndamm und schaffst es nicht, den Schritt vor den Zug zu machen. Bist zu schwach, um dich über das Brückengeländer zu stürzen. Hast nicht mal mehr eine Waffe. Doch selbst wenn, deine Hand wäre gelähmt.

Mina hätte dich erlösen können. Sie hat dich gelinkt. Die miese Schlampe ist eine von ihnen. Ganz sicher. Sie hat den Schlüssel für die Handschellen mitgenommen, aber nicht den für die beiden Vorhängeschlösser. Du warst schon halb die Treppe hoch, die Handschelle klapperte an deinem Fuß, als dir das zweite Paar einfiel. Hast es an die Kette gehängt. Nun bist du verschwunden, ohne die Fessel zu lösen. Ein billiger Trick, aber effektvoll. Du hast die letzte Karte ausgespielt: Hast den Zorn des Einzigen entfacht, von dem du dir sicher bist, dass er keine Marionette von ihnen ist, kein Avatar. Wenn du es geschickt anstellst – und die Götter fair spielen, sich nicht im letzten Moment einmischen –, ist er dein Ticket nach draußen, der einzige Weg, dich aus dem stinkenden und schwitzenden Gefängnis dieses vorgetäuschten Leibes zu befreien.

Jetzt musst du ihm nur noch die Chance geben. Er hat eine Waffe und er hat ein Motiv. Fehlt nur noch ein ruhiger Ort ohne Zeugen.

Durchs Fenster des Straßencafés kannst du ihn sehen, wie er aus dem Haus kommt, in dem sein Vater starb. Seine Miene ist starr und ausdruckslos. Der Showdown kann beginnen.

64.

Draußen vor dem Haus wählte Eisenberg Udo Papes Handynummer. Er hatte dringend frische Luft gebraucht. Es gab zwei mögliche Erklärungen für die Tatsache, dass das Buch auf dem Nachtschrank gelegen hatte. Hatte sich sein Vater, den eigenen Tod vor Augen, doch noch in die Idee geflüchtet, die Welt sei nicht real? Sie hatten darüber gesprochen. Aber soweit Eisenberg sich erinnerte, hatte er den Buchtitel nicht erwähnt. Und dass sein Vater tatsächlich einen Science-Fiction-Roman gelesen hatte, war ungefähr so wahrscheinlich wie die Vorstellung, er habe sich ein Herz mit Anker auf den Oberarm tätowieren lassen. Es blieb also nur Möglichkeit zwei: Julius Körner hatte das Buch dorthin gelegt. Der Wahnsinnige hatte seinen Vater getötet.

Es war nicht allzu schwierig, herauszufinden, wer Eisenbergs Vater war und wo er wohnte. Noch leichter, den hilflosen Mann in seinem Rollstuhl zu überrumpeln und ihn mit einem Kissen oder einer Plastiktüte zu ersticken. Die Vorstellung ließ seine Eingeweide zu einem harten Knoten zusammenkrampfen.

»Pape?«

Er musste Luft holen, um sprechen zu können.

»Hallo Udo. Adam hier. Ich brauche deine Hilfe.«

»Was ist passiert?«

»Mein Vater ist tot.«

»Was? Oh, das tut mir sehr leid! Ich ...«

»Er wurde ermordet.«

»Ermordet? Wie kommst du darauf?«

Er erzählte seinem Freund in knappen Worten, was geschehen war und wunderte sich darüber, wie ruhig seine Stimme dabei blieb.

»Ich verständige sofort die Mordkommission«, sagte Pape. »Oder hast du schon?«

»Nein. Udo, ich möchte, dass du dich persönlich um den Fall kümmerst.«

»Ich? Du weißt doch, wir sind für einen solchen Fall nicht zuständig.«

»Und du weißt, dass das LKA sehr wohl selber bestimmen kann, wofür es zuständig ist.«

»Aber ich bräuchte Greifswalds Einverständnis, und der Staatsanwalt hat auch noch ein Wörtchen mitzureden.«

»Udo, alles, worum ich dich bitte, ist, dass du den Dauerdienst und die Spurensicherung herschickst, die Gerichtsmedizin einschaltest und die Ermittlungen erst einmal selber leitest. Dafür reichen deine Befugnisse allemal aus. Wenn Greifswald was dagegen hat, kann er den Fall ja später an die lokale Mordkommission übergeben. Aber wie ich ihn kenne, wird er das nicht tun. Dafür ist die Sache viel zu spektakulär und publicityträchtig. Und die Staatsanwaltschaft frisst ihm doch sowieso aus der Hand.«

»Wahrscheinlich hast du recht. Aber dir ist schon klar, dass du ihn dann so schnell nicht wieder loswirst?«

»Ist mir egal. Ich will, dass du das übernimmst. Als Angehöriger des Opfers kann ich das nicht selbst. Ich brauche jemanden, auf den ich mich verlassen kann.«

»Okay. Wo bist du jetzt?«

»In der Wohnung meines Vaters.« Er nannte die Adresse und das Beerdigungsinstitut, in dem der tote Körper seines Vaters präpariert wurde. »Ruf da an und sag denen, sie sollen die Leiche sofort in Ruhe lassen. Ich hoffe, es ist noch nicht zu spät für Faserspuren.«

»Okay. Bin gleich bei dir.«

Eisenberg kehrte in die Wohnung zurück. Das Buch lag immer noch da, wo es gelegen hatte, mysteriös und bedrohlich wie ein außerirdisches Artefakt. Er kämpfte den Drang nieder, es in tausend Fetzen zu reißen. Seine Wut suchte nach einem Kanal wie Lava im Inneren eines Vulkans. Bilder drängten in seine Fantasie – Bilder von Körner, an einen Rollstuhl gefesselt, während Eisenberg ihm schreckliche Dinge antat. Er schloss die Augen, um sie zu verdrängen.

Schließlich wurde der Druck zu groß. Etwas presste seine Brust zusammen, drängte sich die Luftröhre empor und quoll aus seinem Mund: ein erstickter, röchelnder Schrei.

Als der Kriminaldauerdienst klingelte, fand sich Eisenberg ausgestreckt auf dem Bett wieder. Er rappelte sich hoch, zog die Decke glatt und öffnete. Die Kollegen – ein erfahrener Oberkommissar, den Eisenberg flüchtig kannte, und eine junge Frau – sahen ihn erschrocken an.

»Hauptkommissar Eisenberg ... es ... wir möchten Ihnen unser herzliches Beileid aussprechen«, sagte der Ältere.

Eisenberg nickte.

»Können Sie mir bitte sagen, warum Sie glauben, dass Ihr Vater ermordet wurde?«

Der Oberkommissar hatte den ruhigen, sachlichen Tonfall, den man als Profi in einer solchen Situation anwandte. Plötzlich war Eisenberg nicht mehr Polizist, sondern Betroffener. Opfer. Er hatte oft versucht, sich vorzustellen, wie sich die Angehörigen von Mordopfern fühlen mussten. Es war ihm nie gelungen. Die ganze Situation erschien ihm auf einmal unwirklich. Die Hypothese, dass alles nur ein perfides Spiel war, inszeniert von irgendwelchen unsichtbaren Gestalten, erschien ihm viel plausibler als die Alternative. Er unterdrückte ein Auflachen. Es half nicht, wenn die beiden Kollegen ihn für durchgedreht hielten.

»Kommen Sie.« Er führte sie ins Schlafzimmer. »Dieses Buch dort auf dem Nachttisch. Das ist ein Science-Fiction-Roman. Mein Vater hat in seinem ganzen Leben keinen Roman gelesen, geschweige denn so etwas.«

»Und daraus folgern Sie, dass er ermordet wurde?«, fragte die junge Polizeimeisterin in einem Tonfall, der keinen Zweifel daran ließ, was sie von dieser Hypothese hielt. Ihr Taktgefühl musste sie noch trainieren.

»Es handelt sich um einen eindeutigen Hinweis auf eine Mordserie, die ich in Berlin aufzuklären versuche. Der Täter ist flüchtig. Ich kann mit Sicherheit sagen, dass er das Buch dort hingelegt hat.« Er erzählte ihnen, warum er sich so sicher war.

»Und es ist unmöglich, dass Ihr Vater sich das Buch gekauft hat, nachdem Sie ihm von Ihrem Fall erzählt haben?«, fragte die Polizistin.

»Den Buchtitel habe ich dabei nie erwähnt. Und ich sagte schon: Mein Vater hat in seinem ganzen Leben noch nie etwas Derartiges gelesen. Und wenn er es doch hätte tun wollen, hätte er mich zuerst danach gefragt.«

»Haben Sie das Buch angefasst?«, fragte der Oberkommissar.

Eisenberg schüttelte den Kopf.

Die beiden machten ihre Fotos, wohl eher, um nicht länger mit Eisenberg reden zu müssen. Eisenberg selbst stand nutzlos daneben und wusste nicht, was er tun sollte.

Endlich kam Udo Pape mit einem Trupp in weiße Tyvek-Anzüge gekleideter Kriminaltechniker. Er umarmte Eisenberg.

»Es tut mir so leid, Adam.«

Der Leiter des Spurensicherungsteams, den Eisenberg aus einem Dutzend Einsätzen kannte, sprach ihm ebenfalls sein Beileid aus. Dann schwärmte das Team aus.

»Wo ist das ominöse Buch?«, fragte Pape.

Eisenberg zeigte es ihm.

»Schauen Sie sich das bitte zuerst an«, wies sein Exkollege die Kriminaltechniker an.

»Was ist mit der Leiche?«, fragte Eisenberg. Der Satz kam ihm seltsam leicht über die Lippen, so als sei nicht von seinem Vater die Rede, sondern von einem anonymen Mordopfer.

»Die ist schon auf dem Weg in die Pathologie«, erwiderte Pape. »Aber ich mache mir wenig Hoffnung, dass wir noch Spuren finden. Das Erste, was diese Bestatter machen, ist, die Leiche gründlich zu waschen.«

»Die sollen nach Würgemalen am Hals suchen, nach Fasern in den Nasenlöchern, Spuren einer Plastiktüte!«

»Adam, das sind Profis.«

Er nickte. In seinem ganzen Leben war er sich noch nie so hilflos und überflüssig vorgekommen.

»Warum, glaubst du, hat er das getan?«

Eisenberg zuckte mit den Schultern.

»Rache vielleicht. Oder er hält mich für einen Admin und denkt, mit so einer Tat kann er mich dazu bringen, ihn aus seinem eingebildeten Gefängnis zu befreien. Was weiß ich, was so ein Wahnsinniger denkt.«

Pape sah ihn skeptisch an.

»Klingt nicht sehr plausibel.«

Eisenberg schüttelte den Kopf.

»Ich weiß es doch auch nicht, Udo! Wenn ich ... wenn ich nicht nach Berlin gegangen wäre ...«

»Ich muss dir doch wohl hoffentlich nicht erklären, dass du dir jetzt keine Vorwürfe machen darfst! Wenn dein Vater ermordet wurde, ist das ganz allein die Schuld des Mörders. Und den kriegen wir, das verspreche ich dir!«

Wenn. Nur ein kleines Wörtchen, beiläufig eingestreut, doch es machte Eisenberg klar, dass der Fall nur für ihn selbst eindeutig war.

»Ihr habt euch sicher schon überlegt, wohin er geflohen sein könnte?«, fragte Pape.

»Ehrlich gesagt haben wir gedacht, er würde irgendwo untertauchen oder versuchen, über die Grenze nach Polen zu entkommen. Ich hätte nie damit gerechnet, dass er nach Hamburg fahren würde.«

»Vielleicht ist er noch in der Stadt. Ich gebe mal eine Fahndung raus.«

Pape ließ ihn allein, um zu telefonieren.

Kurz darauf klingelte Eisenbergs Handy. Es war Greifswald.

»Mein herzliches Beileid, Herr Eisenberg. Wir werden selbstverständlich alles tun, um den Schuldigen zu finden.«

»Danke, Herr Kriminaldirektor.«

»Wir hatten ein paar Differenzen. Ich wollte Ihnen nur sagen, dass die keine Rolle mehr spielen. Ihr Vater war ein angesehener Richter. Und wenn der Täter mit diesem feigen Mord Sie treffen wollte, dann hat er uns alle getroffen. Wir werden nicht ruhen, bis wir ihn festgenommen haben. Herr Pape bekommt von mir alle Freiheiten, die ...«

»Vielen Dank.« Eisenberg legte auf.

»Die Fahndung ist raus«, sagte Pape, der ins Zimmer zurückkam.

»Hast du Greifswald informiert?« Eisenberg zeigte auf sein Smartphone.

Pape schüttelte den Kopf.

»Du kennst ihn doch. Der hat überall seine Informanten.«

Eisenberg nickte. Er verspürte plötzlich das dringende Bedürfnis, diese Stadt zu verlassen und nach Berlin zurückzukehren. Sim Wissmann, Ben Varnholt, Claudia Morani und selbst der übereifrige Jaap Klausen erschienen ihm plötzlich wie die einzigen Menschen, die ihm in dieser Situation wirklich helfen konnten. Doch was hätten sie tun sollen? Hier ging es nicht mehr um das Aufspüren eines anonymen Täters im Internet. Hier ging es darum, einen flüchtigen Mörder aufzuspüren – einen Mörder, der es offensichtlich auf Eisenberg persönlich abgesehen hatte.

»Brauchst du mich noch?«, fragte er Pape. »Ich würde gern ein paar Minuten für mich allein sein.«

»Gibst du mir noch Namen und Anschrift der Frau, die deinen Vater heute Morgen gefunden hat? Ansonsten hab ich ja deine Handynummer, falls was ist.«

Eisenberg nannte ihm die Adresse.

»Danke, Udo.«

»Wir kriegen ihn, verlass dich drauf.«

Eisenberg nickte nur und verließ die Wohnung.

65.

Dunkle Wolken ballen sich über der Alster zusammen. Die Luft riecht nach Ozon. Ein Blitz zuckt quer über den Himmel. Das letzte Segelboot läuft den Bootssteg an. Sie haben wirklich einen ausgeprägten Sinn für Dramatik.

Der Regen rinnt dir in den Hemdkragen. Das Haar klebt dir an der Stirn, von deiner Nase tropft es. Leute unter Regenschirmen gehen vorbei, sehen dich an, schütteln die Köpfe. Sie verstehen nicht, wie erfrischend Regen sein kann – auch wenn er gar nicht existiert.

Du siehst auf die Uhr. Zeit zu gehen.

66.

Das Grab befand sich auf dem Ohlsdorfer Friedhof im Schatten einer alten Kastanie, umgeben von blühenden Rhododendren. Der Regen hatte aufgehört, doch von den Bäumen tropfte es noch immer mit leisem Prasseln. Es roch nach feuchter Erde.

Eisenberg starrte in die rechteckige Grube. Eine Träne löste sich von seiner Wange und fiel herab. *Wie ein Tropfen Wasser, der in einen Ozean fällt.*

»Danke, Vater!«, murmelte er.

Mit einer kleinen Schaufel nahm er etwas Erde auf und warf sie auf den regennassen Sarg. Dann wandte er sich ab, um der langen Reihe der Trauergäste Platz zu machen, die gekommen waren, um sich von dem alten Richter zu verabschieden. Er stellte sich seitwärts und nahm stumm ihr Beileid entgegen.

Als Erste umarmte ihn Emilia. Es fühlte sich ein wenig fremd an nach so langer Zeit. Sie war jetzt eine richtige Frau, die die strahlenden Augen seiner Exfrau Iris und Eisenbergs markantes Kinn geerbt hatte. Zu seiner Erleichterung hatte sie kein Lippenpiercing. Ihre Augen waren gerötet, doch sie wirkte gefasst. Ihr folgte ein junger, gut aussehender Mann, den sie ihrem Vater vorhin als Thomas, ihren Freund, vorgestellt hatte.

Dann kam Michael, der ihn gestern, bei ihrem unverhofften Wiedersehen, mit einem Vollbart erschreckt hatte. Er hatte ein breites Kreuz bekommen und seinem auch nicht zart gebauten Vater in der Umarmung die Luft abgedrückt. Jetzt war seine Berührung dagegen zart, als habe er Angst, Eisenberg könne zerbröseln, wenn er ihn zu hart anfasste.

Iris trug immer noch dasselbe Parfüm. Und sie war schön. Noch immer.

»Es tut mir so leid für dich«, sagte sie.

Sicher war das nur gut gemeint, aber es verletzte ihn doch. Bedeutete es ihr denn gar nichts, dass ihr früherer Schwiegervater gestorben war?

Die Prozession der Kondolierenden nahm kein Ende. Eisenberg kannte die meisten nicht. Sicher viele ehemalige Kollegen seines Vaters, darunter auch ein pensionierter Staatsrat der Behörde für Inneres, dem Eisenberg einmal im Polizeidienst begegnet war. Einige entfernte Verwandte waren gekommen, außerdem Udo Pape.

»Es tut mir leid, Adam«, sagte er noch einmal. In seinen Augen lag aufrichtiges Mitgefühl.

Eisenberg nickte nur.

Eine Woche war seit dem Anruf von Nina Schmidt vergangen. Die Spurensicherung hatte keine Fingerabdrücke auf dem Buch gefunden und auch sonst nichts, das auf die Anwesenheit Körners in der Wohnung seines Vaters hindeutete. Die Obduktion hatte nur bestätigt, was der Notarzt als Todesursache angegeben hatte: Herzversagen. Ob dieses durch Erstickung herbeigeführt worden war, ließ sich nicht mehr feststellen. Faserspuren waren nach der Leichenwaschung auch nicht mehr nachweisbar gewesen. Mit anderen Worten: Niemand außer ihm selbst und vielleicht seinen Mitarbeitern glaubte wirklich, dass Eisenbergs Vater ermordet worden war.

Es machte allerdings auch keinen großen Unterschied. Julius Körner hatte genug Menschen umgebracht, um den gesamten Polizeiapparat in Atem zu halten. Doch sie hatten immer noch keine konkrete Spur des Flüchtigen, trotz öffentlicher Fahndungsaufrufe. Hunderte Hinweise aus dem ganzen Bundesgebiet hatten sich allesamt als Sackgassen herausgestellt. Mit jedem Tag, der verging, wurde es unwahrscheinlicher, dass Körner ihnen doch noch ins Netz ging. Er war einfach zu clever und abgebrüht, um einen der typischen Fehler zu machen, die Straftäter auf der Flucht begingen.

»Mein herzliches Beileid«, sagte eine Frau, die sich auf einen Gehstock stützte. Sie musste über achtzig sein, doch ihr Gesicht verriet, dass sie einmal sehr schön gewesen war. Ihre Augen waren gerötet. Sein Vater musste ihr etwas bedeutet haben. Ein seltsames Gefühl, nicht zu wissen, wer sie war. Er sah ihr nach, als sie mit trotz ihres Gehstocks geradem Rücken davonging.

Als er sich dem nächsten Kondolierenden zuwenden wollte, fiel ihm ein junger Mann auf, der etwas abseits der Trauergemeinde stand. Er hatte strohblondes Haar, trug Jeans und eine dunkle Stoffjacke. Trotz des Dauerregens hatte er eine Sonnenbrille aufgesetzt.

Eisenberg erstarrte.

»Herzliches Beileid«, sagte ein Herr in Eisenbergs Alter. »Ihr Vater war eine Zeit lang mein Vorgesetzter am ...«

»Entschuldigen Sie«, unterbrach ihn Eisenberg. Er ließ den verdutzten Mann stehen und bahnte sich einen Weg durch die wartenden Trauergäste, die ihm verwundert nachsahen.

Jetzt drehte der junge Mann den Kopf in Eisenbergs Richtung. Er grinste.

Eisenberg stürmte los. Eine ältere Frau sprang erschrocken zur Seite.

Der junge Mann beschleunigte seinen Schritt.

»Bleiben Sie stehen!«, brüllte Eisenberg.

Instinktiv griff er sich unter die linke Achsel, doch natürlich hatte er seine Dienstwaffe nicht dabei.

Der Mann verschwand hinter einem Rhododendron an einer Wegkreuzung. Als Eisenberg die Stelle erreichte, war er nirgends mehr zu sehen. Eisenberg rannte ein Stück den Weg entlang in die Richtung, in die der Fremde verschwunden war, doch auf dem unübersichtlichen Friedhof mit seinen zahlreichen Kreuzungen gab es etliche Möglichkeiten, abzubiegen oder sich hinter Büschen zu verbergen. Außer Atem kehrte er zu der Grabstelle zurück und blickte in betretene Gesichter.

»Er war es!«, sagte er mehr zu sich selbst als zu den Anwesenden. »Der Mistkerl war hier.«

Er suchte Udo Pape in der Menge und ging zielstrebig auf ihn zu. Sein ehemaliger Kollege sah aus, als wünsche er sich dringend an einen anderen Ort.

»Bist du okay, Adam?«

»Ja. Udo, er war es. Er war hier. So ein junger Mann mit Sonnenbrille und blondem Haar.«

»Soweit ich weiß hat Körner aber braune Haare«, sagte Pape sanft.

»Das war natürlich eine Perücke«, erwiderte Eisenberg. »Ruf die Einsatzbereitschaft an! Er muss hier ganz in der Nähe sein!«

Eine Menschentraube hatte sich um die beiden gebildet. Die meisten Anwesenden wussten offensichtlich nicht, wie sie mit der Situation umgehen sollten, neugierig aber waren sie alle.

»Adam, der Ohlsdorfer Friedhof ist der zweitgrößte der Welt. Du verlangst doch wohl nicht von mir, dass ich mehrere Hundertschaften bestelle, die hier alles durchkämmen? Einen Friedhof?«

Erst jetzt wurde Eisenberg bewusst, dass ihn die meisten der Trauergäste für verrückt halten mussten. Besonders Emilia und Michael. Er sah sich nach ihnen um. Sie standen noch neben dem Grab, wo sie ebenfalls Beileidsbekundungen entgegengenommen hatten. Ihre sorgenvollen Blicke galten ihm.

»Hat irgendjemand gerade einen jungen Mann mit blonder Perücke und Sonnenbrille gesehen, dort drüben neben dem blauen Rhododendron?«, rief er laut.

Er erhielt keine Antwort.

Später saßen sie in dem Restaurant am Hafen, in dem Eisenberg so oft mit seinem Vater gegessen hatte. Der abgetrennte Nebenraum war erfüllt von fröhlichem Schwatzen wie bei einem Klassentreffen. Eisenberg hatte es immer ein wenig pietätlos gefunden, wenn so kurz nach einer Beerdigung, schon beim Leichenschmaus – was für ein hässliches Wort das war – gelacht wurde. Doch jetzt war er froh darüber. Und er begriff zum ersten Mal, dass dieses Lachen Trost spendete. Das Leben ging weiter. So ernst sein Vater auch meistens gewesen war, er hatte viel Sinn für Humor gehabt und hätte sicher nicht gewollt, dass alle betreten auf ihre Teller starrten.

Eisenberg saß in der Mitte des Raums zusammen mit Emilia, ihrem Freund, Michael sowie einer Halbschwester seines Vaters. Udo Pape war bereits gegangen. Er hatte versprochen, die Zielfahndung darüber zu informieren, dass Körner »wahrscheinlich« in Hamburg war.

»Wie geht es dir, Papa?«, fragte Emilia.

Er zuckte mit den Schultern.

»Ich bin okay.«

Das genügte ihr offensichtlich nicht.

»Was wirst du jetzt tun?«

»Wie meinst du das?«

»Wirst du dir Zeit nehmen, das alles zu verarbeiten? Eine Auszeit?«

»Das geht nicht. Wir haben einen flüchtigen Mörder zu fangen.«

Sie warf ihm einen tadelnden Blick zu, der so sehr der Blick ihrer Mutter war, dass es schmerzte.

»Können sich nicht deine Kollegen darum kümmern, zumindest für eine Weile?«

Er wusste darauf keine Antwort. Ihre Sorge rührte ihn an, irritierte ihn aber auch. Natürlich wurde er persönlich nicht gebraucht, um Jagd auf einen flüchtigen Mörder zu machen. Er konnte so gut wie nichts zu dessen Ergreifung beitragen. Aber das Letzte, was er jetzt wollte, war eine »Auszeit«.

Zum Glück schaltete sich Michael ein, der die Gefühle seines Vaters schon immer besser zu deuten gewusst hatte.

»Lass gut sein, Emilia. Papa ist alt genug, selbst zu entscheiden, was er tut.«

Sie warf ihrem Bruder einen giftigen Blick zu, sagte jedoch nichts.

Eine Weile stocherten sie appetitlos im Essen.

»Und du glaubst wirklich, er ist ermordet worden, Papa?«, sagte Michael unvermittelt.

Die anderen am Tisch sahen ihn erschrocken an, so als habe er etwas Unanständiges gesagt.

»Michael, ich glaube, das ist nicht der passende Moment …«, begann Emilia.

»Ich weiß es«, sagte Eisenberg. »Und ich verspreche euch, ich werde den Mörder kriegen.«

Du solltest nie etwas versprechen, von dem du nicht sicher bist, ob du es halten kannst, mein Sohn.

Michael nickte.

»Das wirst du, Papa. Wenn jemand ihn fassen kann, dann du!«

Diesmal war es nicht der Schmerz über den Tod seines Vaters, der Eisenberg die Tränen in die Augen trieb.

Es war erstaunlich, wie Beerdigungen die Lebenden näher zusammenführten. Eisenberg verbrachte an diesem Wochenende mehr Zeit mit seinen Kindern als in den fünf Jahren zuvor. Sie gingen an der Außenalster spazieren, genau dort, wo er seinen Vater immer entlanggeschoben hatte, und redeten über die Vergangenheit und die Zukunft. Nur das Thema des Mordes an ihrem Vater und Großvater vermieden sie. Eisenberg erzählte ihnen von seiner neuen Aufgabe und den erstaunlichen Fähigkeiten seiner Mitarbeiter und merkte dabei, dass er sich darauf freute, nach Berlin zurückzukehren.

Nachdem Eisenberg am Sonntag Emilia und ihren Freund zum Flughafen chauffiert und Michael, der ungern flog, am Bahnhof abgesetzt hatte, war er endlich wieder zurück. In seinem Pensionszimmer wartete etwa ein Dutzend Kondolenzbriefe auf ihn. Doch er hatte keine Lust, sie zu öffnen, und ging müde ins Bett.

In der Nacht schreckte er aus dem Schlaf mit dem Gefühl, als stünde jemand neben ihm. Er tastete nach dem Schalter der Leselampe, doch als das Licht anging, war der Raum leer.

Er knipste es wieder aus und wälzte sich eine Weile hin und her, bis er es aufgab. Er ging zum Schreibtisch und sah die Kondolenzbriefe durch. Die meisten stammten von Kollegen aus dem LKA. Nur bei einem Brief fehlte der Absender. Er öffnete ihn behutsam. Eine geschmacklose

Trauerpostkarte kam zum Vorschein, mit einem schwarzen Kranz um ein Kreuz und den Worten:

Wenn wir aus dieser Welt
durch Sterben uns begeben,
so lassen wir den Ort,
wir lassen nicht das Leben.
(Nikolaus Lenau)

Auf der Rückseite stand mit sauberer Handschrift:
Dienstag 20 Uhr am Grab. Kommen Sie allein!
Darunter eine Internetadresse.
Er sah auf die Uhr. Viertel nach drei. Es hatte wenig Sinn, Varnholt und Wissmann aus dem Bett zu klingeln. Er fuhr den Laptop hoch und gab die Adresse ein. Die Seite eines Onlinedienstes öffnete sich, bei dem man große Dateien hinterlegen und mit anderen teilen konnte, ohne sie als E-Mail-Anhänge verschicken zu müssen. Mit der URL war ein Video verknüpft, das Eisenberg direkt im Browser ansehen konnte.
Er klickte auf Start.
Die Kamera wackelte etwas. Sie zeigte seinen Vater im Rollstuhl in seinem Arbeitszimmer. Er hatte eine transparente Plastiktüte über dem Kopf, die am Hals mit Klebeband fixiert war. Eisenberg konnte die geweiteten Augen erkennen. Die Tüte blähte sich rhythmisch und zog sich wieder zusammen, als der alte Mann vergeblich versuchte, nach Luft zu schnappen. Irgendwann hörte er auf und sein Kopf sackte nach vorn. Das Video endete.
Eisenberg saß lange da, die Hände zu Fäusten geballt.

67.

Du spürst ihre Blicke. Du kannst sie nicht sehen, aber weißt, sie sind da. Es ist, als kitzele ihr Atem dein Ohr. Der Friedhof ist still und leer. Langsam gehst du zwischen den Gräberreihen entlang. Die Namen darauf sind Schall und Rauch. Es gibt sie nicht, die segelnden Krähen, und auch die alte gebeugte Frau am Grab hat keine Ahnung, dass sie nicht existiert. Das Experiment würde nicht funktionieren, wenn alle die Wahrheit wüssten. Das Ende ist so nah – das Ende dieser verdammten Welt. Deine letzten Zweifel sind verschwunden, seit sie dir das wahre Ziel ihres Experiments verraten haben. Du bist die Hauptperson, der Held der Geschichte. Du spürst ihre Blicke. Sie wollen, dass es niemals endet. Doch du wirst ihnen einen Strich durch die Rechnung machen. Es ist arrangiert. Du wirst dich dem Willen der Allmächtigen nicht beugen.

Diesmal nicht.

68.

Die Blumen auf dem Grab waren bereits welk. Eisenberg sah auf die Uhr. Viertel nach acht. Bis neun würde er noch warten, auch wenn es mit jeder Minute unwahrscheinlicher wurde, dass Körner noch kam.

Eine schwarz gekleidete Frau schlurfte langsam über den ansonsten leeren Weg auf ihn zu. Sie trug einen Trauerschleier und hatte eine rote Rose in der Hand, die sie auf ein Grab in der Nähe legte. Eine Weile stand sie stumm dort, während Eisenberg die Umgebung absuchte.

»Hat Ihnen das Video gefallen?«, fragte sie unvermittelt.

Eisenberg erstarrte. Körner drehte sich um und hob den Schleier. Er grinste.

»Tut mir leid«, sagte er beiläufig. »Ersticken soll ja kein besonders angenehmer Tod sein, aber alles andere wäre zu leicht nachweisbar gewesen. Das verstehen Sie doch, Herr Hauptkommissar, oder?«

Endlich löste Eisenberg sich aus seiner Starre. Er zog die Dienstwaffe aus dem Holster. »Nimm ganz langsam die Hände hoch, du Arschloch!«, sagte er mit bebender Stimme.

Körner dachte nicht daran, der Anweisung Folge zu leisten.

»Du kannst mir nicht drohen, Eisenberg, schon vergessen? Deine Pistole ist ebenso wenig real wie mein Körper.

Mach schon, schieß doch! Dann hat diese Farce endlich ein Ende!«

Eisenberg drückte die Arme durch und richtete die Mündung der Waffe genau auf Körners Kopf.

»Warum?«, fragte er.

»Warum? Du willst wissen, warum ich deinen Vater umgebracht habe? Ich werde es dir sagen, Eisenberg: Ich habe Richter nie gemocht. Diese selbstgerechte, arrogante Art, mit der sie über das Schicksal anderer Menschen entscheiden, hat mich zu sehr an die Admins erinnert.«

Eisenberg zwang sich, tief Luft zu holen. Seine Hände zitterten, doch der Mörder seines Vaters war so nah, dass er ihn selbst sturztrunken nicht verfehlt hätte. Körner machte einen Schritt auf ihn zu. Mit seinen geschminkten Lippen, der schwarzen Perücke, dem dunkelgrauen Rock und der Handtasche sah er aus wie ein schlechter Schauspieler in einer drittklassigen Verwechselungskomödie.

»Was ist?«, fragte er, die Stimme voller Häme. »Hast du nicht mal den Mumm abzudrücken und den Tod deines Vaters zu rächen? Hast du etwa Angst? Angst, man könnte dich dafür belangen? Jeder wird dir zugestehen, dass du in Notwehr gehandelt hast! Schließlich kannst du davon ausgehen, dass ich bewaffnet bin!« Ein weiterer Schritt in Eisenbergs Richtung. »Worauf wartest du? Drück endlich ab!«

»Bleib stehen und nimm die Hände über den Kopf!«

Körner ignorierte ihn und machte noch einen Schritt. Er war jetzt nur noch zwei Meter entfernt.

»Was würde wohl dein Vater sagen, wenn er dich so sehen könnte, das jämmerliche Weichei, das du bist?« Er sah sich demonstrativ um. »Aber wer weiß, vielleicht steht er ja jetzt gerade vor einem Monitor und sieht uns zu. Lächle doch mal in die Kamera!« Er winkte. »Hallo Papa Eisenberg!«

Eisenberg ließ die Waffe sinken.

»Du willst wissen, was er sagen würde? Er wäre stolz darauf, dass ich mich an das Gesetz halte. Zugriff!«

Vier Nahkampfspezialisten des LKA Berlin, einer davon Jaap Klausen, sprangen aus ihren Verstecken in den umliegenden Gebüschen. Statt der schweren Schutzanzüge, die normalerweise von Spezialeinsatzkommandos getragen wurden, hatten sie nur leichte Tarnoveralls an. Körner stieß einen erschrockenen Schrei aus. Er versuchte, zu fliehen, und rannte dabei genau in den Weg von Klausen, der ihn mit einem gezielten Tritt zu Fall brachte.

Sekundenbruchteile später lag er fluchend, strampelnd und fluchtunfähig am Boden. Klausen fesselte Hände und Knie mit geübten Griffen. Er hatte großen Wert darauf gelegt, an diesem Einsatz teilzunehmen. »Alle anderen haben etwas dazu beigetragen, dass wir diesen Mistkerl kriegen, nur ich nicht«, hatte er gesagt. »Ich komme mir schon die ganze Zeit vollkommen überflüssig vor.« Eisenberg hatte zugestimmt.

»Sie sind vorläufig festgenommen«, sagte Eisenberg. »Ihnen wird vorgeworfen, fünf Menschen umgebracht zu haben, darunter meinen Vater.«

»Warum hast du nicht geschossen?«, schrie Körner immer wieder. »Warum zum Teufel hast du nicht geschossen?«

»Bringen Sie ihn weg«, sagte Eisenberg zu einem der anderen Beamten.

Eine Gruppe von Menschen eilte herbei, die in einer nahe gelegenen Kapelle gewartet hatten: Udo Pape, Claudia Morani, ein Notarzt und der Leiter des Einsatzteams.

»Sie hatten recht«, sagte Eisenberg zu der Psychologin. »Er wollte, dass ich ihn töte.«

»Ich weiß nicht, ob ich an deiner Stelle nicht genau das getan hätte«, meinte Pape. »Dieser unglaubliche Zynismus, mit dem dieses Schwein den Tod deines Vaters auch noch aufgezeichnet hat!«

»Die meisten Menschen in Ihrer Situation wären allein hergekommen und hätten Körner erschossen«, meinte Morani. »Der Racheimpuls ist eine der stärksten Triebfedern menschlichen Handelns. Es muss sie enorme Kraft gekostet haben, ihn zu unterdrücken.«

Eisenberg schüttelte den Kopf.

»So schwierig war das nicht.« Er deutete auf das Grab. »Ich hatte schließlich Hilfe. Mein Vater hätte Selbstjustiz niemals geduldet. Körner hat sich das falsche Opfer ausgesucht!«

69.

Du sitzt in einem Raum, den es nicht gibt, und starrst in Gesichter von Menschen, die nicht wissen, wo sie sind. Ein Einwegspiegel hängt an der Wand. Dahinter stehen noch mehr Menschen und betrachten dich.

Du hast verloren. Hast deine Freiheit verloren, in dieser *und* in jener Welt. Aber du hast immer noch die Wahrheit. Besser so, als in der Illusion gefangen. Der Gedanke gibt dir Ruhe.

Der Kommissar stellt dir eine Frage.

»Ich habe niemanden umgebracht«, antwortest du. »Ich habe lediglich in ein Computerprogramm eingegriffen. Wenn das strafbar ist, bestraft mich mit euren Mitteln.«

Der Kommissar nickt, als stimme er dir zu.

»Wenn diese Welt nicht real ist«, sagt die Frau mit den glatten schwarzen Haaren, »und wir uns in Wahrheit in einer anderen, höheren Welt befinden – woher wollen Sie dann wissen, dass diese andere Welt die wirkliche ist?«

Du lauschst in dich hinein. Jetzt, wo du die Stimmen gebrauchen könntest, schweigen sie. Wahrscheinlich stehen sie alle gebannt vor den Monitoren.

»Das ist die eigentliche Frage, oder?«, sagst du. »Ist das der Grund für euer Experiment? Wollt ihr Admins wissen, ob ihr selbst real seid?« Du lachst.

Die Tür öffnet sich und ein Mann mit kantigem Gesicht und Bürstenschnitt kommt herein. »Ich glaube, wir können das hier abbrechen«, sagt er. »Ich habe ein psychiatrisches Gutachten beauftragt. Bis dahin wird er in den Maßregelvollzug überstellt.«

Die Polizisten scheinen erleichtert zu sein. Besonders der Kommissar. Du stehst auf und lächelst.

»Ihr denkt, ihr habt gewonnen. Der Mörder ist verhaftet, der Gerechtigkeit Genüge getan. Doch in Wirklichkeit seid ihr es, die im Gefängnis seid. Nur wisst ihr das nicht einmal.«

Der Kommissar sieht dich stumm an. Seine Augen sind klar. Du kannst keinen Schmerz darin finden. Er wendet sich ab. Zwei Uniformierte kommen herein und nehmen dich mit.

Game over.

70.

»Ich möchte mich bei Ihnen allen herzlich bedanken«, sagte Dr. Ralph Mischnick.

Eisenberg blickte in die Runde. Die komplette SEGI und Kayser waren ins Büro des LKA-Chefs eingeladen worden, das in einem Seitenflügel des Gebäudes lag. Aus dem Fenster konnte man die gebogene Front des ehemaligen Abfertigungsgebäudes des Tempelhofer Flughafens sehen. Auf dem Besprechungstisch standen Kaffee und Kekse, die jedoch niemand anrührte. Wissmann starrte wie üblich auf seinen leeren Schreibblock, neben dem ein exakt parallel ausgerichteter Bleistift lag. Varnholt sah gelangweilt aus dem Fenster. Morani saß kerzengerade und blickte Mischnick mit unbeteiligter Miene an. Nur auf Klausens Gesicht glühte Stolz.

»Ganz besonders bei Ihnen, Herr Eisenberg«, fuhr Mischnick fort. »Dank Ihres Einsatzes hat die SEGI ihre erste große Bewährungsprobe bestanden und das nur wenige Wochen, nachdem Sie Ihren Dienst bei uns angetreten haben. Der Fall Körner ist ebenso ungewöhnlich wie spektakulär. Vor allem hat er gezeigt, welchen Beitrag moderne Technik zur Aufklärung von Verbrechen leisten kann.«

»Dem möchte ich mich gern anschließen«, sagte Kayser. »Als ich Sie bat, herzukommen, hatte ich ehrlich gesagt ein schlechtes Gewissen. Ich hatte das Gefühl, Ihnen eine fast unlösbare Aufgabe zuzumuten. Doch Sie haben es geschafft, sich in kürzester Zeit den Respekt sowohl Ihres Teams als auch Ihrer Vorgesetzten und Kollegen zu verdienen. Dafür bin ich Ihnen dankbar!«

»Die Zukunft der SEGI stand lange auf der Kippe«, ergänzte Mischnick. »Doch diese Diskussion ist jetzt endgültig vom Tisch. Ich wünsche Ihnen für Ihre weiteren Einsätze viel Erfolg!«

»Also wird mein Investitionsantrag jetzt genehmigt oder nicht?«, fragte Wissmann, ohne von seinem Block aufzusehen. Alle starrten ihn verblüfft an.

»Was für ein Investitionsantrag?«, fragte Mischnick.

»Herr Wissmann hat die Anschaffung eines Hochleistungscomputers speziell für die SEGI beantragt«, erklärte Kayser. »Der IT-Investitionsausschuss hat allerdings beschlossen ...«

»Bitte leiten Sie mir doch diesen Antrag weiter, Herr Kayser«, sagte Mischnick. »Ich will mal sehen, ob ich nicht noch irgendwo einen Budgettopf finde. Über welchen Betrag reden wir denn hier?«

»121 654 Euro 78«, sagte Wissmann.

Mischnick kratzte sich am Ohr.

»Hm. Na gut, ich werde sehen, was ich machen kann.«

Immer noch sah Wissmann nicht auf, doch seine Mundwinkel zogen sich einen Millimeter nach oben. Es war das erste Mal, dass Eisenberg ihn lächeln sah.

»Kriege ich dann auch einen neuen Computer?«, fragte Varnholt. »Meine Grafikkarte ist ein bisschen schwachbrüstig, und das neue Release von *World of Wizardry* ist ziemlich speicherhungrig.«

Morani warf ihm einen tadelnden Blick zu, blieb jedoch stumm.

»Jetzt bleib mal auf dem Teppich!«, warf Klausen ein. »Wir sollten Herrn Dr. Mischnick für sein Lob dankbar sein und sein Wohlwollen nicht ausnutzen, um irgendwelche Technikspielzeuge zu beantragen.«

»Ich denke, Herr Eisenberg kann am besten beurteilen, welche Ausstattung seine Gruppe wirklich braucht«, sagte Kayser. »Ich vertraue da seiner Einschätzung vollkommen.«

Alle sahen Eisenberg an.

»Wir werden das im Team diskutieren. Ich komme noch einmal auf Sie zu, Herr Kayser«, sagte er. »Doch ich möchte eines richtigstellen: Auch wenn wir Informationstechnik eingesetzt haben, ist der Erfolg im Fall Körner nicht in erster Linie darauf zurückzuführen. Es sind die außergewöhnlichen Fähigkeiten meiner Mitarbeiter, auf die es hier ankam. Ich danke Ihnen für Ihr Lob, Herr Dr. Mischnick, aber mein eigener Beitrag zur Lösung dieses Falls ist nicht so groß gewesen, wie es scheinen mag. Es war Benjamin Varnholt, der mich überhaupt erst auf den Fall aufmerksam gemacht hat. Dank der erstaunlichen Fähigkeiten von Simon Wissmann konnten wir in kurzer Zeit den Zusammenhang zwischen den Vermisstenfällen herstellen. Mit Dr. Moranis Hilfe konnten wir ein klares Täterprofil erstellen und Körners Motive und Verhaltensweisen besser verstehen. Und Jaap Klausen war es schließlich, der den Täter überwältigt und in Gewahrsam genommen hat.«

»Aber ohne Sie hätte das niemals funktioniert, Herr Eisenberg«, wandte Klausen ein. »Wir hätten uns ständig in die Haare gekriegt, statt effektiv zusammenzuarbeiten.«

»Da muss ich dir ausnahmsweise mal recht geben«, stimmte ihm Varnholt zu.

Und auch Morani nickte.

»Zusammenarbeit wird meiner Meinung nach überbewertet«, kommentierte Wissmann. »Aber ich durfte immerhin meinen Schreibtisch behalten.« Er blickte kurz auf, was Eisenberg als Zeichen der Anerkennung und des Dankes deutete.

»Na, dann sind wir uns ja einig«, sagte Mischnick. »Ich habe jetzt einen Termin mit dem Polizeipräsidenten, der ebenfalls seinen Dank ausrichten lässt. Wie Sie wissen, gönnen uns die Kriminellen keine Auszeit. Also nochmals danke und weiterhin viel Erfolg!«

Sie erhoben sich und verließen gemeinsam das Büro. Auf dem Weg zum Teamraum fragte Morani: »Wie geht es Ihnen jetzt, Herr Eisenberg?«

Er blieb stehen.

»Wie meinen Sie das?«

»Ich meine den Tod Ihres Vaters. Die Tatsache, dass Körner keinerlei Reue gezeigt hat. Was empfinden Sie dabei?«

Ihre Stirn war kraus, wie immer, wenn sie ihre erstaunliche Fähigkeit nutzte, hinter die Fassade eines Gesichts zu blicken. Eisenberg sah sich um. Kayser, Varnholt, Wissmann und Klausen waren vorausgegangen und bereits im Treppenhaus verschwunden. Sie waren für den Moment allein auf dem Gang.

»Mein Vater war zweiundachtzig«, sagte er. »Und gesundheitlich stark angeschlagen. Er wusste, dass er nicht mehr lange zu leben hatte. Natürlich schmerzt es immer noch, vor allem die Art, wie er gestorben ist. Aber ich bin froh, dass wir Körner gefasst haben. Und ich weiß eins: Wenn mein Vater vorhin dabei gewesen wäre, er wäre sehr stolz auf uns alle gewesen.«

Sie nickte.

»Um dieses Wissen beneide ich Sie.«

»Wie meinen Sie das?«

Sie ging nicht darauf ein.

»Ich bin froh, dass Sie die Leitung der SEGI übernommen haben.«

»Nett, dass Sie das sagen. Aber Sie haben selbst einen entscheidenden Beitrag dazu geleistet. Ich war mir nach meinem Besuch hier in Berlin sehr unsicher, ob ich das Angebot von Herrn Kayser annehmen sollte. Ihre kurze, aber treffende Analyse meines Charakters hat dazu geführt, dass ich mich mit meinem Vater ausgesprochen habe. Er hat mir daraufhin zum ersten Mal gesagt, wie stolz er auf mich ist. Und das wenige Wochen vor seinem Tod. Ich kann gar nicht sagen, wie dankbar ich Ihnen dafür bin. Damals ist mir klar geworden, dass Sie recht hatten: Die SEGI ist ein Team von Menschen mit außergewöhnlichen Fähigkeiten, und es wäre sehr schade, wenn wir nicht einen Weg finden würden, diese Fähigkeiten zu nutzen.«

Das Stirnrunzeln verschwand, und ein seltenes Lächeln erschien auf ihrem Gesicht, hell und flüchtig wie ein Sonnenstrahl, der sich zwischen Wolken hindurchzwängt.

»Dann freue ich mich umso mehr, dass Sie hier sind«, sagte sie.

»Ich auch.«

EPILOG

Die vom Wind aufgeraute Alster hatte die Farbe der schweren Regenwolken, die sich über ihr auftürmten. Doch durch Wolkenlücken trafen hin und wieder grelle Lichtstrahlen das Ufer, an dem sich bereits die ersten Frühlingsblüher aus ihren Bodenverstecken trauten.

Eisenberg wandte den Blick ab und konzentrierte sich wieder auf den Verkehr. Es war sicher nicht das letzte Mal, dass er aus Hamburg in Richtung Berlin fuhr, doch dieser Tag hatte eine besondere Bedeutung. Wenn er in Zukunft die Stadt besuchte, die er immer noch als seine Heimat ansah, würde er in einem Hotel übernachten müssen.

Er hatte bereits ein kleines, aber attraktives Apartment in einem modernisierten Altbau in Wilmersdorf bezogen und nun endlich auch seine Hamburger Wohnung aufgelöst. Er wusste selbst nicht genau, warum ihm dieser Schritt so schwergefallen war, dass er ihn monatelang hinausgezögert und damit sinnlos Geld verschwendet hatte. Vielleicht, weil es bedeutete, dass er sich mit all den Dingen hatte auseinandersetzen müssen, die es wert waren, mitgenommen zu werden – Andenken an das Waterloo seiner Ehe zum Beispiel. Jetzt, wo er das hinter sich gebracht hatte und nur noch ein paar Umzugskisten übrig waren, fühlte er sich einerseits erleichtert, andererseits aber auch ein bisschen schwermütig. Ein weiterer Lebensabschnitt endete nun unwiederbringlich. Die nächste derartige Zäsur würde wahrscheinlich sein Abschied in den Ruhestand sein, noch gut zwölf Jahre entfernt.

Aber er freute sich auch auf die Zukunft. Seit dem Erfolg durch die Festnahme Körners war die SEGI zu einem echten Team zusammengewachsen. Zwar gab es immer noch Geplänkel zwischen den Teammitgliedern, doch das eher im Tonfall freundschaftlicher Scherze. Inzwischen war seine Gruppe auch als fester Bestandteil des LKA akzeptiert und wurde immer häufiger zur Ermittlungsunterstützung herangezogen.

Gerade vorgestern hatte Eisenberg einen Anruf der Kripo in Charlottenburg bekommen. In der Wohnung eines Models war ein junger Mann erschossen aufgefunden worden, der nach Meinung des zuständigen Kriminalkommissars der Hackerszene zugerechnet werden musste. Es sei nicht auszuschließen, dass illegale Aktivitäten im Internet der Hintergrund des Mordes waren. Eisenberg hatte für die kommende Woche die Unterstützung der SEGI zugesichert. Er war sich zwar noch nicht sicher, ob sie tatsächlich einen sinnvollen Beitrag zur Aufklärung leisten konnten. Doch er wusste, dass niemand besser geeignet war als Sim Wissmann, Ben Varnholt, Jaap Klausen und Claudia Morani, um einen verzwickten Fall zu lösen, für den man herausragende kognitive Fähigkeiten, eine Menge Computerwissen, kriminalistisches Gespür und psychologisches Feingefühl brauchte.

Kurz nachdem er in Horn auf die Autobahn gefahren war, klingelte sein Smartphone. Er aktivierte die Freisprecheinrichtung.

»Eisenberg?«

»Hier Polizeihauptmeister Friedrichsen vom Kriminalkommissariat in Reinickendorf. Es geht um einen Insassen des Maßregelvollzugs, der gestern Nacht aus der Karl-

Bonhoeffer-Nervenklinik spurlos verschwunden ist. Ein gewisser Julius Körner. Man sagte mir, dass Sie der zuständige Kommissar sind, der die Ermittlungen leitete, die zu seiner Ergreifung führten.«

Eisenberg brauchte einen Moment, bis er wieder sprechen konnte.

»Wie genau ist das passiert?«

»Am besten, wir treffen uns vor Ort. Wäre das möglich?«

»Ich bin gerade auf dem Weg nach Berlin. Ich werde in etwa zweieinhalb Stunden dort sein.«

»Es tut mir leid, dass ich Sie am Sonntagabend damit belästige, aber ... der Fall ist etwas ungewöhnlich, und wir können uns keinen rechten Reim darauf machen.«

»Ist schon okay, Herr Friedrichsen. Bis später.«

Die erste Teilvollzugsabteilung des Krankenhauses des Maßregelvollzugs Berlin, wie es in vollem Amtsdeutsch hieß, lag in einem parkartigen Gelände im Nordwesten der Stadt. Es handelte sich um einen abgetrennten und speziell gesicherten Teil der Karl-Bonhoeffer-Nervenklinik, in dem gefährliche Psychiatriepatienten behandelt wurden. Körner war dort auf Anordnung eines Richters vorläufig untergebracht worden, bis die Frage seiner Schuldfähigkeit endgültig geklärt war.

Polizeihauptmeister Friedrichsen empfing Eisenberg am Eingangsbereich der Klinik. Morani war bereits dort. Wie üblich verriet ihre leicht gerunzelte Stirn nichts über die Vorgänge in ihrem Inneren, aber Eisenberg konnte sich gut vorstellen, dass sie nicht begeistert war, am Sonntagabend hier sein zu müssen – schon gar nicht aus diesem Grund.

Zu dritt durchschritten sie eine Sicherheitsschleuse und betraten die Klinik, einen modernen Bau, der auf den ersten Blick nicht von einem Nebengebäude eines gewöhnlichen Krankenhauses zu unterscheiden war. Ein hochgewachsener, breitschultriger Mann mit Bürstenschnitt in dunkelblauer Uniform empfing sie. Er stellte sich als Toralf Grundberg, Leiter der Sicherheitsabteilung, vor. »Ich möchte Ihnen versichern, dass es in der ganzen Zeit, die unsere Firma Sicherungsaufgaben für den Maßregelvollzug des Landes Berlin übernimmt, nie zu irgendeinem Zwischenfall gekommen ist«, begann er. »Schon gar nicht zur Flucht eines Patienten. Wir können uns das nicht erklären.«

»Was genau ist passiert?«, fragte Eisenberg.

»Der Patient Körner war in einem Einzelraum untergebracht, der vorschriftsmäßig gestern Abend um zweiundzwanzig Uhr verschlossen wurde«, sagte Grundberg. »Als ein Pfleger ihn heute Morgen um sieben Uhr wecken wollte, um ihm seine Medikamente zu verabreichen, fand er den Raum verschlossen vor, aber leer.«

»Wer hatte Zugang zu dem Raum?«

»Meine Mitarbeiter und das medizinische Personal. Aber alle Öffnungs- und Schließvorgänge der elektronischen Schlösser werden aufgezeichnet. Es gab zwischen zweiundzwanzig und sieben Uhr keinen solchen Vorgang.«

Eisenberg musterte ihn kritisch. »Kann ich den Raum bitte sehen?«

»Natürlich. Bitte folgen Sie mir.« Er führte sie durch ein Treppenhaus und einen Gang entlang bis zu einem etwa fünfzehn Quadratmeter großen Raum mit abgeteiltem Bad. Die Tür besaß ein elektronisches Schloss mit einem Kartenleser, das nur von außen geöffnet werden konnte. Die Einrichtung war karg, aber freundlich – ein Bett, ein Schreibtisch, ein Fernseher, zwei Sessel, ein Bücherregal, ein Kleiderschrank. Das Fenster gab den Blick auf einen kleinen Innenhof frei. Es hatte keinen erkennbaren Öffnungsmechanismus.

»Das Fenster lässt sich nicht öffnen, weder von innen noch von außen«, sagte Grundberg. »Die Frischluftzufuhr erfolgt durch die Lüftung dort oben in der Decke.«

Eisenberg warf einen Blick nach oben. Die Abdeckung der Lüftung maß gerade einmal zwanzig Zentimeter im Quadrat. Keine Chance für eine Flucht durch den Lüftungsschacht im *Mission Impossible*-Stil.

»Er kann also nur von jemandem herausgelassen worden sein«, stellte Eisenberg fest.

»Theoretisch ja. Aber praktisch kann das nicht sein«, widersprach der Sicherheitschef.

»Wenn es nicht sein könnte, dann wäre er jetzt noch hier«, sagte Eisenberg.

Grundberg hatte darauf keine Antwort.

»Was ist mit Videoaufzeichnungen?«, fragte Eisenberg.

»Die Patientenzimmer dürfen wir nicht überwachen«, sagte Grundberg in einem Tonfall, der klarstellte, dass er das sehr bedauerlich fand. »Aber wir haben eine Kamera im Flur, sogar mit Infrarotfunktion.«

»Haben Sie die Aufzeichnungen überprüft?«

»Natürlich. Es gab ein paar vorschriftsmäßige Patrouillengänge, und gegen zwei Uhr morgens musste die Patientin aus Zimmer zwölf sediert werden. Aber niemand hat sich letzte Nacht an dieser Tür zu schaffen gemacht. Niemand hat das Zimmer betreten oder verlassen. Da stimmen die Aufzeichnungen der Schließanlage, die Videoüberwachung und die Aussagen aller Mitarbeiter der Klinik überein.«

»Ich würde gern mit dem Arzt sprechen, der Körner behandelt hat«, sagte Morani, die bisher geschwiegen hatte.

»Natürlich. Das ist Frau Dr. Jenisch. Bitte folgen Sie mir!«

Dr. Jenisch war eine erfahrene Psychiaterin mit einem runden, gutmütigen Gesicht, das Eisenberg an ein Fruchtsaft-Flaschenetikett aus seiner Kindheit erinnerte. Sie sprach mit einer sanften, eindringlichen Stimme, als seien Eisenberg und Morani neu aufgenommene Patienten.

»Wie kann ich Ihnen weiterhelfen?«

»Welche Diagnose haben Sie bezüglich Julius Körner gestellt?«, fragte Morani.

»Ich habe die Diagnose nicht selbst gestellt«, erklärte Jenisch. »Körner wurde von zwei vom Gericht beauftragten Psychiatern untersucht, die beide einen schweren Fall von paranoider Schizophrenie diagnostizierten und auch seine Medikation bestimmt haben. Ich habe nur ausgeführt, was man mir aufgetragen hat.«

»Dennoch haben Sie sicher eine eigene Meinung zu dem Fall«, sagte Morani.

Jenisch nickte.

»Dem äußeren Anschein nach würde ich die Diagnose der beiden Herren bestätigen.«

»Aber?«

»Nun ja, wir haben hier eine Menge Schizophrene, wie Sie sich denken können. Viele von ihnen wirken im ersten Moment sehr vernünftig, aber man merkt doch schnell, dass sie Probleme haben, ihre Gedanken und die Geschehnisse in der Realität auseinanderzuhalten. Sie leiden unter Halluzinationen und haben das Gefühl, fremdgesteuert zu sein. Das muss ich Ihnen ja sicher nicht erklären. Bei Julius Körner war es allerdings irgendwie ... anders. Einen solchen Fall hatte ich hier noch nicht.«

»Inwiefern anders?«, fragte Eisenberg.

»Logischer«, sagte Jenisch. »Konsistenter. Sehen Sie, Schizophrene bauen sich ihre eigenen Gedankengebäude auf. Sie erklären ihre Wahrnehmungen mit oft hanebüchenen Konstruktionen. So ähnlich, wie ein Straftäter ein Alibi konstruiert. Doch diese Konstruktionen sind in der Regel inkonsistent und brüchig. Sie widersprechen jeder Logik. Die Schizophrenen wissen das intuitiv und reagieren meist äußerst gereizt, wenn man sie auf diese Widersprüche hinweist.«

»Und Körner tat das nicht?«

»In seiner Theorie gab es keine logischen Widersprüche. Jedenfalls keine, die ich erkannt hätte. Er hatte auf jede Frage, die ich ihm gestellt habe, eine Antwort. Und zwar eine plausible Antwort.«

»Er hat Ihnen auch erzählt, dass er die Welt für eine Computersimulation hält, oder?«

»Ja. Aber, sehen Sie, wir wissen nicht wirklich, ob das Unsinn ist, oder? Es gibt sogar Physiker, die das für wahrscheinlich halten. Ich habe ein bisschen recherchiert und war gelinde gesagt überrascht, wie viele gute Argumente es für diese These gibt.«

»Das heißt doch wohl noch lange nicht, dass sie wahr ist«, schaltete sich Polizeihauptmeister Friedrichsen ein.

»Natürlich nicht«, stimmte Jenisch zu. »Aber es hat einen erheblichen Einfluss auf die Beurteilung seines psychopathologischen Zustands. Nur, weil jemand etwas glaubt, das nicht erwiesenermaßen wahr ist, ist er ja noch nicht geisteskrank. Anderenfalls müsste man alle einsperren, die sonntags in die Kirche gehen.«

»Körner hat fünf Menschen umgebracht!«, brauste Friedrichsen auf. »Wollen Sie mir erzählen, das sei normal?«

Jenisch blieb gelassen.

»Auch Mörder sind nicht automatisch Psychopathen. Man kann einen Menschen aus rationalen oder emotionalen Motiven töten, das muss ich Ihnen als Polizist sicher nicht erklären.«

»Das heißt, Sie halten Körner für schuldfähig?«, fragte Eisenberg.

»Ich halte ihn zumindest nicht für einen gewöhnlichen Fall von paranoider Schizophrenie«, sagte Jenisch. »Ich würde diese Diagnose sogar rundheraus ablehnen, wenn da nicht die Halluzinationen wären, von denen er berichtete. Stimmen, die er zu hören glaubte, und das Gefühl, Drähte und Schläuche in seinen Körperöffnungen zu haben. Manchmal erzählte er auch davon, nachts in einer Art Sarg aufzuwachen.«

»Also ist er doch verrückt«, sagte Friedrichsen.

»Wenn wir davon ausgehen, dass die Stimmen und Schläuche Halluzinationen sind, dann ist er in der Tat schizophren und somit höchstens vermindert schuldfähig.«

»Was soll das heißen, ›wenn wir davon ausgehen‹?«, wollte Friedrichsen wissen.

»Nun, bis gestern hätte ich gesagt, ich kann zwar nicht sicher sagen, ob er nicht doch recht hat mit seinen Wahrnehmungen, aber es ist hinreichend unwahrscheinlich. Also hätte ich mich der Diagnose ›Paranoide Schizophrenie‹ angeschlossen.«

»Und jetzt haben Sie Ihre Meinung geändert?«, fragte Morani.

»Jetzt bin ich mir zumindest nicht mehr so sicher. Da ist einerseits die Tatsache, dass er auf völlig unerklärliche Weise verschwunden ist. Aber es ist nicht nur das. Als er hier vor fünf Monaten eingeliefert wurde, war er schwer depressiv, sogar suizidgefährdet. Der Zustand besserte sich allmählich und stabilisierte sich dann – er hatte sich offensichtlich mit seiner Situation abgefunden. Aber vorgestern gab es einen plötzlichen Stimmungsumschwung. Er wirkte auf einmal gelöst, geradezu fröhlich. ›Ich komme hier raus‹, hat er mir gesagt. Ich dachte zuerst, er meint die Klinik, aber er meinte die Welt – unsere Welt. Ich habe ihn gefragt, wie er darauf kommt, und er behauptete, die Admins – so nennt er die Stimmen, die er hört – hätten es ihm gesagt. Er hat erwähnt, das Programm mit ihm in der Hauptrolle sei zu langweilig geworden und werde abgesetzt oder so ähnlich. Ich kann nicht behaupten, dass ich alles genau verstanden habe. Natürlich habe ich gedacht, dass er auf eine Krise zuläuft – ungewöhnliche Stimmungsänderungen sind oft Vorboten. Doch dann ist er tatsächlich verschwunden. Und nun bin ich ehrlich gesagt mit meinem Latein am Ende.«

»Vielen Dank, Frau Dr. Jenisch«, sagte Eisenberg. »Haben Sie noch Fragen, Frau Morani?«

»Nein, das wäre alles.«

Grundberg, der während des Gesprächs mit der Psychiaterin draußen gewartet hatte, begleitete sie zurück zum Ausgang der Klinik.

»Ich muss ehrlich sagen, dass ich nicht weiß, was wir tun sollen«, sagte er. Er machte sich offensichtlich Sorgen, persönlich für diesen Vorfall zur Verantwortung gezogen zu werden.

»Überlassen Sie das uns«, sagte Eisenberg. »Wir haben Julius Körner schon einmal gefasst.«

Grundberg wirkte erleichtert.

»Gut. Ich wünsche Ihnen dabei viel Erfolg.«

Eisenberg verabschiedete sich von Friedrichsen und versprach, sich am folgenden Tag mit den Zielfahndern in Verbindung zu setzen, um ihnen noch einmal alles mitzuteilen, was sie über Körners Hintergrund wussten. Dann fuhr er Morani, die von einem Fahrzeug der Einsatzbereitschaft herchauffiert worden war, zu ihrer Wohnung.

»Was halten Sie von der Sache?«, fragte er.

»Ehrlich gesagt schließe ich mich der Meinung von Frau Dr. Jenisch an: Ich bin mit meinem Latein am Ende. Zum Glück muss ich nicht beurteilen, wie ein Mann aus einem geschlossenen Zimmer verschwinden kann. Jedenfalls kann ich sagen, dass meiner Meinung nach weder Jenisch noch Grundberg gelogen haben.«

»Ich werde morgen Ben Varnholt und Sim Wissmann bitten, sich die Computeranlage in der Klinik anzusehen. Aufzeichnungen kann man manipulieren, besonders solche in Computern. Wenn es so war, dann werden die beiden es herausfinden.«

»Und wenn nicht?«

»Dann haben wir es hier möglicherweise mit einem Fall zu tun, bei dem die klassische Polizeiarbeit nichts ausrichten kann.«

»Sie sagen das so, als machte es Ihnen nicht viel aus, dass der Mörder Ihres Vaters entkommen ist.«

»So ist es nicht. Wenn er geflohen ist, dann werde ich alles daransetzen, ihn wiederzufinden. Andererseits ... mir ist etwas in den Sinn gekommen, das mein Vater kurz vor seinem Tod zu mir gesagt hat.«

»Was war das?«

»Ich hatte ihm von unserem Fall erzählt – damals wusste ich noch nicht, dass Körner der Täter ist, aber ich wusste, dass er die Welt für eine Simulation hält. Mein Vater sagte daraufhin: *Wäre es nicht toll, wenn ich morgen einfach aufwachen würde und statt dieses alten, kaputten Körpers einen neuen hätte?*«

»Sie meinen, das Verschwinden Julius Körners könnte darauf hindeuten, dass Ihr Vater in irgendeiner anderen Realität noch am Leben ist?«

»So, wie Sie es sagen, klingt es eher wie eine naive Illusion, so als glaubte ich an Wunderheilung. Aber, ja, der Gedanke, dass es hinter unserer Realität noch eine andere gibt, dass der Tod nicht das Ende ist, hat etwas Hoffnungsvolles, finden Sie nicht?«

»Ich bin mir nicht sicher, ob ich es erfreulich fände, wenn ich wüsste, dass unsere Welt nur eine Fiktion ist.«

Eisenberg schwieg eine Weile. Schließlich sagte er:

»Ich auch nicht.«

EPILOG II

Sieh dich um. Betrachte das Buch oder den E-Book-Reader in deiner Hand. Ist das, was du siehst, fühlst, hörst und riechst, die Wirklichkeit? Kannst du dir da sicher sein? Schon die alten Griechen haben sich das gefragt. In seinem berühmten Höhlengleichnis stellte Platon vor 2400 Jahren fest, dass das, was wir als Realität wahrnehmen, nicht die Realität an sich sein kann, sondern bestenfalls ein verzerrtes Abbild. René Descartes behauptete im 17. Jahrhundert: cogito ergo sum. Du denkst also und bist deshalb. Aber was bist du? Ein reales, vom Rest des Universums unabhängiges Subjekt? Ein Mensch, dem in Descartes' Gedankenexperiment ein bösartiger Dämon – man könnte ihn Admin nennen – eine falsche Wirklichkeit vorgaukelt? Das Spielzeug eines allmächtigen Schöpfers? Oder nur eine Subroutine in einem gigantischen Computerprogramm?

Über Jahrtausende haben Philosophen sich das gefragt (oder jedenfalls scheint es dir, als habe es Jahrtausende gegeben, in denen Philosophen solche Fragen stellten). Doch sie hatten nie eine konkrete Vorstellung davon, wie eine perfekte Illusion tatsächlich funktionieren könnte. Sie waren auf rein abstrakte Gedankenspiele oder die Annahme eines allmächtigen Schöpfergottes, über den man nun einmal nicht viel wissen könne, angewiesen.

Heute, im 21. Jahrhundert, hat sich diese Situation grundlegend geändert. Wir stehen an der Schwelle der Möglichkeit, eine perfekte künstliche Realität zu erschaffen. Wir wissen jetzt, wie so etwas geht – und dass es tatsächlich funktionieren kann.

Schon in den Fünfzigerjahren wurde das enorme Potenzial der noch jungen Computertechnik erstmals sichtbar. Alan Turing formulierte seine Gedanken über intelligente Maschinen und bewies, dass diese zumindest theoretisch möglich sind. Daniel F. Galouye verfasste 1964 den Roman *Simulacron-3* und beschrieb darin erstmals eine virtuelle Realität. In seiner Vorstellung des Jahres 2030 hat er die Entwicklung der Transportmittel (fliegende Autos, Laufbänder auf den Straßen) überschätzt, die der Informationstechnologie (Computer sind immer noch so groß wie Häuser) jedoch unterschätzt.

Seit die ersten Computer gebaut wurden, sind gerade einmal achtzig Jahre vergangen. Die ersten Versuche, künstliche Welten zu schaffen – damals noch rein textbasiert – entstanden in den Siebzigerjahren: *You are standing in an open field west of a white house with a boarded front door. There is a small mailbox here.*

Nur vierzig Jahre später können wir uns bereits in Computerspielen durch fotorealistische 3-D-Welten bewegen, in denen es von künstlichen, autonom handelnden Geschöpfen nur so wimmelt. Computer haben die weltbesten Spieler in Schach und der Allgemeinwissen-Quizshow *Jeopardy* geschlagen. Das Projekt *Google Glass* verschmilzt die reale Welt mit der virtuellen zu einem Gemisch namens *Augmented Reality* – erweiterte Realität. Irgendwann werden wir keine Brillen mehr brauchen – elektrische Impulse werden Bilder direkt in unsere Sehnerven projizieren. Die grundlegende Technik dafür existiert bereits und wird schon heute genutzt, um Blinde wieder sehen zu lassen, wenn auch noch in sehr rudimentärer Form.

Die Computerleistung wächst exponentiell. Der weltweit schnellste Computer des Jahres 2012 übertrifft die Leistung des schnellsten Rechners des Jahres 1980, als das links zitierte Computerspiel *Zork I* veröffentlicht wurde, um das Siebzigmillionenfache. Ein Ende des rasanten Leistungswachstums ist nicht in Sicht. Im Gegenteil: Neue Techniken wie Photonen- und Quantencomputer versprechen weitere Steigerungen in kaum vorstellbaren Dimensionen. Wenn die Entwicklung so weitergeht, wird ein einzelner Computer in spätestens zwanzig Jahren die Rechenleistung eines menschlichen Gehirns erreichen und wenige Jahrzehnte später die Rechenleistung aller Gehirne der Menschheit zusammengenommen.

Wann wird es so weit sein, dass sich das erste Computerprogramm die Frage stellt, woher es kommt und was es über die Welt wissen kann? In zwanzig Jahren, in fünfzig, in hundert? Wie lange es noch dauert, ist unerheblich. Entscheidend ist, dass es zwangsläufig passieren wird, sofern nicht eine globale Katastrophe die technische Entwicklung abrupt abbremst.

Der schwedische Philosoph Nick Bostrom, der an der Oxford University lehrt, hat sich gefragt, welche Schlussfolgerungen wir aus dieser Entwicklung ziehen können. In seinem berühmten, 2003 erschienenen Aufsatz *Are You Living in a Computer Simulation?* formuliert er folgende drei sich gegenseitig ausschließende Hypothesen:

1. *Die Menschheit wird sehr wahrscheinlich aussterben, bevor sie die Fähigkeit erlangt, perfekte simulierte Welten mit denkenden künstlichen Lebewesen zu schaffen.*

2. *Jede Zivilisation, die diese Fähigkeit erlangt, wird gleichwohl – aus welchem Grund auch immer – darauf verzichten, solche simulierten Welten in signifikanter Anzahl zu schaffen.*
3. *Wir leben höchstwahrscheinlich in einer simulierten Welt.*

Bostrom zeigt in seinem Aufsatz mit messerscharfer Logik, dass eine der drei Aussagen wahr sein *muss*. Vereinfacht ausgedrückt: Wenn 1. und 2. falsch sind, dann gibt es irgendwann wesentlich mehr künstliche Lebewesen, die nicht wissen, dass sie in einer simulierten Welt leben, als echte. Wie groß ist also die Wahrscheinlichkeit, dass ein zufällig aus der Menge aller denkenden Wesen ausgewähltes Subjekt (beispielsweise du) real ist? Verschwindend gering.

Das, was wir bisher über unsere eigenen Anwendungen von Computertechnik wissen, spricht sehr stark gegen These 2. Tatsächlich benutzen wir den weitaus größten Teil der Rechenleistung aller Computer für Simulationen, wenn wir auch bisher nur sehr kleine Ausschnitte der Realität (z. B. das Verhalten von Molekülen) exakt oder weitläufige künstliche Welten (z. B. Computerspiele, das Wetter oder Modelle von Galaxien) nur sehr grob simulieren können.

Immer leistungsfähigere Computer bauen wir in erster Linie, um die Genauigkeit dieser Simulationen zu verbessern. Der 2012 weltweit stärkste Computer wurde beispielsweise geschaffen, um das Geschehen bei der Explosion einer Atombombe noch exakter simulieren zu können. Die neuesten Laptops, Smartphones und Spielekonsolen werden häufig gekauft, um noch realistischere Spielwelten darzustellen. Werden wir irgendwann damit aufhören, unsere Simulationen zu perfektionieren? Das erscheint schwer vorstellbar.

Somit bleiben nur These 1 – wir werden uns in naher Zukunft selbst auslöschen – und These 3 – du bist höchstwahrscheinlich nicht real.

Was wäre dir lieber?

Nick Bostroms Aufsatz ist hier im Original zu lesen: http://www.simulation-argument.com/

Pekka Hiltunen

»Ein neues, erfrischendes Team mit unkonventionellen Ermittlungsmethoden. Und dabei auch noch ziemlich sexy!« Buchmarkt

Pekka Hiltunen
Die Frau ohne Gesicht

Als die Grafikerin Lia morgens im Bus zur Arbeit fährt, wird sie Zeugin eines grauenhaften Fundes: Eine Leiche, bis zur Unkenntlichkeit entstellt, wird im Kofferraum eines Autos entdeckt – die Nachrichten berichten vom brutalen Mord an einer Prostituierten. Am gleichen Tag lernt sie Mari kennen, eine schöne junge Frau mit einer ungewöhnlichen Fähigkeit: Sie kann Menschen »lesen«. Schneller, als sie sich wünscht, findet Lia sich in Maris mysteriösem Team wieder, auf der Jagd nach brutalen Menschenhändlern und korrupten Politikern. Bis sie plötzlich in eine hochgefährliche Situation geraten ...

Weitere Informationen: www.berlinverlag.de